Super ET

Dello stesso autore nel catalogo Einaudi

Maschio bianco etero

John Niven
A volte ritorno

Traduzione di Marco Rossari

Einaudi

Titolo originale   *The Second Coming*

© 2011 John Niven

John Niven has asserted his right under the Copyright, Designs and Patents Act, 1988,
to be identified as the author of this work.

© 2012, 2013 e 2015 Giulio Einaudi editore s.p.a., Torino

Prima edizione «Stile Libero Big»

www.einaudi.it

ISBN 978-88-06-22580-3

A volte ritorno

Secondo voi quando Gesú tornerà sulla Terra avrà voglia di ri-vedere una croce del cazzo? Andateci voi da Jackie Onassis con un ciondolo a forma di fucile...

BILL HICKS

Parte prima
Paradiso

Quello che fanno in paradiso lo ignoriamo.
Quello che non fanno ce lo dicono chiaro e tondo.

JONATHAN SWIFT

1

«Dio sta arrivando... Fate finta di lavorare!»

Cosí recita l'adesivo sbrindellato appiccicato allo schedario accanto al refrigeratore dell'acqua. Ma oggi c'è poco da ridere: Dio sta arrivando sul serio e la gente ce la mette davvero tutta per far finta di lavorare. Raffaello e Michele sono lí impalati accanto alla boccia gorgogliante dell'acqua con un fascio di scartoffie in mano (caro vecchio trucco da impiegati: come far sembrare affaccendato un fancazzista cronico) e la conversazione – invece della chiacchiera rilassata che i due angeli hanno sciorinato in quel punto esatto per tutta la settimana – è arrancante, frettolosa e pronunciata a mezza bocca, quasi sottovoce, accompagnata da continue occhiate nervose verso il corridoio principale.

– Quand'è che torna il vecchio? – chiede Raffaello.

– Da un momento all'altro. Tarda mattinata, secondo Jeannie, – risponde Michele senza nemmeno alzare lo sguardo. È concentrato sul refrigeratore dell'acqua: tira la levetta con forza e una grossa bolla risale il recipiente di cristallo.

– Porca miseria. Credi che sarà incazzato?

– Incazzato? – Michele ci pensa su, e intanto tiene d'occhio l'ufficio principale, sorseggiando l'acqua.

L'ufficio principale in paradiso è uguale a qualsiasi altro ufficio open space: cubicoli, scrivanie con le vaschette straripanti di fogli, telefoni, cestini, fotocopiatrici e scaffali carichi di cartellette e fascicoli. Ma c'è anche qualche differenza.

In paradiso, ovviamente, a illuminare l'ufficio non ci sono tubi fluorescenti: al contrario, tutto è soffuso, rischiarato, inondato (mettetela come vi pare) di pura luce celestiale, la luce nuova di zecca di una tersa mattinata di maggio. L'atmosfera lavorativa è in genere felice, concentrata, entusiasta (anche se oggi, per ovvi motivi, c'è una corrente sotterranea di snervante attesa) perché nell'ufficio principale del paradiso, naturalmente, è sempre venerdí pomeriggio. Altra piccola differenza: l'alveare di scrivanie e cubicoli si estende a perdita d'occhio, appiattendosi fino all'orizzonte, ed è circondato da batuffoli vaporosi di nuvole. Forse qualcuno resterà sorpreso venendo a sapere che in paradiso si lavora, e invece è stata una delle trovate piú azzeccate di Dio. (E a Dio capita spesso di averne). – La gente ama lavorare, – ha detto a Pietro. – Cazzo, la gente ha bisogno di lavorare. Pensa a quelli che sono disoccupati da una vita. Pensa ai ricchi sfaccendati. Ti sembrano felici? – Di conseguenza, chiunque in paradiso abbia voglia di un lavoro – ed è la maggioranza – lo ottiene.

Michele si scola il bicchierino di carta fino all'ultima goccia e socchiude gli occhi per la goduria. L'acqua in paradiso... Be', potete immaginarvela.

– Incazzato? – ripete Michele. – Sarà incazzato nero!

Perfino Jeannie, la segretaria di Dio, di solito imperturbabile (è come un maestro di scacchi: pensa con quindici o venti mosse d'anticipo), perfino Jeannie stamattina è leggermente nervosa. Sulla quarantina, un tempo bella da mozzare il fiato, adesso solo uno schianto. – No, Seba... – sta dicendo a uno dei suoi due collaboratori. – Meglio in ordine cronologico. Quelle scatole, mettile qui davanti –. Nella segreteria di Dio Jeannie sta preparando una rassegna sugli ultimi quattrocento anni della Terra, secolo piú secolo meno. C'è una caterva di roba: scatoloni pieni di dossier, scartoffie e dvd sono impilati su una fila chilometrica di carrelli. Non mancano un paio di centinaia di metri di carrelli pieni solo di cd: l'intera produzione musicale registrata sulla Terra negli ultimi quattro secoli.

Sebastiano sta bisticciando con Fabiano, l'altro assistente di Jeannie. – Ma no, coglione! Quelli dovrebbero andare con questi, se...

– Oooh, sentila! – risponde Fabiano, portandosi una mano al petto. Non è facile dire quale dei due sia piú effeminato.

Ecco una cosa che Jeannie ha capito al volo quando s'è trattato di assumere il personale per il sancta sanctorum, e che invece sulla Terra non hanno ancora mandato giú: Dio adora i froci.

– Rimbambita, Jeannie ha detto che devono andare in ordine cronologico!

– Senti, fa' la brava! – risponde Fabiano, facendogli cenno di scansarsi. – Stavo solo cercando di nascondere questo, no? – Gli mostra un dossier classificato come «CHIESA CATTOLICA: STORIA RECENTE». – Non penserai che vorrà leggerlo?

– Avanti, voi due, – sbotta alla fine Jeannie mentre il telefono attacca a squillare. – Datevi da fare. E poi nascondere le cose non ha senso. Tanto leggerà tutto. – Poi, nella cornetta: – Sí? – Jeannie ascolta. – A-ha. Certo. Ok –. Rimette il telefono al suo posto. Seba e Fabiano pendono dalle sue labbra. – Sta salendo, – mormora Jeannie.

Ed ecco Dio che irrompe nell'ufficio principale: è raggiante, rifila pacche sulle spalle a tutti, saluta questo e quello, batte il cinque, si ferma a scambiare quattro chiacchiere con qualcuno fra le scrivanie. Ormai viaggia su quella che i terrestri definirebbero «cinquantina» ed è... be', «bello» non rende l'idea. Dio è bello come una star di Hollywood, è un figo spaziale, ecco cos'è. I capelli, un tempo neri corvini, adesso sono sale e pepe. C'è qualche pelo bianco anche nel Suo pizzetto incolto. E quegli occhi... Chiari, di un azzurro slavato, tipo l'acqua bassa di una laguna tropicale in un primo pomeriggio d'estate. Dio raccoglie la canna da pesca e imbocca il corridoio.

È vestito da pescatore: camicia a scacchi e gilet di tela con l'armamentario infilato nelle varie taschine. In testa porta un cappello sformato con dentro infilate le mosche e le esche colorate. In una mano regge la canna e la cassetta da pesca, nell'altra tre grosse trote, perfettamente screziate, che dondolano appese a una lenza infilata nelle branchie.

– Ciao Marcus! – grida Dio al ragazzo nero che smista la posta. – Che aria tira, fratello?

– Mi tira di brutto, grand'uomo! – grida di rimando Marcus. Dio ride. Dio adora i negracci.

Spalanca la porta che dà sulla segreteria. – Tesorooo, sono a casa! – dice mentre abbraccia Jeannie, con cui flirta simpaticamente.

– Bentornato, Nostro Signore! – risponde Jeannie.

– Ti sono mancato?

– Ma certo: è mancato a tutti.

– Ciao bestiacce... – dice Dio a Seba e a Fabiano. – Allora, come butta?

– Alla grande! – esclama Seba, nervoso.

– Ehi... – dice Fabiano, passando una mano sul gilet

sciupato di Dio. – Carino questo! Di solito non vado matto per John Deere ma questo...

Dio ridacchia. – Ma sentila...

– Com'è andata la vacanza? – domanda Jeannie.

– È stata fantastica, uno spasso. Avevi ragione su tutta la linea. Questa volta non lascerò passare tutto quel tempo prima di farmene un'altra.

– Uhm –. Jeannie sorride e intanto pensa che fra non molto non sarà della stessa idea. Per lei è terribile vederlo cosí di buonumore, sapendo che nel giro di un attimo perderà le staffe.

– Ah, dimenticavo... – Dio sbatte le trote sotto il naso di Jeannie. – Queste sono per te. Condiscile con un filo di burro, sale e pepe... Grazie Seba, – dice Dio, prendendo la tazza di caffè bollente con su scritto «IL CAPO SONO IO». – Poi mettile in forno a 200 gradi per un quarto d'ora. Appena sono cotte a puntino, una spruzzatina di limone e subito in tavola. Mmm! – Dio si porta i polpastrelli della mano alla bocca e li bacia. – È una settimana che me le mangio appena pescate. Allora, cosa mi sono perso?

– Dunque... – fa Jeannie, facendoGli strada verso il Suo ufficio. Apre il portone: l'ufficio è grande come un campo da calcio e adesso gli scatoloni impilati formano uno skyline di grattacieli.

– Porc... – fa Dio, soffiando sul caffè. – Laggiú non sono rimasti con le mani in mano, eh?

– Eh, già... – risponde Jeannie, senza guardarlo negli occhi. – Allora, in questi fascicoli c'è molta roba vecchia, invece i dati piú recenti si trovano sui dischetti, nelle videocassette o sul Suo hard disk.

– Cioè? – fa Dio.

Dio impara in fretta, piú in fretta di tutti. Sotto la guida di Jeannie, Gli ci vogliono tipo un paio di caffè per aggiornarsi sui passi da gigante che la tecnologia ha fatto quando era in vacanza: telefoni, e-mail, computer, cd, dvd, televisione e compagnia bella. Una breve digressione sul fax, ormai un pezzo di modernariato risalente al secolo scorso. Tutta roba fighissima che non c'era prima che Lui andasse in ferie. Che animaletti operosi... Si concede un diversivo spassoso e si mette in pari con i videogiochi: è incredibile che ci abbiano messo un quarto di secolo per passare da *Donkey Kong* a *Halo 3*. (Quest'ultimo, Dio lo finisce in sette minuti).

– Jeannie... – dice Dio, tirandosi in piedi e stiracchiandosi, mentre ispeziona i chilometri di scatoloni e i file che costellano lo schermo del Suo nuovo laptop. – Tutto questo mi farà girare i santissimi?

– Temo proprio di sí, Signore.

Dio si avvicina, appoggia il caffè su una cassa da imballaggio e prende un dossier a caso. C'è scritto: «XVIII SECOLO: TRATTA DEGLI SCHIAVI». Schiavismo: questo Dio lo conosceva bene, purtroppo. Quei bastardi dei faraoni ne andavano matti. Ma la tratta degli schiavi? – Che cazzo è la «tratta degli schiavi»? – domanda Dio, mentre apre il dossier corrucciato.

– Penso che sia meglio se Le lasciamo il tempo di leggere tutto con calma, – si defila Jeannie.

2.

Una parolina sulla differenza tra il tempo celestiale e quello terrestre. Anche nell'eternità il tempo passa, solo piú lento. Molto piú lento. Un giorno in cielo equivale pressappoco a cinquantasette anni sulla Terra. Quattro virgola sei milioni di anni fa, quando Dio si è preso la Sua prima vacanza – la Sua unica vacanza, fino alla settimana scorsa – eravamo ancora all'eone Adeano. Non c'era ossigeno, e la Terra era una specie di palla liquefatta, ancora fumante per il Big Bang di una decina di milioni d'anni prima. (L'esplosione era stata un incidente di percorso, tra l'altro. Dio non disdegna uno spinello di prima mattina, ma a volte si pente del risultato. Gli squali martello? L'ornitorinco? Il culo dei babbuini? Eddài. Fareste marcia indietro anche voi, no?) Mancavano ancora migliaia d'anni alla comparsa degli oceani. C'era il tempo per una vacanzina, vero?

Quando Lui s'è preso la seconda settimana di ferie, sulla Terra correva l'anno 1609 d.C., il culmine del Rinascimento, che Dio s'era goduto una cifra. Copernico, Michelangelo, Leonardo da Vinci. Ragazzi, che pacchia! Quando se n'è andato, con la cassetta da pesca sottobraccio e il cappello da pescatore allegramente sulle ventitre, su un palco di Londra si recitava il *Re Lear*, mentre dall'altra parte della città Bacone lavorava al *De Sapientia Veterum Liber*. El Greco – la lingua premuta contro il labbro superiore per trovare la concentrazione, il pennello tremolante – stava dipingendo *L'apertura del quinto sigillo*. Galileo sbirciava in un prototipo di telescopio, lo sguardo che si posava per la prima volta sui quattro satelliti di Giove. Monteverdi aveva da poco finito di comporre l'*Orfeo*. Il momento ideale per andarsene a pescare, aveva pensato Dio.

Al Suo ritorno dalle remote campagne del paradiso erano passati quasi quattrocento anni, Dio era fresco come una rosa e carico di trote. Sulla Terra correva l'anno 2011. Come sappiamo, ne erano successe di cose in quei quattro secoli...

Dio è un lettore veloce. Anzi, velocissimo. È capace di assimilare migliaia di documenti mentre in contemporanea si spara una videocassetta o un dvd e clicca sui file che lo aggiornano sul tempo che s'è perso. Gli ci vuole tutta una mattinata e anche una parte della pausa pranzo per mettersi al passo. Impara subito un mucchio di geografia: Auschwitz, Buchenwald, Bergen Belsen, Guantánamo, Belfast, Cambogia, Vietnam, le Fiandre, Ypres, Nagasaki, Hiroshima, Ruanda, Bosnia. Di tanto in tanto Jeannie, Fabiano e Seba fanno un salto sulla sedia quando sentono le sue grida soffocate.

Mentre passa in rassegna il xx secolo – fermandosi qui e là per vomitare – Dio assimila questi strani e incredibili nuovi concetti. Il capitalismo e il comunismo. Il deterrente nucleare e la distruzione reciproca assicurata. Il complesso industrial-militare. Gli antiabortisti e la tolleranza zero. I junk bond e le vendite allo scoperto. Frodi immobiliari e negative equity. Fatwa e jihad. La pulizia etnica e il rimpatrio forzato. Alcune foto scattate nella piazza afosa e polverosa di un paese arabo: due ragazzi gay che vengono impiccati. Una donna adultera che grida sepolta fino al collo nella sabbia, mentre a pochi metri di distanza una torma di uomini le scaraventa addosso delle pietre. Dio torna al computer e clicca su un file intitolato «Fondamentalismo islamico: credenze e pratiche». Mmm, mai sentiti questi talebani... Dunque vediamo, che combinano questi? Un gruppo di barbuti veramente incazzosi, a quanto pare...

Qualche minuto dopo Jeannie sente delle grida trattenute e anche qualche bestemmione attraverso il portone pesante, grande come quello di una cattedrale. Dio sta prendendo a calci qualcosa.

Ha letto del burqa e della hijab. Stando a questi tizi la faccenda funziona piú o meno cosí: tutti gli uomini sono potenziali stupratori che si trattengono a stento, e quindi basta un millimetro di caviglia scoperta per alluparli. Ergo, le tipe devono andarsene in giro infilate in un sacco, coperte dalla testa ai piedi. E comunque tutte le donne sono baldracche tentatrici che vorrebbero scoparsi tutti quelli che incontrano. Quindi se una di loro in qualche modo piega la volontà di un bravo padre di famiglia lasciandogli intravedere, diciamo, una rotula, e lui non resiste e se la scopa, allora è cosa buona e giusta che lei venga lapidata a morte – una bella marmaglia di maschiacci spara una sassaiola alla sua testolina – mentre l'adultero se la cava con una piccola multa. Continua a leggere. Ecco un elenco delle cose bandite da 'sti talebani: «Carne di maiale, grasso di maiale, manufatti prodotti con i capelli umani, parabole satellitari, il cinema, la musica e qualsiasi strumento che susciti la gioia della musica, il biliardo, gli scacchi, le maschere, l'alcol, le cassette, i computer, i videoregistratori, la televisione, qualsiasi cosa abbia a che fare con il sesso, il vino, le aragoste, lo smalto per le unghie, i fuochi d'artificio, le statue, i cataloghi per il cucito, le icone e i biglietti di auguri natalizi».

I cataloghi per il cucito?

Legge i resoconti sulle esecuzioni degli omosessuali. Le lapidazioni e le frustate per... be', niente di che. Una scolaretta di sedici anni impiccata per una cosa che si chiama «crimini contro la castità».

Quindi, secondo par condicio, dà un'occhiata a un sommario dei programmi televisivi piú seguiti negli Stati Uniti – un'accozzaglia di reality idioti, scemenze per raggranellare soldi in fretta e diventare famosi all'istante – e per un attimo riesce a intuire come devono sentirsi quei talebani, lí seduti in una grotta umida, con un AK-47, una scodella di sbobba e tanta voglia di ingropparsi una capra, mentre guardano il reality su quei riccastri dei Kardashian. Anche a Dio verrebbe voglia di mettere al bando la televisione.

Due dita di whisky al malto e una canna spropositata, bella carica, sono il Suo pranzo, per aiutarLo a sfangare il resto del materiale sul passato recente. Deforestazione. Globalizzazione. Danni collaterali. Notorietà di marca. Marketing. Product placement. Multinazionali. Obsolescenza programmata. Repubblicani.

Per il resto della pausa pranzo, Dio frigna come un bambino.

In segreteria Jeannie ha spedito i ragazzi a mangiare un boccone. Si morde il labbro mentre Lo sente singhiozzare, un suono che non ha mai sentito prima. Perché, a dispetto del Suo atteggiamento cameratesco e amichevole, Dio è un tipo all'antica: un duro. Un uomo vero. Dopo un po' cala un lungo silenzio.

Quando riapre il portone, Dio è tornato in sé. Solo un leggero raspino alla voce lascia intuire quello che è appena successo. Jeannie alza gli occhi e deglutisce. Non è piú affranto, adesso sembra solo molto, molto incacchiato. Almeno è un buon segno, pensa lei.

– Jeannie… – fa Dio sottovoce. La gola secca, la rabbia sopita e sotto controllo. – Dov'è quel piccolo bastardo?

3

– È un po' come... vediamo... una salsina in cui pucciare il pane, mi segui? Hai presente il baba ganoush? Tipo quello. Secondo me ci mettono dei ceci, forse un pizzico di cumino, succo di limone, cipolla e... Ah, tieni...

Gesú fa un tiro da paura e allunga lo spino. La marijuana in paradiso: be', potete immaginarvela. Avete presente cos'ha lasciato quaggiú, no? Cazzo, roba che nemmeno la migliore erba thailandese rende l'idea.

– ... e, mmm, aglio. Ma non è una di quelle terribili robe agliate che dopo c'hai la fiatella per una settimana. È appena un retrogusto. La spalmano su questa pita sottilissima, tostata a dovere, ed è tipo... Mamma mia!

– 'rcatroia, amico... – dice Jimi, facendo un tiro di spino che ridicolizza quello di Gesú. – Chiudi il becco, cazzo! Mi fai venire una fame chimica da paura.

– Te lo dico, bello. Me lo sono sparato un paio di volte. Quella del Medio Oriente è sottovalutata come cucina. Cazzo, io... – Lo sguardo si perde nelle volute azzurrognole del fumo, il filo dei pensieri che si attorciglia, poi si ingarbuglia in una matassa inestricabile.

Strafatto? Intontito? Sballato? Fumato? Sbiellato? Fuso? Macché.

Gesú è fuori come un balcone.

Se ne stanno lí sdraiati con intorno il solito ambaradan: una borsa termica piena di birre, qualche posacenere, cilum e bong, una miriade di spinelli, pacchetti di sigarette sbrindellati, scatole di pizza d'asporto, amplificatori e cavi elettrici. Jimi coccola la Fender Stratocaster bianca. La Gibson SG di Gesú con la tastiera in palissandro è adagiata su un cuscino lí accanto. Gesú è il ritratto sputato del padre: alto poco piú di uno e ottanta e innegabilmente bello, con gli stessi occhi di un azzurro liquido. (Anche se bisogna ammettere che al momento sono abbastanza iniettati di sangue). Però ha i capelli biondi, folti e lunghi, che gli arrivano alle spalle. Senza pensarci, Jimi improvvisa un breve riff al manico della chitarra. L'ultimo accordo echeggia fra le nuvolette intorno a loro.

– Bella storia, – dice Gesú. – Come ti è venuto?

– È solo un fraseggio blues, fratello.

Gesú prende la Gibson e Jimi glielo insegna. Gesú adora cazzeggiare con Jimi piú che con chiunque altro. Quassú ce ne sono di grandi musicisti, niente da dire. Roy Buchanan riesce a far piangere la Telecaster come nessuno, ma a volte è cosí... be', irritabile. Jimi invece è un tipo che ci sta davvero dentro. A sua volta, Hendrix ha scoperto che Gesú è un allievo promettente, un chitarrista ritmico piú che discreto con un notevole talento per le pennate robuste, sonore e fiammeggianti. E ha anche una splendida voce, è innegabile. Qualche strofa e Gesú ha già imparato il breve riff. – E se poi passi, diciamo, in chiave minore... – continua Hendrix. – Puoi anche...

Stanno per lanciarsi in una jam, entrambi alle prese con lo stesso riff suonato in due punti diversi della tastiera, le due melodie che si intrecciano e riecheggiano, quando Fabiano si materializza. Squadra la nuvola di fumo dolciastro, i resti di un altro concertino alla marijuana e il duo sciallato lí con l'occhio da triglia. – Mamma mia, – sbotta Fabiano.

– A quanto pare qui hanno vomitato un paio di adolescenti strafatti.

– Ehi Fabiano, – dice Gesú. – Te la spari una birretta?

– Una birretta! Molto virile! – risponde Fabiano, con un applausino ironico. – Declino l'offerta, per me è un tantinello presto per bere. Tuo padre vuole vederti.

– Cazzo, me n'ero dimenticato. È tornato oggi, no?

– È tornato, ed è incazzato nero, tesoro.

– Ok, digli che arrivo fra un attimo.

– Senza offesa, ma credo che intendesse all'istante. Tipo subito.

– Oh, cazzo –. Gesú appoggia la Gibson e fa un ultimo tirello. Si alza dalla poltrona a sacco, il corpo alto e dinoccolato che si stiracchia con aria languida. – Ci becchiamo, Jimi.

– Fa' il bravo, – risponde Hendrix.

– Come sempre.

Dio alza gli occhi e vede Gesú avvicinarsi con passo scazzato, mentre Jeannie richiude il portone alle sue spalle. – Paparino! – fa Gesú, allargando le braccia. – Com'è andata? Hanno abboccato?

Padre e figlio si abbracciano. Il figlio percepisce il tanfo di pesce, sudore e vestiti sporchi – Dio non ha ancora trovato il tempo di cambiarsi – e il padre, a Sua volta, snasa un tanfo di birra rancida e marijuana sopraffina. – Ragazzo mio, – sbotta gioviale. – Accomodati, dài! Come va?

– Oh, bene, benissimo.

Gesú si sistema sulla poltrona piú vicina e appoggia i piedi scalzi sulla scrivania del padre. Dio si siede sul bordo.

– Bene bene, – risponde Dio, raggiante. – Cosa stai combinando?

– Ah, la solita roba, me la sciallo.

– Te la prendi comoda, eh? Ottimo!

– Eggià, strimpello la chitarra, gioco a golf, una fumatina d'erba...

– Ah, sí? Hai l'aria un po' sciupata, figliolo, vuoi bere qualcosa? Ti va un bel bicchiere d'acqua fresca?

– Oh sí, mi va proprio, grazie. Lo sai che stai da Dio, papà? – Dio, dando le spalle a Gesú, gli versa un bicchiere d'acqua da una caraffa. L'acqua è di colore arancione, tipo ruggine, con uno spesso sedimento sul fondo. Dio si riavvicina con il bicchiere, nascondendolo con la mano, mentre Gesú continua. – Sei abbronzato.

– Ti pare? – chiede Dio.

– Jeannie c'aveva preso. Dovresti staccare piú spesso.

– Tu dici? – domanda Dio, passando l'acqua a Gesú.

– Cazzo, sí. Ogni tanto è sacrosanto prendersi del tempo per... per se stessi, no? Ci sta dentro...

– Capisco –. Dio lo guarda con un sorriso, mentre Gesú lascia a metà la frase per buttare giú una bella sorsata.

– Bllllrrrreaaahhhhh! – fa Gesú, sputacchiando l'acqua dappertutto. – Ma che cazzo è...

– UN PICCOLO ASSAGGIO DEL FIUME GANGE PRELEVATO OGGI POMERIGGIO!

– Un picc... Cosa?

– USANO QUEL POSTO COME UN CAZZO DI CESSO MENTRE TU CAZZEGGI GIORNO E NOTTE, PIGRO STRONZETTO DEI MIEI COGLIONI!

Dio di buonumore? Lo zio piú simpatico dell'universo. Jack Lemmon o James Stewart imbottiti di Prozac. Dio di malumore? Un produttore hollywoodiano che ha appena imbroccato un fiasco clamoroso. Joel Silver o David Geffen imbottiti di crack.

In segreteria fanno gli struzzi sotto le scartoffie. È dura, stavolta. Tutti vogliono bene a Gesú.

– Io... io...

– Vieni qui. Forza, vieni –. Dio prende Gesú per un orecchio. – Ahi! Ahi! Ahi! Ahi! – e lo trascina fino a un'enorme lavagna bianca dove Lui ha scritto diversi temi all'ordine del giorno per la riunione. – Usano la foresta pluviale come una merdosissima discarica. C'è un buco... UN BUCO, CAZZO... nello strato di ozono, ed è grande come il mio uccello. Gli oceani... Quei pochi pesci rimasti seguono una dieta a base di stronzi, petrolio e vecchi frigoriferi –. Dio lo molla e Gesú arretra incespicando, massaggiandosi l'orecchio. – Ma papà...

Dio alza un dito minaccioso. Gesú ammutolisce mentre Dio avvicina il dito al viso di Suo figlio. – E queste sono solo lagne da ambientalisti. Sul piano morale, invece... Hai una vaga idea di quanto è arrivata in basso l'etica del genere umano? In confronto, un congresso di stupratori e usurai è un simposio di santarellini.

– Papà, anche io sono appena tornato! – (Non ha tutti i torti. Piú o meno da duemila anni, vale a dire un mesetto in termini celestiali).

– Non potevi buttare un occhio e controllare come andavano le cose? Lo sai qual è il tuo problema? Sei un cazzaro inconcludente. Pensi di potertela cavare nella vita con qualche parolina dolce e un sorriso ebete. Non pensi mai che...

E via con la ramanzina paternalista. Santo cielo, pensa Dio ascoltandosi, sentendosi snocciolare parole come «responsabilità», «abnegazione» e «carattere»; quanto suona antiquato 'sto pistolotto. Nemmeno in paradiso si arriverà a un punto dell'evoluzione in cui potrai smetterla di blaterare roba del genere ai tuoi figli? Tutti adorano il pischello. Non sarà che ti aspettavi qualcosa di piú dal sangue del tuo sangue?

Alla fine, quando si accorge che Gesú è sul punto di scoppiare a piangere, Dio fa un bel respiro e tira le somme con un tono di voce piú dolce, mentre scivola lungo la scrivania per avvicinarsi a Suo figlio. – Senti, cerca di capirmi... Te lo sei guadagnato un periodo di tregua. Però credevo che tu... Sí, insomma, che avresti badato tu agli affari mentre il tuo vecchio era via...

– È solo che... quelli del xx secolo che ho conosciuto mi sono sembrati tutti cosí simpatici.

Dio sbuffa. – Sei in paradiso, idiota. Certo che sono simpatici. E comunque tu sei troppo di bocca buona.

Per un po' padre e figlio fissano in silenzio la lavagna: i fatti e le cifre terribili, i nomi e le varie foto che Dio ha appeso: i mucchi di cadaveri nudi e scheletrici dietro al filo spinato, i bimbi con le gambe ossute e la pancia gonfia che reggono una scodella vuota, un enorme sottomarino nucleare.

– Che cazzo... – mormora Gesú. – Che ne è stato di «fate i bravi»?

«Fate i bravi». Ogni volta che Dio ripensa alla meravigliosa semplicità di quella frase, il Suo unico e originale comandamento, gli subentra in automatico un altro pensiero: quel coglione di Mosè. Che razza di arrogante testa di cazzo butta nel cesso l'unico comandamento che gli è stato dato e ne tira fuori dieci inventati di sana pianta? Mosè, ecco chi. Tutta una marea di stronzate sul desiderare o meno il bue del vicino. (Mosè, si sapeva, era sempre stato un ticchio fuori di testa. Un ticchio? Quel tipo era uno schizzato bello e buono). Perché? Come gli era venuto in mente di metterci il sesso? Potere. Ambizione. Ego. Cosí va il mondo.

– È quello che scopriremo, – fa Dio, passando alla fase operativa e schiacciando il tasto dell'interfono sulla scrivania. – Jeannie...? Tutti i supersanti in sala riunioni, per

favore –. Dio sbuffa di nuovo. Perché Dio odia le riunioni.
Sprechi un mucchio di tempo, ma non fai altro che tappa-
re falle, rimandare problemi.

    – Già fatto, Signore. La stanno aspettando lí.

    – Bravissima. Ah, Jeannie…

    – Sí, Signore?

    – Tramezzini, caffè e ciambelle. Non sarà una cosa
breve…

4.

Al tavolo della sala riunioni quattro santi parecchio nervosetti – Pietro, Matteo, Andrea e Giovanni – fumano e trangugiano caffè. Il tavolo di vetro è enorme e ha una cartina del mondo incisa ad arte in superficie. Ogni santo ha una pila di fogli sotto il naso.

La pila di Pietro è una panoramica messa insieme da tutti i dipartimenti. In quanto general manager del paradiso in teoria la gatta da pelare è tutta sua. Tuttavia, in quanto braccio destro di Dio – l'unico ad avergli detto che forse una vacanza non era una grande idea (aveva intuito la piega che stava prendendo la religione laggiú) – Pietro è un po' meno nervoso dei colleghi.

La pila di Matteo, come si confà a un ex esattore delle tasse, riguarda statistiche, fatti e cifre. Matteo ha gli occhialini da ragioniere, i capelli sempre piú radi e adesso porta il bicchiere d'acqua alle labbra con le mani che gli tremano. È anche l'orgoglioso detentore di una delle voci piú noiose che uomo o angelo abbiano mai sentito: un ron ron monotono capace di trasformare la prosa piú sublime nell'elenco del telefono.

La pila di Andrea invece è sottile e riguarda soprattutto il xx secolo. Il santo patrono della Scozia verrebbe definito sulla Terra il guru mediatico di Dio. Andrea ci sa fare, ma sa bene che non sarà facile mettere in buona luce il tema all'ordine del giorno.

La pila di Giovanni contiene idee spericolate e future proiezioni. Come si addice al figlio di un uomo chiamato Zaccaria, Giovanni è una specie di sognatore. Un pensatore fuori degli schemi. (Ma che Dio vi aiuti se Dio vi sentisse usare espressioni del genere).

– Oddio, oddio, oddio... – sta dicendo Matteo, con il naso sui fogli.

– Mettiglielo bene in chiaro, – fa Pietro. – Diamo il quadro completo.

– Il quadro completo, eh? Sei forse suonato, testa di cazzo? – ribatte Andrea. – Tipo il quadro di uno stronzo gigantesco innaffiato dalla piscia di un coglione e poi stampato a terra da un enorme anfibio Doctor Martens? Stando a te renderebbe l'idea, eh?

Matteo sospira. – Com'è che devi sempre ficcarci gli stronzi e la piscia?

– Ce la caveremo, ragazzi, – interviene Giovanni, alzando gli occhi dalla canna che sta rollando. – Insomma, laggiú l'andazzo è questo: papà è partito e i ragazzi hanno dato una festicciola. Ok, c'è una macchia sulla moquette, qualcuno ha scheggiato un paio di bicchieri, magari... che ne so... s'è rotta persino una finestra, ma alla fine della fiera la casa non è stata rasa al suolo da un incendio. Nessuno ci ha lasciato le penne, no?

Andrea fa una risatina sprezzante.

– Be', a dire il vero, dal punto di vista statistico... – fa Matteo, alzando gli occhi da una selva di grafici, diagrammi ed elenchi.

– Giovanni? – lo interrompe Pietro.

– Eh? – Giovanni si sta infilando lo spinello in bocca e si tasta la palandrana in cerca di un accendino.

– Chiudi quella cazzo di bocca –. Pietro gli stacca la canna dalle labbra e se l'accende. Giovanni fa spallucce men-

tre si percepiscono delle voci e dei passi in avvicinamento.
– Oddio, oddio, oddio… – riattacca Matteo, e poi all'improvviso le porte si spalancano e Dio fa il Suo ingresso con Gesú a ruota.

Giovanni è il piú vicino e il primo a scattare in piedi.
– Ehilà, bentornato! Sta un incanto.

Matteo fa in tempo a dire: – Ho sentito dire che la pesca è stata favol…

– Voi due, – taglia corto Dio. – Piantatela con queste smancerie del cazzo e sedetevi all'istante altrimenti, lo giuro, vi stacco l'uccello e me lo porto come orecchino per il resto di 'sta riunione del cazzo.

– Pardon, – dice Matteo.

– Nema problema, – risponde Giovanni mentre entrambi si risiedono.

– Ehi… – borbotta Pietro quando Dio l'abbraccia. – Non vorrei fare la parte del saputello, però te l'avevo dett…

Dio alza il dito indice e lo zittisce.

– Come butta, capo? – fa semplicemente Andrea, con un cenno dall'altra parte del tavolo.

– Ciao ragazzi, – dice Gesú, acchiappando una ciambella dal buffet e scivolando sulla sedia accanto a Matteo.

– Allora… – dice Dio, mettendosi a capotavola e sistemando i Suoi appunti. – Visto che quelli scatenano un genocidio o una carestia ogni quarto d'ora, meglio metterci sotto. Quindi… – Dio appoggia i gomiti sul tavolo, intreccia le dita delle mani e li scruta. – Cosa cazzo succede laggiú?

5.

Molte ore dopo. Maniche rimboccate. I posacenere straripanti di mozziconi. Tazze e piatti sporchi sparsi dappertutto. I fogli che strabordano dal tavolo e cadono per terra, l'aria satura di fumo per le migliaia di spinelli che girano onde affinare la concentrazione e la creatività. Dio inspira l'erba e la soffia fuori, preparandosi a formulare la domanda ovvia.

– Che cazzo è successo ai cristiani? – chiede Dio. – Ci sono cristiani dappertutto, cazzo.

– La cosa, ehm, si è un pochino involuta, – risponde Pietro.

– Involuta? Cosa c'era di potenzialmente involuto in «fate i bravi»?

– Se posso permettermi, Signore… – fa Matteo, alzandosi. Dio fa un cenno per dirgli che i presenti sono tutt'orecchi. – C'è stata una certa frammentazione. Ovviamente ci sono i cattolici.

– Ok, fuori uno, – risponde Dio.

– Ahimè, non proprio uno, Signore. Fra i cattolici ci sono diversi, ehm, sottogruppi. C'è la Chiesa maronita, quella greco-melchita, quella cattolico-rutena o bizantina, quella caldea, quella…

– Be', qual è la differenza? – chiede Dio.

– Quasi tutti credono che il papa sia il Suo rappresentante sulla Terra…

– Col cazzo, – risponde Dio.

– Però... – continua Matteo. – Ci sono divergenze di natura teologica su... Vediamo, per esempio sulla raffigurazione latina del purgatorio.

– C'è qualcuno a cui frega una cippa di minchia della raffigurazione latina del purgatorio? – reagisce Dio, versandosi dell'altro caffè.

– Ottima argomentazione, Signore. Tuttavia, pare che qualcuno ci tenga. Poi ci sono cose come l'Esarcato patriarcale per le Chiese ortodosse di tradizione russa in Europa occidentale, le Chiese ortodosse orientali – che, come ricorderà, non hanno sottoscritto il concilio di Calcedonia nel 451 – la Chiesa ortodossa copta di Alessandria, la Chiesa ortodossa siriaca giacobita, la Chiesa ortodossa siriaca malankarese, la Chiesa ortodossa eritrea detta «Tewahedo», la Chiesa assira dell'Est... Ah, poi la Chiesa mariavita, la Chiesa cattolica palmariana, la Vera Chiesa cattolica, la Chiesa cattolica liberale, l'Associazione patriottica cattolica cinese, la Chiesa cattolica carismatica del Canada, la Comunione di Cristo il Redentore, la...

– E fin qui siamo ancora ai cattolici?

– Sissignore.

– Fammi un sunto, – dice Dio. La voce di Matteo: roba da farti schizzare gli occhi fuori dalle orbite.

– Dunque... poi vengono i protestanti. Fra questi ci sono i presbiteriani, i battisti, gli anabattisti, i metodisti, i pentecostali, gli episcopali, i carismatici, i neocarismatici e i... mmm... luterani.

– Ok, graz...

– Ma all'interno di questi gruppi ci sono la Chiesa luterana apostolica d'America, la Conferenza confessionale evangelica luterana, la Fratellanza dei Rimostranti, la Confederazione delle Chiese evangeliche riformate, la Chiesa presbiteriana del Cumberland superiore... A proposito, non è un elenco esaustivo...

Dio non era d'accordo: lui esausto lo era già.

– Poi ci sono gli amish. Tra questi si distinguono gli Swartzentruber amish, gli amish del Vecchio Ordine, gli amish del Nebraska, i Beachy amish, poi gli hutteriti, le comunità Bruderhof, gli abecedariani... no aspetti. Questi sono estinti, mi scusi... i mennoniti, e tra questi, la Conferenza mennonita di Chortitz, i mennoniti seguaci di John Holdeman, i mennoniti evangelici, i metodisti – la Chiesa metodista episcopale cristiana, i metodisti liberi, i metodisti uniti, i metodisti primitivi. Indi i battisti: i battisti missionari del tempo andato, i battisti regolari, i Vecchi battisti regolari, i battisti progressisti, i battisti separatisti, i battisti separatisti in Cristo, i battisti del settimo giorno, la Convenzione dei battisti del Sud, i battisti del Sud del Texas, i battisti del libero arbitrio, i battisti della Bibbia, l'Associazione battista conservatrice d'America, i battisti primitivi, i battisti primitivi neri, l'Unione dei battisti norvegesi e mmm... l'Associazione dei Missionari battisti...

– Finito?

– Quanto ai battisti, sí. Poi ci sono i Confratelli: i Confratelli uniti, i Liberi Confratelli evangelici, i Confratelli di Plymouth, i Pentecostali. La Chiesa dei Piccoli Bambini di Gesú Cristo, la Chiesa della Santità Battezzata col Fuoco del Dio delle Americhe...

– 'spetta 'spetta, – interrompe Dio, spegnendo lo spino. – La Chiesa della Santità Battezzata col Fuoco del Dio delle Americhe? Te le inventi 'ste stronzate?

– Nossignore. La Chiesa pentecostale Dio è Amore, la Chiesa gerosolimitana di Dio, la Chiesa di Dio dei Seguaci dei Segnali...

Intanto Gesú si era appisolato.

– ... la Chiesa di Dio della prima assemblea in montagna, la Comunione cristiana della casa di Potter. I Carismatici: la Cappella del Calvario, la Chiesa carismatica di Dio, la Chiesa del raccolto, l'Esercito di Cristo, i Sacerdoti della Sua gloria, le Nuove Frontiere, la Chiesa del vero Gesú, il Movimento della Rinascita, la Comunione della nuova vita... ops, mi scusi, a dire il vero queste ultime in realtà sono neocarismatiche. I quaccheri, il Movimento di restaurazione fondato da Stone e Campbell, i milleriti, i southcottiti, gli avventisti del settimo giorno, i mormoni, cioè quelli convinti che a un certo punto Suo figlio sia passato da Salt Lake City in Utah dove ha fornito assistenza ai...

– Ehi scemotto, – dice Dio a Gesú, che ormai russa come una locomotiva. Dio gli lancia una gomma, centrandolo in fronte e svegliandolo di botto.

– Eh, come?

– Ci sei mai passato da Salt Lake City?

– È per quella tipa? Guarda che diceva di essere maggiorenne. Io...

– Lascia perdere, – lo liquida Dio, facendo cenno a Matteo di continuare.

– ... ha fornito assistenza ai, mmm, nefiti. Poi ci sono i Santi degli ultimi giorni, le confessioni degli hendrickiti, i bickertoniti, i cutleriti, gli strangiti e cosí via. Poi c'è la robina ancora piú estrema come i cristadelfiani, i cristiani scientisti, i doukhobor, i sabatini, i molokani, i testimoni di Geova, gli swedenborghiani, i...

– Va bene, va bene, – Dio alza una mano. – Matteo, ti scongiuro, chiudi quella bocca del cazzo. Vieni al punto, ok? A quanti ammontano in totale questi rompicoglioni?

– Le diverse denominazioni cristiane? Vediamo... – Matteo scartabella gli appunti. – Poco piú di trentottomila.

Scende un lungo silenzio prima che Dio ripeta: – Che cazzo.

Nessuno ha qualcosa da obiettare al riguardo e, dopo un'altra lunga pausa, Dio chiede: – Com'è che si sono fatti prendere fino a questo punto? Insomma, pensano che me ne importi poi tanto se credono o non credono in me?

– Si sono un po' incartati sull'interpretazione della Bibbia, – risponde Pietro.

– Maddài, la Bibbia di 'sta minchia? – fa Gesú.

La Bibbia di 'sta minchia…. Che demente. Avevano raccattato alcune storielle qui e là – aneddoti, pettegolezzi – e le avevano cucite, tagliate, abbellite, rielaborate cosicché la gente potesse trovarci un consiglio buono per qualsiasi cazzata. (I cinquemila sfamati, come no. Gesú se lo ricorda quel banchetto: ce n'erano cinquanta a volere essere di manica larga. Ma era stato come Lenny Bruce allo *Hungry i* o i Sex Pistols al *100 Club*: se tutti gli stronzi che dicevano di esserci stati ci fossero andati davvero, il pubblico avrebbe riempito lo Yankee Stadium. E poi, altro che pani e pesci, quella sera avevano usato un mucchio di couscous, mamma mia. Una marea di couscous. Si erano fatti bastare quello che c'era). Non che la Bibbia avesse il monopolio per questo tipo di interpretazione estensiva. Un barbuto economista tedesco butta giú qualche ideuzza sulla natura del capitalismo. Mezzo secolo dopo ecco arrivare Stalin, Mao e Pol Pot, e prima ancora di poter dire «mezzi di produzione» qualche povero cambogiano si ritrova per terra in una pozza di sangue, a guardare il proprio fegato venire portato via infilzato in un bastone perché ha osato possedere, tipo, una forchetta. Oppure cinquanta milioni di russi vengono spediti al Creatore.

– Ehi, 'spetta un momentino, ciccio, – fa Andrea, con il

dito puntato verso Matteo. – Hai lasciato fuori i creazionisti, bello.

– A dire il vero, Andrea… – risponde Matteo. – Scoprirai che il creazionismo è un'idea diffusa in molte sottobranche della cristianità, e non un vero e proprio ramo in sé e per sé.

– Il creazionismo? – fa Dio. – E che è?

– Senta qua, – dice Andrea, pronto a ridersela. – Ci sono 'sti sciroccati laggiú, piú che altro in America, davvero fuori di cocuzza, garantito capo, ma senta qua, non crederà alle Sue orecchie: questi coglionazzi credono che la Terra abbia piú o meno diecimila anni.

Dio lo guarda senza raccapezzarsi. – In che senso «credono»?

– Nel senso… – risponde Andrea, – che ci credono. Hanno preso l'età di ogni testa di cazzo che fa una comparsata nella Bibbia e le hanno sommate fino ad Adamo ed Eva e cosí hanno calcolato l'età della Terra, cazzo. Diecimila anni.

Un'altra lunga pausa prima che Dio cominci a sganasciarsi.

La risata di Dio, bisogna sentirla. È la piú contagiosa risata di pancia mai sentita al mondo. Non passa molto che tutti ululano dal gran ridere, a crepapelle, tanto che Jeannie fa capolino sulla porta per controllare che tutto sia sotto controllo. Agevolato dalla maria, in un attimo Dio è in ginocchio sul tappeto con un fiume di lacrime che gli riga il viso. – Oh, no! Oh, io… io… – sta cercando di dire, mentre riprende fiato. – Ossigeno, ho bisogno d'ossigeno.

– Diecimila anni! – ripete Gesú. – Che storia.

– Basta, ti prego! – implora Pietro.

– Ma… ma… e le rocce? – chiede Dio, parlando a fatica. – I fossili? Non hanno ancora scoperto il metodo di datazione al carbonio?

– Sí che l'hanno scoperto, – risponde Matteo. Perfino Matteo piange dal ridere.

– Però, 'scolti qua... – interviene Andrea. – I creazionisti sostengono che Lei abbia creato la Terra con una parvenza di età, per far credere alla gente che fosse piú vecchia di quanto non era!

– Ahahahahahahahahahahahah! – Dio ormai si sbellica dalle risate, tempestando di pugni la scrivania. – Cioè, gli avrei dato una... vernice d'antico?

Tutti quanti si stanno scompisciando.

Alla fine Dio riesce a trascinarsi fino alla sedia. – Mamma mia, che risate. Incredibile, incredibile...

– Lo so! – fa Matteo. – Pare impossibile che ci credano cosí in tanti, eh?

– In che senso? – chiede Dio, con un'ultima risatina, mentre si asciuga una lacrima.

– Secondo le piú recenti stime la percentuale di americani che crede nella validità del creazionismo oscilla tra il 40 e il 45 per cento della popolazione.

Dio smette di ridere. – Cosa? – mormora.

– Eh già, – continua Matteo. – E lo insegnano pure a scuola.

– Insegnano queste stronzate ai bambini? – fa Dio, mordendosi un labbro.

– Ehm, pare di sí.

– MI PRENDI PER IL CULO?

Dio mette a soqquadro tutto.

I fogli volano via, un grosso posacenere si schianta in mille pezzi contro una parete, una tazza lo segue a ruota, una sedia viene capovolta. Tutti fissano gli appunti, nell'attesa che la tempesta si plachi. Alla fine, ormai con il fiatone, Dio torna a sedersi. – E quel tipo, allora? – fa Lui. – Quel Darwin... Quello aveva piú o meno inquadrato tutta la faccenda.

– Appunto, – fa Andrea. – Dicono che è il diavolo.

– Ma questi sono idioti sul serio?

– Pare proprio di sí, Signore.

– Aspetta... – Dio recupera uno spinello spento dal posace-nere e lo mostra agli altri. – Non è che fumano troppa erba?

– Non esattamente, Signore, no, – risponde Pietro.

– Paparino... – interviene Gesú. – Non lo sai? La ma-rijuana è illegale quasi dappertutto, ai piani bassi.

– È *cosa?*

– È contro la legge vendere o possedere marijuana in... – Matteo controlla gli appunti. – In America, Regno Unito, Francia, Australia, Giappone, Canada... – E continua.

– Perché? – fa Dio sporgendosi verso Pietro e igno-rando la litania di Matteo. – Perché dovrebbero bandire qualcosa che ho messo lí per il loro piacere? A loro non piace sballare?

– Fanno largo uso di alcol e tabacco, – risponde Pietro.

– ... Italia, Spagna, Argentina, Irlanda...

– Ma... – Dio fa un tiro rapido, però intenso. – Perché una cosa sí e l'altra no?

– Soldi, – risponde chiaro e tondo Pietro. – Loro...

– ... Belgio, Thailandia, Finlandia, Islanda, Norvegia...

– Basta cosí, grazie Matteo – lo interrompe Dio.

– Tassano la vendita di alcol e sigarette. È...

– ... Russia, Germania, Singap...

– VUOI CHIUDERE QUELLA FOGNA DI BOCCA? – Dio lancia una ciambella a Matteo che chiude il becco.

– È una questione di soldi, – fa Pietro.

– Esiste qualcosa che laggiú non sarebbero disposti a fa-re per un po' di vile denaro? – chiede Dio, rivolto a tutto il tavolo.

Silenzio. Dio si massaggia le tempie, piega il collo, cerca di scaricare la tensione prima di sbottare: – E ancora non abbiamo preso in esame i musulmani. Avete letto anche voi, vero? – Qualche cenno di mesto assenso. – Insomma, ovviamente non tutti i musulmani. Ma certi tizi sono... Quei talebani, no? O in Iran... Che cazzo combinano? Io... – Rimasto senza parole, Dio schiaccia il pulsante dell'interfono. – Jeannie, hai rintracciato Maometto?

– È in linea che attende, Signore, glielo passo. È in macchina.

– Ehilà, vecchio mio! – La voce allegra di Maometto esplode crepitando dalle casse. – Com'è andata la vacanzina?

– Benissimo, grazie. Ti ho messo in vivavoce, Maometto. Sono qui con Pietro, Giovanni, Matteo, Andrea e mio figlio.

– Ciao ragazzi!

– Ciao Maometto! – intonano all'unisono. Maometto piace a tutti. È un tipo talmente simpatico.

– Gesú, amico mio! – continua Maometto. – Come te la passi da quando sei tornato?

– Una pacchia, fratello.

– Una pacchia un paio di palle, – lo interrompe Dio. – Senti, Maometto: giú in Terra, che cazzo stanno combinando alcuni dei tuoi?

– Eh, non me ne parlare....

– Quei talebani, insomma, quei rintronati, dài...

– Ah sí, quelli sono cattivi. Cattivissimi. Sono d'accordo. Io... Guarda dove vai, imbecille! – Sento Maometto attaccarsi al clacson. – Scusate.

– Ok, ma cosa possiamo fare?

– Non è facile. Quelli leggono una cosa, si fanno un'idea... E un attimo dopo è tutto un casino.

– Cazzo! – sbuffa Dio. È tornato da mezza giornata e ne ha già pieni i santissimi dell'analisi testuale. Buona per un seminario all'università. Se ti serve soltanto a delirare sul simbolismo di Joyce coi tuoi amici dell'unione studenti, ottimo: come si usa dire, vai con Dio. Ma quei tizi – quei cazzari di merda – usano le loro interpretazioni testuali per dire alla gente che deve passare tutta la vita dentro un sacco. O lapidare il suo prossimo.

– Dio, amico mio, detesto dirlo, ma tu...

– Maometto, fermo lí, non è il momento adatto per riattaccare con la solfa del libero arbitrio.

– Va bene, va bene. Ma io che ci posso fare? Io ci lavoro e basta, qui. Io... – Una scarica di elettricità statica, un crepitio di onde radio. – Noi... dovremmo... forse... quando...

– Maometto? Ti sento e non ti sento.

– Senti, sto... galleria... sentiamo... dopo? – La linea cade. Dio stacca il telefono e si risiede.

– Ci vuole la pazienza dei santi... – sbotta infine. – Soluzioni?

– Non sarà facile, Signore, – attacca Pietro. – Abbiamo stilato delle proiezioni. Al ritmo attuale con cui sfruttano le risorse naturali – scioglimento delle calotte polari, buco nell'ozono, effetto serra c cosí via – renderanno il pianeta invivibile nel giro di... be', tre-quattromila anni. Insomma se diamo un'occhiata a questo scenario... – Pietro schiaccia un tasto su un telecomando e il centro della grande scrivania di vetro si accende, mostrando un'immagine dell'oceano. Zooma ancora e si intravede un'enorme macchia grigia che vortica. Pietro zooma ancora e tutti vedono che si tratta di una serie di vortici, un enorme gorgo di melma chimica.

– Che cazzo è quello? E cosa ci fa nel mio cazzo d'oceano? – domanda Dio.

– È quello che chiamano la «grande chiazza d'immondizia del Pacifico», – risponde Pietro. Adesso hanno scoperto che è composta quasi interamente da rifiuti di plastica, spurghi chimici e acque di scolo, tutto intrappolato in uno schiumante ribollio di correnti. Sembra gigantesca. Un buco nero di rifiuti non biodegradabili fabbricati dall'uomo.

– Ma quanto... Cioè, quanto è grande? – chiede Gesú.

– Centinaia di migliaia di chilometri quadri, – risponde Matteo. – All'incirca sei volte la grandezza della Gran Bretagna. O due volte il Texas.

Dio si porta una mano alla bocca e soffoca un grido.

– E solo un paio di giorni fa non c'era, – dice Pietro. – Cioè, un paio di giorni del nostro tempo. Gli uomini ci sono riusciti in sessanta-settant'anni del loro tempo. Per adesso è trattenuta a stento dal vortice di correnti del Pacifico settentrionale, ma una volta fuori controllo, nel giro di un altro secolo, diventerà né piú né meno che un continente di merda –. Schiaccia di nuovo il tasto del telecomando e il tavolo si spegne. Tutti restano a fissare in silenzio il tavolo di vetro.

Dio si alza e va alla finestra. Contempla la distesa infinita di sorgenti e prati e spiagge del paradiso. Guarda il tramonto perfetto. – Che cazzo, – dice per quella che pare l'ennesima volta quella mattina.

– Secondo me non dovremmo permetterlo, – fa Giovanni. Tutti quelli seduti al tavolo si girano a guardarlo.

– Spara, Giovanni, – fa Dio, continuando a dare le spalle al gruppo.

– Dobbiamo fare qualcosa. Perché lasciare che quegli animali distruggano tutto con le loro mani? Vaffanculo –. Giovanni si alza, va a ruota libera. – Quello che dobbiamo fare è ricordare a quei pezzenti chi è il capo. Con uno schianto, non con un lamento. Io dico: mettiamoli in riga finché ne abbiamo ancora la forza. Sto parlando di roba tipo rivelazioni, sto parlando di fuoco e fiamme, cazzo.

Inondazioni. Cavallette. Tsunami. Armageddon. Collisioni
con gli asteroidi. I Quattro Cavalieri dell'Apocalisse che
arrivano al galoppo, la tromba di Gabriele ficcata su per
il culo. La Terra rivoltata come un'enorme merdosissima
piñata. Il Giorno del Giudizio e SALUTAMI A SORETA!

– Spazzarli via e ricominciare da zero? – chiede Matteo.

– Ma sí, affanculo –. Giovanni ha il respiro affannato
e la bava agli angoli della bocca.

– Il ragazzo non ha tutti i torti, – concede Andrea. – Lei
che ne dice, Signore?

Dio raccoglie una pietruzza dal davanzale e se la rigira
in mano. Dietro c'è il calco fossile di un piccolo trilobite,
una specie di bacherozzo vissuto piú di cinquecento milioni d'anni fa che è stato tra i primi organismi a sviluppare
qualcosa di simile agli occhi. Dio passa teneramente un dito
sul calco. – Che creaturina preziosa, – bisbiglia tra sé e sé.

– Signore? – fa Pietro.

Dio si gira verso di loro e parla in modo pacato. – Vi
ha dato di volta il cervello, ragazzi? «Ricominciare da
zero»? Ma cosa pensate che sia, un puzzle? Un'infornata
di biscotti al cioccolato? Avete una vaga idea di quanto
lavoro c'è voluto? Ci ho messo un paio di miliardi di anni
solo per arrivare a questo punto, – esclama, mostrando il
trilobite. – Voialtri state quassú da qualcosa come cinque
minutini del cazzo. Io mi sono dovuto sorbire l'Archeano
e il Proterozoico, tutto da solo. Provateci un po' voi, a
fare quattro chiacchiere con un eucariote. Poi c'è stato il
Paleozoico: sai che divertimento. Trecento milioni d'anni a fissare scarafaggi e lucertole… Ah be', il massimo
della vita. Perfino quando è arrivato l'Uomo… – Adesso
Dio sta girando intorno al tavolo della sala riunioni, con
le mani dietro la schiena, la voce che sale gradualmente di tono mentre li apostrofa uno alla volta. – Credete

che sia stato uno spasso? Oh, avete un'idea anche vaga di quale barba sia stata l'Età del Bronzo? – chiede, fermandosi alle spalle di Giovanni, a pochi centimetri da lui. – L'unica forma di divertimento era APPUNTO QUEL BRONZO DEL CAZZO!

Tutti si guardano la punta dei piedi.

– Poi finalmente sono arrivati i greci: letteratura, teatro, froci. Tutto ha preso vita. E poi i romani...

– Ehi, un momento, ci hanno messo in croce, quelli! – fa Gesú, cercando l'appoggio degli altri.

– A te è andata anche bene, – risponde Andrea. – Prova a finire su una merdosissima croce a X. Quella sí che è una strigliata come si deve, figliolo!

– Ma va' là, – interviene Pietro. – A me è toccato di essere crocifisso a testa in giú.

Cominciano a bisticciare su chi s'è beccato la crocifissione peggiore.

– Eddài, – fa Dio. – Mettiamoci una croce sopra –. I santi e Gesú scoppiano a ridere. Dio ha anche trovato il tempo di erudirsi su alcuni aspetti positivi del xx secolo. Le commedie brillanti e il rock'n'roll, per esempio. Mica solo genocidi e carestie. Hanno anche trovato il tempo di inventare la chitarra elettrica, no?

Andrea indica Dio. – Buona questa!

– Non è certo un calvario! – fa Matteo.

– Si crede Cristo in croce, – gli fa eco Giovanni, mentre tutti ridacchiano, gratificati da quel momento di distensione.

– A proposito, papà, devi conoscere Graham Chapman: era uno dei Monty Python, – dice Gesú.

– Oh, chiudi il becco, – risponde Dio. – Siete come un gruppo di scolaretti del cazzo. Dov'ero rimasto? Ah sí, i romani. Certo, non eravamo proprio della stessa pasta e verso la fine si sono lasciati prendere la mano, ma cazzo, loro sí che sapevano come costruire le strade, o no?

Tutti annuiscono.

– E verso il Medio Evo abbiamo avuto una piccola caduta di tono, ma subito dopo *bum!* il Rinascimento –. Dio sospira. – Arte come se piovesse, e ogni giorno si scopriva un continente diverso. Sí, è vero, si vedeva già che avremmo dovuto tenere d'occhio quei mentecatti dei cattolici, ma tutto sommato prometteva bene. E poi? Mi assento un attimo per pescare qualche trota d'acqua dolce, e tutto va a puttane in men che non si dica. Ecco cosa.

Dio si si stravacca sulla poltrona a capotavola. – Quello che mi interessa davvero, – dice, – è capire com'è che quel figlio di troia s'è portato cosí avanti.

– Quello fa gli straordinari, bisogna concederglielo, – risponde Pietro.

– E non è un fesso, – concorda Andrea.

– Che cazzo, – fa Dio, schiacchiando l'interfono. – Sarà uno scassamento di palle.

– Sí, Signore? – risponde Jeannie.

– Jeannie, puoi organizzare un incontro con... lui?

– Avevo immaginato l'evenienza, Signore – dice Jeannie. – Cosí mi sono presa la libertà di informarmi se stasera lui fosse libero per cena.

– Per cena? – grugnisce Dio. – Oh be', fa lo stesso.

– Vuole farlo salire da noi?

– No, no. Andiamo giú. Voglio vedere che aria tira.

– Benissimo, Signore. Verso le otto?

– Perfetto. – Dio spegne l'interfono e si gira verso Gesú. – Tu, cuorcontento, tu vieni con me. E mettiti in ghingheri.

– Eddài papà, avevo un imp...

Dio lo fulmina con lo sguardo.

Gesú si tappa la bocca.

6.

Dio e Gesú nell'ascensore trasparente che scende all'inferno. In sottofondo risuona una versione da supermercato di *I Believe I Can Fly* di Robert Kelly, la melodia ricamata dai flauti andini. Dio si è messo uno splendido abito su misura: un gessato grigio chiaro con giacca di taglio classico. Camicia azzurra stirata di fresco, cravatta di seta a righine con un perfetto nodo Windsor. Gli piace mettersi in tiro.

Gesú cincischia con il colletto della camicia. Il suo vestito è nero, pantaloni a sigaretta, giacca a risvolti stretti. Camicia bianca fuori dei pantaloni, cravatta nera e sottile, un po' sghemba, lunghi capelli biondi che si infilano nel colletto. Ha un'aria abbastanza New wave.

– Per Dio, vieni qua... – dice Dio mentre sistema la cravatta a Suo figlio. – Trentatre anni e ancora non sai farti un nodo. Colpa mia.

– Odio mettere la cravatta.

– Lo so. Ti conci sempre come un barbone, – sospira Dio.

Gesú alza lo sguardo sui numeri decrescenti mentre Dio aggiusta e rimbocca. Passano i cerchi dell'inferno: -2, -3, -4.

Dante ci era arrivato piú vicino di quanto molti non pensassero. Ci aveva preso sugli avari, per esempio: eccoli nel quarto cerchio, gente che per tutta la vita non ha fatto altro che cercare di arricchirsi, strisciare davanti a

Gesú e a Dio mentre l'ascensore fila giú senza uno scossone e senza un sibilo attraverso le fiamme eterne. Eccoli che fluttuano vicino alle finestre, contorcendosi per il dolore: grandi speculatori, spacciatori di junk bond e operatori in valute, finanzieri, scalatori, agenti immobiliari, usurai e strozzini. Oltre ai proprietari dei bar che installano i videopoker.

L'atmosfera si surriscalda, la musichetta aumenta impercettibilmente di volume mentre attraversano il sesto e il settimo cerchio: stupratori, assassini, mariti maneschi, pedofili. Tutti sommersi da un'orda di demoni con tanto di frusta, i quali affondano i denti nella loro carne fumante. Al contrario di quello che credeva Dante – e molte religioni – nel settimo cerchio non ci sono i suicidi. Dio ha capito che quelli ne avevano già passate abbastanza. Ci è arrivato da solo. Eppoi, pure lui avrebbe quasi voluto ammazzarsi quando quell'asteroide del cazzo aveva fatto estinguere i dinosauri. Due miliardi di anni di lavoro buttati nel cesso. Tutto da capo, porca puttana. Qui non ci sono nemmeno i bestemmiatori e gli eretici. A Dio, come sappiamo, non gliene frega una beata mazza se la gente crede in Lui o no. E nemmeno ci sono i sodomiti. (Dio adora i froci).

Gesú appoggia la fronte al vetro tiepido e guarda in basso verso il pozzo di fiamme profondo milioni di chilometri, dove bruciano innumerevoli anime dannate.

– Papà...

– Eh?

– Mi dispiace che sia andato tutto a puttane.

Dio guarda Suo figlio: un adolescente di trentatre anni che ancora si sente a disagio in giacca e cravatta. Trentatre. Un tempo a quell'età dovevi essere un uomo fatto. Non piú, pensa Dio. Oggi restano bamboccioni a vita. Il signorino

ha ancora molto da imparare, sulla responsabilità, sul lavoro duro, sugli straordinari. Eppure sotto sotto ha un cuore grande come una casa. È stato questo a salvarlo, l'altra volta. Dio fa un sospiro e dà una pacca sulla spalla a Gesú.
– Sei un bravo ragazzo, – gli dice.

La musichetta cambia, i flauti andini modulano *Land Down Under* dei Men at Work mentre l'ascensore infila il nono cerchio: la vampa risfolgora con le anime di milioni di politici e amministratori delegati corrotti. Qui sotto i diavoli lavorano davvero giorno e notte, ficcano negli orifizi dei dannati manciate di soldi incandescenti, tagliano peni, cavano occhi, marchiano chiappe e pizzicano capezzoli per l'eternità. Le urla sono quasi percettibili attraverso lo spesso pannello di vetro. Ecco Kenny Lay, ex amministratore delegato della Enron. Si intravede a malapena in mezzo a una cerchia di diavoli sovreccitati che gli attaccano i cavi di una batteria alle varie estremità e tranciano dita qui e là con delle tosatrici. Uno gli si accuccia sopra la faccia paonazza, sudata e urlante, pronto a defecare.

All'improvviso, quando il nono cerchio svanisce nelle tenebre, cala il silenzio. Dio si aggiusta i polsini e si sistema il nodo della cravatta. – Forza, testa alta. Cerca di non farmi sfigurare.

Quando si accende il numero 10 parte uno squillante *plin*.

Altra cantonata di Dante.

Le porte dell'ascensore si aprono: Dio e Gesú entrano con passo felpato nell'anticamera del decimo cerchio dell'inferno dove un'enorme insegna al neon recita: *Big Rock Movie Planet*. Le pareti sono addobbate con strumenti musicali e cimeli hollywoodiani esposti in teche di vetro: ci sono dischi d'oro e di platino dei Genesis, di Debbie Gibson e dei Jonas Brothers. C'è una mazza da golf usata nel film *Io e zio Buck*, un'uniforme di *Scuola di polizia 7. Missione a Mosca* e una spada laser da *La minaccia fantasma*. I pantaloni del rapper MC Hammer sono orgogliosamente esposti alle spalle della reception.

– Buongiorno! – dice la ragazza in tutina aderente nera che sta dietro il banco. È uno schianto: una stanga, con gambe da fotomodella. – Prego, vi accompagno al vostro tavolo.

Dio e Gesú la seguono nel ristorante affollato dove rimbomba una versione liofilizzata di *Hip to Be Square* di Huey Lewis and the News. – Eccoci arrivati, – dice la ragazza, facendoli accomodare a un bel tavolo ampio con un divanetto imbottito, accanto alla parete che dà sulla sala. – Sarò da voi fra un attimo, signori. Nel frattempo posso portarvi qualcosa da bere? – domanda mentre distribuisce i menu.

– Mmm, ce l'avete una Michelob? – chiede Gesú.

– Abbiamo solo Carling o Budweiser.

– Che palle. Nemmeno una Heineken?

Lei fa un sorriso tirato.

– Ci lasci il tempo per scegliere il vino, – fa Dio.

– Ottimo, signore. Vi faccio portare la lista dei vini da un cameriere –. Accenna un inchino e se ne va sculettando.

– Solo Carling o Bud! – esclama Gesú.

– Siamo all'inferno, rimbambito, – risponde Dio, senza alzare gli occhi dal menu. – E comunque, visto che ci fermiamo a cena, almeno beviamoci del vino. Cos'hai, sedici anni?

Dall'altra parte della sala esplode una gazzarra che attira la loro attenzione. Un grande tavolo vociante di rabbini cerca di fare un'elaborata ordinazione al cameriere, un nanerottolo con i baffetti neri e i capelli incollati alla fronte. – Ja, ja... – sta dicendo, con una mano alzata per rabbonirli. – Dunqve, *drei* pesci ripieni, *ein* zandwich pastrami, *zwei* punte di petto al forno, *ein* Gefillte fish e *zwei* brodi con polpette di pane azzimo, ja?

– No, *due* sandwich pastrami e *una* punta di petto! – sbotta uno dei rabbini.

– E altri latke! – strilla un altro.

– E un po' di panini alla cipolla!

– Sai cosa? Me lo prendo anch'io, un brodo.

– Dunqve fediamo: *drei* brodi con polpette di pane azzimo... – ripete il cameriere, cancellando qualcosa sul taccuino.

– No, il brodo al posto del pesce.

– Ja. Allora il pesce è zolo uno?

– No, *due* pesci, coglione!

– E qualche aringa in salamoia!

Qualcuno lancia un tozzo di pane che colpisce Hitler alla nuca mentre sgattaiola in cucina, continuando a cancellare ordinazioni sul taccuino. *Hip to Be Square* sfuma e ricomincia subito da capo.

Dio si gira verso Gesú con un sorriso. – Non si può negare che quello stronzetto abbia un notevole senso dell'umorismo.

– Parli del diavolo e... – risponde Gesú con un cenno.

Dio si volta e vede Satana avvicinarsi al loro tavolo. È raggiante. Satana è un piccoletto, grasso e mezzo pelato: un centinaio di chili per un metro e sessanta scarso. Quel poco che resta dei capelli neri è raccolto in un codino. Sotto il vestito nero porta un'orrenda camicia hawaiana, e tiene un sigaro spento in mezzo ai denti. A pochi passi dal tavolo si toglie il sigaro di bocca, mentre Dio e Gesú si alzano in piedi per accoglierlo.

– SANTO IL SIGNORE! – erompe Satana, strizzando la mano di Dio e rifilandogli con l'altra una pacca sulla spalla.

– Stai da Dio! Ammazza, guarda che braccia! Ma vai in palestra?

– Ciao Lucifero, – risponde Dio. – È un po' che non ci si vede.

– A chi lo racconti! Sei venuto con la prole, vedo. Allora figliolo, come te la passi?

– Non c'è male, – risponde Gesú, stringendogli la mano.

– È una vita che sei tornato e nemmeno sei passato a farmi un saluto...

– Sai, tra una cosa e l'altra...

– Ti sto prendendo per il culo, moccioso. Dài, sedetevi.

Riprendono posto sul divanetto, e Satana scivola sulla sedia accanto a loro. – Ancora non vi hanno portato da bere? In 'sto cazzo di posto il servizio lascia a desiderare, eh? Spariamoci un aperitivo. Adesso fermo un cameriere. Ronnie! – grida Satana.

Appare Ronald Reagan in divisa da cameriere. – Ehi Ronnie, portaci una bottiglia di champagne. Il migliore, mi raccomando.

– Senz'altro, signore –. Reagan fa un inchino e scatta via.

– Scusate il ritardo, – fa Satana, mentre accende il sigaro e si piazza comodo. – Qui sotto è...

– Un inferno? – suggerisce Dio.

– Esatto! Un inferno.

– Non mi sorprende.

– Hai dovuto fare un corso accelerato sugli ultimi sviluppi, eh? – chiede Satana.

Dio annuisce.

– Che ti devo dire? – Satana allarga le braccia per indicare il ristorante gremito. – Il lavoro non manca.

Ecco riapparire Reagan. – Gradite qualcosa da bere? Satana sbuffa. – Abbiamo appena ordinato, Ronnie.

– Io... ehm... – Reagan sembra disorientato.

– Una. Bottiglia. Di. Champagne, – ripete Satana, scandendo le parole.

– Ehm... Io... Non... – balbetta Reagan. Ha il viso paonazzo, la mascella tremolante. È in crisi.

– Tutto bene, Ronnie? – domanda Satana.

– Aaaah! – esclama Reagan. Si sente una puzza terribile. Reagan si passa una mano dietro la schiena e la infila sotto i pantaloni. Quando la ritira fuori è coperta di escrementi. Se la guarda sbigottito. Tutti quanti guardano Reagan, che alla fine piagnucola: – Mammina...

– Merda, – esclama Gesú. Dio si sposta appena piú in là sul divanetto.

– Cazzo, – sbotta Satana. – Va bene, Ronnie... Adesso vai.

Reagan si allontana a gambe larghe, continuando a fissarsi la mano smerdata.

– Scusate, – ridacchia Satana. – Il vecchio Ronnie è... – Satana fa roteare il dito indice all'altezza della tempia. – L'ironia del contrappasso. Che ci volete fare?

– Mah, – commenta Dio. – A me non sembra tanto ironico. Da nessun punto di vista.

– A ogni modo, sapete cosa vi consiglio stasera? – dice Satana, senza dargli corda. – La bistecca, garantito.

– Io prendo un'insalatina, – fa Dio.

– Sí, anch'io.

– Eddài ragazzi, godetevi un po' la vita.

– Mi è passato l'appetito, chissà perché, – risponde Dio.

7

Dio e Gesú piluccano l'insalata. Satana mangia per tre: prima due porzioni di costolette, poi una bistecca di proporzioni immense piú un contorno di patatine fritte, insalata di cavolo e crema di fagioli. Esauriti i convenevoli, a metà della bisteccona satanica, Dio arriva al dunque. Contempla il ristorante strapieno e, costretto ad alzare la voce per farsi sentire sopra *Hip to Be Square*, che risuona per la centomilionesima volta, dice: – Devo ammetterlo, stai andando alla grande.

Satana fa un sorriso compiaciuto. – Si fa quel che si può, bello mio.

– Ma laggiú, cioè lassú, sulla Terra, è… è un pandemonio. Come sei riuscito a…

– Sai com'è… – Satana si svacca sulla sedia, parlando con la bocca piena. – Detesto rammentartelo per l'ennesima volta, ma quella vecchia storia del libero arbitrio… Si è rivelata una vera fregatura, temo.

– Non c'erano alternative, – risponde Dio.

– Facci caso, – dice Satana. – Nessuno ha fatto il mio gioco piú dei cristiani duri e puri.

– In che senso? – chiede Dio.

– L'idea del peccato. Ci sono dei tipi che la metterebbero in culo a chiunque per racimolare qualche soldo, ma sono convinti che se trottano a messa ogni domenica e ripetono a pappagallo di credere in te finiranno ai piani alti.

Invece pensano che chi si spara qualche innocuo spinelli-
no o si sniffa qualche riga di boliviana finisce qui! Prendi
quei rompicoglioni degli antiabortisti...

– La feccia pro-vita, – commenta Dio. – Te ne sarà arrivato qualcuno, spero.

– A frotte! – risponde Satana. – Abbiamo James Kopp,
quello che ha fatto fuori un medico abortista, ed Eric
Rudolph, il bombarolo cristiano... Li ho messi in catene
giú da basso a praticare aborti ventiquattr'ore su ventiquattro. A ogni modo, ci sono quelli che dicono ai ragazzini ignoranti e senza il becco di un quattrino che bisogna
scodellare i marmocchi e poi credono di essere loro a finire lassú e non le mamme che, sorpresa!, non ce la fanno a
mantenere i figli. La loro idea è questa: finché credono in
te, possono fare quel cazzo che gli pare.

– Ma tutto quell'odio... – dice Dio. – La gente che
odia i gay, i neri, chiunque. Ma perché e per come dovrebbero...

Mentre suo padre e Satana continuano a confabulare,
Gesú scandaglia il ristorante con i suoi placidi occhi azzurri e piano piano si rende conto di quant'è enorme quel
posto, migliaia di divanetti, un mare di tavoli a perdita d'occhio. Fischia, pensa. Siamo davvero nella merda.

Arriva un cameriere per sparecchiare. Il nome sulla targhetta dice «JESSE». – Aspetta, – fa Satana interrompen-
do Dio e prendendo il tipo per un braccio. – Chiediamo-
lo qui al vecchio Jesse Helms, il senatore repubblicano.
Jesse, com'è che odiavi froci, negri, femministe, lesbiche
e compagnia cantante?

– Lo diceva la Bibbia, – risponde con voce calma Jesse
Helms, mentre accatasta i piatti e le forchette, senza guar-
darli negli occhi. Satana scoppia a ridere. – Jesse, guarda:
qui c'è Dio in persona. E lui sostiene che non è cosí.

È difficile, se non impossibile, per una persona cosí meschina guardare Dio negli occhi. Le pupille guizzano qui e là sul tavolo finché non si fissano sulla punta dei piedi.
– Perché non sei stato buono verso il tuo prossimo? – domanda Dio con voce cortese.

– Lo diceva la Bibbia, – ripete Helms, appena piú incerto.

– Ma non l'avevi capito? – Dio parla piano e con dolcezza, come se si rivolgesse a un bambino o a un idiota. – Non l'avevi capito che saresti finito qui, a furia di ripetere tutte quelle cosacce?

– Lo diceva la Bibbia... Io... – Helms alza lo sguardo e incrocia quello di Dio. È impossibile guardare Dio in faccia e mentirgli. D'un tratto Helms si fa prendere dal panico. – Io... IO ADORO I CAZZI ENORMI! – erompe, vuotando il sacco una buona volta, mentre Dio e Gesú si scansano spaventati. – CAZZI! CAZZI NERI ENORMI! PER FAVORE SCHIAFFATEMELI DENTRO!

– Scusate, ragazzi, – dice Satana, afferrando un coltello. Taglia la gola a Helms, e l'ex senatore del North Carolina si accascia in una pozza di sangue. Qualche commensale si gira a guardare. – Quando attacca cosí ti prende alla gola, per cosí dire.

– Già, – fa Gesú dopo essersi ripreso dallo shock. – Ma se il suo unico desiderio era di andare a letto con un gruppo di maschioni neri, perché non l'ha fatto e basta invece di...

– Lo diceva la Bibbia, – ripete Dio, cominciando a capire.

Saltano il dolce. – Avanti, ragazzi, – dice Satana. – Vi accompagno all'ascensore. Ho un paio di faccende da sbrigare lungo il tragitto –. Appena si alzano, Helms si tira a sedere e si massaggia il gozzo con l'aria smarrita. La ferita si è rimarginata, pronta a essergli inflitta di nuovo per l'eternità. Dio e Gesú lo evitano. Satana gli rifila un calcio in faccia e trotterella giú per le scale che portano in cucina. – Di qua si fa prima, – spiega.

Quando aprono le porte a spinta, nelle cucine del ristorante al decimo cerchio dell'inferno si sta svolgendo una scena agghiacciante. Grida e strepiti nel caldo soffocante, il pavimento coperto di sangue. Lí, sul tavolo in mezzo alla stanza – il tavolo sul quale ti aspetteresti che si prepari il cibo – Reagan sta schiaffeggiando Hitler con un braccio amputato. Il frammento luccicante di osso bianco colpisce con violenza il grugno di Hitler, che urla come un ossesso. Si prendono a male parole in un miscuglio di tedesco e inglese, tutto per una questione di mance.

– Porca puttana... – esclamano Dio e Gesú in coro.

Il predicatore ultraconservatore Jerry Falwell, addobbato come un lavapiatti straccione, è accasciato in un angolo e sanguina a profusione dal moncherino dove un tempo era attaccato il braccio. Vedendoli entrare, Falwell viene preso da un attacco isterico: – Dio, Gesú! – dice. – Io non c'entro niente qui! Aiutatemi! – Prova a strisciare verso di loro sul pavimento insanguinato, ma Gesú e Dio indietreggiano allibiti, alzando le mani.

– Eddài, Jerry... – fa Satana, senza battere ciglio, come se questo fosse uno di quei classici giorni infernali (e altro non è). – Quei piatti mica si asciugano da soli.

– Mi è rimasto solo un braccio! – grida Falwell.

– Inventati qualcosa, – dice Satana mentre spalanca un'altra serie di porte a spinta, tenendole aperte per Dio e Gesú che lo seguono a ruota.

– Te la spassi, eh? – chiede Dio.

– Faccio il possibile, – risponde Satana, mentre la porta si richiude e il baccano sfuma.

Mentre scendono la rampa di scale verso il livello successivo, l'atmosfera diventa piú tranquilla. L'undicesimo cerchio dell'inferno porta a uno spoglio corridoio in pietra nuda con alcune celle disposte lungo tutta la parete. Dal soffitto basso penzolano lampadine che diffondono una luce fioca e tetra. Sulla parete opposta, un'enorme finestra panoramica dà su un infinito canyon infuocato dove una moltitudine di uomini – saranno milioni – pedalano in sella a quelle che assomigliano proprio a delle cyclette. Tutti gridano a squarciagola (ma qui non si sente niente, ci sono i doppi vetri) perché il movimento della cyclette spinge dentro e fuori il loro stesso ano un gigantesco dildo di ghisa avvolto nel filo spinato. – Falsi profeti, sepolcri imbiancati, – spiega Satana.

– Non ti stufi di tutte queste inculate? – chiede Dio. – È un'ossessione, la tua, quella per il buco del culo.

– Faccio il frocio con il culo degli altri, dici? – se la ride Satana.

Dio e Satana fanno strada, e Gesú li segue soffermandosi a leggere i nomi sulle targhe in ottone della lunga sequenza di cellette: MENGELE, J.; POT, P.; JACKSON, M.

– Posso dirti una cosa in tutta sincerità? – fa Satana. – Pensavo che avresti ceduto alla tentazione di buttare tutto quanto nel cesso e ricominciare da zero.

– L'idea non mi è nuova, – risponde Dio.

– Te l'ha proposta Giovanni?

Dio annuisce. Passano accanto a un demone in tuta blu, piazzato su una scala a libretto davanti alla porta aperta di una cella vuota. Sta componendo un nome sulla targa d'ottone: LIMBAUGH, R. mentre all'interno un paio di cameriere mefistofeliche preparano il letto per il prossimo arrivo, distribuendo con cura i cocci di vetro e le lamette. Eh già, il lavoro non manca.

– Ti dico una cosa… – continua Satana. – Visto come vanno le cose lassú, adesso per me è una vera passeggiata. Tutti quei reality show? L'unica ambizione di quei ragazzi è… – qui Satana fa una vocina da adolescente idiota – «essere cioè davvero, davvero famoso!» Insomma, tutto un pianeta di ego ipertrofici che gridano al prossimo: «Guardami! Guardami!» A nessuno frega piú una cippa di imparare qualcosa. Nessuno è interessato a eccellere in qualcosa per il gusto di farlo.

– Non esageriamo, – interviene Dio, – qualcosa di buono c'è stato. Poesia, cinema, rock'n'roll. Non la merda che passate qui, ovvio…

– Ovvio –. Satana accenna alla versione da supermercato di *The Laughing Gnome* di David Bowie che risuona in sottofondo. – A me lo dici?

– Però di roba buona ne è stata sfornata.

– Ormai è storia, baby. È finita. A nessuno frega un cazzo della qualità. È tutto «sganciate il grano, sbattete la mia faccia in copertina e andatevene a fare in culo». È il mio turno, adesso. Sul serio, non crederai di avere piú la minima possibilità da quelle parti?

Dio si è girato indietro a guardare Suo figlio che passeggia con l'aria scazzata. Gesú colpisce per scherzo una lampadina appesa al soffitto, e quella comincia a dondolare di qua e di là, proiettando ombre bizzarre sulle pareti, mentre lui canticchia *Rockaway Beach* dei Ramones. La semplice melodia riecheggia lungo il corridoio. Dio sorride con gli occhi puntati su Suo figlio. Satana guarda Dio, poi ne segue lo sguardo fino a Gesú. Poi torna a guardare Dio. – Ehi ehi, aspetta un momento. Non penserai di… Eh, no…

– Lucifero… – fa Dio, incombendo in tutta la Sua altezza. – Grazie per il tempo che ci hai dedicato.

Si stringono la mano in modo formale. – Figurati, – risponde Satana, in tono preoccupato, mentre Gesú li raggiunge. – Alla prossima.

– E allora, raga? – dice Gesú.

Si sono fermati davanti a un loculo preparato per «GORDON, G. W.» In fondo al corridoio le porte dell'ascensore di servizio si aprono con un cigolio. – Toh, giusto in tempo. Quaggiú lavoriamo a pieno regime –. Il trio osserva quella che sembra tanto una squadra di basket al completo sbucare dall'ascensore e andare verso di loro. Quattordici armadi neri. Armadi neri? Macché, quattordici giganti neri. Mai visti cosí grossi. Il piú piccolo è alto due metri e peserà piú di cento chili. Si stringono intorno a Satana, torreggiando su di lui.

– Ok, ragazzi. Chi è il pennellone del gruppo? Dov'è Mandingo?

Uno di quelli piú grossi, quello che in quel pauroso gruppo di giganti ha l'aria piú paurosa, si tasta il pacco e dice: – Qui sotto c'ho trenta merdosissimi centimetri di uccellone, tesoro.

– Solo trenta, amore? – risponde Satana. – Ci accontenteremo. Ok, tu sei il primo –. Apre la porta della celletta e li fa entrare in fila indiana. Uno di loro ha in mano una confezione di preservativi. Satana gliela strappa di mano. – Che cazzo sono questi? Mi prendi per il culo? Qui si va a pelle, figliolo –. Dentro si intravede un uomo bianco, nudo come un verme, appeso a una specie di imbracatura. Satana rivolge nuovamente l'attenzione a Dio e Gesú. – Ragazzi, purtroppo abbiamo un mucchio di lavoro da smaltire. Buon viaggio di ritorno.

– No, no! Ancora! Noooooo! – comincia a ululare il tizio nella cella.

– Ehm, grazie per la cenetta, – dice Gesú.

– E di che, figliolo? Allora... – Satana guarda Dio.
– Statemi bene, eh?

Dall'interno della cella arriva un grido lacerante. Si spegne non appena Satana scivola dentro e chiude la porta.

– Papà? – fa Gesú un attimo dopo, mentre Dio preme il pulsante dell'attico.

– Eh?

– Chi è G. W. Gordon?

– George Washington Gordon. Uno dei fondatori del Ku Klux Klan.

– Ah.

L'ascensore comincia a salire, mentre la versione flautata di *My Heart Will Go On* di Celine Dion risuona dolcemente nell'aria.

8.

È tardi.

Dio è solo in ufficio; una lampada da tavolo con il paralume di vetro proietta una pozza di luce verde sulla Sua scrivania, gli scatoloni impilati che torreggiano intorno gettano lunghe ombre: il XX secolo nei dettagli, compresi quelli piú terrificanti.

Un peso sullo stomaco. Dio sa che quando i luoghi comuni ti sembrano veri vuol dire che devi prendere decisioni davvero epocali, da far tremare i polsi. Eh sí, aveva proprio un peso sullo stomaco. Un peso? Altroché, gli sembrava di avere una barra di plutonio, con il peso atomico di 244, una densità dieci volte maggiore del platino. Anzi no, altro che plutonio, si sentiva sullo stomaco un peso di francio, il piú pesante dei metalli alcalini, un minerale cosí denso che Dio si era assicurato di non lasciarne mai nella crosta terrestre piú di trenta grammi per volta.

E il peso non ce l'aveva solo sullo stomaco, ma dappertutto. Le gambe, le braccia, gli organi interni, sembravano tutti fatti di francio. Riusciva a malapena a portare il whisky alle labbra. Dio appoggia il Suo mento di francio a una mano di francio e i Suoi occhi, annacquati dai fumi dell'alcol, scivolano verso l'altissima pila di fascicoli piú vicina alla scrivania. Quello in cima recita: «GUERRA IN BOSNIA-ERZEGOVINA». Sente il sangue raggelarsi per la rabbia, sente i pensieri farsi cinici e brutali: qualche pa-

gliaccio, qualche ritardato del cazzo, ha deciso di credere
a un mucchio di stronzate ed ecco il risultato.

Butta tutto nel cesso e ricominciamo da zero.

Facile. Sarebbe bastato alzare la temperatura del sole
di qualche grado, spingere l'orbita appena piú vicina alla
palla di fuoco e tutto sarebbe finito nel giro di pochi anni. Oppure buttargli un altro meteorite... Un affare grosso piú o meno come il Belgio – o come Manchester, quel
buco merdoso – sarebbe stato piú che sufficiente. Bum.
Ciao ciao bambina. Un virus? Aveva delle cosucce in la-
boratorio che perfino Lui aveva paura a tirare fuori dalla
capsula di Petri: roba che in confronto l'Aids era un raf-
freddore e l'Ebola innocuo come il lato B di un singolo
indie. Qualche gocciolina nella falda acquifera e nel giro
di un mese l'Europa si sarebbe trasformata nel finale di
un film con gli zombi.

Poi... Poi... Si gira e guarda i nuovi scaffali che occu-
pano la parete alle Sue spalle: strabordano di libri, dischi,
cd e dvd. Scorrendoli da sinistra a destra, in ordine cronologico, passa da Daniel Defoe a Irvine Welsh, da un 78
giri gracchiante del *Bel Danubio blu* ai Chemical Brothers.
Dalla *Corazzata Potëmkin* a un cofanetto con tutta la serie di *The Wire*. Letteratura, musica, cinema e tv: da un
estremo all'altro in cosí poco tempo...

Quand'è che le cose hanno cominciato ad andare a puttane? Colpa di Mosè, forse. Quel falsario. Uno dei primi
a cedere al protagonismo. Quando era arrivato in cima al
Sinai e aveva messo gli occhi su quell'unica tavola perfettamente cesellata – le parole «FATE I BRAVI» incise nell'elegante corsivo inglese di Dio – aveva dato fuori di matto.
Tutto quel can can e lui doveva, cosa?, scendere e dire:
«Ehi ragazzi, fate i bravi! Be', non c'è altro. In bocca al

lupo per tutto»? Col cazzo. E cosí quel figlio di mignotta si era messo sotto con lo scalpello. Quaranta sudati giorni di lavoro su quella sequela di minchiate. Quella stronzata del «Non desiderare la donna d'altri»? Tipico di Mosè. (Quante pedate nel culo s'era beccato quand'era arrivato qui? Dio gli aveva assestato la prima appena quel coglione aveva varcato la soglia, e aveva smesso solo nei Secoli Bui: almeno un centinaio d'anni. Alla fine c'aveva le chiappe che sembravano due barbabietole bollite). Poi di male in peggio. L'interpretazione. La fiera del «Io-credo-di-sape-re-cosa-voleva-dire-Dio». Sbadabum: un millennio dopo qualche sciroccato taglia la gola ai neonati e se li getta alle spalle perché crede di avere Dio dalla sua parte.

Cosa cazzo c'era da interpretare in «FATE I BRAVI»?

La stessa, identica domanda che Dio aveva ripetuto per secoli, mentre prendeva a pedate Mosè.

In ogni caso, ormai la frittata è fatta, pensa Dio con un sospiro, mentre si rende conto della piega che stanno prendendo i Suoi pensieri. Qualcuno avrebbe dovuto rispiegare al genere umano cosa significa «Fate i bravi».

Si allenta ancora il nodo della cravatta e si versa un altro dito di whisky. Prende l'Avana acceso dal posacenere e si allunga sullo schienale della sedia, appoggiando le scarpe di cuoio lavorate a mano sulla scrivania. Con il telecomando alza il volume della musica, una compilation su cd che gli ha fatto Suo figlio. («Robba buona», l'ha intitolata il ragazzo). Dio ascolta Townes Van Zandt cantare *Tecumseh Valley*, ammaliato dalla maestria con cui i giri d'accordi della chitarra acustica accompagnano la voce del cantante, da come i due suoni – la voce rauca e lo strumento in legno – si sovrappongono, si mescolano, si distinguono, s'impennano e precipitano.

Il padreterno è incantato.

Dio è prima di tutto un creatore e la cosa che piú lo rende orgoglioso delle Sue creature è di vederle all'opera nel piú divino dei gesti: quello di dare vita a qualcosa dal niente. Questa canzone: tre-quattro accordi e una manciata di parole, un piacere sublime da una cosa tanto semplice. I suoi occhi scivolano verso lo schermo di un portatile che luccica in un angolo della scrivania, un'antologia di citazioni di sedicenti leader religiosi. A dirla tutta, un compendio di bile, invettive, odio e istigazione all'odio, ed è quest'ultimo che piú lo fa infuriare. E invece l'idea è passata. Se l'erano venduta, cazzo: milioni di esseri umani erano convinti che gli omosessuali non avrebbero mai visto il volto di Dio. O quelli che fornicavano con piú di una persona. I tossicomani. I giocatori d'azzardo. I non battezzati. I blasfemi. I non credenti.

Che fine aveva fatto il *sense of humour* in tutto questo fanatismo? Ogni angolo del paradiso riecheggia di risate. La gente non fa che sghignazzare. Là fuori nell'ufficio principale, dov'era sempre venerdí pomeriggio, l'ultima spassosa battuta era sempre sulle labbra di tutti. Era una delle prime cose a essere insegnata alle anime salve ma prive di spirito: il senso dell'umorismo. Quel momento fatidico in cui si levavano il prosciutto dagli occhi e il mondo esplodeva in technicolor, quando tutti quelli che di norma aggrottavano la fronte e dicevano «Non l'ho capita» finalmente la capivano. Impagabile.

La musica, di nuovo. John Coltrane alle prese con *A Love Supreme*. Il fraseggio piú semplice, tre note appena, eppure... Lo stereo, le scarpe italiane, il sigaro aromatico, il whisky di malto, il portatile... Quanta roba figa che non c'era prima della vacanza. Eh sí, sono creaturine che si dànno da fare.

Qualcuno bussa piano. – Avanti, – risponde Dio, e Pietro fa capolino sulla soglia.

– Si lavora fino a tardi, eh?

– Già. Entra pure, Pietro. Fatti un goccio.

Pietro si versa un cicchetto. Il tintinnio dei bicchieri sembra fondersi con la musica, mentre Pietro sprofonda in un'enorme e morbida poltrona a sacco ai piedi del capo. Dio tiene gli occhi chiusi, dondola la testa seguendo il sax di Coltrane. Pietro sa leggere l'umore del capo meglio di chiunque altro e capisce che questo non è il momento giusto per affrontare una conversazione del tipo «cos'hai-intenzione-di-fare». E allora anche Pietro si lascia cullare dalla musica, chiude gli occhi e muove la testa a ritmo, godendosi Dio che si gode la musica tanto quanto la musica in sé. È da un po' che non fanno uno di questi siparietti in cui tirano tardi nel Suo ufficio pensando a come sistemare il mondo mentre si scolano una bottiglia di quello buono.

– Bella, no? – chiede Dio.

– Oh sí, – risponde Pietro. Una pausa, esattamente della giusta durata, prima di aggiungere: – Vale la pena di salvarla –. Non c'è un punto di domanda alla fine.

Apre gli occhi e guarda il capo. Dio si alza lentamente in piedi, tiene il bicchiere di whisky dalla base con la punta delle dita, facendo oscillare il liquido ambrato. Lo scola, appoggia il bicchiere vuoto e afferra il portaritratti con la fotografia di Gesú. È stata scattata alla festa per il suo decimo compleanno. Gesú sghignazza per qualcosa accaduto al di là dell'obiettivo, gli occhi socchiusi e una gioia infinita dipinta in viso, i tratti dell'uomo maturo che si intravedono appena, ancora nascosti dietro le guance paffute e i dentoni da bambino. Dio passa teneramente una mano sulla fotografia, sul viso di Suo figlio.

– Ne vale la pena, sí, – mormora Dio.

Pietro si accorge che adesso Dio è quasi in lacrime. – Oh no, – dice, inorridendo. – Non vorrai...

– È l'unica, – risponde Dio con un filo di voce.

– M-ma... Laggiú sono delle bestie. Lo faranno a pezzi. Già l'altra volta è stato un disastro. Ma oggi? Insomma, i romani in confronto sembreranno dame di carità.

– Pensi che non lo sappia?

Pietro chiude il becco. Restano in silenzio a fissare la foto di Gesú per un bel po'. Quando Dio ha deciso, ha deciso. Pietro ha già la testa alle questioni pratiche.

– Avrà bisogno di un nuovo nome, – dice.

– Che ha che non va Gesú? – chiede Dio.

– Senza offesa, capo... – risponde Pietro, riempiendo i bicchieri. – Lo scambieranno per un cazzo di sguattero messicano.

– Gesú andrà benissimo, – risponde Dio.

Dio è un tipo all'antica.

9.

La mattina dopo. Gesú esclama: – State scherzando? – Distoglie lo sguardo dal padre e si gira verso Pietro. – Sta scherzando, vero? Io... Papà, cosa ti aspetti che combini laggiú? – Si trovano in mezzo al prato sul quale si affaccia la portafinestra dietro la scrivania di Dio, il prato in cui giocano le anime dei marmocchi.

– Che tu faccia loro da guida. Che tu sia d'ispirazione. Che tu aiuti il prossimo.

– Ma... come?

– L'hai già fatto una volta.

– Ma allora era molto piú semplice. Adesso hanno la testa piena di stronzate. Insomma, dài: i miracoli! Credono che io abbia fatto dei miracoli! Come la mettiamo con 'sta storia?

Dio appoggia una mano sulla spalla del figlio e lo guarda dritto negli occhi. – Sei il figlio di Dio. Di' la verità e la gente ti darà ascolto. Gira il mondo. Trova dei discepoli. Aiuta i poveri. Mostra loro in cosa sbagliano. Porta la speranza a chi dispera. Predica l'amore, la tolleranza, la giustizia, la pietà: tutto quello che hanno buttato nello scarico del cesso. Rammenta loro il valore della vita. Fate i bravi. Insegna loro l'importanza di essere buoni.

– Non c'è un piano B?

Dio scuote la testa, circonda con un braccio le spalle di Gesú e insieme si incamminano sul prato.

– Ricordo ancora il giorno in cui sei nato, figliolo, – dice Dio. – Ti hanno tirato su per farmi vedere che eri venuto al mondo, tutto sanguinolento. Cazzo, sembravi un piatto di lasagne. Avevi un occhio cecato, ma l'altro che guardava dritto verso di me. Oh, dico: dritto verso di me dall'altra parte della stanza. Il medico diceva che i neonati non riescono a vedere piú in là di qualche centimetro. Ma i medici che cazzo ne sanno? Appena un quarto d'ora fa pensavano che le sanguisughe fossero un'ottima terapia. A ogni modo, eravamo lí a fissarci, tu sospeso a mezz'aria, grondante come una bistecca al sangue, quando ho sentito questo legame mai provato prima –. Dio si ferma, afferra delicatamente Gesú per le spalle e lo fa girare per guardarlo negli occhi. – Sei il mio adorato figliolo. Se qualcuno ti torce un solo capello, per me è come una pugnalata al cuore, cazzo...

– Oh papà, – dice Gesú, guardando altrove, verso l'orizzonte azzurro, ormai quasi rassegnato all'idea, preparandosi a dire addio a tutti i godimenti e agli interminabili sballi. Comincia a ricordare com'è andata a finire l'ultima volta che è sceso. Di quanto odio sono capaci gli esseri umani.

– Inutile girarci intorno, laggiú ti faranno sicuramente del male –. Dio non può indorare la pillola. Abbraccia Suo figlio e gli bisbiglia all'orecchio. – Io sarò sempre lí a vegliare su di te. E ti riporterò quassú...

Cazzo, quant'è dura lasciarsi alle spalle il paradiso.

Sulla Terra, trentadue anni fa, nella prima settimana dell'aprile 1979, da qualche parte nel Midwest degli Stati Uniti, una ragazza vergine – Dio è davvero all'antica – comincia a nutrire qualche preoccupazione perché ha saltato il ciclo. Si chiede com'è che di recente ha vomitato quasi tutte le mattine. Gesú sente il corpo che comincia a dissolversi mentre il padre lo abbraccia forte, e tutti i miliardi di atomi che lo compongono si disintegrano, ogni singolo atomo è un minuscolo Gesú, e ogni minuscolo Gesú comincia a riformarsi in quel minuscolo grumo che prende forma nel ventre della fanciulla illibata, laggiú nel Midwest.

Aprile 1979: a fine dicembre partorirà. Dio vuole che il ragazzo si sobbarchi abbastanza stronzate, in modo da essere pronto a cogliere l'occasione giusta quando si presenta.

La tempistica sarà fondamentale.

Adesso Gesú sta sparendo dalle braccia di suo padre, si disintegra, svanisce attraverso il tempo e lo spazio, si riforma come una bolla in quel molle e caldo ventre tre decenni orsono. Dio, che ha letto i grandi scrittori del XX secolo, si ritrova a pensare a quell'espressione di Nabokov: «il minuscolo pazzo nella sua cella imbottita»...

Parte seconda
New York

I'll take Manhattan in a garbage bag
with Latin written on it that says:

«It's hard to give a shit these days»[1].

LOU REED

I.

Un'ondata di caldo.

Si potrebbe friggere un uovo su quel maledetto marciapiede, e i poveracci sono quelli che se la passano peggio. In inverno la scampano grazie al flusso d'aria calda che sale attraverso le grate e i condotti della metropolitana. Ma in estate, nisba. L'unica è bighellonare nei fast food dalle parti di Times Square dove, Gesú lo sa bene, puoi goderti l'aria condizionata fin quando riesci a far durare la tua bibita.

Cazzarola, pensa Gesú, fa già cosí caldo? Riesce a indovinare piú o meno l'ora dall'intensità del traffico su Broadway, ma per sicurezza controlla sul Casio di plastica: le 5:48 del mattino.

Gesú butta fuori le gambe dalla brandina e le piante dei piedi toccano il linoleum consumato. All'ultimo momento sposta il tallone del piede sinistro per evitare di calpestare, accanto al letto, il cadavere spappolato di uno scarafaggio. Deve averlo accoppato Morgs la sera prima quando è rincasato. Gesú sorride, guardando la sagoma addormentata di Morgan, che ronfa in branda dall'altra parte della camera. La branda è sotto un poster degli Arcade Fire che Kris ha strappato da un muro vicino alla Bowery Ballroom qualche anno prima. Morgs è il suo batterista («Sí, come no. Batterista… – direbbe Morgs. – Fra poco mi tocca battere, visto che abbiamo le pezze al culo») e lavora come aiutocameriere in un locale del centro, quindi spesso non rientra prima delle tre o delle quattro del mattino.

Sono in tre a condividere quel bilocale da trenta metri quadri all'ultimo piano. Anche Kris, il bassista, lavora di notte, e di giorno dorme nel letto di Gesú. Ovviamente manca l'aria condizionata. Gesú apre la piccola ghiacciaia in un angolo, godendosi la leggera corrente d'aria fresca, e recupera il bicchiere di McDonald's che ha riempito con l'acqua del rubinetto prima di andare a dormire. Butta giú un sorso e rimette a posto il bicchiere: al risveglio Morgan avrà sete. Gesú scosta appena le tende. La camera affaccia sulla scala antincendio di un altro palazzo a pochi metri di distanza. Ma facendosi venire il torcicollo è possibile intravedere una striscia di cielo fra i due edifici.

In quattro e quattr'otto si veste: pantaloncini e scarpe da ginnastica senza calze, e una vecchia T-shirt tarmata con su scritto «I CAMIONISTI LO FANNO MEGLIO». Gliel'ha regalata un tizio a New Orleans, dopo un concerto. Gesú si fruga nelle tasche prima di uscire e scopre di avere due banconote da un dollaro e ottantadue centesimi in monetine: una bella sommetta, non se l'aspettava. Lascia i due dollari sul comodino accanto al letto per i ragazzi e prende la porta.

Fuori dalla relativa frescura del palazzo, giú lungo il vicolo, e via per Broadway. Quasi tutti i negozi sono ancora chiusi e quel poco di traffico è dato da un paio di furgoncini per le consegne e qualche taxi diretto downtown.

Ai vecchi tempi avrebbe puntato dritto verso i giardini di Washington Square o ancora piú a sud verso Wall Street, sarebbe salito su una cassetta capovolta e avrebbe provato a parlare alla gente, a farsi ascoltare. Niente da fare, ormai. Cazzarola, fino a ieri funzionava ancora. Ma qui in Occidente, all'alba del XXI secolo, un tizio fermo a un angolo di strada che dà fiato alla bocca non è piú un'alternativa fattibile. I cristiani hanno sputtanato anche quello. Non solo i cristiani: qui a New York sembrava proprio che chiunque avesse una storia da spiattellare, un'improbabile versione di qualche fatto assurdo che dovevi assolutamente ascoltare. Gesú non se la prendeva a male per qualche sporadico pestaggio, né per le nottate che gli toccava passare in cella quando gli sbirri pensavano bene di ammazzare la noia mettendo al fresco barboni e mendicanti. La cosa che lo infastidiva era essere scambiato per un cristiano.

Accelera il passo lungo Broadway. Bisogna fare la spesa per la settimana. Ci sono bocche da sfamare.

Il supermercato, che sollievo! Un po' d'aria fresca, almeno per i beni di consumo. Gesú si beve una bottiglietta d'acqua fresca lungo il corridoio, come sempre stupefatto davanti a tutto quel bendidio. Cazzarola, gli scaffali d'America: fagiolini dal Kenya, carambole dalla Nuova Guinea, il dorso iridescente dei salmoni arrivati freschi freschi dalle Highlands scozzesi o dai fiumi d'alta quota del Canada, cosciotti d'agnello dalla Nuova Zelanda, pomodori e basilico dalla Toscana, olive spagnole e arance sudafricane. Quasi niente proviene dalle vaste aree coltivabili intorno a New York. Poi: siamo in piena estate, eppure gli scaffali delle verdure traboccano di navoni, pastinache, cavolfiori, cavoletti di Bruxelles e zucche. Gesú medita, e non è la prima volta, sul costo e il dolore causati da quell'andamento contro natura: fottere le stagioni per qualche centesimo in piú. Quaggiú hanno una strana idea degli affari.

La vera follia non si trova sugli scaffali del supermercato, tuttavia, ma nei carrelli e sulle facce dei consumatori.

Cazzarola, i consumatori d'America. Gesú li osserva spiattellato contro un enorme frigorifero che contiene quattordici tipi diversi di patatine fritte surgelate, da cui gli arriva una leggera frescura alla schiena. In questo supermercato, in uno degli angoli meno salubri di Manhattan, nell'orario lavorativo di un qualsiasi giorno feriale, basta buttare un occhio alla faccia e al carrello delle casalinghe americane o delle donne disoccupate o anche solo molto ingorde. Senza degnare di uno sguardo i ricchi scaffali di frutta e verdura fresca, sfilano accanto a Gesú ipnotizzate dal settore surgelati. Si riempiono il carrello di pizza congelata. Di cene già pronte da ficcare nel microonde, con innumerevoli varietà di patatine fritte, crocchette di patate, pasticci di patate e patate saltate. Barattoli di gelato, cheese-cake e torte assortite. Gesú osserva una donna – il carrello che già trabocca di bottiglioni di plastica pieni di zuccherose bevande fluorescenti, confezioni di pane bianco insapore, sacchettoni di patatine, barattoli strabordanti di hot dog e sottaceti, di tortine e biscotti e barrette di cioccolato che potrebbero sfamare un esercito – indecisa tra due scatole di ghiaccioli. Quella donna peserà almeno centoventi chili. Perfino nell'aria fresca del settore surgelati il sudore le imperla il naso e le inzuppa la maglietta viola sformata.

E non è nemmeno la piú cicciona tra le clienti. Altre due poco piú in là hanno da tempo abbandonato l'uso delle gambe. Si aggirano per i corridoi del super appollaiate sulle carrozzelle elettriche, infilando le cibarie nei cestelli montati sul manubrio. Centoventi chili per loro sarebbero un successo. E nessuno le ferma. Nessuno le aiuta. Gesú si guarda intorno e pensa: urca!

Ha già rinunciato ad aiutare 'sta gente. È sorprendente scoprire sulla propria pelle qual è il prezzo da pagare quando ti avvicini con un sorriso e dici: – Mi scusi, signora... signore... Sicuri che vi faccia bene mangiare tutta quella roba? Vi rendete conto che finirete con l'ammazzarvi, vero?

Ti mandano a fare in culo.

Ti sputano in faccia.

In un'occasione l'hanno colpito ai santissimi con un bastone da passeggio.

Controlla il Casio mentre si dirige verso la panetteria del super. Appena in tempo, pensa Gesú quando vede il gestore e un ragazzo piú giovane spingere un grosso carrello attraverso la tenda a strisce di plastica, nel magazzino buio sul retro. Gesú corre fuori dal supermercato.

Via, lungo il vicolo e la recinzione che circonda l'area carico-scarico sul retro del supermercato. Sono già lí: una decina di persone che attendono nella viuzza, accovacciate contro la staccionata di legno, in cerca d'ombra. C'è Becky con i suoi due piccoli, Danny di sette anni e il fratellino Miles di cinque. C'è il vecchio Gus, un ubriacone sui sessanta, e Dotty, la sua compagna. Ci sono Al e Frankie e Meg, i tossici, Big Bob e un paio d'altri che Gesú non conosce ancora per nome, ma ai quali sarà arrivata la voce.

– Ciao Gesú, – fa Becky. – Ciao Gesú, – le fanno eco i figli.

– Ciao ragazzi, – risponde Gesú, ravviando i capelli a Miles.

– Bang, – mormora Bob mentre si stringono la mano. Big Bob è... Be', grande. Piú o meno un centinaio di chili, ma tonico e longilineo nonostante i suoi quasi sessant'anni. Anche gli altri salutano, sorridono, tossicchiano. Hanno quasi tutti un'aria malandata. Sono sporchi e malati e affamati. – Allora ragazzi... – bisbiglia Gesú. – Ci si muove da un momento all'altro... State in silenzio, ok? Avete portato le buste? – Tutti mostrano i loro sacchetti di plastica. – Ottimo.

Gesú si arrampica piano piano su un bidone dell'immondizia e sbircia al di là della recinzione. Per un minuto buono non vola una mosca, quindi il gestore esce insieme a tre ragazzotti con la divisa del supermercato, che spingono due grandi carrelli. I ragazzotti cominciano a svuotare i carrelli dentro un cassonetto arancione mentre il gestore si guarda intorno, sbadigliando nella prima luce del giorno. Gesú si accuccia di nuovo e dà l'ok a tutti. Li raduna in cerchio e parla a bassa voce. – Tutto secondo i piani. Adesso, come al solito, formiamo una catena. Bob? Io e te sul cassonetto.

– Bang! – Bob fa di sí con la testa, o forse è un tic.

– Bob, io e te lanciamo verso Frankie e Meg in mezzo al cortile. Ve la sentite, ragazzi?

Loro annuiscono, mentre Frankie rivolge a Gesú un tremebondo, incerto «via libera» con i pollici alzati. È un lago di sudore, probabilmente non si fa una pera da ieri pomeriggio.

– Ottimo, – dice Gesú. – Frankie e Meg lanciano verso Al e Becky che stanno a cavalcioni della recinzione, i quali a loro volta passano a Gus, Dotty e ai ragazzi nel vicolo; d'accordo?

– Sí! – dice Miles. – Li acchiappo al volo!

– Ma se li fai sempre cadere, imbecille! – dice Danny.

– Sarai tu a farli cadere!

Potresti anche farcela, a vivere a New York sotto la soglia della povertà. Se trovi da mangiare gratis e qualcuno ti aiuta con l'affitto, potresti anche farcela.

– Ragazzi... – Gesú li richiama all'ordine battendo le mani. – Forza, cerchiamo di concentrarci. Dentro e fuori in un batter d'occhio.

Lancia un'altra occhiata al di là della recinzione. I ragazzotti stanno rovesciando gli ultimi sacchetti nel cassonetto. Poi rientrano nel supermercato mentre il gestore si chiude la porta metallica alle spalle. – E va bene, – fa Gesú. – Andiamo.

Gesú scavalca la recinzione, e appena tocca terra scatta di corsa, seguito da Bob, poi Frankie e Meg, quindi Al e Becky. Gesú e Bob raggiungono il grande cassonetto e Bob fa da staffa a Gesú. Questi si piazza a cavalcioni sul cassonetto e guarda in basso verso quella montagna di cibo: polli interi, lattine ammaccate di pelati e zuppe, sacchetti di riso e pasta, teste di lattuga, pannocchie, confezioni di torte e cartoni di aranciata. Tutto scaduto, tutto parte delle centinaia di migliaia di dollari di cibo che gli Stati Uniti d'America buttano nel cesso ogni giorno. Gesú afferra il pollo piú vicino e fa per lanciarlo verso Bob quando sente la puzza. Non è puzza di cibo marcio, questa – Gesú sa bene che quasi tutta questa roba sarà ancora commestibile per giorni, dopo che il supermercato se n'è sbarazzato – è una puzza chimica, pungente. Gesú si porta il pollo al naso e il tanfo di ammoniaca gli fa lacrimare gli occhi.

– Bang, – mugugna Bob, facendogli segno di sbrigarsi a lanciare quel maledetto pollo.

– Aspetta, Bob – risponde Gesú. – C'è qualcosa che…

Un cigolio metallico: le porte sul retro del supermercato si riaprono e il gestore si profila minaccioso. Due tra gli inservienti piú grossi fanno capolino alle sue spalle.

– Merda, – esclama Frankie mentre lui e Meg scattano verso la recinzione, che Al e Becky stanno già scavalcando. Bob e Gesú sono in trappola: Bob striscia i piedi a terra e non sa cosa fare, Gesú ha le mani nel sacco, anzi nel cassonetto puzzolente. Il gestore se la ride.

– Ti piace, coglione? – chiede. È giovane, avrà piú o
meno l'età di Gesú Cristo, forse qualche anno di meno.
Porta una cravatta con l'elastico e due baffetti da sparvie-
ro. – Ti fai d'ammoniaca?

– Ok, ok, ragazzi – fa Gesú, smontando. – Non siamo
in cerca di rogne.

– Allora fuori dal cazzo, – risponde il tizio.

– Ma perché? – chiede Gesú, atterrando sull'asfalto
bollente. – Perché il cibo è inzuppato di ammoniaca? –
Gesú parla in tono tranquillo, quasi autorevole. Non si
direbbe che un attimo prima sia stato sorpreso a frugare
nell'immondizia.

– Ordini dall'alto, – risponde il gestore. – In Indiana
qualche straccione rincretinito ha provato a farci causa dopo essere stato male perché aveva mangiato dei prodotti
scaduti. Adesso tutto il cibo viene cosparso di ammoniaca
prima di venire buttato –. Il gestore si avvicina tenendo
d'occhio Big Bob, irrequieto nella sua mimetica sudicia.

– Ma questo è... è assurdo, – risponde Gesú. – Dài,
amico, questi hanno fame –. Fa un gesto verso la recinzione dove gli altri sono ammassati a sbirciare. – Ci sono anche dei bambini. Gente a cui è andato tutto storto.
Nessuno ti farà mai causa.

Il gestore sputa per terra. – Ordini dall'alto, – alza le
spalle. Il sole picchia come un martello.

– Senti... – fa Gesú, con un sorriso. – Scusami, com'è
che ti chiami?

– Come mi chiamo? Io mi chiamo Vaffanculo Stronzo,
ecco come mi chiamo, barbone di merda.

Bob comincia a ringhiare. I due energumeni accanto al
gestore si fanno sotto.

– Calma Bob, calma, – dice Gesú. – Senti, signor Vaffanculo Stronzo. Qui hai l'occasione di fare qualcosa di

magnifico. Questa gente muore di fame. L'anno scorso
la tua azienda avrà fatturato profitti per qualcosa come,
boh, miliardi di dollari, no? Non puoi regalarci qualcosa da mangiare? Lascia perdere le regole. Qui hai l'occasione di cambiare qualcosa. Di fare del bene. Di fare il
bravo, capisci.

Il gestore guarda Gesú, guarda dritto in quei liquidi occhi azzurri, che luccicano nella luce del primo mattino, su
quel fazzoletto d'asfalto. C'ha le palle 'sto tizio, pensa il
gestore. – Già, – risponde. – La sai una cosa? Vaffanculo. Fuori dal cazzo, prima che chiamo la polizia –. Si gira
e si avvia verso l'area di carico.

Gesú incassa il colpo e cerca di tenere a freno la rabbia. Spesso la gente, soprattutto quelli come questo stronzo figlio di troia repubblicano della prim'ora, crede che il
buonismo sia facile. Che «fate i bravi» sia una posizione
passiva, automatica. Cazzarola, pensa Gesú, niente di piú
sbagliato. In certi giorni, come questo ad esempio, deve
fare ricorso a tutta la propria forza di volontà per amare
coloro che odiano. Gli ci vuole tutto il suo autocontrollo
per non farsi venire un coccolone di sacrosantissima furia.
Tipo quando pensa al Medio Oriente, e a quei fondamen-
talisti. Che cosa vogliono quei tizi? Che scopo hanno? (E
cosa *fanno* nella vita? Quale sarebbe la loro musica fon-
damentalista? E i libri? E l'arte? Che fine ha fatto quella roba?) Quando vedi le foto di una tipa con un buco in
mezzo alla faccia perché qualcuno le ha tagliato il naso
dopo che lei è scappata di casa, quando vedi le donne con
la schiena ridotta in poltiglia da cento scudisciate perché
hanno guardato un ragazzo nel modo sbagliato, quando
vedi gli adolescenti portati al patibolo e impiccati sulla
pubblica piazza perché sono gay, oppure i cosiddetti «de-
litti d'onore»... devi fare uno sforzo erculeo per restare

concentrato sul «perdonali perché non sanno quello che fanno». Certe volte Gesú deve fare appello a tutta la pazienza, al coraggio e all'amore di cui dispone per non dare ragione a san Giovanni: Bye bye stronzetti. Bombardiamo questi stronzi e riportiamoli all'Età della Pietra, paparino. Buttiamoli dentro al cesso e tiriamo lo sciacquone. Sotto con l'Armageddon!

Gesú respira a pieni polmoni, riacquista il controllo e dice: – Possa Dio perdonarti.

– Cos'hai detto? – fa il gestore, voltandosi di scatto.

– Ho detto... – scandisce Gesú. – Possa Dio perdonarti.

– Pensi che non abbia niente di meglio da fare che stare qui a farmi insultare da un barbone del cazzo? – inveisce il gestore, tornando alla carica.

– Non era mia intenzione insultarti. Scusami... – risponde Gesú, indietreggiando con i palmi aperti, in segno di resa. Remissivo.

– Fai bene a scusarti, porca troia – dice il gestore. – Adesso fuori dal cazzo, stronzo. Prima che... – E qui ficca con forza due dita nel torace di Gesú, facendolo incespicare all'indietro.

È la goccia che fa traboccare il vaso.

Con un ululato, Bob si lancia in avanti sferrando una castagna formidabile che centra il gestore in pieno viso. Il tizio finisce subito al tappeto. – No, Bob! – grida Gesú, mentre dal super spuntano altri dipendenti, che saltano giú dalla zona di carico-scarico e corrono verso di loro. – Scappa, Bob! – dice Gesú. Bob è ricercato dalla polizia di mezza America.

– Bang –. Bob vorrebbe restare, affrontarli una volta per tutte.

– Eddài, vieni via! – gli grida Gesú, lanciandosi a tutta birra verso la recinzione. Bob cambia idea, arriva per primo e scavalca facilmente, nel momento esatto in cui il primo cazzotto centra Gesú sulla tempia.

Il figlio di Dio si rannicchia per terra e incassa una gragnola di pugni e calci, mentre nell'aria incandescente si avvicina l'urlo delle sirene.

2.

In gattabuia.

Aridagli.

E stavolta è piena zeppa: ci saranno trenta uomini in uno spazio dove ce ne potrebbero stare sí e no la metà. Muri piastrellati e sbarre alle finestre. Qui in gattabuia l'odore non è mai dei migliori, ma con questa canicola infame è indescrivibile. Insomma, proviamoci: è come se qualcuno avesse preso un pesciolone marcio, l'avesse farcito di calzini sporchi, pasta d'acciughe e uno stronzo appena sfornato, per poi infilarlo dentro un termosifone fatto andare a palla per un paio di mesi.

Siamo nel fine settimana, certo non il momento migliore per trovarsi qui in compagnia di una masnada ringhiante, ululante e perfino mutante: gente che proprio non riesce ad andare d'accordo con la legge. Ma Gesú, che non è capace di avere paura, che conosce solo l'amore, non è spaventato. Si accuccia tranquillo in un angolo, ben sapendo che anche questa passerà, che qualcosa accadrà nel giro di un attimo e che la storia andrà avanti. E infatti: un enorme tizio tatuato gli fa gli occhi dolci dall'altra parte della cella, dando di gomito al compare che è, se possibile, ancora piú grosso e ha la testa rasata che luccica nella penombra.

Cazzarola, pensa Gesú, quante gattabuie ho visitato?

È vero. Nei trentun anni passati sulla Terra è finito in galera a San Francisco, a Las Vegas e a New Orleans. Ha

sudato come una bestia nelle celle della California e ha sof-
ferto il freddo nelle gelide galere del Colorado. Sbattuto
dentro per rissa, disturbo della quiete pubblica, resistenza all'arresto... Tutti gli eufemismi che qui usano per definire chi ha il coraggio di alzare la voce ogni tanto e dire
«questo non è giusto»...

Alza gli occhi verso la finestrella con le sbarre. Non si
vedono le stelle, solo la luce dei lampioni color ocra che
luccica senza misericordia, ma lui sa che lassú di stelle ce
ne sono eccome. Cazzo, papà, pensa. «Fare da guida», «essere d'ispirazione», dicevi? Belle parole, eh, fantastiche,
come no, ma sai quanto sono impermeabili all'ispirazione
'sti qua? Anche se, strano ma vero, guidarli non è difficile.
Perché in genere hanno un pessimo gusto in fatto di leader.
Quella volta a Denver in cui stava arringando la folla e la
tizia antiabortista gli aveva sputato in faccia, poi il mari-
to, o il fidanzato o quello che era, aveva cominciato a dar-
gliele di santa ragione. Non erano stati mica quelli a finire
in gattabuia. – Ti avrei preso a calci in culo pure io, – gli
aveva detto il poliziotto che aveva chiuso a chiave la cella.

– Ma perché? – aveva chiesto Gesú.

Lo sbirro si era stretto nelle spalle. – Perché sono un
buon cristiano, – aveva risposto.

È la parte piú ingrata del mestiere: amare coloro che
odiano.

Gesú sbuffa e appoggia la testa alla parete di piastrelle
calde. Oggi è il compleanno di Kris. C'è una festa a sorpresa nella casa all'ultimo piano. Bisogna ancora fare la spesa:
il pane per gli hamburger, gli hot dog, le sottilette. Tutta
roba che aveva sperato di recuperare al supermercato. Poco
importa: ha qualche contante da parte, l'avrebbero sfanga-
ta. E Morgan deve occuparsi degli alcolici, c'è un gruzzolo
messo da parte apposta, quindi tutto sarebbe filato liscio.

Kris e Morgan. La sua band. I suoi amici.

Avevano suonato insieme in diverse formazioni fin da quando erano ragazzini, sul finire degli anni Novanta a Cozad. (Già, Cozad. Dimmi tu, un buco merdoso in Nebraska. Quattromila abitanti. Grazie tante, paparino. Los Angeles o New York o Seattle? Scordatele. Non l'aveva nemmeno spedito a Omaha, dove magari avrebbero potuto cavalcare il successo della Saddle Creek o dei Bright Eyes). C'era stato un andirivieni di chitarristi, finché non avevano optato per la classica formazione a tre in stile Hüsker Dü / Dinosaur jr / Nirvana. («Aiuta i poveri». E infatti Gesú non poteva che essere un musicista alternativo). C'era stato un contrattino per un disco piú o meno sette anni fa, seguito dal trasloco a New York e un breve momento di speranza. Poi niente passaggi in radio, l'album che spariva senza lasciare traccia, quella tournée infinita e i concerti davanti a quindici persone al *Silver Dollar* in Arizona, al *Bottom Line* in Delaware, al *Mission* di Castle Falls. Capire piano piano che l'entità dell'indifferenza del pubblico verso la loro musica non era quantificabile. Poi erano arrivati i lavoretti sottopagati, ancora a lavare i piatti e a pulire i tavoli anche se hai quasi trent'anni, accontentarsi di un bilocale, lavorare sul nuovo materiale solo quando riuscivano a permettersi la sala prove. Gesú Cristo si era illuso che quaggiú fosse tutto piú semplice: formi una band che spacca, vendi una marea di dischi e poi usi quel palco per dire alla gente che stanno mandando tutto a puttane. Sí, un po' come ha fatto Bono. Però piú figo.

Facile, come no, pensa ora.

Gradualmente, negli ultimi anni, con la carriera musicale, ehm, diciamo in stallo, aveva deciso che, be', se non potevi arrivare al mondo per cambiarlo, allora potevi provare a cambiare il mondo a cui arrivavi. Benedetti ragazzi, Morgan e Kris gli erano rimasti accanto anche quando le attività di volontariato avevano cominciato a superare l'impegno nella band. Tutto era cominciato qualche anno prima, con Becky e i ragazzini. L'aveva aiutata a darsi una ripulita e a disintossicarsi. E ora stavano provando a fare lo stesso con Meg. Poi avevano dato una mano a Becky e ad alcuni amici con i moduli dell'assistenza sociale. Qualcun altro grazie a loro aveva trovato un letto al dormitorio pubblico. Avevano cominciato a impacchettare gli avanzi ancora caldi presi dalle cucine dove lavoravano e a portarli nei bassifondi sotto i binari della metropolitana. Erano diventati amici di quelli che andavano a sfamare e Gesú Cristo si era ritrovato a dare una mano con le richieste per il sussidio, cercando di aiutarli a trovare un tetto o roba del genere. Assicurarsi che mettessero qualcosa sotto i denti nella città piú cara del mondo, dove spesso le cose si riducevano all'osso: mangiare, trovarsi un letto. Si era trasformato in una specie di programma di assistenza sociale, indipendente e autofinanziato. E, loro malgrado, si erano trovati ad avere cura di un caravanserraglio di balordi e vagabondi: Becky, Meg e Bob, piú Gus e Dotty, i due vecchi ubriaconi che l'inverno scorso sarebbero sicuramente crepati, non fosse stato per Gesú e i ragazzi.

Avevano conosciuto Big Bob quando il cassonetto dove viveva insieme ad altri vagabondi era andato a fuoco. Tre anziani veterani – tipi che nel fango del Vietnam c'avevano quasi lasciato le penne – finiti a vivere in un cassonetto dalle parti di Chelsea. E qualcuno l'aveva incendiato. Gli amici di Bob erano morti entrambi, arsi vivi. Era stato un altro barbone a raccontare la storia a Gesú: Bob non spiccicava piú parola dal 1973, perché…

– Ehi, stronzetto –. Un calcio alla gamba e Gesú alza gli occhi. I due ragazzoni, il signor Testa Rasata e il signor Tatuaggi, incombono sopra di lui, mentre quelli intorno si defilano.

– Ehilà ragazzi, – risponde Gesú, con un sorriso a trentadue denti. – Fa caldino, nevvero?

Signor Tatuaggi si accovaccia accanto al figlio di Dio. La sua canottiera puzza come se fosse stata usata per imballare il pesce-stronzo. Uno dei tatuaggi, quello piú grosso sul bicipite, mostra una donna nuda alla pecorina. Ha le tette sia sul petto che sulla schiena e la scritta sopra il tatuaggio recita: «IL MIO SOGNO». Wow, pensa Gesú. A chi sarebbe mai venuto in mente? Pur non essendo un vecchietto, il tizio ha pochissimi denti superstiti e la voce sibila come un rantolo tra un incisivo e un canino.

– Bimbo, – bisbiglia il tizio. – Vedrai che fra un po' farà molto piú caldo.

– Come mai? – domanda Gesú, guardandolo dritto negli occhi. Questo è un tipo cattivo sul serio, anche se per il momento sembra spiazzato dallo sguardo di Gesú, da quella placida purezza celestiale. Ha un momento di smarrimento, poi riattacca a sibilare attraverso i denti marci.

– Ecco come funziona. Tu ti metti a novanta in quell'angolino lí, e io… – Sente un rumore di passi in corridoio e abbassa ulteriormente la voce. – Ehi, dove cazzo è finito il mio avvocato? – grida qualcuno. – Chiudi quella fogna, – risponde il secondino e se ne va. – … e io e il mio amico qui facciamo i nostri porci comodi.

– Davvero? – chiede Gesú. – Cioè, volete sodomizzarmi?

– Sodoche? – domanda Testa Rasata, dopo essersi accovacciato anche lui.

– Volevo dire: fare sesso con me, – spiega Gesú.

– 'scolta, sapientone dei miei coglioni, – dice «IL MIO SOGNO», – tu prova a dire un'altra parola e io ti apro in due –.

Alza la canotta per fargli vedere che lí sotto, infilato nella cintura, ha una specie di stiletto alla buona, dall'aria ben poco rassicurante: sembra il manico di uno spazzolino con una lametta fusa dentro. Sulla pancia c'è un altro tatuaggio: un foro di proiettile. A Gesú viene in mente una statistica che ha letto da qualche parte: ogni galeotto giustiziato negli Stati Uniti ha un tatuaggio di qualche tipo. Pena di morte. Cazzarola, quaggiú esiste ancora una schifezza del genere.

– Davanti a tutta questa gente? – chiede Gesú. – Senti, lo so: probabilmente ti sono capitate un mucchio di brutte cose quand'eri piccolo per farti pensare che un gesto simile sia una buona idea ma, insomma, sicuro che sarà divertente? Pensaci. Perché sono pronto a scommettere che appena eiaculerai ti sentirai da schifo. Vergogna, senso di colpa: hai presente, no? Una volta mi è capitato di andare con una ragazza in… dunque… in Florida, no? E…

All'improvviso si vede lo stiletto piazzato in faccia, che oscilla a pochi centimetri dal suo bulbo oculare. – Chiudi il becco e tira giú quelle cazzo di braghe, – sibila Tatuaggi digrignando quel che resta dei denti.

Gesú esegue con un sospiro di rassegnazione. Già, quella tipa in Florida, a fine concerto. Una vera gnocca, cazzarola. Se n'era strapazzate di ragazze, ma mai niente di serio. Perché no? Be', una parte di lui aveva la sensazione che, visto il piano che aveva in mente, ovvero cercare di rimettere in circolo tutta la faccenda del «fate i bravi», insomma, forse non tutto quaggiú sarebbe stato rose e fiori. Prendiamo questa situazione, per esempio: Testa Rasata forma una specie di paravento umano per nasconderli al resto della cella, mentre Tatuaggi si mette ai blocchi di partenza e armeggia in fretta e furia con la lampo. La gente si gira dall'altra parte. Acqua in bocca, ovvio. Se Gesú fosse stato nei loro panni, avrebbe detto qualcosa. E cosí sarebbe finito dritto dritto al pronto soccorso. Sente che dietro di lui qualcosa si muove, che qualcuno si è messo in posizione. Eddài allora, chiudiamola qui. Perdonali perché non sanno quello che fanno, e via dicendo.

A cosa stava pensando un attimo fa? Ah sí, a Bob.

Nel 1973 Bob, il caporalmaggiore Bob, aveva solo ventun anni. Il villaggio invece ne aveva migliaia, di anni. Vicino al confine con la Cambogia, crivellato dalle mitragliatrici, raso al suolo dal napalm, gli alberi ancora in fiamme, l'odore di benzina bruciata nei polmoni, il rombo degli F-4 che ancora squassava la giungla, poi Bob e i ragazzi che irrompevano e sparacchiavano in tutte le direzioni, quindi qualcuno aveva ordinato a Bob di stanare i vietcong nascosti in una buca, ce n'erano dappertutto, cazzo. Aveva lanciato tre granate a impatto devastante lí dentro, aveva sentito il terreno tremare sotto i piedi e poi s'era infilato sotto, l'M16 che scottava, che gli bruciava le dita mentre infilava un altro caricatore e tirava indietro l'otturatore e si preparava a ballare il rock'n'roll. Quando il fumo si era dissolto aveva visto il nemico in faccia.

Due bambini.

Uno sdraiato sulla schiena, che gridava senza piú le gambe. L'altro che saltellava in giro – questo non gridava, era solo stupefatto – con una gamba sola e un braccio solo, cercando di appoggiarsi alla parete per raccogliere il braccio amputato con quello buono, il fondo limaccioso della buca trasformato in un mattatoio. Una donna – la madre, probabilmente – cercava di strisciare verso di loro, si teneva una mano sullo stomaco trascinandosi dietro le budella.

Lí accanto c'erano la testa e il torace di un neonato. Il resto era polverizzato. Sparito, tutto sparito.

La ragazzina senza gambe tremava e picchiava i pugni per terra – solo in quel momento Bob si era accorto che era una femmina – era sotto shock, in preda al panico; quello con una gamba sola continuava a saltellare, cercando di afferrarsi il moncherino dell'altra gamba, di premere l'unica mano contro l'osso fratturato e fermare il sangue che zampillava dall'arteria femorale recisa di netto, quel sangue denso come melassa. Le pentole con il riso ancora a bollire sopra un fornelletto ricavato dentro la parete di fango (ancora oggi Bob sarebbe in grado di disegnare quelle pentole nei minimi dettagli) e Bob che si rendeva conto di essere a molti, molti chilometri dal punto di raccolta piú vicino. Bob che faceva quello che doveva fare, era la prima volta che usava la calibro 45 in combattimento, appoggiandola il piú delicatamente possibile alla loro tempia, sfruttando quel che ancora restava della propria lucidità. L'ufficiale in comando l'aveva trovato nella buca, coperto di sangue, circondato dalla famiglia morta, che ripeteva solo: «Bang, bang, bang». Da quella mattina Bob non aveva detto altro che quello. Congedo per shock post-traumatico, e trentotto anni dopo eccolo in un cassonetto a New York. Tutto qui.

Adesso il figlio di Dio sente la saliva che gli cola sul culo, un pollice in perlustrazione da quelle parti. Uno dei due energumeni che si prepara a… Gesú si irrigidisce, prova a rilassare i muscoli, ma non riesce a non contrarre le natiche appena lo sente, duro come il marmo, oscillargli tra le chiappe, che esplora il suo… che spinge contro il suo… Perdonali, Signore, perché…

I passi dei secondini e poi una voce che grida: – Gesú…? Gesú Cristo? – Come capita spesso, il tizio pronuncia quel nome ridacchiando.

– Sono qui! – grida Gesú alzando una mano.

– Porta le chiappe fuori di qui. Ti hanno pagato la cauzione.

La sensazione (non del tutto sgradevole, bisogna ammetterlo) di quel paio di centimetri di cazzo che gli escono dal culo, poi Gesú si tira su le braghe in fretta e furia mentre Testa Rasata e Tatuaggi si fanno da parte aggiustandosi il pacco. Come sempre, pensa Gesú Cristo, è tutta questione di tempi.

– Un'altra volta, dolcezza, – bisbiglia Tatuaggi.

– Ti perdono, – risponde Gesú.

Con un cazzotto dritto in faccia, il balordo quasi gli rompe il naso. Il sangue gli sgorga lungo il mento e sulla maglietta. – Perdona questo, frocio del cazzo, – dice il tizio.

– Ah, e il frocio sarei io? – riesce a borbottare Gesú con voce nasale, attraverso il sangue.

3.

Ecco Morgan, svaccato lí sui gradini davanti alla galera a ghignarsela sotto il sole. È uno spilungone nero, dall'aria dinoccolata, con un sorriso strafottente, gli occhi sonnacchiosi e i capelli crespi, né lunghi né corti. Ha piú o meno la stessa età di Gesú ma ne dimostra cinque di meno. Un batterista con i controcoglioni. Bermuda al ginocchio, scarpe da ginnastica mezze sfasciate, maglietta bianca sformata. Morgan guarda Gesú scendere incerto i gradini, un fazzolettino di carta premuto contro il naso per arrestare il sangue. – Porca troia, – gli dice. – Che cazzo ti è successo?

– Ehm… – Raccontare tutto a Morgan? Naaa. Gli altri fanno ancora piú fatica di lui a perdonare. – Un alterco con due simpaticoni. Niente di che. Ti ho lasciato un paio di dollari sul comodino, vecchio mio. Hai fatto colazione?

– Sí, un hot dog.

– Un hot dog? – ripete Gesú. – La mattina dovresti mangiare della frutta, Morgs. Che so, del melone. Un grappolo d'uva. Roba del genere. Dovresti badare di piú a te stesso.

– Sí, sí, tu predichi bene e razzoli male: mica sono io quello con il naso in poltiglia come Toro scatenato.

– Ehi, guarda –. Gesú si gira e leva il fazzoletto dal naso. – Ha già smesso di sanguinare –. Si trovano a un ango-

lo trafficato in piena Manhattan. A New York è l'ora di
punta, nessuno presta attenzione al biondino con il gru-
gno spappolato che chiacchiera con il nero mingherlino.
– Come no, pulito pulito. Sei un fiore.
– A ogni modo… – fa Gesú. – Dove li hai trovati i sol-
di per la cauzione?
– Be'… – Morgan abbassa lo sguardo, imbarazzato.
– Morgs? – mormora Gesú.
– Ho impegnato Daisy da Harvey.
– Che cazzo hai fatto?
– Che altro dovevo fare? Lasciarti marcire là dentro per
farti diventare la mascotte della prigione?
– Che cazzo… – ripete Gesú, incamminandosi.

Harvey: il loro banco dei pegni di riferimento, nel Lower
East Side. Teche di vetro piene di gioielli – braccialetti,
orecchini e collane – e orologi, i Rolex, i Cartier e i Patek
Philippe che un tempo appartenevano agli arrampicatori
veloci di una città veloce, precipitati ancora piú veloce-
mente. Da Harvey puoi trovare di tutto: dalla tabacchiera
tempestata di ametiste alla Magnum calibro 357.
Gesú svicola veloce da un corridoio all'altro, fino al settore degli strumenti musicali in fondo al locale. E Morgan
dietro. Intravedono Harvey appoggiato al bancone che legge le pagine sportive, una tazza di caffè bollente lí accanto.
Harvey alza lo sguardo non appena salgono i tre gradini
che separano quel settore dal resto del negozio. – Ehi Gesú! – esclama. – Avevo la netta sensazione che ci saremm-
mo visti presto. Il tuo amico mi ha raccontato che eri nei
guai, quindi gli ho fatto un prezzo di favore.
– Quanto, Harvey?
– Cinque e cinquanta.
Gesú rimane a bocca aperta e si gira verso Morgan.

– Hai impegnato Daisy per cinquecentocinquanta miserabili dollari?

– Eddài, figliolo – interviene Harvey. – Se la metto in vendita, non ci cavo piú di mille bigliettoni. Il mercato è fermo.

– La cauzione era cinquecento dollari. Mi sono rimasti ancora cinquanta sacchi! – dice Morgan, tirando fuori le banconote.

– Fantastico, – fa Gesú con voce spenta.

Harvey scoppia a ridere. – Dài, proprio perché siete voi, vi lascio qualche giorno in piú oltre la scadenza. Cosí avete il tempo di racimolare la grana...

– No, – sospira Gesú. – Aspetta un attimo... – Comincia a slacciarsi una scarpa. – Sai una cosa, Harvey? Fossi in te, tra l'usura e tutto il resto, non darei il paradiso per scontato.

– Brrr, che paura.

Gesú si sfila la scarpa: una Converse sfasciata con il nome di un gruppo («Modest Mouse») scritto in pennarello nero sul margine bianco delle suole. L'odore non è celestiale.

– Guarda che Harvey non tratta scarpe di seconda mano, – dice Morgan.

– Molto divertente, – risponde Gesú, mentre rovista con un dito e tira fuori un lurido rotolo di banconote sgualcite.

– Ben! – grida Harvey. Quasi all'istante la testa di un ragazzino fa capolino dalla porta sulla stanza riservata al personale. – Vai a prendere la chitarra. È la Gibson. La SG del '68.

– Dove diavolo li hai trovati? – chiede Morgan.

– Li avevo messi da parte. Per questa sera.

– Vedi, figliolo? – dice Harvey a Morgan, con un cenno verso i soldi. – Ecco i vantaggi di frequentare Nostro Signore. È sempre in grana –. Harvey, come quasi tutti

i loro amici, sapeva la storia di Gesú Cristo e lo prendeva abitualmente per il culo. A Gesú non faceva né caldo
né freddo.

– Sí, come no, – fa Morgan. – Ecco perché facciamo la
bella vita e bazzichiamo questo maledetto banco dei pegni –.
Morgan era convinto che quella storiella sull'essere figlio di
Dio fosse una stronzata colossale. Gesú, però, non stava a
farti la predica. Si limitava a fare del bene (e non era facile).
Quel bastardo era forte. Niente poteva smuoverlo, cazzo.
In piú era un cantante coi fiocchi, e un manico alla chitarra. Morgan aveva uno zio convinto di essere stato, in una
vita precedente, Alexander Graham Bell. Parlava sempre
di quando aveva inventato il telefono. Cosí Morgan aveva
deciso: che cazzo, contento lui, contenti tutti. Il ragazzo
non fa del male a nessuno.

– Apri bene le orecchie, Harvey – dice Gesú, guardandolo fisso. – E vienimi incontro. Dobbiamo comprare della
roba per la festa di Kris. Il nostro amico compie trent'anni, e allora…

– Ho capito, ho capito… – risponde Harvey, mentre
conta le banconote sudicie.

4.

Come dice la canzone *Summer in the City*: è un vero peccato che in città d'estate il giorno non possa essere come la notte. Adesso è tarda sera, fa piú fresco, e un gruppo di persone è raccolto sul tetto del loro palazzo a sette piani da terra, con vista sul centro di Manhattan. Le bianche scie dei fanali che sfrecciano per Broadway, gente che viene a passare la serata in centro, gente che ha prenotato un ristorante, gente che deve andare a un party.

Anche quassú la festicciola non è stata niente male. I piccoli, Miles e Danny, dormono sdraiati su una coperta accanto al muro. Kris sta grigliando sul barbecue improvvisato l'ultimo giro di hamburger e spiedini. Becky canticchia una canzone dei Carpenters mentre Morgs strimpella una vecchia chitarra acustica. Gus e Dotty li ascoltano ubriachi. Al e Frankie annuiscono in un angolo. Meg se ne sta seduta un po' in disparte, abbastanza tesa: i primi giorni senza roba sono lo scoglio piú duro. C'è anche dell'altra gente che non conoscono granché. Bob è seduto tranquillo sul davanzale: probabilmente si sente ancora in colpa per avere tagliato la corda mentre Gesú si beccava le legnate. (Ma, come gli ha detto Gesú, se avessero preso Bob e dato un'occhiata alla sua fedina penale, altro che la chitarra vintage avrebbero dovuto impegnare per pagare la cauzione!) Alla fine ne è venuto fuori un banchetto. Harvey gli ha fatto uno sconto – non è facile

dire no a Gesú Cristo – e lui e Morgan si sono fiondati al
supermercato: hamburger, panini, una bella torta, una caterva di caramelle per i piccoli, un paio di casse di birra.
E la tequila! Fantastico, cazzarola.

Un paio di festoni alla buona con le lanterne cinesi che
penzolano sopra di loro. Il custode polacco le aveva piazza-
te un paio d'anni prima per una festa di Halloween, e funzionano ancora: proiettano chiazze di luce gialla, verde e
arancione sulla gente che se ne sta lí a fumare, bere, ridere
e parlare.

Gesú contempla la scena, fa un tirello di canna (cazzarola, gli ci è voluto un po' ad abituarsi all'erbaccia che vendono sulla Terra) e sorride. Tutte quelle stronzate sui miracoli, e il gran chiasso che ci hanno fatto sopra i cristiani:
stronzate al cento per cento. Ma in momenti come questo,
pensa Gesú, ti sembra proprio un cazzo di miracolo che
questa gente sia sopravvissuta un altro giorno in una giungla simile. E non solo sopravvissuta: eccoli qui seduti con
le pance piene e i bicchieri in mano, a cantare e a ridersela.
Gesú si gira, appoggia un braccio sopra il bordo del tetto e
guarda dall'altra parte di Broadway. Ci sono uomini in tuta
che lavorano anche a quest'ora, issati su un'impalcatura a
staccare un enorme cartellone pubblicitario che reclamizza
abbigliamento intimo. Nel corso della notte ne appicciche-
ranno un altro. Dio non voglia, pensa Gesú, che la gente
passi una sola maledetta giornata senza avere qualche merdosissimo prodotto ficcato a forza in gola.

– Altro giro?

Gesú alza lo sguardo: Kris è lí accanto con in mano
un piatto colmo di hamburger. Gesú sorride e fa segno
di no. – Grazie, amico mio, sono a posto.

– Eddài. Queste cipolle si sciolgono in bocca, amico.

– No, dico sul serio. Sono tutti tuoi.

Kris scrolla allegro le spalle, si siede accanto a lui e comincia a mangiare. È grande e grosso, Kris, ormai va per i cento chili. La sua vecchia T-shirt ciancicata dei Mudhoney è zuppa di sudore perché era lui che stava alla griglia in questa serata afosa. Che strana coppia, Kris e Morgan, la sezione ritmica del gruppo: il bassista bianco, ciccione e simpatico, e il batterista nero, asciutto e sarcastico. Morgs è il piú aggressivo dei due, guarda con occhio cinico quasi tutto: un ottimo contrappeso all'entusiasmo infantile di Kris, che trova un punto esclamativo in ogni cosa. È credulone, pragmatico e sensibile. Morgan, invece, è piú caustico e prudente. Gesú dà retta a entrambi. Devi circondarti di gente che non la pensa come te. Gliel'aveva insegnato suo padre, con Matteo il lamentino, Fabiano l'affettato e Andrea il battagliero.

Dall'altra parte del tetto, Al e Morgs stanno cantando *Visions of Johanna*. Kris lancia un'occhiata furtiva a Gesú: gli piace osservarlo mentre si gode la scena.

– Ehi, Gesú – grida Becky, – alza le chiappe e vieni a suonarci qualcosa –. Gli altri si uniscono al coro. Qualcuno solleva la chitarra verso di lui.

– Naaa. Sono stanco. È un piacere ascoltarvi, ragazzi.

– Eddài, non farti pregare!

– Piú tardi.

Loro gli fanno «buuu» e la chitarra passa di mano in mano. Gesú Cristo sorride a Becky e lei gli mostra il dito medio. Cazzarola, quanto stava bene Becky in questi giorni: i lunghi capelli corvini puliti e sfavillanti sotto la luce delle lanterne. Anche la pelle lentigginosa era pulita e luminosa. Gesú la guarda mentre allunga le belle gambe nude sopra la coperta, lanciando un'occhiata ogni tanto ai figli che ronfano. La ragazza ne aveva fatta di strada rispetto alla prima volta che s'erano conosciuti, un paio

d'anni prima, grazie a un amico comune che faceva il lavapiatti con Morgan. Becky veniva dall'Ohio, una vera
bellezza e un vero disastro: si stava disintossicando dal
crack, ma beveva ancora troppo. Aveva tirato su qualche soldo, si diceva in giro, lavorando di tanto in tanto
per un'agenzia di escort. Sempre col rischio di farsi portare via i figli dai servizi sociali, e in quel momento stava per essere sfrattata dal lurido monolocale del Lower
East Side in cui abitava. Avevano racimolato una sommetta per coprire una parte degli arretrati, poi Gesú era
andato a parlare con il padrone di casa. Il tizio gli era
venuto incontro e Becky era rimasta a vivere lí. Era stato un momento di svolta, e adesso era un piacere vedere
quella ragazza disintossicata in tutto il suo splendore. Si
prendeva cura dei piccoli e passava da un lavoretto all'altro, anche se la vita non era facile per una ventiseienne
senza titoli ma con due figli di cinque e sette anni. 'fanculo, ma per chi era facile a New York? Una cosa, però:
da quando s'era disintossicata, Becky aveva dato prova
di saperci fare dal punto di vista organizzativo. Per Gesú era uno strazio vedere tutto quel potenziale sprecato
ogni giorno, buttato via in tanti lavoretti al minimo sa-
lariale che la ragazza avrebbe potuto fare a occhi chiusi.

Kris si sporge in avanti sotto la lanterna gialla per guardarlo bene in faccia. – Cavolo, guarda che naso. Te l'hanno conciato per le feste!

– Capirai. Stanotte qualcuno se la passerà anche peggio –. Fa un cenno in direzione dei tetti, verso la città che
schiuma e strepita.

Kris si gira verso il loro gruppo di balordi, il caravanserraglio degli sbandati, e sospira. – Il punto è che noi ci
mettiamo solo una pezza, no? Giorno dopo giorno, roba
cosí. Diamo una mano alla gente con questo e quello, pro-

curiamo qualcosa da mangiare qua, qualche medicina là, a volte qualche dollaro.

– Lo so, amico. Lo so…

– Cerca di capirmi, Gesú. Io ti voglio bene, ma… Non facciamo un concerto da mesi. Un concerto? Cazzo, non *proviamo* da mesi.

– Lo so, amico mio. Non abbiamo avuto un momento libero. È che stiamo, sí, stiamo facendo del nostro meglio finché…

– Finché?

– Finché non ci dànno la possibilità di fare qualcosa di piú, credo.

– Tipo cosa? Stiamo aspettando un segnale divino o roba del genere? – Kris lo guarda con aria ingenua, pende dalle sue labbra.

– Può essere, – risponde Gesú. – Qualcosa succederà.

Kris annuisce. Certe volte – con Morgan non ne farebbe parola nemmeno sotto tortura, ovvio – ma certe volte, quando guarda negli occhi Gesú, quando lui dice qualcosa, o ancora di piú quando suona, Kris pensa che forse quella storia del figlio di Dio non è tutta una baggianata. O forse è soltanto che secondo lui Gesú Cristo si meritava di diventare una star. Il miglior solista con cui Kris avesse mai suonato, non c'era gara. Tipo quando erano ragazzini: se Kurt Cobain avesse detto di essere il figlio di Dio, Kris se la sarebbe bevuta. Zero problemi, amico.

– Eddài, su! – grida qualcuno. Gesú si volta. Bob si sta avvicinando con passo felpato, in mano ha la chitarra e gliela sta porgendo.

– Dài, ragazzi – fa Gesú. – Non c'è nessun altro che vuole suonare?

– Non fare il finto modesto e imbraccia quella cazzo di chitarra, – gli fa Morgan.

– E va bene: una e basta, però... – risponde Gesú, prendendo la chitarra. – Cosa volete ascoltare?

– Qualcosa di vecchio! – grida Gus.

– Qualcosa di vecchio... qualcosa di vecchio... – ripete tra sé e sé Gesú, mentre accorda lo strumento. La chitarra di Al è una vecchia scassona che cade a pezzi. Impossibile accordarla alla perfezione. Suona un paio di armonici, tira appena appena su il si. – Per un pezzo country può bastare, – dice e attacca con *May You Never* di John Martyn, lavorando su una breve intro con la melodia che balla tra la corda del sol e quella del si, grazie a un ritmico giro di accordi.

Gesú suona alla grande, è molto bravo a infilare brevi fraseggi inaspettati tra una strofa e l'altra, troncandoli all'improvviso per sottolineare un passaggio. Tutti si fanno sotto e cominciano ad ascoltare sul serio. Verso metà canzone abbassa il tono e parte con un assolo: il pollice continua a seguire la linea di basso sulle ultime corde mentre il medio e l'indice fanno risuonare gli accordi principali.

– *Love is a lesson to learn in our time...*

Se lo stile chitarristico è ottimo, la voce è ancora meglio: chiara e dolce in questa canzone, ma con quel certo non so che... quel dolore e quella disperazione che tutti i grandi cantanti da Hank a Kurt hanno avuto. E la gente se ne accorge. È una cosa pazzesca, pensa Kris guardando la gente che ascolta Gesú Cristo, eppure la maggior parte delle persone passano tutta la vita senza mai incontrare qualcuno che sappia davvero suonare e cantare con l'anima. Lo sentiranno in televisione qui e là, attraverso un paio di minuscole casse o magari, se va bene, a un concerto vero e proprio, ma oggi quasi nessuno si trova a pochi passi da qualcuno che riesce davvero a lasciarsi andare, e tu senti il suo respiro sul viso, senti la cassa armonica di quella vecchia chitarra scollata che muove l'aria. È una cosa straordinaria, perfino quelli che non capiscono una mazza di musica intuiscono che stanno vivendo un'esperienza di un altro mondo. Come mai sentono accapponarsi la pelle delle braccia e del collo? E come cazzo è possibile che non capiti mai quando ascoltano la radio in macchina? Per la maggior parte delle persone la miseria della loro esperienza diventa reale solo quando li metti di fronte a qualcosa di veramente grande. Per il resto del tempo, pensano che tutto sia buono.

Gesú finisce in crescendo: le dita corrono lungo il manico ricamando la melodia, poi si raccolgono per l'ultimo accordo che lui alza di un semitono e dunque riporta alla tonalità precedente. Infine solleva lo sguardo verso gli altri: tutti, dal piccolo Miles che si è svegliato a Gus e Dotty, tutti quanti lo stanno fissando, completamente rapiti. Scrosciano gli applausi.

Morgs gli rifila un coppino. – Sei un pallone gonfiato, pezzo di merda.

– Cazzo, no, – ci scherza su Gesú, mentre stappa l'ennesima birra. – Ci sei arrivato, finalmente.

Tutti chiedono il bis. Lui li accontenta. C'è ancora un mucchio di birra da scolare e la voce viaggia di tetto in tetto, perdendosi nel baccano del traffico notturno da qualche parte sopra Broadway: le sirene che tagliano l'aria, le luci azzurre che lampeggiano lí sotto e illuminano a intermittenza i muri dei palazzi, a ricordare che per tante altre persone a New York la notte continuerà implacabile e nessuno correrà in loro aiuto.

5

La mattina dopo arriva il segno divino. E, com'è giusto che sia, è Kris il primo a vederlo. Il segno è alto una trentina di metri, largo una ventina e sovrasta Broadway come se Dio avesse voluto piazzarlo lí a bella posta, solo per loro. In preda all'eccitazione, Kris dà uno scossone a Gesú per svegliarlo, senza badare al fatto che s'è portato a letto una tipa della festicciola (Carol Vattelapesca, se Kris non ricorda male). È molto carina. Ogni volta che canta, Gesú ne sdraia una. – Questo devi vederlo... – fa Kris tirando via le lenzuola a Gesú, come un bambino la mattina di Natale.

– Ma che cazzo fai? Si può sapere che ora è?

– Presto. Mettiti queste –. Kris gli lancia un paio di mutande. Carol borbotta qualcosa e nasconde il broncio sotto i lunghi capelli biondi di Gesú. – Dài, devi vederlo...

– 'rcatroia, è domenica mattina, – si lamenta Morgan dall'altro letto.

– Vieni anche tu, – fa Kris.

I quattro scendono scalzi per la strada, il marciapiede è già caldo sotto la pianta dei piedi, e alzano il naso verso il punto indicato dall'indice tremolante di Kris. – Guarda, – dice.

Ce l'hanno messo gli operai arrampicati sulle impalcature nel corso della notte. A lettere cubitali alte dieci metri, c'è scritto:

AMERICAN POPSTAR!

Leggono e rileggono, stropicciandosi gli occhi nel sole di prima mattina. C'è l'immagine di una ragazza nera, la testa rovesciata indietro mentre canta dentro un microfono, e a lettere appena piú piccole le parole:

TERZA STAGIONE: LA CACCIA È INIZIATA...

Kris li guarda leggere: Gesú, Carol e Morgs, che muovono impercettibilmente le labbra.

IN ONDA SU ABN IN AUTUNNO.

– Embe'? – chiede Gesú, lanciando un'occhiata incerta a Kris.

VINCI UN CONTRATTO DISCOGRAFICO DA UN MILIONE DI DOLLARI!

– Continua a leggere, – risponde Kris. – Piú in basso.

I provini cominceranno il 10 luglio in tutti gli Stati Uniti d'America.

– E allora?

– Senti, – risponde Kris, afferrando Gesú per le spalle. – Tu parteciperai a quella trasmissione e la vincerai. Capito? Capito? – Adesso Kris è raggiante: fa un passo indietro e improvvisa un passo di danza sul marciapiede. Carol scoppia a ridere.

– Ce lo siamo giocati... – commenta Morgan guardando Kris. Poi, rivolto a Gesú: – E io che credevo che fossi tu, il pazzo...

– Sei fuori di testa, – dice Gesú mentre bevono un caffè al bar all'angolo. – I talent musicali fanno cagare, cazzarola. Un'accozzaglia di gente senza nerbo, che canta solo robaccia sdolcinata o finto-rock commerciale. Non c'è mai nessuno che sia davvero rock.

– E allora? – obietta Kris. – Sarai tu il primo.

– Ehi… – lo blocca Gesú. – Qualcuno fa a metà di una brioche?

– No, apri bene le orecchie… – fa Kris, chiudendo il menu.

– Kris, – lo interrompe Morgan. – Ha ragione lui. Ammettilo, dài: quella trasmissione fa schifo al cazzo.

– Embe'? Tu ci vai e suoni alla grande, e la gente lo capisce e poi, be', da lí si comincia, – risponde Kris. – È questo. È il segno che aspettavamo.

– Quello non è un segno, ma un'insegna, – ribatte Gesú. – E comunque, poco ma sicuro, non puoi presentarti con un gruppo. Sono pronto a scommetterci. Ti costringono a usare l'orchestra del programma.

– E allora? – fa Kris.

– E allora verrà una schifezza.

– Solo fino a un certo punto… – dice Kris. – Tu sei bravo. Non vorrai dirmi che Jimi Hendrix avrebbe fatto *completamente* schifo, se avesse suonato con l'orchestra di qualche programma?

– Mmm, no –. Gesú si concede un sorriso nostalgico, ripensando alle schitarrate con Jimi: chissà cosa starà facendo adesso… Sarà a trombare, poco ma sicuro. – Era solo che… Sarebbe giusto, dico io, far partecipare anche voi.

– Ma sí, che cazzo, – fa Morgan. – Secondo me il cicciobombo qui non ha tutti i torti. Perché no, in fondo? Me la spasserei proprio, me la farei sotto dal gran ridere a guardare te in televisione che ti cachi addosso per la paura.

– Io non ho paura, – risponde Gesú.

– Allora dove sta il problema?

– Io non ho paura di cantare in un banale programma televisivo.

– E allora dimostralo, – lo incalza Kris.

– Io… – Gesú scoppia a ridere. – E va bene, ok. Che

cazzo, porca puttana. Te lo dimostrerò. Andrò a fare quei maledetti provini, va bene? Adesso voialtri stronzetti siete contenti?

– Fantastico, – risponde Kris. – Sono al settimo cielo.

– Ok, allora lo siamo tutti. Adesso possiamo fare colazione?

– Prendi tutto quel cazzo che vuoi, – fa Morgan. – Hai il via libera.

– Sacrosanto, cazzarola. E allora mi sparo 'sta brioche –. Riapre di scatto il menu plastificato. Uno spettacolo piú unico che raro, Gesú in difficoltà. Morgs e Kris se la godono, dandosi di gomito.

– Una brioche, ecco cosa – ripete Gesú.

6

Il grattacielo della Abn a Times Square: sembra che abbiano aperto le gabbie dello zoo. La coda si snoda lungo il lato occidentale della piazza, svolta all'angolo con la Quarantaduesima e continua per diversi isolati, per spingersi quasi fino all'Ottava Avenue. L'enorme schermo sopra il cartellone della Coca-Cola strilla: « AMERICAN POPSTAR – LA CACCIA COMINCIA QUI! » Intorno girano poliziotti a piedi e a cavallo, per evitare che la gente finisca sotto un'auto e per tenere libero il passaggio. I venditori ambulanti di hot dog e bibite sono arrivati puntuali a lavorarsi la coda, ben sapendo che le bestie dovranno aspettare a lungo. Molti aspiranti concorrenti sono arrivati già la sera prima: hanno passato questa calda nottata estiva sul marciapiede rovente. I turisti con la macchina digitale scattano una foto ai personaggi piú eccentrici della fila: che storia da raccontare agli amici quando si torna a Omaha/Idaho/Toledo!

E di personaggi eccentrici da immortalare non ne mancano: i due emo alti due metri e venti (lei con una cresta rosa confetto e lui blu elettrica), anche se in realtà gli zatteroni spaziali li alzano di una spanna. Il trio di sorelle gemelle agghindate da fatine perverse: gonna a sbuffo con collant e giarrettiera, le tette strizzate nel corpetto di pizzo bianco, i capelli a caschetto color lillà. Ci sono culturisti, trans, robot, supereroi, gente mezza nuda, altri truccatissimi e Dio solo sa cos'altro. Non mancano bambini e nonnetti, qualcuno che sembra abbastanza normale e qualcun altro da ricovero. In molti canticchiano, provano un passaggio della canzone, un'aria, una scala, un vocalizzo. Si fermano e si concedono alle cineprese delle troupe televisive che pattugliano la coda, qualcuna della trasmissione stessa, a caccia di spezzoni da rimontare nel programma, qualcun'altra del telegiornale locale. Mentre l'ennesimo furgoncino sfila lungo la Quarantaduesima per riprendere la folla dal finestrino, una ragazza si piega in avanti e alza la gonna, mostrando due grosse chiappe bianche e tremolanti sopra le autoreggenti nere. Un uomo si butta in ginocchio e comincia a sbraitare una canzone. Altri due sciroccati, un gigante e un nano – una specie di duo – non si lasciano pregare: il nano si arrampica come un macaco fin sulle spalle del gigante, poi entrambi spolmonano una nenia. Tutti quanti – nani, giganti, vecchi, giovani, belli, brutti – tutti quanti hanno la stessa malattia: il quarto d'ora di celebrità.

– Cazzarola, – fa Gesú, voltandosi dall'altra parte appena passa l'ennesima telecamera. – Quanto cazzo è imbarazzante...

– Soldi facili, vecchio mio – gli ripete Kris per la milionesima volta. – Soldi facili.

Gesú ha la Gibson a tracolla dietro la schiena e un piccolo amplificatore Pignose appeso alla cintura. È tutta la mattina che prova a battersela, ma ogni volta Kris lo convince a restare.

Passano le ore, la coda avanza un centimetro alla volta, Times Square sembra non arrivare mai. Un giornalista a piedi, con il microfono in mano e la troupe a ruota, passa in rassegna la processione facendo interviste qui e là a personaggi improbabili. Si gira all'improvviso e schiaffa il microfono in faccia a due belle ragazze in coda davanti a Gesú e a Kris.

– Ciao ragazze, – fa. – Sono Tom Barker di *Abn Mattina*. Da quanto siete in coda?

– Oddiooo! Dalle cinque-sei di stamattina, Tom! Siamo venute in autobus dal New Jersey. Io sono Debbie e lei è Tammy, siamo le Volpine! – L'ultima parola la dicono in coro.

– Pensate di farcela?

– Certo! – risponde Debbie. – America, stai all'occhio, – interviene Tammy senza neppure guardare Tom, rivolgendosi direttamente all'obiettivo. – Arriviamo noi! – Le due cominciano a cantare un motivetto di Britney Spears, inanellando una stecca dopo l'altra.

– Cazzarola, – borbotta Gesú alzando gli occhi al cielo. – Padre, perché mi hai abbandonato?

Samantha Jansen, produttore esecutivo di *American Popstar*, arrivata in aereo da Los Angeles quella mattina stessa, appoggia la fronte al vetro fumé del suo ufficio e copre con lo sguardo i quindici piani che la separano dall'angolo fra Times Square e la Quarantaduesima, dove la folla sembra pacifica e innocua. – Quanti? – chiede.

– Mmm, prevediamo... – dice Roger, l'assistente, appollaiato sullo spigolo della scrivania dove consulta un fascio di appunti. – Diecimila, suppergiú. Un incremento del venti per cento rispetto ai provini newyorchesi dello scorso anno.

– E altrove? – chiede la Jansen mentre si gira, incrocia le braccia e si appoggia alla finestra, e alle sue spalle il sole del pomeriggio la trasforma agli occhi di Roger in una silhouette nera.

– Alla grande. Affluenza record a Los Angeles, Chicago, Seattle. C'è una leggera flessione a Houston. Il caldo, forse.

– Mmm. Forse.

La Jansen è preoccupata.

Per un po', durante la prima stagione, *American Popstar* è stata la piú grande attrazione del piccolo schermo. Anzi, l'unica. La trasmissione è spuntata dal nulla e ha stracciato ogni record d'ascolto. Oggi è ancora il programma piú seguito del paese: se fossero riusciti a mantenere la posizione per tre anni di fila, avrebbero eguagliato i tempi gloriosi dei *Robinson* nei lontani anni Ottanta. Però l'anno scorso la Nbc ha lanciato *Talent Usa*. Il format ricalca quello di *American Popstar*, ma è piú incentrato sui freak: pazzi, sbiellati, fuori di zucca. E sulle storie strappalacrime che i concorrenti avevano alle spalle. Nessuno ci avrebbe scommesso un soldo ma, come amava dire il capo, non c'è mai fine al peggio con quel tipo di merda (anzi, «dimmerda» avrebbe detto) e, come volevasi dimostrare, *Talent Usa* era arrivato alla seconda stagione e ogni giorno rosicchiava qualche spettatore ad *American Popstar*. A quanto sembrava l'America era interessata al talento, però impazziva per i maniaci fuori di melone che si sbavavano addosso e andavano rinchiusi in manicomio, magari imbottiti di Torazina. E ce n'erano a bizzeffe. *Talent Usa* non era ancora cosí vicino da far vacillare la posizione della Jansen come produttore esecutivo del piú grande programma americano, ma abbastanza da innervosire il capo. E quando il capo si innervosiva era il caso di cominciare a preoccuparsi. E parecchio, anche.

Si gira di nuovo verso la finestra e contempla la folla brulicante. – Diamoci sotto, – dice, piú a se stessa che a Roger.

7

– Allora, – dice l'assistente di sala a Gesú mentre lo trascina verso un angolo dell'auditorium. – Tu mettiti qui con lui e… – Gesú ha un numero appeso alla maglietta. – Anche tu e tu pure, sí… – In quattro vengono raggruppati lí e scortati lungo un breve corridoio, quindi parcheggiati davanti alla porta di una delle tante sale dove si svolgono i provini. Gesú saluta gli altri concorrenti: – Ciao ragazzi, come butta?

Il tizio piú vicino, un tipo nervoso strizzato in una specie di tutina elasticizzata, ridacchia e si sposta piú in là, lanciando occhiate nervose a destra e a manca.

Buonanotte, pensa Gesú.

– Quante volte, tesoro? – chiede un altro. È uno spilungone portoricano in smoking bianco.

– Eh?

– Quante volte hai fatto il provino?

– Ah, mai, – risponde Gesú. – Solo questa. È la mia prima volta. E tu?

– La terza, – risponde il ragazzo. Squadra Gesú da capo a piedi e storce il naso: le sneaker sudicie, i pantaloncini macchiati, la maglietta pezzata dei Folk Implosion. – Certo che non ti sei sforzato granché… – dice, quindi gli gira le spalle e attacca a fare i vocalizzi.

– Mollalo, quello, – sibila una ragazza. – Un coglione fatto e finito. Io mi chiamo Clare. Sono al terzo tentativo –. Si stringono la mano. Clare è cicciottella. Si è messa un body rosa e sembra un'enorme foca psichedelica. – Ehi, suoni anche la chitarra! – dice lei, dopo aver notato la Gibson a tracolla dietro la schiena. – Ci stai dentro. Cosa canti?

– Mah, non lo so. Non ci ho ancora pensato...

– Via libera! – grida qualcuno, e i quattro vengono fatti entrare. Nella stanza c'è una grossa scrivania dietro la quale sono seduti Samantha Jansen e un paio di sottoposti. C'è una videocamera sistemata su un cavalletto e due grossi buttafuori che ciondolano in fondo alla sala. – Che ci fanno quegli energumeni? – Gesú bisbiglia a Clare.

– Sai, qui arrivano dei veri psicopatici. Mica come noi... – dice, alzando con i pollici le spalline del body per farle schioccare, mentre l'enorme massa di ciccia ondeggia gelatinosa.

– Allora... – dice la Jansen. – Numero 4410... Don Alfonso? – Pronuncia il nome con un sospiro d'esasperazione.

Con una piroetta, il ragazzo portoricano balza al centro della stanza. – Ci si rivede, ¡querida! – esclama.

– Eh, già. Che cos'hai in serbo per noi quest'anno?

– Canterò *Anything Goes*.

– Fantastico. Quando vuoi...

L'imbarazzo provato da Gesú mentre osserva questo tizio sgambettare in smoking e fare letteralmente a pezzi Cole Porter è incommensurabile. Dopo cinquanta secondi esatti il portoricano sta per lanciarsi in un tip tap forsennato quando la Jansen alza gli occhi e sbotta: – Grazie, Alfonso! Il numero 4411, prego!

Lui si inchina e la rintuzza: – *Don* Alfonso, prego –. Detto questo si gira e trotta via. – Lesbica di merda, – borbotta mentre passa accanto a Gesú.

Clare si fa avanti e attacca un'isterica versione a cappella di *Lucky Star* di Madonna mentre accenna un balletto. Ricorda tanto un bambino che si è appena cagato nelle mutande.

Qualche secondo di questo strazio e Gesú pensa: Santiddio.

Quando cammini per le strade di una città come New York, hai la sensazione che ci sia una quantità assurda di follia trattenuta a stento: gli strilloni, i pazzoidi, i camerieri, i tassisti, i giocolieri. Milioni di milioni di sogni infranti e ambizioni sfrenate che scivolano per quelle strade incandescenti. Ok, ma questo è un vero e proprio convegno: c'è abbastanza energia fulminata da alimentare tutta la città. Anzi, tutto questo cazzo di paese.

– Grazie Clare, – dice la Jansen un attimo dopo, alzando una mano. – Il numero 4412, per favore.

Il tizio nervoso nella tutina elasticizzata si avvicina al centro della stanza e fa un inchino esagerato.

– Ciao, ehm, Lunatico? – legge la Jansen sui fogli che ha davanti. – E cosa ci...

Non fa in tempo a finire la frase che Lunatico si gira e si piega a novanta. Afferra la tutina all'altezza delle natiche e tira con forza. Si sente lo schiocco del velcro mentre l'allacciatura all'altezza del culo si apre. Poi alza gli occhi verso Gesú e gli altri in fondo alla sala, il culo rivolto ai produttori e grugnisce, paonazzo in faccia. Un secondo di suspense e uno spruzzo di diarrea gli schizza dal buco del culo, insozzando tutto il pavimento davanti alla scrivania.

– Ma porca puttana! – esclama la Jansen, con un balzo all'indietro, mentre intervengono i buttafuori, che afferrano Lunatico uno da una parte e uno dall'altra, e lo trascinano fuori. Lui ridacchia e borbotta a ripetizione: – Vi ho smerdato, eh? Vi ho smerdato, eh?

– Che ti avevo detto? – fa Clare a Gesú.

Ci vuole un po' prima di ricominciare. Devono cambiare stanza, mentre gli inservienti intervengono con secchio, spazzolone e detersivo. Dal corridoio dove è parcheggiato, Gesú sente i gorgheggi e i miagolii strazianti che arrivano dalle altre salette dove un paio di produttori si sciroppano *My Heart Will Go On* e *The Greatest Love of All* e *Don't Wanna Miss a Thing*. Scampoli e frammenti di melodie stucchevoli: i provinanti sanno che in trasmissione le ballate funzionano. (Colpa del capo).

Sistemata in una nuova stanza de-escrementificata, Samantha Jansen scruta la scaletta con un sospiro della serie «dove-eravamo-rimasti?» – Numero 4413, – legge. – Gesú Cristo...? – Lo sbuffo è al limite della sopportazione. – Un altro mentecatto, – bisbiglia a Roger. – Liquidiamo questo, poi per oggi abbiamo finito –. Fa un cenno ai buttafuori, che scortano Gesú al centro della scena. – Ok... – fa la Jansen. – Ehm, Gesú?

– Sí. Ehm, ciao...

– Prego –. Belloccio, pensa lei. Un mentecatto, sí. Però belloccio.

Lui socchiude gli occhi sotto il fascio di luce proiettato dall'unico riflettore e fa roteare la Gibson a tracolla, mentre accende l'ampli. Appena la chitarra sfiora il piccolo amplificatore, parte un breve gracchio di feedback. La Jansen fa una smorfia.

– Ops. Va bene, allora... Ok... – Ci pensa un momento. La Jansen controlla l'ora. – Dunque, sí. Ok... – Gesú alza un dito, annuendo tra sé e sé, fa un respiro profondo, poi snocciola una fluida serie di note, a partire dall'estremità del manico per scendere a cascata verso un sol aperto, che comincia a strimpellare con dolcezza, mentre con il mignolo abbassa appena appena il volume.

Comincia a cantare, calmo e tranquillo, la testa ciondolante e gli occhi chiusi.

Appena quello intona il primo verso, la Jansen e Roger si guardano. Quando arriva al ritornello lo fissano attoniti: il ragazzo fa oscillare piano la testa di qua e di là, un mezzo sorriso stampato in viso, gli occhi ancora chiusi per la concentrazione mentre suona delicatamente gli accordi e quasi sussurra il testo con voce cristallina.

– *The only living boy in New York...*

Adesso anche Clare e i buttafuori, rimasti lí dietro, sono pietrificati.

Gesú esegue un breve assolo melodico dopo il secondo ritornello e prepara il gran finale: alza il volume della chitarra, rovescia la testa all'indietro e libera la voce in tutta la sua potenza per il momento topico della canzone.

– *Hey, let your honesty shine, shine, shine...*

La Jansen sente la pelle accapponarsi sugli avambracci e sulla nuca. Sotto la luce impietosa dell'unico riflettore i limpidi occhi azzurri di Gesú scintillano come la canzone, come quei meravigliosi capelli biondi. La Jansen si rende conto di avere la bocca aperta. Gesú finisce con una bella serie di accordi e lascia echeggiare l'armonico in sol al dodicesimo tasto.

Silenzio. Poi un suono che la Jansen ha sentito ben poche volte durante gli innumerevoli provini per *American Popstar*: applausi, da Roger e Clare ma perfino dai buttafuori.

– Bene, – fa lei, mentre cerca di ricomporsi e punta la Montblanc verso Gesú. – Caro il mio belloccio, accomodati. Raccontaci qualcosa di te.

E Gesú le racconta la sua storia.

8.

Molto piú tardi, Samantha Jansen sta per chiudere la conference call con il capo e i responsabili delle altre città dove si svolgono i provini. Mentre gli altri coordinatori prendono congedo a Chicago, in North Carolina e in California, «Ciao, Bob. A presto, Trish. Ok, Ted», lei dice: – Hai un minuto, capo? – e rimane in linea.

– Ho trovato un personaggio, ti ho appena mandato il filmato del provino via e-mail. È davvero forte.

– Ah, sí? – Il capo sembra annoiato, ricco, lontano. Come al solito.

– Sí. Ti prego, non dire quello che stai per dire, ha cantato un pezzo di Simon & Garfunkel, accompagnandosi alla chitarra elettrica...

– Cristo, Samantha: non mi propinare queste stronzate. Non ho la minima voglia di ascoltare uno sfigato lagnoso che strimpella la sua chitarrina triste nel nostro cazzo di programma, porca di quella put...

– Lo so, lo so. Stammi a sentire. Non arriverà mai a vincere. Ma è bravo, è bello, ha una gran voce e, reggiti forte, si chiama Gesú. Pensa davvero di essere Gesú Cristo. Insomma, è convinto di essere stato mandato sulla Terra per salvare il genere umano o roba del genere.

– Cioè, è matto da legare? – chiede il capo, leggermente piú interessato.

– Totalmente fuori di cotenna, come diresti tu, – fa la Jansen, e l'espressione tipica del capo, detta da lei ha un

che di comico. – Cioè, non pazzo pazzo. Oggi me n'è capitato uno che mi ha scagazzato su tutto il pavimento...

Il capo ridacchia. – Dovevi mandarmi quello di filmato...

– Ma vale la pena provarci.

– Va bene. Senti, la decisione è tua. Tienimi aggiornato.

– Va bene. Ciao, Steven.

– A presto.

Clic.

9.

Il giorno dopo Gesú si aggira con gli occhi arrossati per la reception della Abn, i moduli compilati e firmati nella tasca posteriore. Sui moduli c'è qualche macchia di vino e di caffè e qualche bruciatura dovuta alla cenere di tutti gli spini e le paglie che si sono sparati. Quei moduli sono stati al centro di un'accesa discussione a tre fra lui, Kris e Morgan, che è durata fino alle prime luci dell'alba.

Gesú e Kris avevano compilato i moduli, inserito gli estremi biografici, cercando di rielaborare e abbellire qui e là, quando Morgan aveva cominciato a leggere le clausole scritte in piccolo.

– Cristo santo! – era sbottato. – Non puoi firmare una roba simile!

– E perché mai? – aveva chiesto appunto Cristo.

– Non avete letto qui, imbecilli? Gli schiavi che hanno costruito le piramidi erano messi meglio. Guardate un po'...

Se l'erano letto.

Era venuto fuori che, oltre a concedere ai produttori dello show i diritti esclusivi sulla propria carriera discografica, a Gesú non era permesso di suonare dal vivo, registrare del materiale o apparire in analoghi programmi televisivi senza il permesso dei produttori, per i dodici mesi successivi alla messa in onda dell'ultima puntata di *American Popstar*. Inoltre accordava loro il permesso di sfruttare la sua immagine a piacimento. Cedeva ai produttori della trasmis-

sione i diritti sul merchandising e riconosceva loro il diritto esclusivo d'opzione per fargli da manager e scippargli il
diritto d'autore, ogniqualvolta lo ritenessero opportuno.
Accettava di comparire negli spot degli sponsor legati al
programma: la Ingrams Soft Drinks Company, la Cable
and Wire Telephone, la Powell Motor Corporation, la Sen-
tinel Computers, la Grain Whole Cereal, la Aps Computer
Games e la Bell Jeans, ed eventuali altri che avessero deciso di aggiungersi come sponsor in un qualsiasi momento
futuro. Gli veniva richiesto di impegnarsi in ogni «ragionevole» attività promozionale su richiesta dei produttori (la
definizione di «ragionevole», a scanso di dubbi, era a di-
screzione dei produttori stessi) e gli era vietato di associa-
re la propria immagine a qualsiasi altro prodotto o offerta
commerciale senza il loro consenso scritto.

– Dài, – aveva detto Morgan. – Ti potrebbero far bere
la loro cazzo di bibita addobbato come un pagliaccio mentre canti una canzone che hai scritto tu ma ormai è di loro
proprietà, alla guida di una macchina fabbricata da qualche stronzo che vende armi a un dittatore africano, mentre tu giochi a uno scemo videogioco su uno dei loro maledetti telefoni cellulari. Intanto loro intascano ogni cazzo
di centesimo e tu al massimo prendi il cinque per cento.
Ma chi l'ha buttato giú 'sto cazzo di contratto, Satana?

– Già, ma se non firma... – aveva fatto Kris. – Non può
partecipare al programma, no?

– 'fanculo il programma, Kris. Io sono un musicista,
amico, queste merdate mi fanno venire voglia di vomitare l'anima, cazzo!

– Senti, – aveva risposto Kris. – Io ti capisco, però cominciamo a mettere un piede dentro, poi...

– Non puoi restare incinta a metà, idiota.

– Ragazzi, ragazzi... – era intervenuto Gesú.

Da lí era partita un'estenuante discussione – pragmatismo contro idealismo, realpolitik contro questioni di principio, cavallo di Troia contro ariete di sfondamento, finiche-giustificano-i-mezzi contro 'fanculo-sti-viscidi-stronzidelle-etichette-discografiche – finché intorno alle tre del mattino Gesú si era allungato dal tappeto dov'era sdraiato, aveva afferrato i moduli sul tavolo e li aveva firmati e basta.

– Ecco fatto, – aveva detto Kris.

– Ma che cazzo... – aveva esclamato Morgan. – Bello, pensavo che tu fossi contro quella merda spietata e vampiresca, contro le multinazionali sfruttatrici...

– Morgan, – aveva risposto Gesú. – Datti una calmata. Andrà tutto bene.

– Hai appena acconsentito a...

– Io non acconsentirò a un cazzo di niente. Io canterò solo qualche canzone.

– Diranno che c'è scritto sul contratto.

– E allora? Cosa possono farmi?

– Possono farti causa, – aveva risposto Morgs.

– E quindi? – aveva ribadito Gesú, appizzando lo spinello con un sorriso.

Con un sorriso, Morgan aveva cominciato a capire.

– Embe'? – aveva esclamato Kris.

– Cosa ottieni se fai causa a qualcuno, vecchio mio? – aveva domandato Gesú.

– Soldi.

– Preciso, – aveva detto Gesú. – Se di soldi ce ne sono, che se li prendano. Chi cazzo se ne frega?

– Ha portato i moduli compilati? – sta dicendo ora la segretaria alla reception.

– Sí, signora, – risponde Gesú.

– Ottimo. Ci vediamo a Los Angeles. Congratulazioni.

– A Los Angeles? – fa Gesú. – Come, a Los Angeles?

10

– A Los Angeles? – chiede Becky.

– Cavolo, grande, – tossisce Meg.

– Non ci posso andare a Los Angeles, – dice Gesú. – Pensavo che fosse qui. A New York. Devo sbrigare un mucchio di faccende. Abbiamo delle responsabilità.

Sono tutti a ciondolare in Union Square, a caccia di un posto all'ombra sotto gli alberi: i ragazzini giocano sulle altalene lí accanto, il sole picchia come un fabbro e perfino i piccioni annaspano girando in tondo. Nonostante la canicola, Meg trema come una foglia. I capelli biondi slavati sono raccolti in un berrettino e lei continua a pulirsi con la manica il naso che cola. È smorta e malaticcia: non si fa da qualche giorno, e sta passando quello che già prima di lei ha passato Becky.

– Tipo cosa? – domanda Morgan.

– Chi baderà a Gus e a Dotty? – Gesú li indica, sdraiati all'ombra su una panchina a pochi metri di distanza, a sgranocchiare qualcosa. – Eh? E Bob? E Meg?

– Io me la posso cavare, – dice Meg. – Il peggio è passato.

– Ci possiamo occupare noi di tutto, mentre sei via, – dice Morgan, con un cenno in direzione di Kris.

– A dire il vero…

– Cosa? – fa Morgan.

– Avevo una mezza idea di accompagnarlo a Los Angeles, – dice Kris con l'aria di chi si vergogna come un ladro, gli occhi bassi, mentre sposta la ghiaia con la punta di una scarpa sfondata.

– Ma bravo, complimenti, – risponde Morgan, inarcando le sopracciglia. – A fare cosa, esattamente?

– A dare una... mano?

– Ehi cazzaro, qui puoi dare tutte le mani che vuoi. Roba seria. Tipo pagare l'affitto.

– Mamma, che caldo... – dice Gesú.

– Come pensi di andarci? – domanda Kris a Gesú.

– I tizi della televisione mi hanno dato questo, – dice, poi si ficca una mano in tasca e ne tira fuori un foglio azzurrognolo tutto appallottolato. Lo allunga a Kris.

– Porca miseria, – esclama Kris un attimo dopo. – Lo sai cos'è questo?

Gesú, Morgan e Becky si girano verso di lui. – Un biglietto aereo, no? – fa Gesú.

– Questo... – dice Kris, alzandolo, – è un biglietto aereo aperto di andata e ritorno in prima classe per Los Angeles. Lo sai quanto vale?

– Boh, – fa Gesú, spaesato. – Cinquecento dollari?

– Facciamo cinquemila, amico mio.

– E allora? – domanda Morgan.

– Quand'è che devi essere a Los Angeles?

– Il giorno prima del Labor Day. Fra un paio di settimane.

Kris fa un sorriso diabolico. – Non vorrai lasciare tutti gli amici nella merda mentre tu te la spassi a Los Angeles, vero?

– Certo che no.

– Allora perché non facciamo che la montagna va da Maometto?

– Che diavolo stai dicendo, ciccione? – chiede Morgs.

– Sto parlando di un viaggio on the road...

Kris espone il piano: vendono il biglietto aereo e comprano un furgoncino, un rottame qualsiasi per un migliaio di dollari. A Brooklyn è pieno. Ci si pigiano dentro tutti quanti e attraversano il paese. Due settimane bastano e avanzano per arrivare lí. E questo lascia ancora quattromila cucuzze, abbastanza per pagare l'affitto di casa per un altro mese e anche per la benzina, gli alberghi, il cibo e tutto il resto lungo il tragitto. La produzione, a quanto pare, ha sistemato Gesú Cristo in un posto chiamato *Chateau Marmont*. – Sarà come una vacanza, – dice Kris, improvvisando uno dei suoi ridicoli balletti. – Ce la smammiamo! Los Angeles è piena di spiagge. Non sarebbe il massimo, ragazzi?

– Che diavolo, alla fine non resteremo cosí a lungo, – fa Gesú Cristo. – Verrò eliminato dopo un paio di puntate.

– Ehi, ragazzi! – grida Becky emozionata verso le altalene. – Si va in vacanza!

– Rock'n'roll! – gridano i ragazzini.

– Oddio mio, – fa Morgan.

Parte terza
On the road

Nascere è come avere in omaggio un biglietto per uno spettacolo di freak. Nascere in America è come avere una poltrona in prima fila.

GEORGE CARLIN

1.

Sibilo di freni e stridore di grosse gomme: cosí il mezzo si presenta sotto casa. Morgan, seduto sui gradini roventi davanti all'ingresso dell'edificio, abbassa gli occhiali da sole e dice: – Vorrai scherzare... – Dopo un secondo sibilo e un attimo di attesa, la vecchia porta a fisarmonica si apre con uno scossone e Kris scende dal gradino con l'aria di uno che ha appena vinto la lotteria.

– Se vi dico quanto l'ho pagato, non ci crederete mai.

– Gesú! – grida Morgan alle sue spalle verso la rampa di scale in ombra dove Gesú sta finendo di ammucchiare i bagagli. – Vieni un po' a vedere.

Gesú viene fuori, coprendosi gli occhi dal riflesso abbagliante del sole di mezzogiorno che rimbalza sulla superficie argentata del mezzo, e contempla la scena: Morgan che scoppia a ridere, Kris in piedi tutto orgoglioso davanti a un enorme, sudicio, vecchio Greyhound fuori servizio che ancora gorgoglia e sferraglia e scoreggia un minuto dopo che Kris ha spento il motore, per poi finalmente zittirsi. I taxi e le auto strombazzano come indemoniati e cercano di intrufolarsi nello spazio esiguo oltre la fiancata dell'enorme autobus arrugginito.

– Cazzo, Kris... – comincia Gesú, cercando refrigerio all'ombra del colosso. – Noi siamo solo in dieci.

Morgan non usa giri di parole. – Cicciobombo, – dice, – ti sei bevuto il cervello? Quanti secoli ha 'sto catorcio?

– Sentite, ragazzi, questi bestioni sono solidi come portaerei. Ha fatto solo quattrocentomila chilometri e può sgroppare giorno e notte senza problemi.

– *Solo?* – ribatte Morgan.

– Lo so cosa state pensando, – continua Kris, sovreccitato, mentre li invita a salire sull'autobus. – Che consumerà molto, giusto?

– Non era questo che stavo pensando, – dice Morgan. – Pensavo piú che altro: «Che cazzo di fine ha fatto l'idea del furgoncino?» Hai presente: ino-ino? Perché 'sto affare, questo è decisamente un cazzo d'one-one!

– Dammi retta, ho calcolato tutto: possiamo sradicare i sedili sul retro e rimpiazzarli con dei materassi, cosí risparmiamo sugli alberghi quello che spendiamo in benzina. Dài, vi faccio da guida.

Appena salgono a bordo, vengono assaliti dalla puzza.

– Bleah! – esclama Morgan.

– Sí, lo so, bisognerà dare una pulitina, ma sentite questa, il tizio che me l'ha venduto ha detto... Ehi, mi state ascoltando? Non ci crederete mai... Ha detto che ai tempi l'hanno usato i Black Sabbath, cazzo!

– Ah sí? – fa Morgan. – Come cesso, intendi?

– Perché devi essere sempre cosí negativo? – risponde Kris.

Gesú percorre il corridoio in mezzo alle file dei sedili. – Ma ci arriveremo a Los Angeles? – chiede.

– E ci ritorneremo anche da Los Angeles, amico, – risponde Kris.

Morgan fa una risatina di scherno.

– Ce l'ha l'aria condizionata, vero? – chiede Gesú.

– Ma certo, si starà col culo al fresco.

– Ti dirò, non mi dispiace, – fa Gesú.

– Lo sapevo! – esclama Kris, tornando indietro lungo il

corridoio. – Vado a recuperare dell'acqua. Il tipo ha detto di tenere il radiatore pieno fino all'orlo quando fa molto caldo.

– Che ha che non va il radiatore? – gli grida dietro Morgan, ma non ottiene risposta. Kris è già sparito nel palazzo.

Gesú sorride. – Hai visto cos'ha combinato il nostro cicciobombo?

Morgan sbuffa e s'infila nella coppia di sedili accanto a quella di Gesú. – Ma guardati. Quel rincoglionito si presenta con una manciata di fagioli magici e tu ti comporti come se avesse trovato la vacca piú grassa del circondario. Te ne stai lí in panciolle a ghignartela. Adesso potresti essere spaparanzato in un sedile di prima classe con una bibita fresca in una mano e una hostess strafiga che ti sorride. Cioè, nella carlinga di un caro vecchio aereo di linea. Una gnocca dal culo a mandolino che ti sprimaccia il cuscino e ti allunga un asciugamano bollente mentre tu pensi se mangiare roast-beef o pollo e fai la spola tra nove film diversi. Flûte, aragoste, posate d'argento e roba simile. Invece passerai una settimana a rosolarti il culo dentro questo forno, in compagnia di una masnada di pazzoidi. Insomma, perché scegli sempre la strada piú difficile, cazzo?

Fare gruppo, sta pensando Gesú, svaccato sul sedile di stoffa logora con i bottoni, gli occhi puntati sul soffitto giallognolo, mentre annusa il tanfo stantio delle migliaia di scoregge sganciate sopra quei sedili nel corso degli ultimi quarant'anni. Ecco perché qui sulla Terra era andato tutto a puttane. S'era perso il senso della comunità. Be', qui ormai avevano il loro gruppetto. Certo, fatto di spostati senz'arte né parte, un caravanserraglio di ubriaconi, barboni e tossici, ma pur sempre un gruppo. Era il mondo che aveva a portata di mano, ed era cosí fragile... Col cazzo che se la sarebbe svignata per mesi all'altro capo del paese lasciando che le cose andassero a puttane.

– Senti, Morgs, – fa Gesú, con uno sbadiglio, – a volte la strada piú difficile ha i suoi buoni motivi per essere piú difficile.

– La strada piú difficile ha i suoi buoni motivi per essere piú difficile? – ripete Morgan lentamente.

– Eggià.

– Devo prendere appunti? Aggiungerla al novero delle tue massime di modo che quando non ci sarai piú io possa tramandare ai posteri i tuoi merdosi insegnamenti?

– Fa' pure.

– Cazzo, vediamo se riesci a mantenere questa flemma quando saremo nel bel mezzo del nulla con il sole che martella e l'aria condizionata su questo rottame ci avrà fatto ciao ciao. E se pensi davvero che questo catorcio infame riuscirà ad arrivare a…

– Mmm, – mormora Gesú, con il cappellino da baseball calato sugli occhi. Si lascia cullare dal caldo finché la voce di Morgan diventa un piacevole rumore di fondo, la sua tiritera lagnosa un brusio rasserenante che lo accompagna verso un gradevole sonnellino.

2

Partono nell'ultima settimana d'agosto, il grande autobus argentato che tossisce e borbotta e traballa attraverso la città, giú per Columbus Avenue, poi la Nona Avenue, la Quarantunesima Ovest e infine in coda per passare il Lincoln Tunnel, milioni di tonnellate di fiume Hudson che ruggiscono sopra di loro, i piccoli Miles e Danny che scorrazzano lungo il corridoio lanciando grida di gioia perché non sono mai usciti da Manhattan, a parte quella gita l'estate scorsa alla spiaggia di Fire Island, poi all'improvviso eccoli fuori città, dappertutto esplode il verde del New Jersey, Gesú fa in tempo a notare i cartelli «VENDESI» sulle case – ce ne sono tantissimi – prima di voltarsi a controllare la situazione sull'autobus.

C'è Bob in fondo, che freme e bofonchia e guarda fuori del finestrino; Gus e Dotty, che cantano e stappano la prima bottiglia alle dieci del mattino; Meg che tira su col naso e suda e sparge fazzolettini sporchi un po' dovunque; Becky che grida e ride e rincorre i figli; Kris al posto di guida, compunto dietro agli occhiali a specchio mentre ignora i colpi di clacson e gli sguardi allibiti degli altri veicoli nel traffico dell'ora di punta; Morgan seduto lí in prima fila che ha da ridire sulla corsia da imboccare. E Gesú che strimpella la chitarra elettrica unplugged con un sorriso serafico, gli enormi pneumatici che friggono sull'asfalto bollente mentre il figlio di Dio guarda l'autostrada che conduce via da Manhattan, quell'isola agganciata alla costa americana, per entrare nell'America profonda.

Kris aveva battezzato il trabiccolo «L'orca» e aveva passato gli ultimi giorni ad attrezzarlo di quasi ogni comfort. C'era un minibar dietro al posto di guida. Bob aveva dato una mano ad allacciarlo al generatore alimentato dal motore e a inchiodarlo al pavimento per non farlo scivolare via. Era pieno di bibite e vivande, oltre a quel poco di metadone che Meg aveva racimolato per tirare avanti nei giorni successivi. Sul fondo, separati da una tendina, c'erano due materassi a due piazze, uno per ogni lato dell'autobus. Avevano sradicato i sedili e, come aveva detto Kris, ci stavano giusti giusti. C'era un altro materasso verso la metà del bus (sul lato destro, guardando la parte anteriore). Gus e Dotty dormivano alla loro maniera: sui sedili, con le bottiglie in braccio. Bob non chiudeva mai occhio, o cosí sembrava. Cosí restavano in sette, compresi i due piccoli, e tre materassi erano piú che sufficienti. C'era perfino un vecchio televisore con un videoregistratore attaccato. Secondo Morgan le videocassette si trovavano ovunque a prezzi stracciati, adesso che tutti erano passati ai dvd. Kris ci ha preso, pensa Gesú mentre Morgan percorre dondolando il corridoio e gli passa uno spinellone: è bello avere tutto quello spazio.

E anche se la velocità massima non supera i cento all'ora, *American Popstar* comincerà il giorno successivo al Labor Day, quindi restano quasi dieci giorni per arrivare a Los Angeles. Gli basta percorrere piú o meno quattrocento chilometri al giorno, che fra il traffico e le soste per riposare e i vari contrattempi vuol dire all'incirca sei o sette ore piene di guida. Mica dovevano sudare sette camicie.

(Cioè, in realtà sudavano eccome. L'unica cosa che Bob proprio non era riuscito a far funzionare era stato il vecchio impianto di aria condizionata. Ma, che cazzo, Gesú ne aveva viste di peggiori. Non era una cippa in confronto al caldo arido che c'era un tempo in Terra Santa. Quello sí che era una botta, tipo infilare la testa in un forno tutte le mattine).

– Ehilà –. Gesú alza lo sguardo. C'è Becky lí in piedi accanto a lui con in mano una videocassetta. Gliela picchietta contro un ginocchio. – Ti va un ripassino?

Gesú grugnisce. – Cazzo, è proprio necessario? Cioè, ora?

– Eddài, devi farti un'idea del guaio in cui ti sei cacciato.

Lui sbuffa e appoggia la chitarra sul posto accanto, poi prende la mano di Becky per alzarsi. Dondolano lungo il corridoio tra uno scossone e l'altro, reggendosi ai poggiatesta dei sedili. Passano accanto a Morgan sdraiato che dorme come un sasso.

– Si accomodi –. Becky lo guida sino alla fila di sedili davanti al televisore e infila la cassetta nel videoregistratore. Becky è l'unica del gruppo che guarda la televisione con assiduità. Sa tutto di *American Popstar*, delle prime due stagioni, delle stelle che ha creato, del meccanismo di eliminazione e di come funziona. A Gesú sembra tutto molto semplice: ti presenti ogni settimana e fai la tua canzoncina, e se piaci a un buon numero di telespettatori allora resti nello show anche la settimana dopo. Insomma, gli tocca anche di vedere quella spazzatura di trasmissione?

– Senti Becks, ma devo proprio sorbirmi tutto…

Lei gli piazza un dito sulle labbra e gli si siede accanto. Una tempesta gracchiante di elettricità statica li fa piombare dritti dritti a metà di una puntata: una ragazza nera, un grossa ragazza nera che canta *Respect* di Aretha Franklin. A guardarla e basta – un bel culone, un bel faccione, gli occhi chiusi mentre ce la metteva tutta – chiunque avrebbe detto: «Ehi ragazzi, scommetto che quella lí ha voce da vendere». Niente di piú sbagliato. Stava facendo a pezzi Aretha: tonalità sbagliata, parole a vanvera. Era come se stesse cantando una canzone che aveva orecchiato una sola volta, fischiettata da un tizio per la strada una decina d'anni prima. Arriva al ritornello e ulula: – ARRR III PII TII ESS III SII!

– R-E-P-T-S-E-C? – chiede Gesú.

Ora la telecamera inquadra una donna, probabilmente uno dei giudici. Anche lei è nera, di mezza età, un tempo doveva essere una bellezza. Trattiene a fatica il riso, piazzandosi una mano sulla bocca mentre lancia sguardi allarmati a destra e a manca. – Quella è Darcy DeAngelo, – fa Becky. – Lei è molto carina.

Mentre la ragazza attacca la seconda strofa, la telecamera si sposta sulla sinistra di Darcy DeAngelo, fino a inquadrare un tizio bianco, intorno alla sessantina, barbuto e massiccio. Si copre il viso con una mano e sbircia la ragazza da uno spiraglio fra le dita. – Quello è Herb Stutz, – continua Becky. – È un pezzo grosso, tipo un manager. A volte è un po' stronzetto.

– Ok, – fa Gesú. – Stronzetto, ci sono.

L'immagine ritorna sulla ragazza proprio nel momento in cui la canzone finisce di colpo al grido belluino di «RESPECT!» La ragazza resta lí con la testa rovesciata indietro nel fascio di luce azzurro dei riflettori, crogiolandosi nello scroscio degli applausi, fin troppo calorosi per non essere molto ironici. Adesso la telecamera inquadra un terzo giudice, l'unico che non hanno ancora visto. È piú giovane, tipo trentacinque-trentott'anni, abbronzato e figo in camicia bianca inamidata, i capelli scuri pettinati all'indietro che luccicano sotto i riflettori. Ha un'espres-

sione indecifrabile. – Quello è Steven, – mormora Becky
quasi sottovoce, come se il tizio le incutesse timore. Il fatto che non sia necessario dirne il cognome è sintomatico
del potere che quell'uomo ha in mano.

– È buono o cattivo? – chiede Gesú. Becky lo guarda
e scuote la testa. Nient'altro.

Ora la camera inquadra Herb Stutz, che parla con un
pesante accento newyorchese. Cosí pesante che dev'essere
nato per forza nel Midwest, pensa Gesú. – Allora, tesoro…
Simone, giusto? Stasera ti sei divertita, no? – Simone ridacchia, annuisce con foga, ancora galvanizzata dall'esibizione.
– Be', meglio cosí, conserva questi bei ricordi e portali con
te per sempre, perché io credo che non potrai proprio andare avanti nello show.

Simone ha l'aria avvilita, quindi tocca a Darcy DeAngelo. – Simone, perdonami, lo sai che detesto essere d'accordo con Herb, ma io credo che tu non sia ancora pronta, amore. Ma continua a cantare, capito? Devi lavorare
molto sulla voce, ma che grinta! Santo cielo, piccola: ce
l'hai davvero messa tutta! – Il pubblico batte le mani e
apprezza il contentino buonista mentre Simone sorride,
sillaba un «grazie» e si asciuga il sudore della fronte, dopodiché la telecamera inquadra finalmente il tizio chiamato
Steven. Gesú nota con sorpresa quanto siano scuri i suoi
occhi – lo si vede perfino su questo schifo di cassetta, su
questo schifo di tv – e quanto gelido sia il suo tono di voce.

– Come no, grazie Darcy, – dice. – Peccato che non abbia molto senso «mettercela tutta» se tutto quel che hai è
una pila di merda fumante –. Darcy DeAngelo scuote la
testa, il pubblico fa un timido «buuu», Simone fa per dire
qualcosa ma quel tale Steven alza una mano. – Per favore… Ti chiami Simone, no? Per favore, Simone: lasciami
parlare. Mi è toccato stare ad ascoltarti, il minimo che tu

possa fare è ascoltare me per un minuto, che ne dici? Insomma, vorrei dire la mia, se non ti scoccia.

– Va bene. Non ti interrompo, – risponde Simone, già con il broncio. Le braccia conserte.

– Secondo me è un vero insulto... – continua lui, – costringerci a stare seduti qua a sorbirci questo strazio, te ne rendi conto? Insomma, tu cosa fai per vivere? Come lavoro, intendo.

– Lavoro in un fast food a...

– Perfetto, quindi se io entrassi da te e ordinassi quindici hamburger e me ne stessi lí a guardarti mentre li prepari tutti e poi dicessi: «Ops, a dire il vero sono vegetariano», ti incazzeresti non poco con me per averti fatto sprecare del tempo, vero?

– 'scolta, – dice Simone, con un piglio da quartieri bassi. – Io ce lo so che posso...

– Tu non sai un bel niente, ciccina. Niente di niente. Sei uno spreco di spazio –. Il pubblico è indignato. – Levati di torno. Non farmi sprecare altro tempo.

Simone è sull'orlo delle lacrime.

– Complimenti, – sbotta Darcy, indignata, – non ti piace il suo modo di cantare? Bene, ma non c'era bisogno di...

– Per favore, torna a cuccia, Darcy, – la rintuzza Steven. – Le sto facendo un favore. Non ha senso incoraggiarla.

– Non dargli retta, – dice Darcy a Simone.

– No, invece dammi retta, Simone, – continua Steven. – Divertiti a cantare a quei poveri hamburger mentre li friggi, perché non troverai mai un pubblico migliore.

Simone scoppia a piangere.

– Io non assisterò a uno spettacolo simile, – sbotta Darcy, alzandosi.

– Ragazzi, ragazzi: calmatevi... – dice Herb.

– Oh, siamo alle solite, – sospira Steven. – L'uscita di scena di Darcy. Che barba... Ciao ciao, Darcy. Ciao ciao, Simone –. Lui fa ciao con la mano alla ragazza in lacrime che viene scortata fuori – un ciao beffardo, muovendo solo le dita – mentre i boati del pubblico diventano sempre piú forti.

– Mi fai schifo! – grida Simone piangendo a dirotto mentre esce di scena.

– Perfetto, – dice Steven. – La cosa è reciproca. Avanti il prossimo!

– Puoi stoppare? – dice Gesú.

Becky si sporge in avanti e preme il pulsante di pausa, lasciando il fermo immagine su un fotogramma sgranato con la faccia di questo Steven, il sorriso allo stesso tempo crudele e laconico.

– Non capisco una cosa, – dice Gesú.

– Cosa? – domanda Becky.

– Quella ragazza, era... uno strazio, no?

– Sí.

– Cioè, quando ho fatto i provini a New York c'era gente che sapeva cantare meglio di lei ed è stata mandata a casa.

– Quindi?

– Quindi, immagino che quelli lí... – fa un cenno verso la faccia deformata e pixellata di Steven, – oppure qualcuno che lavora per loro l'avessero già sentita cantare prima della trasmissione, no?

– Certo.

– Allora... Perché l'hanno fatta gareggiare, se era cosí tremenda?

Becky guarda Gesú a lungo, contemplando gli occhi di quell'azzurro chiaro – non del tutto chiaro, c'è qualcosa di rossastro nelle sclere dovuto a tutte le canne che girano sull'autobus – i capelli biondi che cadono come raggi di sole, i raggi di sole che entrano dal finestrino alle sue spalle e gli inondano i capelli, come se avesse l'aureola. Già, pensa Becky, e non è la prima volta, questo è il ritratto dell'innocenza. Becky crede che Gesú sia davvero Gesú? Manco per idea. È solo uno che le ha dato una mano senza chiedere niente in cambio. Non ci ha nemmeno provato con lei, anche se l'ha visto agganciare, o meglio essere agganciato da tante altre. Chissà come mai, si chiede sempre Becky.

– Be', l'hanno fatto per divertimento. Per umiliarla, credo, – dice Becky, sentendosi da schifo soltanto perché capisce quello che lui non riesce ad afferrare.

– Cavolo. Allora quando quel tizio con l'accento inglese... Steven?

– Steven Stelfox.

– Quando ha detto di essere arrabbiato perché lei gli faceva sprecare del tempo, in realtà sapeva già che gliel'avrebbe fatto sprecare...

– Temo proprio di sí.

– Capisco, – fa Gesú. – Quindi fingeva di essere arrabbiato? Quindi è tutta una... messinscena?

– Già. Spettacolo –. Becky si alza per recuperare la cassetta.

– Ma... – ancora non gli è chiaro, – quella ragazza credeva davvero di saper cantare, no?

– Sono in molti a crederlo. Ti va di bere qualcosa?

– Però è possibile che lei non ci stesse con la testa...

– Sono in molti a non starci con la testa.

– Quindi, se capisco bene, mi stai dicendo che oggigiorno il passatempo preferito della gente è guardare delle persone mentalmente instabili che vengono maltrattate e umiliate in televisione?

– Mmm, a quanto pare è proprio cosí. Siamo proprio unici quanto a rincoglionimento, eh? – Becky si incammina lungo il corridoio verso il minibar.

No, pensa Gesú, guardandola: unici non è la parola esatta.

Gli ritorna in mente una storia che gli aveva raccontato tempo fa uno dei dodici ragazzi. Matteo? O era Giovanni? Oppure Luca? Cazzo, che memoria! In ogni caso era stato piú di duemila anni fa, e allora sí che ne trincavano di vino. A ogni modo, uno di loro era in viaggio in qualche provincia romana, e qualcuno l'aveva trascinato a vedere i giochi che si tenevano in una piccola arena improvvisata. I romani adoravano quelle stronzate. C'erano un mucchio di prigionieri – briganti, politici corrotti, roba del genere – costretti a combattere: mingherlini contro energumeni armati fino ai denti, o leoni e altre bestie feroci, roba cosí. E un paio di prigionieri erano disabili. Ritardati, come li chiamavano allora. E li avevano messi a combattere contro un orso. I due non capivano un cazzo di quello che stava succedendo, si aggiravano per l'arena sbavando e ridacchiando finché l'orso non era entrato e li aveva fatti a pezzi, cazzo. Se li era divorati davanti a tutta quella gente. E la gente se la ghignava da matti.

Niente di nuovo sotto il sole, pensa Gesú.

3.

– Ma non vedo il problema. Mancano due settimane alla prima puntata e abbiamo già dei minispot da quindici secondi trasmessi ogni mezz'ora in zone selezionate, e spot di trenta secondi mandati in onda ogni ora ventiquattr'ore su ventiquattro in tutte le stazioni del gruppo, per ogni fascia di mercato. Non vedo cos'altro ci sia bisogno di...

Senza nemmeno girarsi, mentre tutti nella sala osservano la sua nera silhouette alla finestra stagliata contro gli alberi e i tetti di Burbank, Steven Stelfox si limita ad alzare la mano destra con il dito indice alzato, come se chiamasse un taxi che è sicuro di prendere, e la donna che stava parlando, Danni Plessman, la nuova vicepresidente area marketing della Abn, si zittisce all'istante insieme al resto dei presenti. Stelfox si gira, sorride e squadra la Plessman con simpatia, poi mormora, senza un briciolo di rancore (pessimo segno, davvero): – Perché mi stai dando dello stronzo?

Silenzio. La Plessman, confusa, risponde: – Io... Ehm... Prego?

– Dello stronzo, Danni. Ti chiami Danni, vero? Eh sí, a quanto pare mi stai dando dello stronzo. Ti sto solo chiedendo un po' di aiuto in piú, per vendere questa trasmissione nel modo migliore, e la tua reazione qual è? Darmi dello stronzo e dirmi di andarmene a fare in culo davanti a tutta questa gente –. Adesso qualcuno nella cerchia piú vicina al capo trattiene un sorriso.

- Certo non intendevo...

- Che cosa ti ho fatto, Danni? A parte far guadagnare alla tua schifosa rete televisiva del cazzo svariati miliardi di dollari in pubblicità, intendo.

- Steven, ti prego, sto solo dicendo che a me... a noi... alla rete sembra di avere fatto tutto il possibile per fare in modo che...

- Ecco cosa accadrà, - dice Stelfox, riprendendo posto a capo dell'enorme tavolo ovale della sala riunioni.

- Gonfieremo quei minispot da quindici secondi e ne faremo degli spot con tutti i crismi, inoltre non voglio mai più sentire quelle stronzate sulle «zone selezionate». Tutto va dappertutto.

- In che senso tutto va...

- Nel senso di DAPPERTUTTO, PORCA TROIA! - grida Stelfox. La Plessman scatta indietro sulla sedia.

- Nel senso che la prossima settimana voglio prendere un aereo e andare nel minuscolo, merdosissimo paesino di Bucodiculo, Arizona, e scovare il vicolo più inculato di quello sputo di paesino, e stanare la più sudicia vecchietta con la figa secca di tutto il circondario, quella che si spara al massimo cinque cazzo di ore di televisione all'anno, e chiederle quando comincia la trasmissione e su quale canale va in onda, e se lei non mi risponde all'istante così su due piedi allora riprendo l'aereo e torno qui e irrompo nel tuo ufficio e ti taglio le ovaie con un cazzo di trinciapollo e me le mangio davanti ai tuoi occhi, così non potrai mai scodellare un marmocchio del cazzo che un giorno possa crescere e darmi dello stronzo durante una riunione di marketing.

La Plessman fa per dire qualcosa, poi ci ripensa. Si guarda intorno con l'aria di chi vorrebbe chiedere: «Sta succedendo davvero?», in cerca di sostegno. Non ne trova, perché in effetti sta succedendo davvero.

– E se qualcuno di sopra ha qualche problema, allora
ditegli di chiamare James Trellick della Trellick & Co.,
cosí possiamo cominciare a parlare del mio contratto che
al momento – ed è sgradevole che debba essere io a ricor-
darvelo – è in attesa di rinnovo per la prossima merdosissima stagione.

Pausa. Silenzio. La gente cincischia i fogli e gioca con
la penna. Stelfox prende un pasticcino, lo addenta e dice
con la bocca tutta sporca di zucchero a velo: – Problemi?

– Riferirò, – risponde la Plessman, arrischiando un sorriso sprezzante.

– Grazie, tesoro, – sorride di rimando Stelfox, continuando a trangugiare. – Altro?

– Una querela, – dice Evan Litt, il vicepresidente dell'ufficio legale della Abn. – La ragazza della scorsa stagione finita in manicomio. La famiglia sostiene che tu ne abbia al-
terato l'equilibrio psichico nel corso dello show.

– Che rottura di palle… – sospira Stelfox.

Sarà una giornata lunga.

4.

Quella prima notte riescono ad attraversare tutto l'Ohio, visto che l'autostrada è quasi deserta, a parte il grande autobus argentato che solca le tenebre arroventate. Morgan si sveglia per primo: si gratta la testa, affonda con forza le dita nei capelli crespi, fino allo scalpo, sbadiglia e corre già con il pensiero al caffè nero bollente. Si tira a sedere – è sdraiato sull'ultima fila di sedili – e guarda fuori del lunotto posteriore dell'autobus. L'alba è passata da un po': il sole è sbucato per intero all'orizzonte e illumina le enormi sagome degli autoarticolati parcheggiati intorno.

Per la prima volta in vita sua, Morgan si sveglia in Indiana. Oltre il parcheggio ghiaioso intravede l'autostrada con il lento andirivieni del traffico mattutino, e oltre l'autostrada i campi gialli di granturco del Midwest che ondeggiano come in una pubblicità. Un caffè lí a due passi. Tazze di polistirolo.

Cammina strascicando i piedi lungo il corridoio e sente delle voci arrivare dalla zona anteriore: i piccoli Miles e Danny sono seduti sul materasso, chini su un fumetto.
– Ehi ragazzi, – esclama Morgan, – è presto. Da quant'è che siete alzati?

– Da poco, ma abbiamo fame, – risponde Danny.

– Resisti. Raduno gli altri e poi usciamo a farci una bella colazione da camionisti.

– Possiamo avere dei pancake? – chiede Miles.

– Ci puoi scommettere quel culetto bianco, figliolo. Lo zio Morgan vi farà vedere come si mangiano.

Trova Gesú sdraiato a faccia in su lungo una fila di tre sedili, completamente vestito, con le Converse che penzolano fuori, il cappellino calato sopra gli occhi, ancora nel mondo dei sogni. Il ragazzo si addormenta sempre di schianto. E dorme pure come un ghiro. Il riposo dei giusti, Morgan lo sa. Gli dà uno scossone. – Forza, dormiglione.

– Buongiorno, vecchio mio –. Gli occhi azzurri si aprono lentamente. – Come va?

– Tutto bene. I piccoli hanno fame. Sgancia qualcosa, li porto fuori e torno con un po' di sbobba.

– Ottimo programma –. Gesú si tira a sedere con uno sbadiglio e comincia a frugarsi in tasca. – Come hai dormito?

– Cosí cosí. Non hai sentito quella maledetta pioggia per tutta la notte?

– No.

– Cazzo, tu riusciresti a dormire durante un soundcheck dei Sonic Youth.

– Mi sa che una volta l'ho fatto. Dov'ero… a Washington? – Sta ancora frugandosi in tasca, con l'aria sempre piú confusa.

– Guarda che erano i Tortoise.

– Ah, già. Senti, mi lanci la giacca?

Morgan lancia a Gesú la giacca, mentre dal fondo dell'autobus si alzano delle altre voci: tutti si stanno svegliando. Gesú setaccia le tasche della giacca una a una, sempre piú agitato, grattando quasi il fondo di ognuna. A Morgan si rimescola il sangue. – Starai scherzando, vero?

– Io… Dove cavolo ho messo i soldi?

– Cazzo no, non dirmi che li hai persi nel bar di ieri sera, eh?

– No, sono sicuro di no. Mi ricordo che li avevo in mano mentre tornavo verso l'autobus con Meg. Anzi, è stata proprio lei a dirmi di metterli via.

– Controlla di nuovo i pantaloni. Cazzo, forse Meg sa dove... – Morgan si gira verso Becky, in pantaloncini e T-shirt sbiadita dei Beastie Boys, ancora mezzo addormentata.

– Hai mica visto Meg? – comincia Morgan. – Gesú non riesce a...

– L'abbiamo vista uscire ieri sera, sotto la pioggia, – butta lí Danny.

– E aveva anche la valigia, – aggiunge Miles.

– Oh, cazzo, – dice Morgan.

– Oh no, Meg... – sospira Gesú, che intanto ha smesso di frugare nelle tasche. Si appoggia allo schienale e vede che qualcuno (uno dei ragazzini? forse proprio Meg?) ha disegnato una sghemba faccina sorridente sul vetro appannato accanto a lui.

5.

– Quella troia puttana bagascia di una tossica! – Bob ha portato i ragazzi a fare un giro, quindi Morgan è libero di lasciarsi andare al turpiloquio.

– Non riesco a credere che ci abbia fatto questo, – rincara Becky tirando su col naso, ancora in lacrime.

– Diavolo, Meg, – borbotta Kris.

– Quella stronza bugiarda ladra...

– Va bene, Morgs, – fa Gesú, che ne ha già abbastanza. – Piantiamola, adesso. Meg è un'amica e speriamo che non si cacci nei guai con tutti quei soldi in saccoccia.

Morgan lo guarda stupefatto. Che tipo... – Nei guai? – risponde Morgan. – Tipo i guai in cui siamo noi adesso?

– Senti, lei è scimmiata. Non ce l'ha fatta, ha preso i soldi, poi avrà chiesto uno strappo a qualche camionista qui nella piazzola. Speriamo che sia sana e salva.

Kris batte la testa contro il tavolo.

– Oddio, – fa Becky. – E adesso che facciamo?

– Cazzo, ragazzi, ripigliatevi. Sono solo un po' di soldi, avanti.

– Un po' di soldi? – risponde Morgan. – Amico, hai per caso una cazzo di carta platino nascosta da qualche parte? Erano tutti i nostri soldi. Ci ritroviamo nel buco del culo del mondo senza un centesimo!

– Stronzate –. Gesú si ficca le mani nelle tasche e le rovescia. Un fazzoletto, un paio di plettri, le chiavi, qualche banconota stropicciata. – Io ho, guardate... dodici... quindici... venti? Quarantasei dollari! Per non parlare degli spiccioli. Kris, cosa ti è rimasto dei soldi che ti ho dato per la benzina?

– Ehm, una trentina di dollari?

– E voi quanto riuscite a mettere insieme?

Morgan e Becky rovesciano le tasche e tirano fuori qualche banconota da uno e da cinque, oltre agli spiccioli.

– Ok, perciò sono altri quindici, sedici. Dotty, Gus...? – grida indietro, fiducioso. Dotty e Gus: svenuti, la testa di lei appoggiata contro il petto di lui, un lungo filo di bava che corre dalla bocca a un bottone della giacca di Gus.

– Mmm, temo che loro non possano contribuire granché, – dice Gesú. – A ogni modo, vediamo, abbiamo... quanto? Piú di cento dollari!

– Vaffanculo, dài, – dice Morgan. – Come fai a dare da mangiare a nove persone e a portarle dall'Indiana fino a Los Angeles con cento dollari?

– È abbastanza per arrivare fino a... Mmm, qual è la prossima città di proporzioni decenti, Kris?

– Indianapolis, mi sa.

– Fino a Indianapolis, – fa Gesú, raggiante. – Ce la facciamo alla stragrande, ragazzi!

– E a Indianapolis che si fa? – chiede Becky.

– Oh, qualcosa succederà, – dice Gesú, arrotolando allegramente le banconote mentre Morgan lo guarda in uno stato di smarrimento mai conosciuto da essere umano.

6.

Il centro di Indianapolis nell'afa del mezzogiorno. Prima hanno pensato alle cose fondamentali: parcheggiare l'autobus e sistemare Gus e Dotty nel parco piú vicino con la boccia di una sottomarca di vodka, l'ultimo goccio di riserva alcolica. Gesú Cristo, con la chitarra acustica a tracolla dietro la schiena, si volta ad arringare la banda. Sono tutti seduti intorno a una piccola fontana in una piazza circondata da palazzi pieni di uffici e negozi, il viavai pedonale della pausa pranzo che comincia ad aumentare, la Chase Tower che si staglia a un paio di isolati di distanza. – Allora, ragazzi. Ognuno deve fare ciò che può per racimolare qualche dollaro: ci rivediamo qui alle quattro.

Nessuno si muove. – Embe'? – chiede Gesú.

– Abbiamo fame, – dice Danny, seguendo con lo sguardo mesto un tizio che scarica da un furgoncino dei vassoi carichi di sandwich e li impila su un carrello: cibo per gli impiegati stipati dentro quei minuscoli cubicoli grigi nei grattacieli svettanti. Anche Gesú ha fatto quella vita per un po'. Cazzarola, una faticaccia. Tutto ma non tagliatemi i capelli e non speditemi a lavorare in un ufficio, pensa Gesú.

– Ok, – dice, squadrando il gruppo dei ribelli a stomaco vuoto. – Qualche soldo ci è ancora rimasto, e forse un languorino ce l'ho anch'io –. Fruga in tasca e ne estrae quattro dollari e un plettro.

– Come facciamo a mangiare tutti con quattro dollari, eh? – dice Morgan. – Cosa sono: sessanta centesimi a cranio?

– Che ti venisse un colpo, Meg, – ripete Becky.

– E va bene, – dice Gesú. – Calmatevi. Vediamo solo di... – Si gira verso il tizio che continua a scaricare i sandwich. La fiancata del furgone recita «IL RE DEI SANDWICH! I MIGLIORI PANINI DI INDIANAPOLIS!» Poi, appena sotto: «CATERING, UFFICI, EVENTI», e un numero di telefono. I vassoi sono etichettati come «Riunione alla McDonnell Howells» e i sandwich del re dei sandwich sembrano davvero regali. Ci sono anche lattine di Coca-Cola, succhi di frutta e bottigliette d'acqua, che hanno l'aria davvero molto rinfrescante. Fa caldo, cazzarola. Gesú si inumidisce le labbra.

Si gira verso il palazzo dove andranno a finire quei sandwich. Una grossa targa in ottone recita «MCDONNELL HOWELLS: SOCIETÀ DI INTERMEDIAZIONE CREDITIZIA». Gesú ha un'illuminazione.

– Kris, hai ancora credito sul cellulare? – chiede.

– Forse mi restano un paio di dollari.

– Lancia qui, va'.

Gesú si sfila la chitarra e si sdraia lungo il bordo in marmo che gira intorno alla fontana, con in mano il cellulare e gli occhi fissi sul palazzo.

– E adesso cosa cavolo fai? – domanda Morgan.

– Tranqui. Voialtri godetevi il sole.

Un paio di minuti dopo il tizio dei sandwich esce dal palazzo spingendo un carrello vuoto, lo carica sul furgone e se ne va. Gesú guarda il furgone allontanarsi, tutti guardano Gesú e Gesú digita un numero. – Buongiorno, è il Re dei Sandwich? Sí, chiamo dalla McDonnell Howells qui in... – alza gli occhi verso la targa stradale, – in Union

Plaza. Siete appena passati a consegnare il rinfresco per
la riunione. No no, nessun problema, è solo che, ehm, è
arrivata piú gente di quanto non ci aspettassimo e abbiamo bisogno di un'altra consegna. Vediamo, mmm, dunque se poteste riportare la stessa identica ordinazione di
prima sarebbe perfetto. Però ne hanno bisogno al volo,
altrimenti chi li sente dopo. Azionisti a stomaco vuoto,
non c'è niente di peggio. Mi può dare una mano? Sí,
metta tutto in conto. Una ventina di minuti? Perfetto,
grazie mille. Non sa quanto le sono grato –. Riaggancia,
con l'aria trionfante.

– Fantastico, – commenta Morgan. – E adesso che fai?
Gli dài una botta in testa appena arriva?

– Oh Padre! – sospira Gesú, facendo un altro numero. – Essi hanno occhi, e non vedono –. Poi, al telefono:
– Buongiorno, posso avere il numero della McDonnell
Howells di Indianapolis? Si trova in Union Plaza. Sí… –
Se lo segna sul dorso della mano. – Gentilissimi –. Gesú digita un altro numero, con gli occhi di tutti puntati
addosso. – Buongiorno, è la McDonnell Howells? Posso
parlare con qualcuno per un mutuo? Sí, resto in attesa –.
Sorride a Danny e gli scompiglia i capelli. – Sí, buongiorno. Vorrei fare una richiesta di mutuo, un amico mi ha
consigliato di rivolgermi a voi e mi domandavo se per caso
potevate darmi una mano. Be', la cifra è abbastanza con-
sistente, vorrei comprare tutto un palazzo. Preferirei non
entrare nei particolari al telefono, posso prendere un appuntamento con qualcuno lí da voi? Ottimo. No, mi dispiace, oggi pomeriggio devo prendere un aereo. A dire il
vero, sono in centro proprio adesso, e se facessimo fra un
quarto d'ora? Perfetto, allora a presto. Come mi chiamo?
Sono Mitch, Mitch Mitchell. E lei è? Ray Kroll. Con la
«K»? Grazie, allora a presto, Ray.

Dieci minuti dopo Mitch Mitchell firma il registro alla portineria, si appende una targhetta col proprio nome e viene garbatamente scortato fino all'ascensore diretto al quattordicesimo piano. Gesú si incammina lungo il corridoio con la moquette beige della McDonnell Howells e lancia un'occhiata ai piccoli uffici che si aprono a destra e a manca: gente che parla al telefono oppure siede ingobbita davanti al computer, intenta al proprio lavoro. Scivola davanti alla porta con su scritto «RAY KROLL», oltrepassa un'altra porta etichettata come «SALA RIUNIONI» e arriva in fondo al corridoio, dove c'è la classica insegna verde con l'ometto stilizzato che si lancia giú per le scale. Uscita d'emergenza. Si infila in bagno, si liscia i capelli con un goccio d'acqua, si infila la camicia nei pantaloni e rifà lo stesso tragitto verso gli ascensori. Si sente un allegro «PLING» e, quando le porte si aprono, compare uno dei fattorini del Re dei Sandwich che spinge un carrello con un enorme vassoio di sandwich.

– Sono per la riunione? – chiede Gesú.

– Già, – risponde il tizio. – Oggi avete una fame del diavolo, voialtri. È la seconda volta che mi tocca venire.

– Sí, scusa amico, – dice Gesú, allungandogli due dei quattro dollari rimasti e sollevando il pesante vassoio. – Lascia stare, me la cavo da solo, grazie...

– Qualcuno vuole un altro panino all'insalata di pollo? – chiede Kris mezz'ora dopo, agli altri distesi con lui sul prato. Gli risponde qualche borbottio stremato. Sono tutti rimpinzati.

– Oh, sei sicuro che non ci vada di mezzo nessuno? – chiede Morgan.

– Eccome, – risponde Gesú, togliendosi un pezzettino di lattuga dai denti. – Cioè, piú o meno. Insomma, abbiamo inchiappettato una finanziaria per qualche panino. Però questi lo fanno da una vita alla gente che lavora, Morgs.

Raccolgono le cartacce, mettono da parte i sandwich avanzati e ne regalano qualcuno ai barboni che incrociano uscendo dal parco.

– Ok, ragazzi, – dice Gesú, rimettendosi la chitarra a tracolla mentre varcano i cancelli del parco e tornano sul marciapiede incandescente. – Ci rivediamo qui alle sei?

7

Le sei in punto: Gesú gira l'angolo fischiettando e trova Kris seduto sul muretto con Miles e Danny. I ragazzini sembrano esausti: Danny ha la testa appoggiata sulla pancia di Kris. – Ehilà, ragazzi. Come vi è andata? – chiede Gesú.

Kris si sta massaggiando i piedi scalzi. – Becky mi ha chiesto di tenere i marmocchi, ha detto che le era venuta un'idea ma preferiva andarci da sola. Abbiamo trovato questo gommista che cercava qualcuno per distribuire volantini. Cinque dollari all'ora per me e due e cinquanta per i piccoli, ha detto il tizio. Io ho risposto: «E il minimo sindacale che fine ha fatto?» Il tizio è scoppiato a ridere e ha detto: «Prendere o lasciare, ciccio». Ti rendi conto? Cazzo, poi dicono che oggi lo schiavismo non esiste. Abbiamo lavorato tre ore, battendo tutta la città. Sono a pezzi –. Con un discreto sforzo, Kris sposta il culo in avanti e fruga nella tasca posteriore dei jeans. – Ecco qui –. Allunga a Gesú venticinque dollari e un po' di spiccioli. – Ho comprato qualche bibita e un paio di merendine, scusami.

– Complimenti, ragazzi! – dice Gesú, facendo un inchino. I ragazzini sorridono. – Siete stati fortissimi!

– Venticinque dollari, – dice Kris. – Hai una vaga idea di quanta benzina ci vuole per fare il pieno a quel catafalco? Forse è meglio piantarla lí, Gesú. Vendere l'autobus e cercare di racimolare i soldi per un biglietto di...

Ma Gesú non lo ascolta nemmeno, è già in piedi ad applaudire Bob che si avvicina con passo strascicato. – Ehi, ecco il nostro Bob! Una belva dell'elemosina! Com'è andata oggi, vecchio mio?

– Bang, – fa Bob, accasciandosi di fianco a Kris. – Bang-bang –. Si infila una mano nella tasca della giacca militare tutta unta e sbrindellata, e tira fuori il suo cartoncino con la scritta: «VETERANO DEL VIETNAM, HO FAME E NON HO UN TETTO, AIUTATEMI VI PREGO». Sopra ci mette qualche banconota e degli spiccioli. Gesú ci passa le dita per contarli. – Dodici, tredici, quasi quattordici dollari. Niente male, Bob! Hai fatto meglio di me!

Kris e Bob lo guardano. – Be', sí... – fa Gesú. – Cioè, ho suonato di tutto, da Dylan alle canzonette pop, ma non sono andato oltre gli undici dollari. Forse la musica non è la cosa che tira di piú da queste parti.

Morgan ha fatto ancora meglio. Mezza giornata come lavapiatti in un fast food del centro gli ha fruttato cinquantadue dollari. – Dunque dunque, siamo a piú di cento dollaroni sonanti, senza contare gli spiccioli e quel che avrà tirato su Becky, – dice Gesú. – Con questi di strada ne possiamo macinare, vero Kris?

– Come no! Tipo una trentina di chilometri, con quella carretta, – risponde Morgan.

– Senti, Morgan – taglia corto Kris. – Quando l'ho comprato, i soldi per il carburante non erano un problema. Pensavo che...

– Eddài ragazzi, piantiamola! – dice Gesú. – Siamo nella merda e stiamo facendo tutti del nostro meglio, no?

– Mamma! – grida Miles, balzando in piedi e correndo verso Becky che è spuntata in fondo alla strada. È in ritardo, sono quasi le sette. Becky prende in braccio il ragazzino e si stravacca sul muretto, appoggiando la testa alla spalla di Bob. Sembra a pezzi. – Abbiamo guadagnato trenta dollari, mamma! – le dice Miles, tutto eccitato.

– Ah sí, tesoro? Bravissimi. Vi siete divertiti con lo zio Kris?

– Da matti. Abbiamo conosciuto un mucchio di gente. Guarda qua –. Le passa un volantino del gommista. Becky sorride.

– Anche la mamma se l'è cavata, – dice poi, allungando a Gesú un rotolo di banconote.

– Grazie, Becks – fa lui, contandole. – Sembri un po'… Ostia! – Si rende conto che sta contando banconote da venti, cinquanta, perfino una da cento. – Ci sono, tipo, quattrocento dollari qui!

– Quasi cinquecento, – puntualizza Becky.

– Mamma! – esclama Miles. – Hai fatto piú di tutti gli altri!

– Ho trovato un lavoretto da cameriera, – dice Becky, guardando i figli ed evitando lo sguardo degli altri. – In un posto elegantissimo. Il ristorante era stracolmo e ho fatto il pieno di mance.

Gesú ha un groppo in gola. Kris e Morgs e Bob non hanno il coraggio di guardarsi negli occhi.

– Che brava, mamma! – dice Danny.

– Forza, – dice Becky. – Andiamo a recuperare Gus e Dotty e rimettiamoci in marcia. Sono stanca.

Si incamminano mentre il sole tramonta, Becky che guida la fila con i due bambini per mano, Gesú e Morgan qualche passo indietro. – Cazzo, – mormora Morgan. – Non è giusto che abbia dovuto ridursi a questo.

Gesú sospira, infilandosi in tasca i seicento dollari e rotti. – Che ti venisse un colpo, Meg, – dice per la prima volta.

Fanno il pieno dopo che Kris ha schiacciato un sonnellino, e partono nel cuore della notte per approfittare delle strade vuote e recuperare il tempo perduto. Sull'autobus è sceso il silenzio, tutti dormono, sdraiati sui materassi o sulle file sgombre di sedili, solo Kris è sveglio al volante con Gesú seduto in fondo, che fuma e medita sullo spirito di sacrificio mentre nel buio le luci di Indianapolis diventano sempre piú fioche dietro di loro.

8.

– Sinergie, – sta dicendo Trellick. – *Branding*, – sta dicendo Trellick. – *Merchandising*, – sta dicendo Trellick seduto a un tavolino nel dehors del Polo Lounge del *Beverly Hills Hotel*. Ogni dieci minuti passa qualcuno – produttori, agenti, attricette – a dire «ciao», a stringere la mano, a sentire che aria tira.

– Già, – dice Stelfox. – Pensaci: tazze, T-shirt, penne, app per l'iPhone, bambolotti del cazzo. Insomma, non facciamo abbastanza soldi. O mi sbaglio? È disdicevole.

– C'hai raggione, – dice Trellick. – Senti questa: l'anno scorso i negozi di merchandising della Warner Bros hanno incassato piú grana di tutte le altre case cinematografiche messe insieme. Questo programma deve diventare un'esca per tutte le altre stronzate. Perché poi, alla fine della fiera...

– Dobbiamo pur sempre sbarcare il lunario, no? – lo interrompe Stelfox.

– Esatto. Il che è una deprimente rottura di coglioni, comunque tu la metta.

Sospirano e sorseggiano il gin tonic. I due amici hanno entrambi da poco varcato la mezza età, il girovita di Stelfox si sta lentamente allargando e il pizzetto di Trellick si sta lentamente brizzolando. Ricchi sfondati come sono – e bramosi di diventare molto, molto piú ricchi – nel corso degli anni si sono sparati un mucchio di cocaina e di affari loschi, loschissimi. La cocaina è stata accantonata, ma per l'alcol c'è ancora tempo. Come Trellick ama raccontare dei molti amici comuni finiti in clinica a disintossicarsi nell'ultima decina d'anni: «Se sei costretto a smettere di bere, sei uno sfigato di merda».

Mentre sono alle prese con l'immarcescibile domanda su come sia possibile fare soldi anche dormendo, un produttore della Fox che Stelfox conosce di vista – Adam Vattelapesca – si ferma al loro tavolo insieme a una ragazzina. È giovane, avrà quattordici o quindici anni, truccata pesante, inutilmente graziosa in puro stile Beverly Hills.

– Ehi Steven, come te la passi?

– Oh, tutto bene, ehm... Adam, tutto bene. Conosci James, il mio avvocato?

– Certo, ci siamo conosciuti a quel *finissage*...

– Ciao –. Trellick allunga una mano flaccida, con l'aria di uno a cui non potrebbe fregarne di meno.

– Scusate l'intrusione, ragazzi. Vi presento Chloe, mia nipote... – Indica la ragazzina che ha l'aria allo stesso tempo imbarazzata e stufa. – Mi stava giusto chiedendo se potevi farle avere dei biglietti per la prima puntata.

– Ma certo, – risponde Stelfox con un sorriso. – Ve li faccio spedire da Naomi.

– Grazie, – risponde Chloe, anche lei sorridendo e facendo lampeggiare una dentatura costata decine di migliaia di dollari.

– Grande, – risponde Adam Vattelapesca. – Ci vediamo venerdí.

– Certo.

I due se ne vanno, seguiti dagli sguardi di Stelfox e Trellick. – Che succede venerdí? – chiede Trellick.

– Che cazzo ne so.

Trellick sbadiglia, con gli occhi fissi sul posteriore adolescente di Chloe che sculetta nel patio. - Me la farei di gusto, - dice. - E non mi sentirei nemmeno in colpa.

- Parole sante, - dice Stelfox, facendo cenno a un cameriere.

9.

Corrono a tutta manetta su una polverosa strada di campagna, lasciandosi dietro una tempesta di sabbia; campi di grano luccicanti a perdita d'occhio su entrambi i lati, nessun cartello stradale per chilometri e chilometri, e la compilation fatta da Gesú con LE MIGLIORI BAND NEWYORCHESI DI OGNI TEMPO! che spara a volume altissimo i Voidoids alle prese con *Love Comes in Spurts*. Morgan e Becky si accapigliano sulla cartina, Gesú è seduto davanti per tenere compagnia a Kris, quando vedono in lontananza un tizio sul ciglio della strada, a qualche centinaio di metri; una mano a ripararsi gli occhi dal sole, l'altra allungata senza troppa convinzione, il pollice alzato nel bel mezzo del niente. Il primo autostoppista che incrociano da quando sono partiti da New York.

– Non se ne parla, – dice Morgan, tanto per chiarire.

– Accosta, Kris! – grida Gesú.

– Oh, eddài – protesta Morgan. – Un tizio tutto solo qui allo sprofondo? Avrà già fatto fuori un paio di famigliole.

– Non dire scemenze. Accosta.

Kris tocca il freno e dai meccanismi idraulici sale un miagolio lacerante mentre l'autobus si ferma con un tremito e le nuvole di terra ghiaiosa che lo tallonavano lo superano, investendo l'autostoppista. Il ragazzo si avvicina. Gesú scende i tre gradini e preme il pulsante per aprire la porta a fisarmonica.

– Ehilà! – dice Gesú in tono allegro, attorniato dagli altri.

– Signore, – risponde il ragazzo, nervoso, schiarendosi la gola. È proprio un ragazzo: sulla ventina, con una vecchia camicia a scacchi e i jeans sdruciti. Ha dei bei capelli biondo cenere che gli cadono sugli occhi e il viso coperto di lentiggini, la fronte costellata di brufoli. In spalla ha uno zaino di tela blu stinta. – Quanto mi costerebbe andare da qui fino a Nashville?

– Mi dispiace deluderti, vecchio mio, – dice Gesú, – ma questo non è un autobus con degli orari prestabiliti o roba del genere –. Fa un cenno in direzione degli altri: Kris, a petto nudo che sorride dietro i Ray-Ban a specchio; Morgan, gli occhiali da sole sopra la testa per squadrare meglio il nuovo arrivato, spinellone appeso alle labbra e qualche nuvoletta dolciastra che aleggia per l'autobus; Becky in mutandine e reggiseno; il rock'n'roll a palla, nello specifico i New York Dolls che cantano *Trash*.

– Signore? – ripete il ragazzo, senza capire.

– Bello, intanto ci sai dire dove cazzo siamo? – chiede Morgan.

Il ragazzo adocchia Morgan, distogliendo lo sguardo dalle gambe di Becky. – Vi trovate nella contea di Hogg, signore. Kentucky settentrionale.

– Lo sapevo! – esclama Morgan. – È da Indianapolis che non facciamo che andare a sud, ciccione del cazzo!

– Ma vaffanculo, dammi… dammi quell'affare –. Kris strappa di mano a Morgan la cartina spiegazzata e comincia a scrutarla accigliato.

– Ehi, ehi… Insomma, gente! – dice Gesú. Quando si zittiscono, lui si rivolge di nuovo al ragazzo. – Devi andare a Nashville? Sei un chitarrista?

Il ragazzo guarda Gesú stranito. – Eh, nossignore. Devo andare in New Mexico. A Santa Fe… Ho sentito dire che da lí posso prendere l'autobus per Nashville.

– Ah, New Mexico… – dice Gesú, girandosi verso gli altri. – Be', è di strada.

Morgan sbuffa.

– Senti, amico, – fa Kris, sporgendosi in avanti dal posto di guida, alle spalle di Gesú e Morgan. – Sai come arrivare da dove accidenti ci troviamo adesso al confine con il Missouri?

Il ragazzo fa cenno di sí.

– Allora benvenuto a bordo, – dice Kris, ingranando la prima mentre Gesú allunga una mano per aiutare il nuovo arrivato a montare. – Come ti chiami? – chiede.

– Claude.

– Piacere, Claude. Io sono Gesú.

– Come quello della Bibbia?

– Spiccicato. Allora, Claude… – dice Gesú, mentre si accomodano a uno dei tavolini di metallo sulla parte anteriore e Claude cincischia nervoso lo zaino guardandoli uno a uno: Miles e Danny gli sorridono, Big Bob è imbronciato, Gus e Dotty sorridono benevoli, scaldati a dovere da un bottiglione di whisky rimediato strada facendo, Morgan già rolla un'altra canna, Becky stappa una Coca-Cola. – Sei di queste parti?

– Sissignore.

– Chiamami Gesú. Lo preferisco.

– Abbiamo una fattoria qui, a un paio di chilometri.

– Sei un contadino? – chiede Becky.

Claude annuisce, forse in imbarazzo, nascosto dietro a quella zazzera. Hanno la sensazione che questo ragazzo non abbia frequentato tanta gente in vita sua, che lí seduto si senta una specie di alieno in mostra.

– Wow, non avevo mai conosciuto un vero contadino! – esclama Becky accavallando le lunghe gambe scoperte, facendolo arrossire e strappandogli per la prima volta un sorriso, che ne rivela i denti guasti ma anche una deliziosa fossetta.

– Allora, che c'è in New Mexico, vecchio mio? – chiede Morgan, mentre accende lo spinello, soffia sulla brace e provoca una fiammata che spedisce un ghirigoro di cenere nera verso il tetto.

– Un cugino c'ha del lavoro per me. Nei campi petroliferi.

– La fattoria non rende cosí bene, eh? – chiede Gesú.

Claude fa segno di no e abbassa lo sguardo. – Nossignore, mamma diceva, anzi dice, che tanto varrebbe vendere la terra ma non c'è mica nessuno che se la vuole comprare di questi tempi –. Gesú annuisce, ripensando a tutti quei cartelli «VENDESI», a tutta quella gente pignorata, a tutte quelle famiglie alle quali non facevano che ripetere di comprare, comprare, comprare. Non essere un fallito. Mettiti in gioco. Chi non risica, non rosica. Non ce l'hai una casa tua? Tutti quanti in fila per farsi il loro bel mutuo, finché non si sono ritrovati a sganciare centinaia di migliaia di dollari (che non avevano) per qualche trave e due muri a secco nel mezzo del niente, poi, quando tutta la baracca è andata a gambe all'aria, le stesse persone in televisione a dire: «Be', è colpa del mercato. Non ce l'aspettavamo. Scusate tanto». Intanto Gesú ripensa a quella discesina in ascensore fino all'inferno. Morgan offre a Claude un tiro di canna. Il ragazzo lo guarda per un attimo prima di fare segno di no.

– Che ne pensa tua madre del fatto che vai a lavorare nei pozzi petroliferi? – gli chiede Gesú.

– Finché posso mandare qualche soldo a casa…

– E tuo papà? – chiede Becky.

Claude tiene gli occhi fissi sul tavolino. – Non lo vedo da anni…

C'è un attimo di silenzio finché Miles, tutto serio, non gli chiede: – Ma tu ce l'hai, un trattore vero?

Tutti scoppiano a ridere mentre i Velvet Underground erompono dalle casse in alto.

– Ti piace il rock, Claude? – chiede Gesú, senza aspettare una risposta. Allunga una mano e alza il volume, mentre Lou Reed chiede *Who Loves the Sun?* e loro guidano proprio immersi nella luce del sole, a cento all'ora, con i campi del Kentucky che in silenzio mangiano la loro polvere. Gesú prende la chitarra acustica e attacca a suonare, mentre lui e Morgan fanno il controcanto alla canzone.

– Mi scusi, signora… – dice Claude, alzandosi.

– Dammi del tu. Mi chiamo Becky.

– Ehm, Becky… Devo andare in bagno.

– Ah, ricordati… – gli grida dietro Becky, – la cacca è vietata.

Claude affretta il passo in imbarazzo, sempre con lo zaino appresso, mentre Becky se la ride. – Che carino, – dice tra sé e sé mentre arriva il figlio minore.

– Chi è carino? – chiede Miles.

– Ma tu, no? – strilla lei, quindi lo prende in braccio e gli fa il solletico.

Claude chiude a chiave la porta del bagnetto in fondo all'autobus e si siede sull'asse del gabinetto. Apre lo zaino e ci fruga dentro, strizzando gli occhi sotto la fioca luce fluorescente. Una camicia di ricambio, due paia di calzini, una T-shirt, il barattolo di tabacco arrugginito con dentro i risparmi (ottantasei dollari e qualche spiccio), una fotografia di sua madre. La guarda con aria mesta, fissando lo scatto ormai sbiadito di lei seduta in veranda, con un sorriso triste, una tazza sbreccata in una mano e una sigaretta nell'altra. La accantona e fruga sul fondo dello zaino.

Claude tira fuori la pistola. È una vecchia Colt calibro 45 automatica in dotazione all'esercito, proprio come quella che Bob ha usato dentro quella buca in Vietnam.

È arrugginita qui e là, grossa e pesante. La sua manina riesce a malapena a stringere il calcio di legno zigrinato. Quella pistola ha piú anni di Claude, piú anni perfino di suo padre. La leggenda di famiglia vuole che il nonno di Claude, il padre di sua madre, l'abbia riportata indietro dalla Corea, dove l'aveva usata per accoppare un mucchio di gialli. Dà un colpo maldestro al bottone di sgancio, tira fuori il caricatore e passa un dito sulla grossa pallottola d'ottone che spunta in cima. Impilati sotto, altri sei fratellini.

La pistola è vecchia ma i proiettili sono nuovi di zecca. Funziona a meraviglia. Claude è andato a sparare nei boschi per esserne certo. Fa scivolare il caricatore dentro il calcio, rimette la sicura e risistema con cura le sue cose dentro lo zaino.

10

E via attraverso il Missouri, come diceva la canzone
Route 66. Tenendosi quasi sempre sulla statale, vedono
sfilare le città di Sikeston, Willow Springs e Mountain
Grove finché non entrano in autostrada, la Highway 44,
poco piú a est di Springfield, e Kris è ben felice di imboccare la grande e illuminata striscia d'asfalto nel cuore della notte e premere l'acceleratore a tavoletta, spingendo il
trabiccolo al massimo ma non troppo, accompagnati dalle canzoni dei Flying Burrito Brothers, e poi Gram Par-
sons, Merle Haggard e Waylon Jennings, perché ormai
tutti quanti hanno il trip della musica country, e intanto
seguono il nastro grigio che li porta attraverso il Kansas
fino a varcare il confine dalle parti di Pittsburgh, poi
Wichita alle prime luci dell'alba mentre la città risplen-
de nell'aria fresca della mattina, e Gesú Cristo e Morgan
riprendono le acustiche e cantano «*I'm a lineman for the
county...*», a ripetizione.

Fanno tappa ai supermercati e ai negozi di alimentari,
dormono sull'autobus, comprano pane e affettati e for-
maggio e pasta che possono mettere a bollire sulla piccola
piastra quando si fermano. Becky e Morgan si dànno il
turno ai fornelli, preparano qualche piatto semplice, cercano di far bastare quello che hanno. E dovunque si fer-
mino vedono i cartelloni che annunciano a lettere cubitali:

AMERICAN POPSTAR!
COMINCIA LA NUOVA STAGIONE!
LUNEDÍ 5 SETTEMBRE ALLE ORE 20, SU ABN!

Certi manifesti sono davvero enormi, e mostrano i faccioni sorridenti dei tre giudici. Quel tipo, Stelfox, nota Gesú, sta un po' in disparte, a braccia conserte, e anche se sorride fa lo stesso paura, perché il sorriso non arriva agli occhi. E poi ci sono i cartelli piú piccoli, che dicono soltanto:

AMERICAN POPSTAR!
LUNEDÍ 5 SETTEMBRE, ORE 20, SU ABN

Ma tutti quanti ricordano al gruppo una sola cosa: devono arrivare a Los Angeles nel giro di quattro giorni, entro le dieci della mattina del 5 settembre. Non arrivare in tempo alla Abn potrebbe, come attesta il contratto firmato da Gesú, «portare all'immediata esclusione dal programma», mentre la rete con grande piacere si riserverebbe il diritto di «richiedere alla controparte o alle controparti il risarcimento del danno emergente e del lucro cessante cagionati dal mancato rispetto dell'orario contrattualmente pattuito».

Come ha detto Morgan: si prendono la tua vita. Con una clausola.

Il Kansas è un forno, il caldo di fine agosto prosegue per tutta la prima settimana di settembre mentre attraversano Greensburg, Bucklin, Meade e tanti altri paesini, mentre costeggiano il confine a sud, diretti verso l'angolo estremo dello Stato, verso la sottile striscia di Oklahoma che si allunga fino al Colorado, finché a un certo punto, nei pressi di una città chiamata Democracy, nella contea di Brig, a poco piú di centocinquanta chilometri dal confine di Stato, i soldi di Indianapolis finiscono.

Riunione d'emergenza in una piazzola di sosta sull'autostrada. Becky fa da moderatore mentre i ragazzini giocano sull'erba, accanto al punto dove Gus e Dotty sono sparanzati al sole a condividere una bottigliona di corposo sidro. – E va bene, – dice Becky. – Kris, come siamo messi a benza?

– Piú o meno nella merda? – risponde Kris. – Siamo agli sgoccioli, sul serio.

– Ok. Morgan... Cambusa?

– Idem come sopra. Ci restano un paio di scatolette di tonno, un po' di riso, forse un barattolo di pelati. Insomma, per stasera abbiamo da mangiare, ma tutto qui.

– Porca vacca, – dice Kris. – Se mangio un altro piatto di riso o di pasta, giuro che vomito. Ho bisogno di una bistecca, di un pollo, robe cosí. Un po' di proteine, diavolo. Mi verrà qualche malattia, lo scorbuto o la pellagra.

– Ganja? – chiede Gesú.

– Bang, – dice Bob in tono cupo, quindi mostra un sacchettino di plastica con dentro quel che resta degli splendidi germogli verdastri con cui sono partiti da New York.

La situazione si fa seria, pensa Gesú.

– Stando ai tuoi calcoli, quanto manca a Los Angeles, Kris? – chiede Becky.

– Cazzo, almeno duemila chilometri. Quindi due o tre giorni. Avremo bisogno di qualcosa tipo cinque-seicento dollari. E parlo solo della benzina.

– Ho capito, ho capito –. Becky si accarezza il mento pensosa, con lo sguardo perso nel vuoto. – Quanti abitanti ci sono qui a Democracy?

Morgan sfoglia la guida del Kansas che hanno preso qualche fermata prima e legge ad alta voce: – Democracy, contea di Brig, 28 000 abitanti. Le attività piú fiorenti sono quella della lavorazione della carne, dell'energia e del turismo, bla bla bla... – continua.

– Va bene, quasi trentamila persone, perciò è abbastanza grande da avere un banco dei pegni, – dice Becky, alzandosi in piedi. – A quanto pare dovremo rinunciare a qualcosa, per il momento. Bisogna impegnare la chitarra acustica: quella buona.

– La tua Martin? – chiede a bocca aperta Kris a Gesú.

– Temo di sí, – dice Becky.

– Cazzo, ha ragione, – dice Gesú. – Facciamo passare un mese, poi torniamo a prenderla. Con quella dovremmo tirare su quattro o cinquecento cucuzze facili facili. Il piccolo amplificatore Pignose ne vale almeno altre cento. Altro? – Si guarda intorno senza troppa fiducia: ci sono solo quegli squattrinati lerci straccioni dei suoi amici.

– C'è il lettore cd, – dice Kris.

– Eh, no, – fa Gesú. – Tre giorni senza musica? Non se ne parla.

Claude si schiarisce la gola. – Quando arriviamo a Santa Fe posso darvi una mano con duecento dollari –. Tutti lo guardano. Lui alza le spalle. – Mio cugino fa una barca di soldi.

– Sicuro, amico? – chiede Gesú. Claude non ha l'aria di essere uno ammanicato con gente che ha duecento dollari da sganciare al primo che passa.

– Sí. Voialtri siete stati gentili con me.

– Te li restituiremo, – dice Gesú con un sorriso.

Claude lo guarda e capisce con assoluta certezza che quest'uomo non sta mentendo. – Ci credo, – dice.

– Quanto manca a Santa Fe, allora? – chiede Becky a Kris.

– *They say that Santa Fe...* – canta Gesú, – *is less than ninety miles away...*

– In realtà è molto piú lontana, – risponde Kris. – Saranno otto o novecento chilometri.

– *So there's still time...* – continua a cantare Gesú, – *to roll a number and rent a car...*

– Certo, – dice Becky, – però Neil Young non partiva da dove siamo noi...

– Porca miseria, – esclama Morgan, alzando gli occhi all'improvviso dalla guida. – Sentite qui: «Il Kansas», – legge, – «è famoso perché dagli anni Trenta non ha mai dato la maggioranza a un presidente democratico. Con una decisione alquanto controversa, nel 1999 ha cancellato l'evoluzionismo dai programmi scolastici; nel 2005 ha detto no alle unioni civili fra persone dello stesso sesso e ha limitato le possibilità di aborto».

– Fantastico. Democracy: un nome, un programma, – commenta Gesú.

II

Studi dell'American Broadcasting Network a Burbank, un quartiere di Los Angeles.

L'occhio del ciclone. Meno quattro giorni all'ora X. C'è un gran casino sul set di *American Popstar*: si sistemano gli ultimi dettagli, gli operai martellano, gli elettricisti saldano, i produttori e i coordinatori si prendono a male parole sulle scadenze, sugli sforamenti del budget e compagnia bella. Fa anche un gran caldo, visto che gli enormi impianti luce appesi al soffitto vengono testati alla massima potenza, e le grosse cineprese scivolano di qua e di là in silenzio, con panoramiche e zoomate verso il palco vuoto.

Sereno in mezzo a tutto quel caos, ecco apparire Steven Stelfox. È seguito a rispettosa distanza dal suo codazzo: Naomi, l'assistente personale; Harry, il regista della trasmissione; e Sherry, il produttore esecutivo. Con Trellick a chiudere la fila, attaccato al telefono. Il programma è alla terza stagione, quella che si potrebbe definire la fase di massimo splendore, perciò il protocollo in presenza di Stelfox è ben chiaro a tutti. Quando passa lui, le teste si abbassano in segno di rispetto. Non c'è niente di scritto, ma le regole base sono familiari a tutti: a nessuno è concesso di incrociare il suo sguardo, e Dio aiuti la creatura gerarchicamente inferiore che si fa avanti e prova ad avviare una conversazione. Tipo il cameraman della scorsa

stagione che ha fatto l'errore di intralciare il percorso del
Capo lungo il tragitto dal camerino allo studio, osando
addirittura dargli la sua opinione sul metodo migliore per
mostrare le reazioni dei giudici alle canzoni. Era stato il
suo ultimo contributo creativo al programma. Il giorno
dopo era già a spasso.

Con il Capo non si scherza.

Ci sono molti vantaggi nell'essere il creatore, l'ideatore
e la faccia piú riconoscibile del piú importante programma televisivo americano, ma il piú rilevante di tutti è che
Stelfox non deve fare niente che non abbia voglia di fare. E questo ovviamente include le conversazioni con lo
staff tecnico.

Con. Il. Capo. Non. Si. Scherza.

– Tutto qui? – chiede Stelfox, evidentemente scoccia-
to. Sono in mezzo al palcoscenico, davanti alla lunga scrivania dove siederanno i tre giudici.

– In che senso? – risponde Sherry, il produttore esecutivo, già nervosa come al solito.

– Insomma, Sherry, quanti marchi vedi lí?

Sherry scruta in lungo e in largo la scrivania. Ci sono i
bicchieri d'acqua per i giudici, già tappezzati con il logo
azzurro ghiaccio della Vibe Cola. C'è il pannello lungo la
parte anteriore della scrivania, interamente coperto dalla
scritta «American-Pacific Airlines». Ci sono i tre computer portatili davanti ai giudici, ognuno aperto a un angolo
appositamente studiato per offrire alle telecamere la migliore visuale sul logo. – Mmm, tre…? – risponde lei alla
fine, guardandolo come uno scolaretto insicuro che prega
di avere azzeccato la risposta davanti al resto della classe.

– Ben detto, tesoro, – dice Stelfox. – Ora, quanti sponsor ufficiali abbiamo coinvolto nel programma?

– Ehm… Dunque… – Sfoglia il blocco che ha in mano.

– Quattordici, – risponde in automatico Trellick, da qualche parte alle sue spalle.

– Grazie, James, – dice Stelfox. – Allora perché ne vedo solo tre?

– Be'... – Si gira verso Harry, il regista. – Non vedo dove altro potremmo...

– E qui? – Stelfox indica un punto sulla parete che fa da fondale allo studio, dietro la scrivania, sulla destra. – Lí potremmo ficcarci una cazzo di automobile o un hamburger o qualche altra stronzata, no? Magari non verrebbe inquadrata per tutto il tempo, ma chissenefrega. Oppure gli schienali delle sedie. Ci giriamo un po' intorno con le telecamere, e il gioco è fatto. Oppure...

– Non pensi che potrebbe sembrare un po', mmm, volgare? – chiede Harry.

Stelfox ruota di centottanta gradi per guardarlo in faccia. – Volgare? – dice.

– Be', se tappezziamo di pubblicità ogni centimetro di studio...

– Consigli per gli acquisti, – lo corregge Trellick.

– Pardon, di consigli per gli acquisti. Insomma, se sovraccarichiamo l'inquadratura in questo modo, non sembrerà...

– Sovraccarichiamo l'inquadratura? – ripete Stelfox. – Ma porca troia... Apri bene le orecchie, Orson Welles, non me fotte un cazzo se non riesci nemmeno a vedere quella scrivania di merda dietro tutta la merda che cerchiamo di rifilare alla gente. Se serve a fare incassare anche solo un cazzo di centesimo in piú, dove cazzo sta il problema?

– Qualcuno potrebbe trovarlo di... cattivo gusto, – dice Sherry, cercando di dare man forte al regista.

– Qualcuno chi? – domanda Stelfox, sinceramente interessato.

– Be', il pubblico…

– Ah, quelli… – sospira Stelfox, sollevato. Si volta verso Naomi, uno schianto di ventitreenne, flessuosa come una pantera, del tutto sprovvista di cuore e/o coscienza. – Naomi, fatti dare una lista degli sponsor e di' a Terry, quello della raccolta pubblicitaria, di piazzare qualche telefonata dell'ultimo minuto. Vediamo chi fa l'offerta migliore per quel fondale. Anzi, sai che ti dico, Sherry? Perché non mandi via e-mail al «pubblico» una copia del mio ultimo estratto conto? Vediamo quanto cazzo lo trovano di «cattivo gusto». Falliti di merda…

Liquidato questo, avanti con il problema successivo.

12.

Kris resta indietro a dare una sistemata al motore, e Big Bob gli dà una mano. Dotty e Gus sono addormentati o per meglio dire svenuti (quel sidro era piú tosto di quanto non sembrasse) e i ragazzi sono fuori a perlustrare il bosco accanto alla piazzola. Cosí restano solo Gesú, Morgs, Becky e Claude per la spedizione in paese.

Imboccano la strada principale: Becky, in minigonna jeans, zatteroni di sughero e canottiera trasparente, fa girare la testa a tutti i bifolchi del paese. Gesú Cristo e Morgan, che di tournée nei circuiti indie degli Stati Uniti ne hanno fatte a bizzeffe, sanno bene come si viaggia con pochi spiccioli in tasca. Per prima cosa bisogna trovare il tribunale, di solito il banco dei pegni non è molto lontano: la gente si libera di orologi, fedi nuziali e anche chitarre, per saldare le multe o arrivare alla cifra richiesta per la cauzione. E infatti, a sinistra del tribunale, dopo un paio di svolte per le stradine secondarie, ci arrivano: la tradizionale insegna con le tre palle dorate appesa in bella vista. Claude e Becky si parcheggiano su una panchina mentre Gesú e Morgan entrano con la Martin e il Pignose.

Piú o meno tre minuti dopo riappaiono, con Gesú che conta i soldi.

– Che pezzo di merda, – brontola Morgan mentre si avvicinano alla panchina. – Non riesco a credere che tu abbia accettato.

– Non è andata bene? – chiede Becky.

– Tutto ok, – dice Gesú.

– Trecentocinquanta dollari per una Martin dei primi anni Ottanta che ne varrà almeno mille? Settanta per un ampli? – dice Morgan.

– Ehi, – fa Gesú allegro. – È sufficiente per mettere qualcosa sotto i denti, dissetarci e fare un bel tratto di strada! No, vecchio mio? – Colpisce Claude sulla spalla con un cazzotto affettuoso e lui sorride. – Dài, andiamo a prendere qualche panino o roba del genere da portare agli altri. E un paio di bottiglie di torcibudella per i vecchietti. Ehi, guardate lí –. Fa un cenno verso gli alberi frondosi illuminati dai raggi del sole. – Non è una splendida giornata?

Girato l'angolo a caccia di una tavola calda, vedono una folla: trenta o quaranta persone, radunate davanti a un palazzo dall'altra parte della strada. Cantano e gridano, brandiscono cartelli. – Grande, – dice Becky. – Andiamo a vedere, sarà una manifestazione di protesta.

Mentre si avvicinano cominciano a distinguere alcune scritte sui cartelli. «NON QUI!» recita uno. «AIDS: IL FLAGELLO DI DIO!» dice l'altro. L'assembramento è multiforme: qualche vecchietto, qualche signora borghese di mezza età, alcune giovani mamme con il figlio in braccio. Una deliziosa ragazzina adolescente porta una maglietta rossa con su scritto «DIOODIAIFINOCCHI.COM». Gesú e gli altri sono ormai vicini alla piccola massa di dimostranti, quando si apre una porta e ne spunta un tizio. Appena gli mettono gli occhi addosso – avrà una ventina d'anni, è arruffato e ha l'aria atterrita, desolata – tutti cominciano a spintonarsi e a farsi sotto, gridandogli: «Finocchio!», «Appestato!» mentre il tizio cerca di farsi largo. Qualcuno gli dà uno spintone e gli fa quasi perdere l'equilibrio.

– Ehi! – grida Gesú, mentre Morgan afferra il tizio per un braccio e lo aiuta a stare in piedi. Quello fa una smorfia impaurita, come se si aspettasse un pugno. – Cazzo, – dice Morgan. – Stai bene, amico? – Il tizio annuisce, con l'aria impacciata. Piú da vicino Morgan si accorge che il ragazzo è proprio sudicio, e troppo vestito per il caldo che fa: la giacca di velluto è unta sul colletto e coperta di forfora. Puzza da far schifo e ha i denti verdastri. Anche il viso è coperto di lividi e tagli, ma non se li è procurati adesso: sono ferite vecchie di qualche giorno. Ha le borse rossastre sotto gli occhi, che non molto tempo fa dovevano essere neri a furia di botte, un'iridescenza giallognola che va dalla tempia alla guancia destra. Gli manca perfino un incisivo. Morgs sa riconoscere un barbone quando ne vede uno. La folla continua a gridargli di tutto mentre Gesú gli si para davanti.

– Qual è il problema? – dice Gesú alla persona piú vicina, una signora elegante con un vestitino leggero color pastello. Porta gli occhiali da sole. Tiene per mano una bambina, sui quattro o cinque anni, vestita come lei, mentre con l'altra impugna un cartello attaccato a un bastone con su scritto «CHECCHE, BRUCIATE ALL'INFERNO!»

– L'ambulatorio... – risponde la signora.

– Quale ambulatorio? Mi scusi, sa, ma noi... – fa un gesto verso Morgan, Claude e Becky, – non siamo di queste parti.

– Il consiglio comunale ha stanziato dei fondi per aprire un... un centro di assistenza per... – Pronuncia queste parole come se lasciassero un cattivo sapore in bocca – ... per i malati di Aids. Proprio qui! Qui sulla strada principale!

Altre urla della folla.

– E secondo voi non ci dovrebbe essere? – chiede Gesú.

– Esatto.

– Ma... qual è il problema?

– Il problema? – La donna sembra spiazzata, come se la cosa fosse talmente ovvia che non si immaginava di doverla spiegare. La ragazzina la osserva incuriosita. Tutta la folla si raccoglie dietro di lei a spalleggiarla. – Questi non ce li vogliamo qui –. Fa un cenno verso il giovane barbone, ora al riparo dietro Morgan e Becky. – Non li vogliamo a insudiciare la nostra città.

– Questi chi? – chiede Gesú, con aria innocente.

– Quelli con l'Aids. I drogati, gli omosessuali, le prostitute e feccia simile.

– Qui siamo tutti bravi cristiani, – interviene un tizio barbuto.

– Non lo siete affatto, – risponde Gesú affabile, senza rabbia, né sarcasmo.

– Come, prego? – chiede la signora in abitino estivo.

– Voi non siete cristiani, – dice Gesú.

– E tu che ne sai, bello? – chiede il barbuto.

– Orbene, signore, lei regge un cartello che recita… – Gesú piega la testa all'indietro per leggere meglio. – «PUTTANE E TOSSICI ANDATE ALL'INFERNO».

– Ed è lí che finiranno! – grida un altro.

Gesú guarda le facce di questa folla disgustosa, facce distorte dalla rabbia e dall'odio. Abbassa lo sguardo sulla ragazzina che gli sorride. Un paio di uomini si avvicinano ancora di piú. – Questa gente ha voltato le spalle all'amore di Dio, – dice un tale.

– Mi dia retta, – continua la donna, indignata. Di solito «mi dia retta» è un segnale infallibile: stai per ascoltare una marea di cazzate. – Io prego ogni sera il Signore e…

– Sa una cosa, signora? – sospira Gesú. – Lei può anche vestire il suo barboncino come Superman tutte le sere. Ma difficilmente si metterà a volare per salvare il mondo.

La donna rimane a bocca aperta e si porta addirittura una mano al cuore. – Mi sta dando della… – domanda, ma un marcantonio si mette in mezzo. – Ci penso io, Annie, –

dice alla donna, prendendo in mano la situazione. - Senti, amico, ma voi di dove siete?

- New York.

Il tizio sorride e scuote la testa, squadrando con aria ostile il capellone, il nero e la sbandata. - Ah be', allora questo spiega tutto. Ascolta, non vogliamo che la nostra cittadina diventi come quella fogna a cielo aperto dove vivete voi. Ci siamo capiti? Allora perché tu e i tuoi amici non prendete questo ricchione e non vi levate dalle palle, lasciando in pace la gente perbene e timorata di Dio come noi?

- Be'... - fa Gesú. - Su una cosa ha ragione, signore.

- E su cosa, amico? - Adesso il tizio è a pochi centimetri da Gesú. Ha il respiro affannoso. Gesú lo guarda dritto negli occhi.

- Fate molto bene a temere Dio, - dice.

Gesú si gira, prende a braccetto quel ragazzo e si incamminano seguiti da un corteo di grida: «Tornatevene a New York!» oppure «Gesú è morto per gli empi come voi!»

- Eddài, fate i bravi! - strilla Morgan, di rimando.

- Benvenuti a Democracy, - dice Becky.

- Come ti chiami? - chiede Gesú al tizio.

- P... Pete, - balbetta lui.

- Hai mangiato oggi, Pete?

- Eh?

- Mangiare? Cibo? - dice Gesú, mimando il gesto. - Ti va di mangiare qualcosa con noi?

Il tizio guarda Gesú Cristo confuso, come se dopo gli ultimi episodi non riuscisse a credere che esista ancora la gentilezza al mondo. Il viso comincia a tremare mentre gli occhi si sforzano di ricacciare indietro le lacrime.

- Ehi... - dice Gesú. - È finita... Andrà tutto bene, amico. Sí, vedrai che si sistemerà tutto.

– Non c'era piú lavoro... Zero, capite? Avevano costruito non so quante case, poi di punto in bianco hanno
smesso. Il mio fidanzato è morto, era piú grande di me ed
era malato da molto piú tempo. Per un po' non ci sono
piú stato con la testa e cosí in un amen ho finito i risparmi, sono stato sbattuto fuori di casa, l'assicurazione medi-
ca è scaduta e non potevo permettermi le medicine, tutti
quegli antiretrovirali e via dicendo, capito? Costano un
occhio. L'unico posto dove mi prendevano in cura gratis
era una clinica di Torrance, ma era a un'ora di autobus.
Una volta c'era un posto piú vicino, ma qualche anno fa
l'hanno chiuso – quello stronzo di Bush, no? – e stavo arrivando al punto in cui non potevo nemmeno permettermi il biglietto dell'autobus una volta ogni due settimane,
cosí quando ho sentito che stavano aprendo un ambulatorio qui a Democracy ho pensato: Grazie a Dio, ma per
come vanno le cose ho la sensazione che lo chiuderanno
presto, viste le pressioni che arrivano dalla «comunità».
I baciapile sono sempre lí in agguato, ti gridano dietro di
tutto. Oggi era solo la seconda volta che ci andavo. La prima è stata qualche settimana fa, e ti giuro che ho pianto
per mezz'ora. C'erano anche dei bambini, capisci? Bambini delle medie che ti dànno del frocio e dicono che Dio
ti vuole morto e roba del genere. Con i genitori lí accanto.
Ti senti come... come se fossi un... – Pete lascia la frase

a metà, la voce nuovamente rotta, mentre siede al tavolo da picnic ombreggiato dall'autobus. Becky allunga una mano e la posa sulla sua.

Un lebbroso, pensa Gesú, terminando la frase al posto suo. Come se fossi un lebbroso. Pete tira su col naso e si toglie una briciola dal buco dove un tempo c'era un dente.

– Che ti è successo alla faccia? – chiede Becky.

– Oh, qualche mese fa dei simpaticoni mi hanno rifatto i connotati.

– E perché? – chiede Morgan.

– Perché loro erano sbronzi e io dormivo sul marciapiede, credo.

Tutti quanti provano a digerire la cosa. Becky si accorge che Gesú ha stritolato la lattina che ha in mano e fa un respiro profondo prima di chiedere: – Qual era esattamente il tuo mestiere, Pete?

– Edilizia. Facevo il falegname.

– Sul serio? – dice Gesú Cristo, con un sorriso. – Allora, Pete... – continua, alzandosi per stiracchiarsi alla luce del sole, – ti va di venire con noi a Los Angeles?

Pete squadra il tizio che ha conosciuto appena un'oretta fa. – Prego? – chiede.

– Senti, – continua Gesú, – se vieni con noi ti daremo vitto e alloggio, cercheremo di procurarti le tue medicine, e già che ci siamo ti troveremo un lavoro. Te lo prometto.

Pete alza gli occhi e strizza le palpebre controluce: guarda Gesú, la lucente cascata di capelli biondi e gli occhi azzurri, cosí tranquilli e sereni. – E come farete? – domanda.

– Oh, un modo lo troveremo, – dice Gesú.

Pete si rivolge al resto della tavolata e chiede: – Ma esiste davvero 'sto qua?

– 'sto qua è un pazzo fuori di testa, – dice Morgan.

14

Passano il confine e attraversano un breve tratto di Colorado, poi Kris punta il muso dell'autobus verso sud e taglia l'angolo in alto dell'Oklahoma appena a nord-ovest di Boise City, prima di attraversare il terzo confine di stato nel giro di poche ore trovandosi a un tratto con il deserto del New Mexico tutto intorno a perdita d'occhio.

Claude è seduto davanti, alla destra di Kris, e guarda la polvere e i cactus che sfilano al di là del parabrezza come se potesse far comparire Santa Fe all'orizzonte solo con la forza del pensiero. È dal Kansas che non apre quasi bocca. Anche meno del solito. Non fa che guardare fuori, con le mani strette intorno allo zaino (non lo molla un attimo), quando Gesú si infila nel sedile accanto al suo. – Eccoci qua, vecchio mio, – dice, allungandogli una birra, ma Claude fa segno di no. Gesú alza le spalle e se ne apre una comunque. Si scola una bella sorsata e molla un rutto soddisfatto, poi guarda oltre il parabrezza come fa Claude, verso il punto dove tramonta il sole, mentre la temperatura finalmente si abbassa. – Bello, eh? – dice Gesú.

– Già.

– Va tutto bene?

– Certo.

– Non vedi l'ora di vedere tuo cugino, eh? Com'è che si chiama?

– Ehm, Sam.

– E pensi che riuscirà a darti una mano? – chiede Gesú, sorseggiando la birra.

– Credo di sí. Dice che gira parecchia grana.

– È un lavoro pericoloso.

– A volte, sí.

Silenzio di nuovo. Solo il borbottio del diesel, l'asfalto nero che viene ingoiato dal muso dell'autobus, un mare di sabbia tutto intorno. Gesú allunga il collo e guarda il resto dell'autobus, dove l'atmosfera si è fatta vivace. Prima di levare le tende da Democracy hanno comprato un paio di casse di birra e adesso Pete è in piedi nel corridoio, di spalle a Gesú, e chiacchiera con Morgan, Becks e Big Bob. Gesticola con una birra in mano. Si è messo un paio di jeans di Gesú e una maglietta pulita dei Veruca Salt, che essendo di Kris gli sta enorme. Si è dato una ripulita: prima di partire gli hanno offerto una doccia a pagamento nell'area di servizio. Pete è riemerso tutto sgrassato e roseo, senza quel sudiciume incrostato sulla pelle. Incredibile come una doccia calda e qualche vestito pulito possano trasformare un paria in un simpatico festaiolo.

– E tua mamma come sta? – chiede Gesú, di nuovo rivolto a Claude. – L'hai chiamata?

– Sí. Sta bene.

– Ottimo, – dice Gesú, scolando la birra. – La rassicurerà, ci scommetto, sapere che c'è qualcuno di famiglia ad aspettarti lí, eh? Il caro vecchio cugino Dan.

– Eh, sí. Penso proprio di sí.

– Scusami, – dice Gesú, aggrottando la fronte. – Volevo dire Sam –. Si gira verso Claude. – Giusto, no?

– Sí, – dice Claude, voltandosi di scatto verso Gesú e distogliendo subito lo sguardo. – Sam, esatto.

– Eggià. Il cugino Sam. Volevo essere certo di aver capito bene. Sicuro che non ti va un sorso? – Prende la seconda birra e gliela fa ondeggiare sotto il naso. Claude fa di nuovo segno di no. – Allora sei mia, piccola, – mormora Gesú, mentre la stappa e appoggia i piedi sul pannello divisorio davanti a loro, portandosi la birra fresca alle labbra nel momento esatto in cui Kris grida: – Ehi! A me non la porta nessuno una cazzo di birra? – E a Gesú con un sospiro tocca alzarsi di nuovo.

Santa Fe, New Mexico. Il nome della città, come fa notare Morgan guida alla mano, significa «santa fede», ma dopo Democracy nessuno ripone piú grande fiducia nella toponomastica.

I primi di settembre è forse il miglior periodo dell'anno per visitare Santa Fe: non c'è piú il caldo secco di agosto e i pioppi sui monti Santa de Cristo sbiadiscono in un giallo meraviglioso. Stanno mangiando tutti insieme in una piccola e incasinata *cantina* messicana, è la cena d'addio per Claude, e l'umore è alle stelle perché, come sottolinea Kris, sono ormai a soli mille chilometri da Los Angeles. Ci possono arrivare tranquilli con un giorno d'anticipo. Claude continua a chiedere in prestito il cellulare di Kris per controllare se il cugino è in casa, ma non risponde nessuno. È un locale alla buona, i tacos di pesce sono ottimi, e Gesú e Morgan si stravaccano felici al bancone per ordinare un altro giro di birre e qualche tequila.

Fanno schioccare i bicchierini e buttano giú il torcibudella tutto d'un fiato. – Bum bum! – fa Morgan, cercando a tentoni un limone.

– Ma guardali… – dice Gesú incantato, o forse stordito dalla tequila, contemplando l'altro lato del locale dove il resto della tavolata è riunito sotto un enorme cactus ornamentale. Big Bob si copre il viso con la giacca di cotone,

sbirciando fuori con una smorfia da mostro mentre inse-
gue Miles e Danny intorno al tavolo e i ragazzini squitti-
scono di gioia. Pete chiacchiera con Kris e Becky. Claude
esce di nuovo fuori con in mano il cellulare di Kris. – Ne
abbiamo macinata di strada, eh? – dice Gesú.

– Puoi dirlo forte, – risponde Morgan.

– Senti Morgs, che ne pensi di Claude?

– In che senso?

– Sembra cosí pensieroso, non lo so...

– Sarà nervoso, è appena arrivato in una città che non
conosce, no? Andare dal cugino, trovare un lavoro e tutte
queste storie. Cazzo... – dice Morgan, – in fondo è solo
un ragazzino. Poi non è certo loquace...

– Sssh, eccolo che arriva, – fa Gesú, appena lo intravede. – Naaa, secondo me la tonalità migliore è in fa.

– Ehm, ho sentito mio cugino. È a casa.

– Ottimo, – dice Morgan.

– Senti Claude, – dice Gesú. – Non sono convinto di
questa storia. Tu che ti presenti e chiedi a un parente dei
soldi in prestito sull'unghia per girarli a noi... Secondo me
possiamo arrivare almeno fino a Phoenix con quello che
abbiamo e poi...

– Non c'è nessun problema, – risponde Claude. – Voialtri siete stati molto gentili con me. Mi ci vorrà un'oretta.

– Come preferisci.

Lui annuisce.

– Allora a presto, – dice Morgan.

Claude scruta l'enorme, vecchia griglia con i citofoni e i
campanelli. Il vecchio edificio in stile spagnolo, è stato fra-
zionato piú volte nel corso degli anni, e gli appartamenti si
sono moltiplicati, dividendosi come le cellule di un organi-
smo in espansione, cosí gli ci vuole un po' a individuare il

nome. È scritto a mano sotto una strisciolina trasparente di scotch ingiallito, una grafia che riconosce all'istante, anche se non la vede da anni. Appartamento numero 215. Si nasconde nell'ombra vicino alla porta del palazzo e attende. Cinque minuti, dieci minuti, finché una messicana di mezza età non apre il portone e lui si intrufola con aria decisa. Non sembra il tipo di posto dove la gente fa troppe domande, anzi, la matrona gli lascia la porta aperta affinché possa entrare.

Su per le scale fino al secondo piano, appartamento 209 a sinistra, Claude ha già una mano infilata nello zaino, supera il 211, la mano stringe il calcio di legno, appartamento 213, il pollice fa saltare la sicura, davanti al 215 la mano è ancora nascosta in fondo allo zaino, Claude ha il respiro corto, deglutisce a fatica mentre bussa veloce alla porta, senza lasciarsi il tempo di pensarci ancora. Passa un attimo, rumore di vetro che va in frantumi, una bottiglia rovesciata, poi all'improvviso la porta si spalanca e compare un uomo di mezza età, quasi pelato, la pancia enorme che straborda dai pantaloni della sudicia tuta grigia, sotto la canottiera bianca. Ha la barba lunga e gli occhi rossi, è mezzo intontito, come sperava Claude.

– Embe'? – dice l'uomo con accento del Kentucky, burbero e strafottente, proprio come lo ricorda. Per un attimo Claude non riesce ad aprire bocca, lo fissa soltanto. – Allora, mi vuoi dire che cazzo... – comincia l'uomo, lanciando un'occhiata alle spalle di Claude, lungo il corridoio, preoccupato per un attimo che ci sia qualcosa sotto, che questo pischello – chiunque sia – non sia solo. Ma non fa in tempo a terminare la frase: Claude tira fuori dallo zaino la calibro 45 e lo colpisce con forza in piena faccia, rompendogli il naso. Il tizio cade all'indietro mentre il sangue gli sgorga dalle narici. Claude entra con un balzo dentro casa e si chiude la porta alle spalle.

– È un po' che non ci si vede, eh? – dice Claude, con la pistola puntata sulla sagoma sanguinante, riversa sulla moquette.

16.

– Ma che cazzo… – dice il tizio, stringendosi il naso, il
sangue che gli inzuppa la canottiera mentre fa per rialzar-
si. Ci ripensa non appena sente quel gelido, metallico *stac*:
Claude che fa scorrere il carrello della vecchia calibro 45.

I due uomini si vedono per la prima volta dopo qualcosa
come cinque anni: uno ha il fiato rotto, è infuriato, e fissa
l'altro con gli occhi pieni di lacrime e un dolore lancinante
al naso. Claude in compenso trema da capo a piedi, all'improvviso consapevole dell'enormità del gesto: il momento
che ha sognato tanto a lungo è finalmente arrivato.

– Questo è per mamma, – dice mentre punta la pistola
e si prepara a tirare il grilletto.

L'uomo sgrana gli occhi per il terrore.

Poi la porta si apre di colpo e Gesú dice: – Ehilà, qualcosa non va?

Un silenzio stupefatto. Gli occhi di Claude si girano per
un attimo verso Gesú, attenti a tenere la canna puntata
sull'uomo al tappeto. – Non sono affari tuoi, amico, – dice
Claude a Gesú.

– Non hai tutti i torti –. Gesú chiude in silenzio la porta alle sue spalle e si avvicina al centro della stanza, contemplando la scena. – Scusa se ti ho seguito eccetera, è
che avevo una brutta sensazione…

– Se ti va di vederlo crepare, resta pure, – dice Claude,
di nuovo concentrato sulla figura insanguinata a terra.

– Bella storia. Ti dispiace erudirmi sul motivo per cui
vuoi mandare al Creatore tuo cugino, Claude?

– Questo non è mio cugino, – risponde Claude.

– Claude...? – dice l'uomo con voce nasale, mentre da
una narice spunta una bolla di sangue che scoppia subito.

– È mio padre.

Un attimo di sospensione mentre tutti fanno i conti con
la notizia. Il tizio lancia un gemito sommesso.

– Davvero? – chiede Gesú, sempre piú vicino a Claude.

– Prova a prendermi questa pistola e ammazzo anche
te, – dice Claude.

– Ti credo, – risponde Gesú.

– Figliolo... – comincia il padre di Claude.

– Chiudi quella cazzo di bocca, pezzo di merda! – sbotta Claude, con la pistola spianata, il cane tirato, il dito
che trema sopra il grilletto.

– Claude... – mormora Gesú con voce serena, quieta.
– Mi chiedevo solo: che farai dopo che l'hai ammazzato?

– Eh? Mi ammazzo, no? – Claude glielo dice come se
Gesú fosse un coglione a non esserci ancora arrivato. Tanto valeva aggiungere «ovviamente».

– Ah, già – dice Gesú. – Ma perché fare una cosa del
genere? Pensa a tua mamma. Alla fattoria.

– Mia mamma non c'è piú. La fattoria non c'è piú. Ed
è tutta colpa di questo stronzo –. Adesso si rivolge direttamente al padre.

– Che cos'è successo a tua mamma, Claude? – chiede
dolcemente Gesú.

– È morta il mese scorso. S'è ammazzata a furia di bere dopo che lui ci ha abbandonati. Le ci sono voluti cinque anni, a botte di Vicodin e whisky... Io ce l'ho messa
tutta per farla smettere ma lei... e il granturco è andato a
puttane. La banca ci ha pignorato tutto. E lei... E io... –

Il ragazzo non ce la fa piú, trattiene a stento le lacrime, si aggrappa alla propria rabbia. – Da solo proprio non ce la facevo, non avevamo i soldi per assumere qualcuno che desse una mano. Questo stronzo non ci mandava un centesimo. È... è tutto finito. Hai capito, bastardo di merda? – L'indice trema di nuovo, il padre si trascina contro il muro, perché ricorda bene che quel vecchio arnese ha il grilletto sensibile. – Lei... lei non aveva nemmeno piú fame. Ha smesso di mangiare. Se ne stava in camera sua a piangere. A bere. Io c'ho provato, io... Alla fine di lei non era rimasto niente. Solo p-pelle e o-ossa –. Adesso scoppia a piangere. – La mia povera mamma. E adesso cosa sarà di me?

Scende un silenzio tombale, si sentono solo i singhiozzi di Claude.

– Claude? – mormora Gesú. – Guardami, Claude.

Claude si gira e incrocia lo sguardo di Gesú, con gli occhi pieni di lacrime e la pistola tremante ancora puntata sul padre. – Tua mamma ti leggeva dei libri quand'eri piccolo?

– Leggeva?

– Sí, dài. Favole o cose del genere.

– C-certe volte.

– Te lo ricordi quando ti prendeva in braccio? E appoggiava il mento alla tua testa? Per lei i tuoi capelli avevano un odore cosí buono... Te lo ricordi? Magari era l'ora di andare a nanna e avevi appena fatto il bagnetto. Per tua mamma eri davvero un bimbo meraviglioso, lo sai? – La voce di Gesú è lenta e ipnotica mentre si avvicina, e Claude si perde in quello sguardo mansueto. – Pensi che ti vorrebbe vedere infilarti una pallottola in quel bel viso? Con le cervella che schizzano fuori dal foro? Lei vuole solo che tu sia felice.

– Lei è morta.

– Solo per un po'. Fra non molto la incontrerai di nuovo.
Ma non ancora, amico mio. Non cosí.

– Come fai a saperlo?

– Amico mio, ti devi fidare di me.

– Io... io sono un buono a nulla.

– Sei un contadino, Claude. È la cosa che ti riesce
meglio.

– La fattoria non c'è piú –. Ormai è un fiume di lacrime.

– Be', già che ci siamo vedremo di trovare un rimedio
anche a questo.

Claude guarda negli occhi quel tizio che conosce solo da
pochi giorni, un ragazzo che pare sempre cosí pacato, cosí
sicuro. – Me... me lo prometti? – Mentre lo dice, Claude
sembra un bambino di cinque anni.

– Vieni qui, forza.

Il ragazzo crolla singhiozzando fra le braccia di Gesú,
gli appoggia la testa al petto e abbassa la pistola. Il padre
di Claude coglie al volo l'occasione e fa per lanciarsi in
avanti. Non fa in tempo a tirarsi in piedi che Gesú ha già
preso la pistola e gliel'ha puntata dritta in faccia.

– Mi perdoni, signore, potrebbe tornare ad accomodarsi
sul pavimento? – Glielo dice mentre continua a consolare
Claude, sentendone le calde lacrime sul collo. – Capisco
che questa per lei sia una serata alquanto difficile, ma è
quasi finita. Ora, è per me fonte di grande imbarazzo dover
ammettere che abbiamo una certa penuria di soldi, perciò
mi trovo costretto a chiederle di imprestarmi il contenuto
di quel portafogli appoggiato sopra il televisore. Ho me-
morizzato il suo indirizzo e non mancherò di rimborsarla
non appena ci saremo rimessi in sesto. O magari, alla luce
dei recenti accadimenti, lei potrebbe forse rendersi conto di avere qualche debito nei confronti di suo figlio qui
presente. Nel qual caso potremmo considerare quei soldi

di proprietà di Claude, e io non mancherò di rimborsare lui fino all'ultimo centesimo. Lei che ne dice?

– Prenditeli, – borbotta Claude senior, coperto di sangue e di vergogna.

– Molto gentile, signore – risponde Gesú.

Lasciano la pistola al banco dei pegni e cosí ne hanno a sufficienza per fare il pieno. Claude continua a piangere per un bel pezzo, seduto in fondo al bus tra Gesú e Becky mentre attraversano l'Arizona in piena notte, fermandosi solo una volta per un riposino da qualche parte dopo Phoenix, poi Kris pigia a tavoletta per l'ultimo tratto di strada e a un certo punto, all'improvviso, sono sulla 110 ovest in direzione di Santa Monica e l'oceano gli sbuca davanti dal nulla, inaspettato e meraviglioso nella luce del mattino, esattamente com'è apparso a milioni di pellegrini esausti prima di loro.

Parte quarta
Los Angeles

Roll down the window, put down the top,
Crank up the Beach Boys, baby,
Don't let the music stop[1]...

RANDY NEWMAN

1

– Perfetto, grazie mille. Ah, un'altra cosa –. Gesú si gira e picchietta la chiave della camera contro il bancone di marmo, con nonchalance. – Mi sa dire dove sarebbe possibile comprare un materassino gonfiabile?

– Gonfiabile? – Le sopracciglia della ragazza alla reception si inarcano di nuovo, come è accaduto diverse volte durante questo lunga, complicata registrazione.

– Materassini, esatto. Per dormirci, no?

– Ah, io davvero non... Forse potreste provare piú giú, verso Sunset Boulevard. Credo che lí ci siano un paio di negozi con articoli balneari. Se girate a sinistra appena fuori dall'albergo...

– Perfetto, – dice Gesú, girandosi verso l'atrio del celebre *Chateau Marmont*, verso il divano sul quale Kris è stravaccato, con la facciona paonazza tutta sudata e gli occhi chiusi. Stanco e stremato: l'ultima ora passata a sbuffare nel traffico dell'ora di punta a Los Angeles, con l'abitacolo a una temperatura tropicale, l'ha messo al tappeto. Qui dentro si sta bene, è fresco e ombreggiato, pieno di vimini e arazzi e legno tinto e luci soffuse. Gli altri sono sparsi qua e là in funzione dei diversi gradi di stanchezza e curiosità: per l'atrio si sentono gli echi dei gridolini elettrizzati di Becky e dei ragazzi o l'occasionale «Bang!» di sorpresa da parte di Bob, quando scoprono qualche nuova meraviglia in mezzo a tutta quell'opulenza. – Ehi, roccia, – gli grida d'un tratto

Kris, sovreccitato. – Ma lo sai che qui ci hanno dormito i
Led Zeppelin? – Anzi, erano clienti abituali, guardati con
tanto d'occhi dalle star del cinema, dagli agenti, dai produttori e compagnia cantante.

– Sa una cosa, signorina? Penso che andremo a darci una
rinfrescata e magari il materassino lo cerchiamo piú tardi.

– Nessun problema, – dice la ragazza con un sorriso. Gesú stava cominciando a capire che qui allo *Chateau* niente
era un problema. – Desidera qualcosa in camera?

– Qualcosa tipo?

– Un rinfresco? Qualcosa da bere o da mangiare?

– A dirla tutta, signorina… – comincia Gesú, sporgendosi verso di lei con aria complice. – Siamo abbastanza a
corto di grana –. La ragazza, professionale, è bravissima
a fingersi sorpresa e amareggiata per quella inattesa notizia.
– E immagino che qui le cose non siano proprio regalate.

La ragazza si china impercettibilmente sopra il bancone di marmo fresco, abbassando di mezzo tono la voce, e
mormora: – Il suo conto verrà girato direttamente alla rete televisiva, signore.

– Oh be', allora… Un certo languorino mi dice che devo proprio fare colazione…

La trasmissione gli ha messo a disposizione un villino.
E un villino niente male, anche – piú di trecento metri
quadri, salotto, camera da letto, due bagni e una porta a
scorrimento che dà su un cortiletto e, ancora piú in là, su
un'azzurra piscina ovale – almeno per i due minuti e mezzo che ci vogliono al caravanserraglio per sistemarsi. Eh
già, due minuti e mezzo per trasformare la copertina di
una rivista d'arredamento nel corredo fotografico di uno
struggente articolo sui campi profughi. Gesú se la ghigna,
mentre riappizza la canna e osserva la scenetta svaccato

su una sdraio fuori. Gus e Dotty, accovacciati per terra, svuotano con metodo il minibar; Miles e Danny si dànno battaglia a colpi di cuscino; l'acqua scroscia nella vasca mentre Becky si prepara un bagno; Pete è spaparanzato sul divano accanto a Claude e gli riassume la trama di *Spiagge*, mentre davanti a loro un'immagine quasi a grandezza naturale di Bette Midler riempie il gigantesco schermo al plasma; dall'altro lato della stanza Big Bob s'infila in tasca tutto quello che c'è sulla fruttiera; dalla camera da letto, dove Morgs e Kris si sono messi a smanettare con lo stereo, arriva il frastuono della musica. Gesú muove le dita dei piedi in una pozza di luce e pensa: Diavolo, almeno siamo arrivati fin qui.

– Cazzo, siamo a cavallo, – dice Morgan. Mentre sbuca dalla camera, contempla la scena e si lascia cadere sulla sdraio davanti a quella di Gesú, che gli allunga la canna.

– Tu dici? – chiede Gesú, ridendo.

– Il letto è grande come un campo da football. Ci entriamo in quattro senza problemi. Di qua ne piazziamo uno per divano, di notte portiamo dentro 'sti affari… – Morgan indica la sdraio su cui è seduto – e altri due sono sistemati. Bob preferisce comunque dormire per terra. Ma chi è il pazzo che ha bisogno di tutto questo spazio da solo?

– Guardali… – dice Gesú. – Non è uno strippo rendere gli altri felici? – Morgan annuisce, ridendosela. – Nel peggiore dei casi verrò sbattuto fuori al primo turno, ma almeno questi fuori di testa si sono fatti una vacanza con i controcoglioni.

Vedono Bob aprire la porta e quattro camerieri spingere in camera dei carrelli carichi di roba, i vassoi d'argento che riflettono il sole pomeridiano, tutti che si fanno sotto, aprono i coperchi, prendono i bicchieri e le posate. Anche i camerieri sono professionisti, pensa Gesú. Si comportano come se tutto questo – mezza dozzina di famelici balordi che si fiondano come avvoltoi sulla sbobba, un paio di fetidi ubriaconi svaccati per terra, l'odore inequivocabile di maria che riempie la stanza – fosse ordinaria amministrazione. Bob fa un vago cenno in direzione di Gesú e Morgan fuori in cortile, e uno dei camerieri si sgancia dal bailamme per attraversare la suite e presentarsi fuori con un sorriso e un conticino per Gesú.

– Grazie, – dice Gesú, che firma con uno svolazzo e aggiunge il trenta per cento di mancia, – e scusami per... insomma... tutto 'sto... – Indica con lo spinello il caravanserraglio.

– Si figuri, signore, – risponde il cameriere. – Abbiamo avuto ospiti i Metallica per una settimana, quand'erano ancora in grande spolvero. E questo in confronto non è niente...

– Mamma mia, – risponde Morgan. – Com'erano quei tipi?

– Persone adorabili. Grazie, signore, – dice, con un cenno del capo quando riprende il conto. – Alla reception hanno lasciato questa busta per lei –. Allunga a Gesú Cristo una busta con sopra il logo in rilievo della Abn. – E, se posso permettermi, in bocca al lupo per la trasmissione.

– Grazie fratello, – dice Gesú, con un sorriso accattivante.

Gesú infila il pollice nel sigillo e apre la busta: un pass laminato e una lettera dove si conferma che una limousine verrà a prenderlo alle nove della mattina successiva per portarlo agli studi della Abn a Burbank.

– Ma quant'era? – chiede Morgan.

– Cosa?

– Il conto, balordo. Quant'era?

– Mah. Tipo quattrocento svanziche.

– *Quattrocento svanziche per fare colazione?*

– Mancia compresa, Morgan.

– Ah be', allora… – risponde Morgan, mentre spegne la canna in un enorme posacenere di cristallo. – E solo la scorsa settimana rubavamo sandwich, cazzaro. Non penso che dureremo a lungo qui dentro.

– Io sono fiducioso, – dice Gesú, con gli occhi ancora sulla lettera. – Ma se anche fosse?

– Fratello, c'è qualcosa che ti preoccupa ogni tanto?

Gesú ci pensa un attimo. – Preoccupare me? – dice infine. – Naaa.

2.

Primo giorno sul set: Steven Stelfox incede a grandi falcate dai camerini fino allo Studio 4, alla testa di una falange di assistenti, produttori e truccatrici che lo circondano come una guardia pretoriana. Darcy DeAngelo e Herb Stutz chiudono la fila con il loro piccolo entourage. Primo giorno sul set, in cantiere c'è già dell'ottimo materiale ricavato dai provini regionali: i freak americani montati a dovere, svergognati con brio. Nervi scoperti, come sempre fra la troupe quando Stelfox è nei paraggi, ma niente a che vedere con l'isteria della prossima settimana, quando la trasmissione comincerà ad andare in onda in diretta, «una volta selezionati i concorrenti» (anche se, ovviamente, i concorrenti sono già stati selezionati). Una storia, pensa sempre Stelfox. Chi e cosa ci aiuterà a dare vita a una storia avvincente? Che possa durare fino a Natale, quando arriverà il momento di calare l'asso.

– Sí, stiamo arrivando, – dice una ragazza in cuffia.

– Naomi, tesoro... – dice Stelfox, rifilandole la bottiglietta mezza vuota di Evian, – assicurati che quel ciccione mongoloide alla telecamera tre abbia capito una cosa: se mi inquadra anche solo un'altra volta il profilo sinistro dal basso andrà a fare il cameraman in una telenovela messicana per il resto dei suoi giorni.

– Lo sa già, SS.

Le porte dello studio si aprono e Stelfox cambia espressione sfoderando un sorriso affabile: è arrivato il momento dell'incontro fra il generale e le truppe.

Funziona cosí. La prima puntata sarà composta in gran parte dai filmati dei provini regionali: in sostanza una pesca a strascico per tutto il continente, con dentro una buona fetta di popolazione americana che a rigor di logica dovrebbe trovarsi in una cella imbottita a battere i pugni contro le pareti: il frocio cinquantenne che sgambetta in calzamaglia e ulula canzoni di Madonna; l'isterico molestatore di bambini che farfuglia una ballata degli Eagles; le casalinghe obese che si sgolano. Poi, per gradi, metteranno a fuoco qualche elemento di queste tre categorie: 1) i pochi dotati di talento autentico e bella presenza, che passeranno di sicuro; 2) quelli dotati di talento ma penalizzati da problemi di obesità, strabismo, denti da cavallo, acne fluorescente o altre schifezze, che potrebbero essere ammessi se nelle loro storie personali ci sarà abbastanza pathos e intensità. (Dialisi e povertà. Catapecchie e orfanotrofi. Genitori assenti e infanzie tragiche. E quel «potrebbero» funziona solo per i telespettatori – i merdaioli, per usare il termine coniato da Stelfox – la produzione ovviamente ha già deciso da tempo chi passerà). E infine la categoria 3), il gruppetto ridotto in cui figurava Gesú: quelli belli, talentuosi e chiaramente fuori di melone.

Nel grande camerino, piú che altro una sala d'attesa, Gesú sente le risate del pubblico in studio mentre vengono trasmessi i filmati dei provini. Sovrappensiero, strimpella qualche nota sulla Gibson *unplugged* e si guarda intorno. Saranno in venti ammassati qui: tutti quanti nervosi, in fibrillazione, a canticchiare scale, a fare gli esercizi di riscaldamento, tutti con il vestito migliore, tutti che si occhieggiano diffidenti, qualcuno apertamente in cagnesco.

Tutti eccetto Gesú, ovviamente. Al sorriso beato e ai jeans stracciati e alle scarpe da ginnastica si è aggiunta la

pulita ma stinta maglietta dei Mogwai che quella mattina
ha chiesto in prestito a Becky, l'unica fra tutti loro ad avere il buon senso di lavare qualcosa in albergo. Un ragazzone nero passa accanto a Gesú e si appoggia a un angolo,
rabbrividendo in un lago di sudore. Sembra che preferisca
stare vicino al lavandino, come se avesse bisogno di vomitare. È enorme, peserà almeno centoventi chili. – Ehi,
tutto bene? – gli chiede Gesú.

Il ragazzo fa segno di no. – Sai cosa? Non vedo l'ora
che sia finita.

– Ma allora perché lo fai? – chiede Gesú, in tono gar-
bato.

– Vorrei dare una mano alla mia famiglia, – minimizza
il ragazzo.

– Come ti chiami?

– Garry.

– Piacere, Gesú –. Si stringono la mano: quella di Gesú
fresca e asciutta, quella di Garry simile a uno strofinac-
cio palpitante.

– Come quello della Bibbia?

– Spiccicato. Senti, non ti devi preoccupare. Qual è la
cosa peggiore che può capitarti?

– Che a loro non piaccio.

– Allora che se ne vadano affanculo. A me piaci.

Una ragazza con le cuffie e un blocco in mano irrompe.
– Gesú? – dice. – Gesú Cristo?

– Sono io –. Quando si alza, facendo ruotare la chitarra intorno alla schiena, parte il tipico coro di risatine che
di solito accoglie il suo nome e cognome pronunciato in
pubblico.

– Tocca a te.

Dalle quinte Gesú guarda la cantante entrata in scena
prima di lui, a colloquio con la trimurti dei giudici.

– Fin da quando ero piccola ho sempre saputo che sarei diventata famosa, – sta dicendo, con le telecamere che le vorticano intorno. – Mi sono sempre sentita diversa dagli altri. Io...

– Come no, tesoro, – la interrompe Stelfox, – diversa lo eri senz'altro. Il problema è che non hai talento.

Dal pubblico piove un coro di «buuu» e fischi mentre alla ragazza cominciano a tremolare le labbra.

– Eddài, Steven – dice Darcy. – In questo stesso studio abbiamo sentito strazi ben peggiori di Carrie.

– E questa sarebbe una buona ragione per farla passare, Darcy? «Abbiamo sentito di peggio!» E capirai...

Ai «buuu» si aggiunge qualche risata.

– Sto solo dicendo che non c'è alcun bisogno di...

– Brava, e io sto solo dicendo «avanti il prossimo». Grazie, Carrie.

– Si sbaglia di grosso, – dice Carrie, con aria di sfida.

– Sopravvivrò, – risponde Stelfox. – Il prossimo!

Gesú esce dalle quinte, socchiudendo gli occhi sotto le luci della ribalta e, come da copione, Herb Stutz gli chiede: – Come ti chiami?

– Gesú Cristo.

Risate. Intanto Stelfox, sempre secondo copione, strabuzza gli occhi in modo teatrale. Gesú sorride con la pazienza dei santi. È da trentun anni che gli succede. Grazie tante, paparino.

– Prego? – fa Stelfox.

– Gesú. Cristo.

Darcy si porta una mano alla bocca per soffocare una risata. Il pubblico si sganascia.

– Bisogna pur prendere qualcuno a modello, no? – dice Stelfox.

– Di dove sei, figliolo? – gli chiede Stutz.

– Ehm... New York.

– Allora comincia, forza, – dice Stelfox, prima di aggiungere: – Ehm... Gesú –. Il pubblico non la smette di
ridere e sta ancora sghignazzando quando Gesú attacca
la canzone pattuita, la stessa che ha eseguito al provino,
The Only Living Boy in New York, solo lui e la sua chitarra elettrica.

Le risate ci mettono poco a smorzarsi. Stutz e DeAngelo
sono rapiti, il primo suo malgrado, la seconda senza riser-
ve. Stelfox è imperscrutabile. Dal pubblico parte qualche
spontaneo grido di incoraggiamento e di entusiasmo quando lui improvvisa un breve fluido assolo a metà canzone.
Quando l'ultimo accordo riecheggia, il pubblico esplode
in un applauso genuino e prolungato.

– Gesussanto! – erompe Darcy. – È stato fantastico!

– Da quant'è che suoni la chitarra? – chiede Herb Stutz.

– Piú o meno da sempre, che io ricordi.

– Ci sai fare, bello. Te lo voglio dire. E io ho lavorato
con alcuni dei migliori chitarristi in circolazione –. Si gira dall'altro lato della scrivania verso Stelfox, che prende
appunti, e lo chiama in causa: – Steven?

– Presente, – dice Stelfox, alzando lo sguardo, come se
si fosse distratto. – A differenza dei miei colleghi qui non
attaccherò a scodinzolare solo perché riesci a strimpellare
una chitarrina: potrei lanciare un sassolino in questo esatto
momento su Hollywood Boulevard e colpire almeno dieci
persone che suonano meglio di te. Suonare uno strumento
non fa di te una star. Ed è quello che facciamo in questa
trasmissione: trovare una star. E poi guardati... – Si ferma, aspettandosi qualche tipo di reazione ostile. Invece
no, Gesú se ne sta lí impalato ad annuire, con l'aria leggermente smagata. Tempo morto. Qualche risatina nervosa dal pubblico. – Perdonami... – dice Stelfox, – ti sto

annoiando, Gesú? – Altre risate per il nome, che sta già diventando un tormentone ironico.

– In effetti, abbastanza... – Gesú ridacchia, molto a suo agio. Il pubblico rimane a bocca aperta e ride ancora di piú.

– Io annoio te? – chiede Stelfox. – Caspita, è una novità. Vediamo se questo ti annoia: sí, sai suonicchiare la chitarra, sí, riesci a finire la canzoncina e, sí, sei un tipo belloccio, ma a me non sembra che tu abbia le qualità per diventare una star e penso che la scelta del materiale sia a dir poco barbosa. Simon & Garfunkel? Per carità. Scontatissimi.

– Trovi? Avevo pensato di fare qualcosa di Jimi Hendrix, infatti. Ma il tizio ha detto...

– Jimi Hendrix? – dice Stelfox. – Ma fammi il piacere, non lo suonano piú nemmeno per la strada.

– Adesso basta, – lo rintuzza Gesú, pacatamente ma con fermezza.

– Prego? – dice Stelfox.

– Mi hai sentito, pallone gonfiato. Prima di nominare Jimi, vedi di sciacquarti la bocca.

Grida e incoraggiamenti dal pubblico: nelle stagioni precedenti non si è mai verificata una scena simile. La gente che attacca Stelfox di solito lo fa con le labbra che tremano e i pugni chiusi come a dire «ti sbagli di grosso su di me». Ogni tanto qualcuno gli grida un insulto, ma mai cosí. Calmo. Tranquillo. Il pubblico non è l'unico a sentire che c'è qualcosa di nuovo nell'aria.

Stelfox si allunga sullo scranno e squadra Gesú. – Non sono in pochi a pensare che io abbia un certo fiuto nello scovare i talenti, – dice. – E per me lui è bocciato. Voi che dite?

– Stai scherzando, vero? – dice Herb Stutz. – Questo è uno dei ragazzi piú talentuosi che abbiano calcato le assi del nostro palco.

– Ragazzi? – dice Stelfox. – Scusami Gesú, quanti anni
hai? Se non sbaglio... – Scartabella tra i suoi fogli.

– Trentuno.

– Non esattamente un ragazzo, allora.

– E chi se ne importa? – risponde Stutz. – Io dico sí.
Darcy? A quanto pare sei l'ago della bilancia.

La DeAngelo, che ha ascoltato il bisticcio osservando
Gesú con un sorrisino stampato in volto, guarda prima
Stelfox, poi Stutz, e scuote la testa. – Adoro quando voi
ragazzacci litigate. Gesú, per me vai alla grande, tesoro.
Io dico sí!

Uno scroscio d'applausi accoglie la notizia, ancora prima che appaia la scritta rossa «APPLAUSI». Gesú non alza un pugno trionfante, non grida «Sí!», non salta e non
piange. Solo un altro impercettibile cenno.

– Povero me, – dice Stelfox, scrollando il capo incredulo. – E chi vuol essere il mentore del Salvatore, qui?

Stutz e la DeAngelo si guardano, poi lei si avvicina e gli
bisbiglia qualcosa all'orecchio, mentre lui annuisce. – Devo
essere sincera, Steven? – dice Darcy. – Per il tipo di musica che potrebbe suonare questo ragazzo, direi che la scelta
migliore sarebbe Herb.

– Herb? – fa Stelfox. – A te la patata bollente.

– Sarà un piacere dimostrarti che avevi torto, – ride Herb.

– Ok, – dice Stelfox. – Herb ti farà da mentore. Ci vediamo la settimana prossima.

– Va bene... – risponde Gesú perplesso, con un cenno
della testa, mentre accarezza la Gibson.

Mentre il pubblico continua a gridare e ad applaudire,
Gesú si avvicina allo scranno dei giudici, per dare la mano a tutti, uno dopo l'altro. Stelfox è l'ultimo della fila. I
due si stringono la mano – la stretta di Stelfox è fredda,
gelida, disumana – e si guardano negli occhi per meno di

un secondo: Stelfox scruta in quelle iridi azzurre, simili a
fiordalisi fluttuanti sopra il Pacifico; Gesú a sua volta scruta in quegli occhi, neri come lo spazio profondo, un pozzo
abissale di nulla dove i pipistrelli volteggiano precipitando
nelle tenebre verso il deserto dell'anima.

Gesú rabbrividisce.

Anche Stelfox prova una sensazione nuova...

Ovvio, il «dibattito» intorno all'ammissione o meno
di Gesú al programma seguiva un copione. Ma qualcosa
d'improvvisato c'è stato. Qualcosa che Steven Stelfox
sta cercando di inquadrare mentre Gesú trotta via e lui si
passa un dito sotto lo scollo del golf nero a V di cashmere
e sente un leggero calore, qualcosa che non provava da
parecchio tempo, almeno da quando è diventato signore
e padrone del programma piú seguito in America. L'intuizione è allo stesso tempo ridicola e allarmante.

Questo potrebbe dargli del filo da torcere.

– Cosa cazzo è un mentore? – Piú tardi quello stesso
giorno, a bordo piscina a sorseggiare un daiquiri, Gesú si
ricorda di chiederlo a Becky.

– Non le hai mai guardate le puntate registrate, eh? –
chiede Becky.

Gesú non può fare altro che scrollare le spalle. – Ci ho
provato, è solo che... 'rcatroia, è una noia mortale, dài.

– E... Chi è il tuo mentore?

– Mmm, il torello bianco? Devo vederlo domani.

– Herb Stutz? Ahi, Darcy è piú buona. Comunque loro, piú o meno, ti aiutano a scegliere una canzone e a fare
gli arrangiamenti.

– Perché dovrei chiedere a un vecchio bacucco di scegliere le canzoni per me?

– Perché cosí funziona la trasmissione.

– Ah be', allora la trasmissione può anche andare a fare in culo.

– Cerca di fare il bravo, tesoro, – risponde Becky. Si alza in piedi, in bikini è uno schianto e qui sta già prendendo un'abbronzatura uniforme.

– Ma perché... perché dev'essere tutto cosí competitivo? – borbotta afflitto Gesú. Becky lo guarda e dice: – Sei cosí dolce –. Quindi gli stampa un bacio sulla fronte. Rimane lí a pochi centimetri dal suo viso, con le ciglia che si sfiorano quasi. Lui sente il suo respiro. Basterebbe allungare la lingua per toccare le sue labbra. Gesú alza una mano e le accarezza una guancia. – Senti, Becky, io... Io non sono sicuro che sia il momento giusto per una storia seria...

– Ma sentilo! – ride lei, mentre si rialza e gli rifila una pacca. – E chi ti vuole! Ripigliati, popstar dei poveri... – La guarda andare verso la piscina, poi sente lo splash quando lei si tuffa dove l'acqua è piú profonda.

Piú tardi si ritrovano tutti insieme al villino per guardare la prima puntata: birra, patatine e popcorn ammucchiati sul tavolino, perfino Gus e Dotty sdraiati in prima fila. Miles e Danny sono in fibrillazione, su di giri – «Gesú va in tv!» – come se fino a stasera niente di tutto questo per loro fosse stato reale. E adesso *American Popstar* sciorina le sue carte: le dodici esibizioni arrivate alla fase finale. Ogni settimana ne verrà eliminata una, finché non ne resteranno solo due per la finalissima di dicembre.

Tra i «cani», come li chiama Morgan, c'è Ryan Crane: un bianco palestrato in canottiera, anche lui affidato alle cure di Herb Stutz.

Poi gli Harmonix: una boy band dove ballano come indemoniati, composta da ragazzini che sembrano quattro

Ryan Crane di origine etnica assortita, alle prese con un hip-hop commerciale.

Poi le Laydeez Night: un trio di gnocche vestite in calze a rete e hot pants che snocciolano un grossolano rhythm'n'blues.

Quindi c'è Garry MacDonald: il ragazzone nero, molto sensibile, che Gesú ha conosciuto alla registrazione, e che sotto quella massa nasconde una voce notevole. («Mi sa un po' di caso umano», bisbiglia Morgan a Kris).

Poi c'è Jennifer Benz: la biondina mozzafiato da paginone centrale di «Playboy», che ha come mentore Stelfox, un bocconcino per cui l'americano medio andrà matto, con un vocina acuta che lei modula su ogni possibile sfumatura in una ballatona pop che pare infinita.

Poi, all'improvviso, fanalino di coda, ecco apparire Gesú: enorme sullo schermo al plasma, gli occhi socchiusi, i capelli biondi che gli scendono lungo il viso mentre canta al cospetto dei giudici. Tutti quanti gridano e applaudono mentre Gesú geme per la vergogna e si copre la faccia con la felpa.

Pete resta a bocca aperta e si porta una mano al cuore con un che di teatrale. – Ma lo sai che buchi davvero lo schermo? – dice.

– È vero, sei un figaccione! – rincara Kris.

Poi la regia mostra i filmati dell'audizione di Gesú. – Perché voglio partecipare al programma? Be', insomma, quando dico di essere il figlio di Dio... – risate del pubblico sullo sfondo, – io, cioè, lo so l'effetto che faccio...

– Oh no, – fa Morgan.

– ... ma purtroppo è vero –. Altre risate. – Insomma, sono tornato qui per aiutare la gente, per spronarvi a... be', fare i bravi. Sembra che ve ne siate dimenticati, e di questo Dio, sí proprio lui, Dio non è per niente contento. Io penso...

Lui continua la predica, finché non viene mandata la pubblicità.

– Be', hai fatto vedere di cosa sei capace, – dice Pete.

– La chitarra non ti sembrava leggermente scordata? – chiede Gesú a Kris.

– Dovevi proprio spiattellare tutta quella lagna? – chiede Morgan. – Lo sai cosa sei diventato?

– Morgs… – interviene Becky.

– Sei il caso umano che si crede figlio di Dio.

– Chiudi il becco, cazzo, – dice Kris.

– Calma, ragazzi, – dice Gesú. – E allora?

– Eri tu quello che non voleva andarci perché ti sembrava una roba per fenomeni da baraccone. E adesso sei diventato il caso piú umano di tutti. Sei il pagliaccio della situazione.

– La chiacchierata è stata molto piú lunga. Non pensavo che avrebbero usato proprio quel pezzo.

– Sai una cosa? – gli dice Morgan alzandosi in piedi, – per essere il figlio di Dio certe volte non sei per niente sveglio, cazzo! – Dopodiché se ne va nella camera accanto.

– Cazzarola… – dice Gesú. – Ma che ha?

– Non vuole che la gente ti rida dietro, – dice Becky.

– E chi se ne importa? – risponde Gesú. – È solo un programma televisivo. E comunque, lo studio mi ha pagato la diaria. Ragazzi, vi va di andare a prendere un gelato?

Piú o meno mezz'ora dopo, in coda davanti a una gelateria di Melrose con Big Bob, Miles e Danny, Gesú scopre che in effetti a qualcuno importa. Le auto rallentano e la gente grida qualche incoraggiamento. – Ehi, Gesú! Sei forte! – Ma anche qualche insulto. – Ehi, prova a salvarmi, sciroccato di merda! – I passanti restano a bocca aperta. Tre richieste di autografo, due foto insieme e una

minaccia di botte, archiviata non appena il cristiano inferocito ha capito che Bob gli faceva da guardia del corpo.

– Cazzarola... – dice Gesú in attesa di un taxi che li ri-
porti in albergo, mentre Miles e Danny ci dànno dentro
con il gelato al cioccolato. – La gente la guarda davvero
quella merda, eh?

– Bang, – commenta Bob, malinconico.

Steven Stelfox si allontana dalla finestra del salotto e
rimugina, picchiettandosi il piccolo telecomando contro i
denti. Alle sue spalle, dall'altra parte della vetrata lieve-
mente fumé che occupa tutta una parete, si estende una
striscia di spiaggia di Malibú, la sua personale striscia di
spiaggia, che luccica dorata sotto il sole. Ancora oltre,
l'oceano Pacifico. Il suo vicino di casa, qualche chilometro piú in là lungo la spiaggia, si chiama Steven Spielberg.

Schiaccia «play» e riguarda il colloquio. Il biondino av-
venente, per quanto un po' suonato dalle canne, parla con
Samantha Jansen fuori quadro. – Non mi aspetto che qualcuno ci creda, – sta dicendo. – Ormai ci sono abituato e
cerco solo di aiutare il prossimo nel mio piccolo. Io e i miei
amici, no?, Kris e Morgan. A quanto pare la gente crede che
papà, cioè Dio, sia questo tipo vendicativo e collerico che li
distruggerà se non lo adorano con tutta l'anima. È una ca-
volata. Insomma, ci mette poco a perdere la staffe, però...

Stelfox schiaccia il tasto «pause»: il viso di Gesú riempie lo schermo a sessanta pollici del televisore. Cazzo, 'sto
balordo è proprio un bel tipo. E perfino la voce non è male, anche se Stelfox gli sfascerebbe in testa quella chitarra
elettrica del cazzo. Ma il punto è un altro: quello ha l'aria
di credere in quello che dice, anima e corpo. Un vero e
proprio caso umano. Starebbe benissimo nel gruppo dei
fuori di testa, per guadagnare spettatori ogni settimana.

Il concorrente ideale, secondo Stelfox, è un caso umano di bell'aspetto ma completamente sbiellato, con una
brutta storia alle spalle e magari un briciolo di talento.
Ma non capitava mai: di solito se erano matti c'era una
ragione valida. E la brutta storia alle spalle se l'erano me-
ritata eccome.

   Si incammina verso la cucina. La strada è lunga, e
costeggia pareti tappezzate d'arte contemporanea: un
Warhol, un Damien Hirst, un Banksy. (Quest'ultimo
per lui è solo un teppistello da quattro soldi. Per di piú
di sinistra. Ma i prezzi stanno salendo e il suo gallerista
gli ha assicurato che è «un affare»).

   In cucina – una distesa apparentemente infinita di marmo italiano e legno antico recuperato, secondo l'arredatore
(un ricchione di San Francisco, untuoso e lezioso, ma che
oggi tra i vip va per la maggiore), da una chiesa quacchera
del XIX secolo chissà dove in Massachusetts o in qualche
altro posto merdoso – gli ci vuole un minuto buono per trovare uno dei frigoriferi (oggi il cameriere è in libera uscita)
da cui tira fuori una bottiglia di Grey Goose ghiacciata, la
vodka piú densa e vischiosa, appena sotto il punto di so-
lidificazione mentre la versa sul ghiaccio e aggiunge una
scorza di lime, già tagliata dalla cameriera.

   La bella vita. Eccola qui.

   Il risultato di molti anni di... be', non proprio sudore, e neanche lacrime. Ma sangue, quello certamente sí.
Coltellate alla schiena e anche al cuore. Voci false fatte
girare ad hoc. Disinformazione e dissimulazione e falsifi-
cazioni e antenne dritte per intercettare ogni cazzo di parola. Ormai è lí lí per diventare miliardario, sorseggia la
vodka e contempla il mare luccicante, il pacifico Pacifico.
Tutti dovranno pagare, si era detto una volta, e ci credeva pure. E adesso tutti stavano pagando. Tutto il cazzo

di *mondo* stava pagando. In ballate strappalacrime. Ogni tanto, quando ripassava da Londra, incontrava per caso qualcuno dei vecchi pagliacci. A mangiare da *Groucho* o da *Mark Hix* o da *Nobu*. Derek, aggrappato con le unghie e coi denti al posto di manager in un'etichetta di serie B che produceva merdosa robaccia indie. Che sudava sette camicie per quei cinque centesimi di budget pubblicitario investiti sulla ristampa di un vecchio live degli Stiff Little Fingers. Dunn, che era ancora – solo – un promoter a... quanti, cinquant'anni? Ancora lí impantanato alla Emi, a ridere alle battute di qualche dj rincoglionito sperando di convincerlo a passare in radio una qualche canzonetta indecorosa. E il punto era questo: oggi comunque i dischi non li comprava piú nessuno. Sistemare le sdraio sul *Titanic*? Col cazzo: quei coglioni cercavano di servire lo champagne in un lager. I cioccolatini ad Auschwitz. A nessuno fregava piú un cazzo di niente. Nessuno aveva piú il becco di un quattrino, e poi bastava un colpo di mouse per avere tutto gratis. Se le ricordava bene quelle conversazioni sul download a cavallo del secolo: «La gente vorrà comunque tutto il disco... Vorranno avere il libretto interno, e il packaging è figo». Sí, come no, bello. Poi ti svegli cinque anni dopo per ritrovarti protagonista di una brutta copia di *Matrix*: una spina nella zucca, le macchine si parlano da un capo all'altro del mondo e si scambiano il sudore della tua fronte senza sganciare un centesimo. Vaffanculo. Prova a suggerire di pagare la musica a un qualunque individuo sotto i diciassette anni, e ti guarderà come se fossi un mentecatto. E c'avrà pure ragione, pensa Stelfox. Il mercato funzionava cosí. Inutile piangere sul latte versato. Tutti quei buffoni che si davano da fare per cercare di vendere diecimila copie si dimenticavano una regoletta: la parola gratis è cazzutamente potente.

Quindi non era rimasto nessuno a comprare dischi.

Tranne i suoi. Era troppo, troppo bello.

Mentre scola la vodka con un brivido, schiaccia «play» e la faccia di Gesú riattacca a parlare, questa volta da uno schermo al plasma leggermente piú piccolo, sospeso sopra l'isola in marmo al centro della cucina, e continua a rispondere alla domanda: «Perché vuoi partecipare alla trasmissione?»

– ... il motivo per cui sono tornato quaggiú... Anzi, a dire il vero, il motivo per cui mi ci hanno spedito, anche perché l'ultima volta non è stata proprio una scampagnata, è di provare a guidare, ispirare, aiutare il prossimo, ma al giorno d'oggi non è un compito facile e...

Sí, pensa Stelfox. Potrebbe funzionare. Potrebbe funzionare su almeno un paio di livelli. Ovviamente tutto vorrebbe tranne che questo sfigato alternativo – Stelfox contempla disgustato la T-shirt dei Folk Implosion – combinasse qualche pazzia tipo vincere la gara. Ma poteva ritagliarsi un ruolo, questo sí.

Stelfox sa già chi deve vincere quest'anno. Ma per funzionare a dovere la trasmissione ha bisogno di uno svolgimento narrativo, di un inizio e una fine: il trionfo sulle avversità, qualche intermezzo comico, stronzate del genere. Un programma concepito e montato con la stessa cura di un filmone hollywoodiano. Il pubblico – i merdaioli, per usare il termine tecnico – si sedeva lí e restava a bocca aperta perché tiravi fuori il coniglio dal cappello a cilindro. Tutti quei talent scout con cui lavorava un tempo, stavano ancora lí a tirare freccette a quel cazzo di bersaglio, come diceva il tipo del film.

Stelfox non gioca piú a freccette.

Scommette sul sicuro.

Fermo immagine sul viso di Gesú, che per un attimo guarda dritto verso l'obiettivo. Quegli occhi... Stelfox si rende conto che non riesce a guardarlo negli occhi molto a lungo, perfino su uno schermo bidimensionale. C'è qualcosa in lui che lo irrita.

La bontà. Ecco cos'è.

Quel coglione trabocca bontà.

3.

Sala di registrazione dietro Ventura Boulevard, aria condizionata a palla, Herb Stutz – sdraiato sul divano in pantaloni di cotone, camicia Ralph Lauren e Rolex Gmt – ascolta *Summer Babe* dei Pavement mentre Gesú – sdraiato per terra in Levi's, T-shirt degli Slint e Casio di plastica – canticchia a tempo, con gli occhi chiusi. Al termine della canzone, l'aria davanti alle casse vibra come un miraggio, visto che Gesú Cristo ha messo il volume a livello di stordimento. Segue un momento di silenzio prima che Herb si riprenda.

– Oh, – esclama, – ti ha dato di volta il cervello?

– Come fa a non piacerti? – dice Gesú.

– Ma l'hai mai vista la trasmissione?

– Uff...

– Quanta strada credi di riuscire a fare con questo tipo di stronzatine pseudoartistiche a bassa fedeltà? Insomma, in quanti credi che abbiano sentito parlare di questa cazzo di band?

– E questo che c'entra? – chiede Gesú, sinceramente spiazzato.

– Dobbiamo trovare qualcosa di famoso. Qualcosa che piaccia alla gente.

– Alla gente piacciono gli hot dog. Alla gente piacciono i suv. Alla gente piace questa cazzo di trasmissione! Non ci possiamo fidare della gente, Herb –. Dall'altra parte del vetro la troupe riprende tutto, a caccia di spezzoni sul rapporto con il mentore da inserire nel programma.

– Scordatelo, – fa Herb. – Non riusciremo mai a spuntarla con Steven.

– Ma non dovevamo sceglierle noi, le mie canzoni?
Herb ride.

– Che palle, – dice Gesú. – E va bene, a lui cosa piace?

– Le ballate. A Steven piacciono le ballate.

– Mi ci pulisco il culo.

– Non dobbiamo bere l'amaro calice sino alla feccia, – dice Herb, spostandosi verso la parete dove sta l'impianto hi-fi nero, da cui stacca l'iPod di Gesú e attacca il suo. – Uno dei motivi per cui ti vuole in trasmissione, a parte il fatto che... cioè, uno dei motivi per cui ti vuole in trasmissione è per fare qualcosa di piú rock, qualcosa di un po' diverso.

– Appunto, allora perché non...

– Ho detto *un po'* diverso. Se pensavi di rispolverare i singoli minori dei Sex Pistols, è meglio che ci metti una pietra sopra. Abbiamo bisogno di una scossa, qualcosa che metta in chiaro quello che sei, ma per fare questo ci serve un pezzo riuscitissimo –. Gesú sorride. Buffo che la gente parlasse ancora in quel modo. – Una canzone che milioni di persone conoscono. Non una puttanata di nicchia che piace a quattordici sci roccati dell'East Village. Su, prova ad ascoltare un po' di roba che fa al caso nostro...

Gesú ha passato momenti peggiori – in prigione, in ospedale, negli uffici di collocamento – ma non poi tanti. Herb fa partire *Since You Been Gone* dei Rainbow («Col cazzo, amico! Odio quello stronzo di Ritchie Blackmore!»), poi *Keep on Lovin' You* («Gli Speedwagon? Ti sei bevuto il cervello?»), quindi *More Than a Feeling* (Gesú, a malincuore: «Non è malaccio come canzone, però, dài, cosí scontata. Tanto vale cantare l'inno nazionale...») E cosí via.

Molto piú tardi, Herb suona *I Don't Wanna Miss a Thing*.

– Cazzo, Herb. Se dobbiamo scegliere gli Aerosmith non possiamo almeno fare qualcosa del primo periodo? Magari un pezzo da *Toys in the Attic*?

– Continui a usare le parole sbagliate, figliolo. «Figo», «roba che spacca», «scontato». Lo sai chi è che guarda questa maledetta trasmissione? La tipica famigliola dell'Oklahoma. E ti voglio dire una cosa: a mammina e a paparino e ai bambocci non frega una beata mazza di quanto è figa o quanto spacca o quanto è scontata la merda che ascoltano! – Herb si accascia stremato. Che palle 'sto ragazzo. Chi si credeva di essere per…

Gesú sbuffa. – Senti Herb, vediamo di quagliare. Abbiamo bisogno di un pezzo bello e stiloso che aiuti a far capire «chi sono», qualsiasi cazzo di cosa voglia dire, ma dev'essere un pezzo che ha venduto milioni di copie e che anche l'ultimo cretino imbambolato davanti al televisore ha sentito almeno una volta.

– Esatto, – risponde Herb. – Buttiamo giú un elenco. Credo di avere in tasca una scatolina di fiammiferi.

Un lungo silenzio. Poi Gesú sfodera un sorriso. Si alza, si avvicina allo stereo, infila di nuovo il suo iPod e scorre la playlist. Tre minuti e trentanove secondi piú tardi, anche Herb sfodera un sorriso.

– Che ne dici? – chiede Gesú.

– Sí. Potrebbe andare… – risponde Herb, ridacchiando. – Se riusciamo a farla digerire a Steven.

4.

Seconda settimana, sabato successivo al Labor Day: il programma piú seguito degli Stati Uniti va in diretta. Il caravanserraglio degli amici si è impossessato dei biglietti ed eccoli lí a gremire le tribune incuneati fra la massa del pubblico, composto in gran parte da bifolchi arrivati dal Midwest che indossano T-shirt e cappellini da baseball con i nomi dei parchi a tema e degli studi cinematografici visitati nel corso della giornata, per approfittare sino in fondo della gita a Los Angeles. Il tizio incaricato di scaldarli sta terminando l'esibizione, attacca la sigla e Gesú, che stava sudando dietro le quinte, accarezza la chitarra.

È stata una settimana drammatica, la prima settimana di prove. La prima volta che Gesú ha sentito l'orchestra dello studio attaccare la sua canzone, con la massima flemma si è sfilato la chitarra, l'ha appoggiata all'amplificatore per scatenare un feedback assordante e se n'è andato in camerino. – QUALCUNO PUÒ ABBASSARE QUELLA CAZZO DI CHITARRA? – ha gridato Barry il direttore d'orchestra, non per la prima volta.

Herb è arrivato sgomitando in camerino. – E adesso che cazzo c'hai?

– Che cazzo è quella roba, Herb? Cosa sono tutti quegli archi e quelle tastiere di merda? Sul disco non c'è niente del genere.

– Eddài, vecchio mio, dobbiamo indorare la pillola.

– Perché?

– Senti... – Herb chiude la porta e si avvicina. – Abbiamo ventotto dei migliori turnisti del paese che ti aspettano là fuori, e io devo prendermi una pausa per disquisire con te sugli arrangiamenti? Canta quella cazzo di canzone, va bene?

– Eh, no.

– Oh, mamma. Se Steven viene a saperlo, sei fuori in un nanosecondo.

– Sul disco ci sono chitarra, basso e batteria. Non c'è bisogno d'altro. Non posso usare la mia ghenga? Potrei far venire Kris e Morgan...

– Sei scemo o cosa? – sputacchia Herb. – Stai facendo girare il cazzo a Barry, cerchi di sabotare gli arrangiamenti, e adesso vorresti quella band merdosa con te sul palco? Torna subito fuori su quel cazzo di palco e fai la canzone come...

– Continua a dirmi di abbassare il volume della chitarra, il tuo amico Barry.

– Senti, la famigliola in Oklahoma...

– BASTAAAAA! Se risento parlare della famigliola in Oklahoma, non rispondo di me, Herb!

Herb ha sbuffato e si è appoggiato alla parete. Ribelle del cazzo. In due settimane gli ha dato piú filo da torcere di quanto non gli sia capitato in due stagioni. Eppure c'è qualcosa... Sí, non è sbagliato affermare che a Herb questo stronzetto piace. Poi la porta si è aperta ed è apparsa la solita ragazza con le cuffie e il blocco. – Herb, lí fuori vi reclamano. Subito.

– Ok, ok... – ha risposto Herb. – Senti, – ha detto, rivolto a Gesú, mentre lei richiudeva la porta. – Parlerò con Barry e cercherò di sfrondare gli arrangiamenti, ok? Ma lí sopra la tua band non ci sale manco per idea. E tieni d'occhio il volume, eh? Molla un po' il pedale dell'overdrive. Qui non siamo al *Cbgb's*.

– Grazie, Herb.

– Ah, mollami.

Herb era rimasto sorpreso che Stelfox avesse accettato il suo consiglio sulla canzone da far cantare a Gesú la prima sera. A dire il vero era proprio il tipo di musica che Stelfox odiava. Ma Stelfox, attento osservatore dell'audience, delle analisi sulla composizione del pubblico, dei sondaggi Nielsen, aveva le sue ragioni. Aveva una sensazione. Se si sbagliava, be', avrebbe cacciato a calci in culo quello straccione squilibrato.

– PER FAVORE! – La voce del tizio addetto a riscaldare l'atmosfera echeggia dalle casse dello studio. – FATE UN BELL'APPLAUSO al vostro presentatore del cuore... KEVIN LEARY!

– Mamma mia, – bisbiglia Morgan a Kris fra il pubblico, – il peggio del peggio della televisione.

Un'esplosione di luci accoglie Leary, che scende trotterellando le scale al neon accompagnato da un applauso isterico. – Grazie, grazie! – dice mentre le grida e i battimani si affievoliscono. – Ebbene, rieccoci! Altri dodici talenti per dieci lunghe settimane con voi, e sarà il pubblico sovrano a decidere chi va e chi resta. Ovviamente nel corso del programma riceverete il consiglio di alcuni esperti, ovvero della nostra giuria. Non vedete l'ora di conoscerli, eh? – Grida e applausi. – Allora, vogliamo farli entrare? Signore e signori, la deliziosa Darcy DeAngelo!

DeAngelo entra in scena. Vestito dorato, una cascata di capelli, cicciottella, una dentatura perfetta che riflette l'assurdo voltaggio di luce che illumina lo studio. – Darcy, come stai?

– Alla grande, Kevin…

– Porca miseria, – bisbiglia Morgan. – Quanto deve durare 'sta pizza?

– Sssh, – lo zittisce Becky.

Darcy blatera qualcosa, poi entra Stutz e blatera qualcosa anche lui, e alla fine Leary dice: – … e infine il piú cattivo di tutti, l'inglese piú temuto di tutto l'Occidente, un uomo piú acido dell'acido muriatico, il grande Steven Stelfox!

Il pubblico va in visibilio mentre Stelfox – completo nero e camicia nera aperta sul collo – avanza con passi misurati verso il centro del palco accogliendo gli applausi con un cenno del capo quasi imbarazzato, insomma dando l'impressione di essere una persona ragionevole. – Steven… – dice Leary, porgendogli il microfono mentre gli applausi scemano sullo sfondo, – non vedevi l'ora di riprendere, eh?

– Devo dire di sí, Kevin.

Di sicuro Stelfox aveva piú voglia di riprendere di Leary, il cui tentativo di ritoccare il cachet è stato stroncato da Stelfox solo pochi giorni prima con queste parole: «Senti, pezzo di merda, noi non ti diamo un cazzo di centesimo in piú, e se non ti sta bene allora perché non te ne vai a fare in culo e torni a fare il cabaret nei bar o a presentare un programma del mattino su Radio Arkansas o da dove cazzo venivi prima».

Ma Leary è un professionista: adesso riesce a guardare Stelfox con immutato entusiasmo mentre dice: – Ne vedremo delle belle e anche delle brutte. E forse perfino delle orribili! Ci sarà qualche sorpresina, come penso noterete già dalla prima esibizione di stasera, e a fine giornata, come sempre, sarete voi, il pubblico sovrano, a decidere –. Riesce a dire «il pubblico sovrano» come se quelle parole potessero salvare il mondo.

– Grazie, Steven! Un uomo, un mito!

Stelfox se ne va e prende posto alla lunga scrivania tappezzata dai marchi degli sponsor, vicino alla DeAngelo e a Stutz.

– Bene, – continua Leary, rivolto al pubblico, – bando agli indugi: ad aprire la trasmissione di stasera c'è un ragazzo che ha già fatto parlare di sé: da New York... Gesú! – Il pubblico grida mentre le luci si abbassano («Oh, cazzo», mormora Becky. «Ragazzi, me la sto facendo sotto», bisbiglia Kris) e per un attimo è buio pesto, poi una gelida, acquosa luce azzurra sale insieme a un familiare, ondeggiante riff di chitarra. – Non ci posso credere, – dice subito Kris mentre le luci sul palco si accendono all'improvviso, il basso e la batteria entrano senza strafare, Gesú Cristo si avvicina al microfono e attacca *Come As You Are*, subito accolto da un applauso spontaneo.

Il pubblico applaude e canta per tutta la prima strofa, mentre i giudici guardano e prendono appunti: Herb tiene il tempo orgoglioso, Darcy sorride come sempre, perfino Stelfox accenna un sorriso, finché a un minuto e ventitre secondi circa la canzone arriva al primo vero ritornello e Gesú, con un ghigno sotto i baffi mentre pensa a Barry il direttore d'orchestra alle sue spalle, allunga il piede verso il proibitissimo pedale dell'overdrive. L'aggeggio in questione è un Ibanez Tube Screamer vintage del 1984, uno dei pochi articoli scampati al banco dei pegni nelle ultime settimane. Ha il sacro chip D9 nel circuito stampato, e il volume è preselezionato sul massimo. La scarpa sbrindellata di Gesú schiaccia il pedale mentre il plettro percorre tutta l'estensione delle corde dal ponte al capo tasto, e il Tube Screamer fa il suo mestiere ovvero scaraventa sullo studio il rombo di un 747 in piena fase di atterraggio, accessoriato con un paio di missili Cruise. Ora anche Gesú grida: – *And I don't have a gun!* – e si lancia nell'assolo di Cobain, che in realtà è solo una variazione della melodia, girandosi verso l'orchestra per incitarla ad accelerare il ritmo. Barry, voltato di spalle, brandisce la bacchetta come un epilettico nel tentativo disperato di smorzare il ritmo, ma anche il batterista ormai è andato: lui e Gesú si guardano complici mentre uno picchia come un fabbro sul charleston e l'altro strappa le note alla chitarra, sempre piú vicino all'ampli, che non ce la fa piú, sta quasi per spedire un feedback terrificante, mentre il resto dell'orchestra nella confusione si fa prendere dal panico e cerca di improvvisare come può.

Un paio di minuti dopo Gesú è in piedi davanti ai giudici, abbastanza sudato, mentre l'applauso svanisce. È stato un applauso sconcertato. Qualcuno – e tutto il caravanserraglio, ovviamente – ha dato fuori di matto per l'entusiasmo, mentre i piú vecchi, quelli con le magliette dei parchi a tema, hanno ancora le dita infilate nelle orecchie, scuotono la testa increduli e gridano al vicino: «Ma è matto?»

– Ragazzi, che bomba! – comincia Darcy. Herb sta incoraggiando Gesú con entrambi i pollici alzati.

– Dunque... – comincia Stelfox. – I Nirvana? Credo che sia la prima volta in questo programma... e spero anche l'ultima.

– Eddài, Steven! – reagisce Herb. – Il ragazzo ha fatto centro.

– È... – Stelfox lascia la frase a metà, come se fosse senza parole. – Tutta quella faccenda del grunge... Insomma dài, chissenefrega?

– Eh no, – controbatte Herb. – *Come As You Are* è una canzone stupenda. L'album ha venduto di brutto, tipo venti milioni di copie: mi stai dicendo che non fregava niente a nessuno?

– Sí, una ventina d'anni fa ha venduto milioni di copie. La canzone non è malvagia, – concede Stelfox, – e penso che potrebbe venirne fuori una versione decente. Ma non era quella.

– Ah, sí? – sbotta Gesú. – E cos'è che non andava?

– Troppo sciatta. Troppo dilettantesca. Insomma, verso la metà c'è stata un'accelerazione sgangherata.

– Ehi, il rock'n'roll accelera sempre, – risponde Gesú, come se qualsiasi idiota potesse saperlo.

– Darcy? – chiede Stelfox.

– Io penso che tu abbia una grande presenza scenica, – esordisce lei, – e suoni la chitarra da Dio, ma questo non è proprio il mio genere. Quindi per me è no. Mi dispiace.

– Amen, – dice Gesú, mentre dal pubblico partono degli «uuh» e degli «aah» di solidarietà.

– Sappiamo bene quale sarà il voto di Herb, – dice Stelfox, – quindi mi sa che tocca a me decidere se farti arrivare al giudizio del pubblico –. Fa una pausa a effetto, picchietta la biro contro il blocco. Gesú se ne sta lí come se non gliene fregasse una mazza, spostando il peso su un piede solo, con la Gibson ciondoloni lungo un fianco. – Sarò masochista, – comincia Stelfox, – ma ho deciso di farti passare al prossimo turno. Però... – e intanto partono grida e applausi. – Però, e spero che te lo ficchi bene in testa, se vuoi fare un po' di strada in questa trasmissione dovrai stare piú attento nella scelta del pezzo e degli arrangiamenti.

Herb ride. – Provaci tu a ragionare con questo qui!

– Hai una vaga idea... – dice Stelfox, di nuovo rivolto a Gesú, – di quanta esperienza ha quest'uomo? – Indica con la penna Herb. – Di quanti dischi di platino ha vinto con i suoi artisti? Se vuoi tenere testa ai talenti di quest'anno dovrai davvero cominciare ad ascoltare il tuo mentore.

– Senti, – risponde Gesú, – Herb è simpaticissimo, è forte, ma... naaa.

Il pubblico scoppia a ridere mentre Herb fa spallucce come a dire: che ci vuoi fare, è fatto cosí.

5.

Nelle settimane successive questa scenetta e l'occasione
che l'ha partorita diventano un copione: Gesú e Herb bi-
sticciano per un paio di giorni su quale canzone scegliere,
e alla fine arrivano a un compromesso. (Nella terza e quarta settimana lui suona *Song 2* dei Blur e una versione ultra-
schitarrata di *Purple Rain* di Prince, setacciando l'esiguo ba-
cino di canzoni considerate commercialmente accettabili da
Herb – o, meglio, da Stelfox – e sufficientemente fighe da
Gesú, che continua a proporre senza frutto altri pezzi alternativi, dai Sebadoh ai Joy Division). Una volta concordata
la canzone, cominciano i battibecchi sugli arrangiamenti e
sull'orchestrazione con Barry, che ha ben presto imparato a
detestare Gesú di tutto cuore. Quindi in ogni puntata, c'è
un aspro confronto tra Gesú e Stelfox, con Herb dalla parte di Cristo e Darcy che oscilla tra l'uno e l'altro. Per il momento il copione è questo: Stelfox ha deciso che Gesú non
affronterà il voto del pubblico fino alla quinta settimana,
ovvero dopo che la Abn avrà ricevuto i dati sull'audience
per il primo mese della nuova stagione. Il capo è ansioso di
verificare la sua teoria, la sua intuizione.

Nel frattempo Gesú sta diventando, be'… una celebrità.

Aumentano i fischi e le pacche sulla spalla da parte dei
passanti.

Gli ammiratori passano ad augurare in bocca al lupo quando lui e i ragazzi se ne stanno a bordo piscina allo *Chateau*.

Quando vanno al cinema o a mangiare fuori o a fare
due passi la sera c'è un afflusso costante di cacciatori di
autografi.

Stelfox è in ufficio quando Samantha Jansen bussa alla porta, con il fascicolo dei nuovi dati sull'ascolto sotto
braccio.

– Embe'? – fa lui.

– Siamo in orbita, Steven. Cazzo, non pensavo che il
programma potesse crescere ancora, – dice, passandogli
grafici e statistiche. – Rispetto alla stessa fase durante la
scorsa stagione siamo saliti di quasi tre punti. È incredibile. Giú alla raccolta pubblicitaria gridano dalla gioia.

– Sai una cosa, Samantha? – dice Stelfox con uno sbadiglio, mentre appoggia le scarpe Lobbs da duemila dollari sulla scrivania e si stravacca a gustarsi quelle dolcis-
sime cifre. – È quasi noioso avere ragione ogni cazzo di
volta.

– Quello che non capisco, – dice Samantha, buttandosi
sull'enorme divano di pelle in un angolo, sotto il quadru-
plo disco di platino di un gruppo chiamato Songbirds, una
band tutta al femminile patrocinata da Steven negli anni
Novanta, quando lei era ancora a Stanford, – è: chi stiamo intercettando? Insomma, gli ascolti erano alle stelle
già l'anno scorso.

– È ovvio, – dice Stelfox, mettendo da parte il fascicolo, – anzi, di' ad Al che voglio tutta una serie di nuovi dati demografici per confermarlo. Pensaci: chi non guardava
la trasmissione fino a oggi?

– Gli eschimesi? – risponde lei. – I nomadi del Cauca-
so? Le tribú dell'Amazzonia?

– Gli stronzetti che sbavano per la musica indie, – risponde Stelfox con un sorriso. – Quei frocetti vegetariani

con la puzza sotto il naso che fino a ieri avrebbero preferito stuprare un cazzo di pastore alsaziano piuttosto che
guardare lo show. Be', adesso lo guardano. E perché non
dovrebbero? In gara c'è uno di loro...

6.

Nella puntata numero cinque, quella in cui tutti i concorrenti devono eseguire una canzone dei Beatles a loro scelta, si scatena il pandemonio.

Darcy e Stelfox non sono convinti della versione di *Come Together* proposta da Gesú. (C'è stata una discussione feroce con Herb sul perché non si potesse fare *Helter Skelter*). L'altra cover che finisce al ballottaggio è una zuccherosa versione di *With a Little Help from My Friends* proposta da Ryan Crane, troppo scialba e artificiale perfino per i gusti di Stelfox. Come ha anticipato Stelfox nella prova con gli altri giudici prima della diretta, Gesú e Ryan verranno sottoposti al voto del pubblico. Visti i dati d'ascolto, è abbastanza sicuro che a saltare sarà Crane.

Adesso Crane e Gesú sono al cospetto dei giudici come due criminali alla sbarra: si discute il loro caso. Stelfox, Darcy e Stutz si rimpallano le solite banalità su «carisma», «spettacolarità», «originalità» e «impatto». – Be', secondo me siete entrambi due grandissimi interpreti, ma quello che mi piacerebbe sapere è... – dice Darcy, con gli occhi puntati su entrambi, – perché volete farcela? Quanto volete farcela? Volete arrivare sino in fondo?

– Sino in fondo dove? – chiede Gesú.

– Darcy... – lo interrompe Crane, – io qui sul palco do sempre il centodieci per cento –. Indica con un gesto teatrale il sacro palcoscenico alle sue spalle. – Io credo che sia Dio a determinare il nostro destino e...

– Quanto a questo, – interviene Stelfox, – probabilmente Gesú la penserà come te… – Qualche risatina dal pubblico.

– Oh, no. No, per niente, – taglia corto Gesú. – A dirla tutta, Dio odia quelle scemenze.

– Prego? – sbotta Crane, girandosi a guardare Gesú per la prima volta.

Oddio, ti prego non farlo, pensa Becky, appollaiata lí fra il pubblico. Non ora. Non in diretta televisiva.

– Tutta quella storia sul disegno divino, quelle stronz… boiate sulla mano di Dio che ti guida… La tirano fuori tutti, dai serial killer ai tiranni ai dittatori. E invece Dio ti ha regalato il libero arbitrio, quindi fai quello che ti pare e via dicendo.

– Ah sí? Quindi possiamo fare quello che ci pare? – dice Crane.

– Be', fino a un certo punto. Insomma, dovresti ricordarti il grande comandamento.

– E sarebbe?

– Solo… fate i bravi.

– Sai una cosa? – esplode Crane con piglio incazzato, affrontando Gesú di petto, – da cattolico trovo che scegliere come nome d'arte Gesú…

– Cattolico, eh? – dice Gesú, l'unica persona in studio il cui cuore non batte a mille, a quel punto. – E di quel tuo pontefice, che mi dici? Lo sai che s'è rifiutato di firmare una dichiarazione delle Nazioni Unite che riconosca pari diritti agli omosessuali e ai disabili? In pratica, nega perfino l'Olocausto. Ha…

La regia è ormai nel panico. Harry, il regista, grida nel microfono. – Fateli smettere, Cristo santo!

Il pubblico è allibito mentre Stelfox cerca di riprendere il controllo della situazione. – E va bene, ragazzi, basta cosí. Credo che…

– Il... il Santo Padre... – balbetta Crane mentre Gesú continua la pappardella sui misfatti del papa.

– ... ha punito una serie di pedofili all'interno della Chiesa cattolica condannandoli a un «periodo di penitenza». Cioè, non li ha nemmeno licenziati! Eddài, la maggior parte delle volte vengono solo trasferiti in altre parrocchie, cosí possono ricominciare da capo! Ma in fondo è lo stesso papa che ha avuto la faccia tosta di andare in Africa e raccontare a quei poveracci che usare il preservativo rischiava di aumentare il rischio di contagio per l'Aids...

– Come osi... – Crane ormai è paonazzo.

In tutta l'America la gente si attacca al telefono per esprimere il proprio sdegno anche a chilometri di distanza, mentre il centralino della Abn si illumina manco fosse il quattro di luglio.

– Per tornare alla musica... – prova a dire Darcy.

– ... membro della Gioventú hitleriana. Un antisemita omofobo... – insiste Gesú.

– LE TUE OSSERVAZIONI SONO ALTAMENTE OFFENSIVE! – esplode alla fine Crane.

– Be', allora perdonami, – commenta Gesú mentre arriva la pubblicità. – Il cristiano sei tu.

7

Ray Clancy è un armadio. Alto piú di due metri, ex difensore nella squadra di football dell'università, Clancy è nato e cresciuto in una buona famiglia cattolica e ha rigato dritto per tutta la vita: il massimo dei voti, l'università, poi la carriera nella Abn, dove all'età di trentadue anni è diventato presidente del comitato etico. Sono vent'anni che detiene l'incarico. In questi vent'anni da dirigente di alto livello della Abn, non c'è stata una sola frase in una puntata televisiva che l'abbia fatto arrabbiare tanto quanto quella che ha appena ascoltato.

– QUESTA DOVREBBE ESSERE UNA TRASMISSIONE NAZIONALPOPOLARE, CRISTO SANTO! – grida Clancy, camminando nervosamente dietro la scrivania, di fronte alla quale siedono Stelfox, la Jansen e Harry. – COM'È CHE ADESSO QUEI COGLIONI SI METTONO A DISQUISIRE DI RELIGIONE?

– Io… è solo che la cosa ci è scappata di mano alla velocità della luce. È il brutto della diretta, lo sa… – balbetta Harry.

– Ecco, vede, ai concorrenti era stato detto… – azzarda Samantha.

– COME CAZZO VI È VENUTO IN MENTE DI AMMETTERE UNO COME QUELLO?

– Per favore, può smetterla di gridare? – dice Stelfox. – Mi sta facendo venire il mal di testa.

Clancy lo guarda allibito e si prende un attimo per ripigliarsi. – Apri bene le orecchie, – comincia lentamente,

– con chi cazzo credi di parlare? Merdosissimo inglese spocchioso del cazzo. Quel tizio va sbattuto fuori.

– Qual è il problema? – dice Stelfox guardandosi intorno, sforzandosi sinceramente di capire con la sua agnostica testolina inglese perché gli americani reagiscano in modo cosí isterico alle questioni religiose.

– Qual è il problema? Quello stronzetto ha appena insultato il Santo Padre in diretta televisiva e mi chiedi qual è il problema?

– Cristo, ma chi se ne frega?

– Caro signor Stelfox, – dice Clancy tornando in sé, improvvisamente formale, – questo non è un dibattito. Non rischierò di offendere migliaia di telespettatori e azionisti soltanto per avere quel tipo nel programma. La settimana prossima, quello è fuori.

– Lo sa che percentuale di voto ha ricevuto stasera dal pubblico? – dice Stelfox. – Novantadue. Ragazzi, ne avevate mai visto uno prendere tanti voti già alle prime puntate?

Sia Harry che Samantha fanno segno di no.

– Voi non mi state ascoltando, – dice Clancy.

– Su questo ci troviamo d'accordo, – risponde Stelfox. – Senta, quel ragazzo sta mandando gli ascolti alle stelle. La raccolta pubblicitaria è già salita del dieci per cento. Perciò resta.

Clancy guarda Stelfox con furia gelida, mentre stritola il bordo della scrivania. – Ma chi cazzo ti credi di... – comincia.

– Oh, vaffanculo Ray... – lo interrompe Stelfox.

La Jansen chiude gli occhi.

– Cos'hai detto?

– Ho detto vaffanculo... – ripete Stelfox, alzandosi in piedi. – Ma forse devo metterlo meglio in chiaro: VAFFAN-

CULO, STRONZO! VECCHIO CICCIONE IDIOTA DI UNO STRONZO!
TI SEI BEVUTO IL CERVELLO? – Stelfox parte in quarta e
non decelera, la sua furia smisurata trasforma il pistolotto
di Clancy nel pigolio di un bambino al supermercato. – TE
LO DICO CHIARO E TONDO: QUESTO CAZZO DI PROGRAMMA È
MIO! IL MIO CONTRATTO SCADE A FINE STAGIONE, E SE OSI
DIRMI ANCHE SOLO UN›ALTRA CAZZO DI PAROLA – UNA SO-
LA! – IO ESCO DI QUA E MI PORTO TUTTA LA BARACCA ALLA
NBC O ALLA FOX E A TE NON RESTA CHE ANDARE DI SOPRA IN
UFFICIO DA FRED E SPIEGARGLI COME HAI FATTO A PERDERE
IL PROGRAMMA PIÚ SEGUITO NELLA STORIA DELLA TELEVI-
SIONE AMERICANA!

Corsivo, maiuscolo, neretto, sottolineato: tutto ciò messo
insieme non renderebbe giustizia alla ferocia dello sfogo.

Cala il silenzio mentre Stelfox si rimette seduto, fresco come una rosa. Harry e Samantha lo guardano a bocca aperta.

– Ci puoi scommettere che vado a parlarne con Fred,
figlio di troia pallone gonfiato, – dice Clancy, fremente.

Il giorno dopo, durante un pranzo di lavoro dei capi-
area (sushi, consegna a domicilio) nell'ufficio di Fred,
grande come un campo da basket, Ray Clancy dice: – È
una vergogna, Fred. Lo sai come mi ha chiamato quel
pezzo di merda di un inglese? Insomma okay, la trasmissione va bene, ma tirare in ballo Gesú Cristo, e adesso il
Santo Padre... Esisterà ancora qualcosa di piú importante
dello *share*, no?

Il caro vecchio Fred, che annuisce e rumina.

Piú tardi quella stessa sera, al tavolo migliore di *Dan
Tana* (prima sala, angolino tranquillo, parete di sinistra),
Steven Stelfox, davanti a una bottiglia di vino rosso da

duecento dollari e a una bistecca al sangue di manzo so-
praffino, dice: – Darò una lavata di capo allo stronzetto,
lo rimetterò in riga. Però ricordati, Fred: con quello possiamo arrivare a tre milioni di dollari per uno spot di trenta secondi durante la finale... Piú di quanto sganciano per
quella stronzata del Super Bowl.

Il caro vecchio Fred, che annuisce e rumina.

Prima pagina di «Variety», la settimana successiva:

RECORD D›ASCOLTO PER LA RISSA TEOLOGICA AD *AMERICAN POP-
STAR*!

Pagina 3 dello stesso numero:

CLANCY LASCIA LA ABN!

Questo lunedí ha trovato conferma la voce che il direttore del
comitato etico, dopo un'onorata carriera alla Abn, lascerà la rete
per seguire altri progetti. «Auguriamo a Ray ogni bene per il futuro», ha dichiarato Fred Goodman, direttore generale della Abn.

Qualche giorno dopo Herb e Gesú vengono fatti accomodare nell'ufficio di Stelfox: dischi d'oro, cuoio e
cromature, moquette beige, e tre direttori pubblicitari
accucciati intorno alla scrivania del capo. Stelfox batte
le mani. – To' guarda, c'è Gesú! Il ganzo alternativo! –
esclama, strappando una risata ai sottoposti. Gesú sorride a denti stretti. È la prima volta che viene convocato
per un faccia a faccia con il pezzo grosso. – Ci volete lasciare un secondo da soli, ragazzi? – dice Stelfox al trio
di pinguini.

– Bella, la tua cover di Prince, – dice una di loro, uscendo.

– Herb, Gesú... Prego, accomodatevi, – dice Stelfox
chiudendo la porta. – Be', ne siamo usciti alla grande.
Grazie al cazzo. Anzi, a dire il vero la faccenda mi è tor-
nata utile per scrollarmi di dosso quel fossile di Clancy. E

un piccolo scandalo non ha mai fatto male a nessuno, però stammi a sentire: non permetterò che trasformi il programma in un pulpito per le tue opinioni da cazzaro. Sal-
vate le balene, il papa è uno stronzo, Dio, e via dicendo.

– Gliel'ho detto, – risponde Herb.

– Ma io che dovrei fare? – spiega Gesú. – Arriva quello e spara 'ste...

– Senti ciccio, – taglia corto Stelfox, – ecco cosa dovresti fare. Te ne stai lí e sfoderi quel tuo sorrisino carino e
sbatti gli occhietti azzurri e dici: «Dio benedica l'America» e canti la tua canzoncina e scuoti il culetto per la gente a casa e chiudi quella cazzo di bocca sulle tue opinioni
da due soldi.

Gesú sospira e fa correre lo sguardo sui dischi d'oro appesi alla parete. – Cazzarola, – dice, – certo che in quasi
tutta la musica orrenda di questi anni c'è il tuo zampino...

Quella sfacciataggine strappa una risata a Stelfox. – Sei
una testa di cazzo, – dice, – per tutto quello che ignori della
musica ti ci vorrebbe un programma a parte. Quindi torna
in albergo e... A proposito, come cazzo è che ho davanti
agli occhi un conto del servizio in camera che sfora i diecimila dollari?

– Eh? – fa Gesú.

– Mi prendi per il culo? Nell'improbabile eventuali-
tà che io ti faccia un contratto a fine stagione, ti scalerò
ogni cazzo di Bloody Mary e ogni cocktail di gamberet-
ti. Quindi torna in albergo ad ascoltare la tua musichetta
alternativa di merda, fatti le seghe con gli assoli di Tom
Verlaine, piagnucola con i tuoi amichetti sullo stato del
mondo, fai quel cazzo che fanno i falliti come te invece di
vivere, poi presentati alle prove con un sorriso smagliante
sulla faccia e nemmeno un pensiero nella zucca. Altrimenti ti sbatto fuori alla velocità della luce, testa di cazzo –.

Stelfox fa una pausa, poi, come ripensandoci, aggiunge:
– Coglione di merda.
– Senti, ma non dovrebbe essere il pubblico a sbatter-
mi fuori?
Stelfox scoppia a ridere, piú sguaiato di prima, la testa
rovesciata all'indietro che mostra una dentatura perfetta
e scintillante: una delle prime cose che ha fatto quando
si è trasferito qui e ha cominciato a fare valanghe di soldi, invece delle semplici slavine che racimolava a Londra.
– Cristo d'Iddio, – dice Stelfox, – e c'hai pure trentun
anni. Non hai nemmeno la scusa dell'età. Il pubblico sovrano? Il popolo bue? Ma per piacere, cazzo. Senti, a
me piace quella faccenda della musica alternativa, va bene? Tutti quei «cazzo ragazzi, cioè»... Funziona, porta
spettatori. Adesso anche quei fulminati dei tuoi compari
guardano la trasmissione. Grazie a te. Però adeguati al
programma e tieniti per te quelle ideuzze. Tieni il becco chiuso durante i colloqui con i giudici, altrimenti sei
fuori. Afferrato?
– Ma certo, – risponde Gesú, con un sorriso accattivante.
– Abbiamo afferrato, – dice Herb, che fa per alzarsi
insieme a Gesú.
– Ottimo. Grazie, Herb. Tu puoi andare. Adesso voglio scambiare due paroline in privato con il nostro redentore, qui.
– Va bene... – dice Herb, mentre Gesú si lascia cadere
di nuovo sulla sedia.
Quando la porta si chiude alle spalle di Herb, Stelfox
gira intorno alla scrivania, si siede sullo spigolo e dice: – E
ora parliamo seriamente.
– Di cosa?
– Di te. Cosa vuoi ottenere da tutto questo?

– Ehm... Aiutare il prossimo? Fargli vedere che si può vivere in modo migliore?

– Sí, come no... – Stelfox liquida le parole con un gesto. – Adotta una balena, salva le foreste di tofu, ho capito. Volevo dire: cosa vuoi ottenere dal punto di vista musicale? *Economico*, intendo –. Per Stelfox sono sinonimi.

– Mi piacerebbe fare un altro disco con la mia band. Kris e Morgan, no? Andare in tour, fare qualche concerto.

– Porca puttana, – esclama Stelfox. – Senti, lascia perdere queste stronzate. Sí, magari alla fine potrei anche produrti un disco con il tuo gruppetto di sfigati. Se proprio dovessi, sí, potremmo fare un disco di merdosissima musica indie e forse arriveremmo al disco d'oro sull'onda della trasmissione. Potresti andare in tour e suonare davanti a qualche migliaio di coglionazzi nelle città piú importanti. Oppure...

– Oppure?

– Potresti metterti in proprio, scaricare quei pagliacci e fare un disco di cover. Io scelgo le canzoni, tu mi vieni dietro su marketing e promozione, e facciamo trenta milioni di dollari, cazzo. Senti, pensaci su. Vuoi dare una mano ai deficienti bisognosi, no?

– Be', io non la metterei proprio cosí...

– Quello che è. Seguimi, e avrai abbastanza grana da aprire tutte le cazzo di mense per poveri che vorrai.

– Va bene. Ma tu, ehm, non guadagni già tipo trecento milioni di dollari? – Herb gli aveva buttato lí questa cifra.

– *Quattro*cento, – lo corregge Stelfox.

– Allora qual è la differenza?

– Prego? – Stelfox è sinceramente sconcertato.

– Qual è la differenza tra quattrocento milioni e quattrocentotrenta milioni?

Stelfox lo guarda come se fosse un minorato mentale. – Trenta milioni di dollari, – dice.

8.

Le settimane passano. La temperatura si abbassa perfino qui a Los Ángeles, mentre novembre volge al termine ed è già quasi Natale, il giorno del suo compleanno.

Per tutto l'autunno e l'inverno, gli ascolti sono saliti e i giornali non fanno che parlare di lui mentre uno dopo l'altro i rivali saltano: gli Harmonix vengono eliminati dal pubblico dopo un'incerta versione hip-hop di *Time After Time* di Cyndi Lauper. Le Laydeez Night escono quando una di loro prende a male parole Stelfox durante un franco scambio di opinioni sulla loro cover di *Crazy in Love* di Beyoncé.

Lí fuori in America, ci sono tre diverse categorie che votano per Gesú. I ragazzi alternativi, che loro malgrado si sono messi a guardare la trasmissione: sanno bene che è una stronzata pazzesca e rappresenta tutto ciò che loro odiano, ma ormai hanno abboccato all'antagonismo creato ad arte da Stelfox tra lui e Gesú, e credono che Stelfox odi con tutto il cuore il tipo di musica che Gesú ama e tutto ciò che questi rappresenta. Poi c'è lo spettatore medio al quale importa poco delle canzoni che fa Gesú ma che ama la suspense, le litigate tra Stelfox e questo arruffato, scompigliato pazzoide che si crede il figlio di Dio. Poi c'è il voto gay, un grosso blocco fidelizzato che l'ha scelto all'unanimità dopo la polemica sul papa, l'Aids e l'omosessualità.

Ogni giorno allo *Chateau Marmont* i messaggi si accumulano nella cassetta della posta di Gesú: aziende produttrici di bibite, chitarre, marche di abbigliamento, linee aeree, barrette al cioccolato... tutti vorrebbero abbinare il suo nome a un prodotto. Trasmissioni televisive, riviste, giornali e siti web che implorano per un'intervista. Pile di sceneggiature da prendere in considerazione. Agenti e manager che fanno recapitare cesti di frutta e magnum di champagne, finché un giorno Kris sbotta: – Cazzo, ma non potrebbero mandare qualcosa di utile? Tipo dei calzini o roba del genere?

– Ehi bello, – dice Morgan. – Volevi un pulpito. Eccolo qua...

Il *brunch* domenicale a bordo piscina con tutta la ghenga è diventato un appuntamento fisso. Nelle prime settimane andavano fuori e cercavano una tavola calda qualsiasi – Miles e Danny impazzivano per il *Ray's Drive-In*, piú avanti lungo Sunset Boulevard – ma di recente è diventato quasi impossibile uscire dall'albergo, per colpa dei fan e dei detrattori. Strette di mano, cellulari puntati per un filmato o una foto, insulti, versacci.

– Già, – dice Morgan, spruzzando ketchup sulla sua omelette, – qual è il piano? Ormai sono due mesi che siamo qui a scassarci. Sei abbastanza famoso per farci rimediare qualche concerto decente. Perché non ce ne torniamo lí fuori a suonare?

– Perché? – azzarda Pete. – Dici che non vi lasceranno suonare con lui nel programma?

– A me non frega un cazzo, – risponde Morgan. – Pensi che voglia apparire in quella trasmissione idiota?

– Io penso che te la faresti sotto, – fa Becky.

– Vaffanculo, – risponde Morgan.

– Sentite, – interviene Gesú, scavando nel porridge a caccia di un mirtillo. – Ho solo bisogno di un po' di tempo –. Si stravacca sulla sedia, mettendo giú il cucchiaio e schiacciando quel morbido mirtillo contro il palato mentre pensa: Papà, ci sai davvero fare. Si guarda intorno. – L'altra sera ho avuto, tipo, una visione... – dice, imbarazzato da quella storia improbabile.

– Oddio, – borbotta Morgan. – Una visione che ti ha detto di restare in trasmissione il piú a lungo possibile cosí puoi sciallarti allo *Chateau* e firmare autografi per la strada? Oh wow, che visionario...

– Hai qualche problema, Morgan? – chiede Kris.

– Ma va'. Che cazzo! – Morgan butta giú il tovagliolo e si alza da tavola. – Da quand'è che non si può dire un cazzo di nulla sulla grande popstar?

– Bang! – dice Bob, irritato.

La notte prima, mentre era assopito sui cuscini in un angolo dell'enorme camera, con il sottofondo delle russate di Kris che gli arrivava dalla chaise-longue e Becky e i bimbi sistemati sul letto, Gesú ha sentito il *psssst* di una bottiglietta che veniva stappata, e rigirandosi ha visto Lui accovacciato nel bagliore fioco del minibar, con una Coca-Cola ghiacciata in mano.

– Ciao, papà, – ha detto Gesú, con la voce impastata dal sonno.

– Dieci dollari per una cazzo di bibita? – ha bisbigliato Dio, mentre si avvicinava e si stravaccava in poltrona, accanto al giaciglio improvvisato di Suo figlio. – Il mondo dà i numeri –. Era vestito da golfista: pantaloni di cotone, polo, il vecchio berretto a visiera un po' sporco.

– Come stai? – gli ha chiesto Gesú, sollevandosi su un gomito e reggendosi la testa con la mano. L'unica luce nella stanza era il riflesso azzurrognolo che arrivava dalla piscina attraverso i tendaggi del patio.

– Non mi lamento, figliolo; l'altro giorno ho fatto il par del campo.

– Ammappate.

– Niente male per la mia età, eh? – Dio ha buttato giú una bella sorsata di Coca-Cola e ha mollato un rutto soddisfatto.

– Allora, – ha detto Gesú. – Che ne dici?

– Be', – ha risposto Dio, scrutando la stanza buia con le sagome addormentate, – forse non è la strada che avrei scelto io. Ma posso anche immaginare che tu abbia dovuto improvvisare. Sei piú vicino all'obiettivo di quanto non credi, sai?

– Come?

– Lo so che odi tutta questa faccenda e, cazzo, non sai quanto ti capisco. Insomma, il *medley* dei Beatles che hanno fatto l'altra settimana quegli Harmonix... Cazzo, dovevi vedere John.

– Ci credo.

– E se sento di nuovo uno di quelle teste di cazzo che mi ringrazia o che mi nomina cazzutamente invano... A ogni modo, la strada è quella giusta, figliolo. Tieni duro. Perché avrai bisogno di soldi. Dieci dollari per una cazzo di bibita? Qui non si parla d'altro che di soldi. A proposito, non te ne serviranno tantissimi; un bel gruzzolo sí, però.

– Papà, ti prego, non riesci a essere meno criptico? A cosa mi servono 'sti soldi?

– È una visione. Deve essere criptica. Pensa a degli spazi all'aria aperta.

– Spazi all'aria aperta?

– Ricorda la voce nel campo di mais: se lo costruisci, verranno.

– Vaffanculo, papà. Quel film faceva cagare.

Dio se l'è ghignata: – *L'uomo dei sogni*, bella stronzata,
eh? Senti, ora devo scappare. Stavo pensando di apparire
in una vaschetta di gelato o su una roccia o roba del genere, in Messico o in Irlanda o da qualche altra parte mentre torno ai piani alti. Come mi diverto a prendere per il
culo quei cattolici...
   – Spazi all'aria aperta, eh?
   – Già –. Scolata l'ultima goccia di Coca-Cola, Dio ha
posato la bottiglietta. – Vieni qui, stronzetto, – ha mor-
morato; poi ha scompigliato i capelli di Suo figlio, l'ha
attirato a sé in un abbraccio, gli ha mollato un bacio sulla
fronte e già che c'era gli ha anche rifilato un pugno scher-
zoso sul braccio, mentre Gesú tirava fuori un piede dalle
coperte per cercare di colpirlo sui santissimi. Quanto gli
mancava azzuffarsi con il vecchio... («Non fidarti mai
di un padre e un figlio che ogni tanto non fanno a botte
per divertimento», gli aveva detto suo padre una volta).
– Sssh, – ha detto Dio. – Piantala di fare lo scemo. La
gente sta cercando di dormire. Dài, ci vediamo. Torna a
nanna. E fa' il bravo, eh?
   – Okay, okay.
   – Ah, ce l'hai dell'erba?
   – Lí, nel posacenere.
   Dio ha recuperato dal posacenere il lungo spinello mezzo fumato e se l'è passato sotto il naso. – Deliziosa, – ha
detto. – A piú tardi, figliolo.
   – Ciao.
   Mentre Dio fluttuava fino al soffitto e svaniva, Gesú si
è rigirato sull'altro fianco per riaddormentarsi.

   Adesso Gesú è seduto a mescolare il suo caffè e guarda
gli altri intorno al tavolo, che lo fissano allibiti.
   – Spazi all'aria aperta? – dice Becky. – Che significa?

– Boh, non ci ho capito una mazza, – risponde Gesú.
– Di solito questo tipo di cose diventa chiaro piú avanti.
Sai, vedi una cosa e fai: «Ora sí che capisco».

– Senti, Gesú, – chiede Claude. – Ma davvero Dio dice
tutte quelle parolacce?

9.

Undicesima settimana, penultima puntata, solo tre concorrenti rimasti, e solo uno supera Gesú nelle simpatie del pubblico.

Jennifer Benz, la fidanzatina d'America.

Con Stelfox in persona che le fa da mentore, Jennifer è andata avanti senza sforzo, sospinta da una cascata di capelli biondi, curve mozzafiato, denti d'alabastro, vestitini scoperti il giusto (qualche centimetro di coscia qui, un po' di tette abbronzate lí) e una successione di ballate eseguite alla perfezione.

Mariah Carey.

Whitney Houston.

Celine Dion.

La trimurti di Stelfox.

Per come la vedeva Gesú Cristo – e lui è un tipo che riesce a trovare qualcosa di buono praticamente in ogni essere umano – l'unico problema di Jennifer era che in confronto una coniglietta di Playboy era una femminista incazzata. I genitori – una pubblicità ambulante della Ralph Lauren – l'accompagnavano ovunque, e a Gesú sembrava di non averla mai sentita rispondere personalmente a una domanda. Tipo, le costumiste (che ormai con Gesú non ci provavano piú da tempo) domandavano: «Jennifer, vuoi metterti la gonna color panna con il broccato verde acqua?» «No, – rispondeva la mamma, – quella champagne con il bordo avorio». O in mensa: «Patatine?» «Un'insalatina scondita», rispondeva il papà.

– Quella poveretta non è una figlia, è un cavallo da competizione! – diceva Becky.

Anche Garry MacDonald è in corsa. Il pacioccone non prende il voto in quanto freak, come aveva predetto Kris, ma muove a compassione il pubblico: agli inizi della stagione, ogni settimana c'era una breve rubrica che raccontava qualcosa sulla vita di un concorrente, e quella di Garry – casetta di legno a New Orleans, fratelli e sorelle in abbondanza, la mamma che lottava aggrappata al sussidio – aveva colpito nel segno. (Soprattutto se paragonata a quella specie di pubblicità del partito repubblicano che erano i filmati su Jennifer Benz: l'intera famiglia vestita in modo impeccabile che si aggirava per il frondoso giardino della tenuta di Westchester, che scendeva lungo le piste innevate di Aspen, che giocava a pallavolo sulla spiaggia di Malibú, dicendo cose tipo: «Siamo persone molto fortunate ecc.» Secondo Stelfox, quella roba assolveva a un'altra funzione: suscitare ambizioni. «Ai merdaioli a casa bisogna propinare qualcosa che li faccia sentire piú contenti di sé, ma anche qualcosa che li spinga a migliorarsi»). Garry aveva un carattere dolce e timido, oltre a diverse doti: una vociona da soul cristallina e duttile, con un falsetto un po' alla Aaron Neville, anche se Gesú e gli altri deprecavano la scelta delle canzoni che Darcy DeAngelo proponeva al ragazzo. Ballate melense e stucchevoli motivetti pop che mandavano in sollucchero Stelfox. – Mamma mia, – era sbottato Morgan una sera, mentre Garry intonava *Money's Too Tight to Mention* (manco a dirlo, molte canzoni erano scelte apposta per ricordare la situazione drammatica che aveva a casa), – non sarebbe bello sentire questo ragazzo darci dentro con qualcosa di veramente grintoso, eh?

– Stasera ne restano solo tre –. La voce del presentatore riecheggia solenne nello studio di Burbank, e fuoriesce in tono grave dai televisori di tutto il paese. – Oggi tocca a voi decidere chi saranno i finalisti. Stasera, in diretta da Hollywood, California, riecco a voi... *American Popstar!*

Cazzarola, scappa di pensare a Gesú – che intanto percorre lo stretto corridoio del backstage facendosi strada in mezzo ai tecnici indaffarati, cercando di tenere il manico della chitarra alzato per non farlo sbattere e perdere l'accordatura mentre regge con l'altra mano un piccolo ampli Fender da cinque watt e ascolta la voce del tizio che esce dalle casse montate alle pareti – pare che stia annunciando la fine del mondo.

– Ehi, non dovresti essere al trucco? – gli dice un cuffia e blocco di passaggio.

– Sí, sí.

Arriva in fondo, svolta a sinistra e bussa alla porta azzurra. – Avanti, – dice una voce attutita.

Gesú si infila nel camerino appena in tempo per vedere la famiglia MacDonald che si prepara a congedarsi: la mamma con una marea di fratelli e sorelle. – Ehi Garry, come va?

– Ciao, Gesú. Ti presento la mia famiglia.

– Ragazzi, è un vero piacere... Signora MacDonald... – Gesú sorride ai fratelli e stringe la mano alla mamma di Garry, che lo squadra diffidente.

– E tu saresti quello che si crede il figlio di Dio?

– Ah... sissignora.

– E lo sei davvero?

– Temo di sí.

Lei regge il suo sguardo per un attimo. – Mmmmm –. Poi, rivolta di nuovo a Garry, lo bacia sulla guancia e gli dice: – In bocca al lupo, figliolo. Cerca solo di fare del tuo meglio.

– Sí, mamma.

– E non mangiarti tutti quei panini, va bene? – Fa un cenno al vassoio con i panini sul tavolo. – Solo perché sono gratis non vuol dire che te li devi pappare tutti.

– Sí, mamma.

– Va bene, allora.

Lei accompagna i figli fuori, mentre Gesú richiude la porta e dice a Garry: – Senti amico, ti andrebbe di darmi una mano stasera?

Gesú abbozza la canzone con la chitarra collegata al piccolo amplificatore.

– Mah, non lo so, Gesú... – dice Garry. – Non si può fare una cosa simile. Potremmo cacciarci nei guai.

– Quali guai? Eddài, alla peggio cosa succede?

– Che veniamo buttati fuori. Lo so che a te non frega niente, ma io ne ho bisogno.

– Non ci possono buttare fuori in diretta per una cosa simile. Fidati, al pubblico piacerà. Tu hai proprio bisogno di una scossa. Che c'è, non ti piace la canzone?

– Adoro quella canzone. Non vedevo l'ora di fare una cosa simile. Solo che Darcy non mi lascia.

– Darcy? Che se ne vada a fare in culo! Eddài, cosí farai vedere alla gente cosa succede quando ce la metti tutta su un pezzo che spacca, tanto per cambiare.

– Cazzo, non lo so.

– Garry, fidati di me –. Garry contempla quei grandi occhi luminosi.

– Cinque minuti all'inizio... – La voce dall'altoparlante alla parete è metallica. – Tutti i concorrenti sono pregati di...

C'è qualcosa negli occhi di questo ragazzo, pensa Garry. Una volta aveva sentito l'espressione «leader carismatico». Su un questionario a scuola, prima della maturità,

che dovevi compilare per capire quale sarebbe stato il tuo
lavoro ideale. Il risultato di Garry era stato «autoripara-
tore». E Garry odiava le automobili. Ma adesso c'è Gesú
qui davanti a lui, con un piede sul piccolo ampli, che gli
sorride come se standogli vicino non potesse mai accadere
niente di male... Anche Garry ci crede.

– Che cazzo, ci sto.

– E bravo Garry. Quale strofa? – Gesú gli passa il foglio con il testo che ha scribacchiato di suo pugno.

– La seconda?

– Era quello che pensavo anch'io, – dice Gesú, alzando
il volume della chitarra con il mignolo destro. – Dài, veloce, proviamola una volta.

Garry dà il via alle danze con un'agghiacciante versione
di *An Innocent Man* di Billy Joel, scelta da Darcy in quanto
rappresentativa della sua condizione di diseredato ma che
in realtà, come fa notare Morgan, «è solo rappresentativa di una canzone che fa cagare il cazzo». Jennifer Benz,
tutta lustrini e paillette sotto i riflettori, sta eseguendo un
maestoso arrangiamento di *Don't Stop Believing*. Garry e
Gesú osservano da dietro le quinte, ma a casa gli spettatori saranno quasi cento milioni, uno dei pubblici televisivi piú smisurati nella storia della televisione americana.

Quella di stasera è una puntata a tema. Ne hanno già
fatta una sulla Motown, ma quella di stasera è piú ampia,
piú vaga: «Classici americani». O meglio: «Classici americani secondo Steven Stelfox». Gesú ha scorso il breve
elenco con aria sempre piú infastidita, e il tono di voce che
passava dall'incredulo all'indignato: – Michael Jackson...
Billy Joel... I Journey? Mi prendi per il culo, Herb? – finché, quasi in fondo alla lista, ha cominciato ad annuire.
C'era un nome che gli andava a genio. – Ma non può es-

sere una canzone minore, presa dai primi album, – gli ha ricordato Herb.

Adesso la Benz fa un inchino plateale mentre gli archi ci dànno dentro con il crescendo e il pubblico in studio si lancia in un applauso accompagnato da grida e incoraggiamenti.

– Niente male, eh? – grida Kevin Leary mentre irrompe sul palco. La Benz passa impettita accanto a Gesú e a Garry, una leggera patina di sudore sulla fronte e un'arietta del tipo «provate a fare di meglio», per correre fra le braccia di mamma e papà. Gesú sente il padre di Jennifer dire: – Ti ho trovata un po' incerta sul raccordo, – poi si sintonizza di nuovo su Leary che sta dicendo: –... la sua partecipazione al programma ha suscitato non poche polemiche, ma sono in molti ad amarlo visto che è ancora qui, e...

– Ci vediamo a metà, bello, – bisbiglia Gesú a Garry, con una veloce pacca sulla spalla mentre corre verso la ribalta e gli applausi.

– E cosa hai in serbo per noi stasera? – Larry passa un braccio intorno alle spalle di Gesú, come se fossero amiconi.

– Be', Kevin, si potrebbe dire che questo è... diciamo... il nostro inno nazionale di riserva...

– Misterioso come al solito. Signore e signori, un bell'applauso per Ges...

Non fa nemmeno in tempo a pronunciare il nome per intero, a sfilargli il braccio dalle spalle, che Gesú Cristo scatta indietro verso l'orchestra gasatissimo, anzi non vede l'ora di suonare il pezzo con l'orchestra dello studio visto che per una volta la canzone funziona, anzi cazzo ha bisogno di un arrangiamento in grande stile, tre chitarre, pianoforte, organo e tutto il cucuzzaro, dalle campane tubolari fino a quel cazzo di triangolo. È cosí gasato che salta sulla pedana del batterista scippando il controllo della situazione a un attonito e inferocito Barry che rimane lí come un baccalà con la bacchetta alzata, mentre Gesú grida: – ONE TWO THREE FOUR! – in faccia al batterista e, incredibile, l'orchestra capisce al volo e parte all'unisono appena dopo il «FOUR!», esplode in un potente *Uammm* mentre Gesú strapazza quel riff di chitarra alla Duane Eddy sovrastando tutti, quindi si gira e spicca un balzo di tre metri, apre le gambe a forbice sopra la testa del pianista mentre il pubblico grida e i flash dei fotografi impazziscono per cogliere l'immagine che il giorno dopo apparirà su tutti i giornali – Gesú a mezz'aria con le gambe aperte sopra il pianista attonito che lo guarda – e il figlio di Dio in un modo o nell'altro riesce ad arrivare al microfono appena in tempo per attaccare il primo verso al momento giusto e canta: – *In the day we sweat it out in the streets of a runaway American dream*, – mentre il pubblico in studio balza in piedi di slancio, la gente grida in coro, alza le braccia, perfino il pubblico a casa grida agli amici e ai familiari di correre a vedere questo sbrocco di pura energia che ha fatto irruzione sul piccolo schermo, Herb Stutz lo guarda orgoglioso, Darcy si è portata una mano alla bocca, Steven Stelfox prova qualcosa di strano, qualcosa che non coglie sino in fondo, sulla nuca e sulle braccia gli sta venendo la pelle d'oca, mentre Gesú termina la prima strofa e tutti cantano in coro l'ultimo verso, poi torna di nuovo indietro a schitarrare selvaggiamente il riff in faccia all'orchestra, e gli strumentisti sorridono quasi tutti, travolti dall'entusiasmo, accelerando il passo rispetto allo spartito, mentre la bacchetta di Barry oscilla come un pendolo impazzito, e adesso non c'è altra scelta fuorché cavalcare l'onda mentre Gesú si gira verso le quinte e fa un cenno, il boato dell'applauso aumenta ancora nel momento in cui Garry irrompe al centro del palco, strappa il microfono dall'asta e canta: – *Wendy let me in, I wanna be your friend*... – e Stelfox rimane a bocca aperta, Gesú smorza le corde della Gibson con il palmo della mano, abbassando appena i toni, mentre l'orchestra si adegua docilmente (ormai è lui il direttore, non Barry), per lasciare che la voce di Garry si stagli cristallina sopra tutto, mentre Garry rovescia la testa all'indietro e ruggisce: – *And strap your hands 'cross my engines!* – e il pubblico grida con lui, la mamma e i fratelli e le sorelle che trasudano orgoglio dietro le quinte, mentre alle loro spalle il padre di Jennifer Benz ha una maschera di furia e orrore al posto della faccia, e Gesú è già in un lago di sudore mentre si butta la chitarra dietro la schiena e prende il microfono da Garry per la variazione, tutte le telecamere lo inquadrano mentre si mette in ginocchio e quasi recita in parlato la strofa sulle ragazze che si pettinano i capelli nello specchietto retrovisore e i ragazzi che cercano di fare i duri, il tutto con un tempismo perfetto, e quando arriva a «*in an everlasting kiss*» ricomincia a cantare e al tempo stesso risistema il microfono sull'asta e imbraccia la chitarra e tutti si lanciano nello stacco strumentale, il giovane orchestrale che azzecca in pieno l'isterico assolo di sax tenore mentre Gesú e Garry ballano insieme in mezzo al palco come Clarence e il Boss, Garry che picchia su un tamburello preso chissà dove, entrambi con il viso trasfigurato da quel momento di pura gioia, trascinati dalla musica, finché lo stacco non sfuma singhiozzando, le note scendono sempre piú giú lungo la tastiera fino a toccare quel mi aperto e Gesú salta sopra il pianoforte a coda caricando a piú non posso quel mi eterno, facendolo vibrare a mille sul settimo tasto prima di gridare ancora «ONE TWO THREE FOUR!» e saltare di nuovo a gambe aperte dal pianoforte mentre Garry

arriva appena in tempo al microfono per raccontare che:
– *The highway's jammed with broken heroes on a last chance power drive*, – poi Gesú arriva di corsa per intonare il verso successivo: – *Everybody's out on the run tonight but there's no place left to hide*, – poi continuano un verso a testa sino alla fine mentre l'orchestra picchia a tutta forza sul gran finale, Garry mette un braccio intorno alle spalle di Gesú e insieme gridano: «*TRAMPS LIKE US… BABY WE WERE BORN TO RUN*» sino alla fine, tutti e due grondanti di sudore sotto i riflettori, e adesso Gesú tiene alta la chitarra e suona l'ultimo accordo, poi si gira e guarda negli occhi il batterista prima di spiccare l'ultimo balzo in aria, atterrando nel momento esatto in cui rimbomba l'ultimo colpo di grancassa e tutto il pubblico in studio e i milioni di persone a casa vanno completamente fuori di testa.

In tutta l'America ci saranno solo quattro persone che non si fanno prendere dall'entusiasmo: la famiglia Benz e Steven Stelfox.

10

– COSA CAZZO PENSAVATE DI FARE?

Sono chiusi in un salottino dietro le quinte, in fondo al corridoio che parte dal palco principale, ma quelli fuori – la famiglia Benz, la famiglia MacDonald, Becky, Morgan e Kris, tutti tenuti a bada da un manipolo di cuffie e blocchi – sentono comunque il ruggito del capo.

– QUESTA È LA MIA TRASMISSIONE! LA MIA TRASMISSIONE, CAZZO! TESTA DI CAZZO CHE NON SEI ALTRO! E ALZATI MENTRE TI PARLO, STRONZO!

Sono fuori onda per un paio d'ore, nel corso delle quali l'America dovrà votare, poi le linee verranno chiuse e venti minuti dopo torneranno in diretta. Gesú, tutto sudato, è a pezzi (cazzo, ma come fa Bruce a fare 'sta roba tutte le sere per un tour di quaranta concerti?), sdraiato per terra, come gli viene naturale. Garry MacDonald è seduto in punta di sedia con gli occhi bassi e cincischia nervoso una bottiglietta di Evian. Samantha Jensen e Trellick stanno in disparte mentre Stelfox si sgola.

– Eddài, calmati, – dice Gesú. – Qual è il problema? Abbiamo spaccato di brutto e alla gente è piaciuto.

Stelfox deve fare appello a tutto il proprio autocontrollo per non scattare in avanti e tirare un calcio sul grugno a Gesú Cristo.

La Jansen scuote la testa. – Avete fatto un duetto non autorizzato ergo questo vi ha dato un vantaggio impro-

prio sull'altro concorrente ergo avete violato gli estremi
del contratto ergo abbiamo tutto il diritto di squalificarvi.
Poco importa cosa dice il voto del pubblico.

– Oh cazzo, – esclama Garry. – Lo sapevo.

– Cosa cazzo vai blaterando? – grida Stelfox. Tutti i
presenti ci mettono un po' a capire che si sta rivolgendo
alla Jansen. – Sbatterli fuori? La prossima settimana c'è la
finale, ritardata del cazzo... E cosa facciamo? Uno show
di cinque minuti per dire a tutti: «Ehilà, questa è Jennifer
Benz. Ha vinto lei. Grazie e buonanotte, stronzi»? Usa
quella testolina di minchia.

– Ehi, – interviene Gesú, – nessuno ti autorizza a par-
larle in quel modo.

– Apri bene le orecchie, pezzo di merda, – dice Stelfox, rivolto a Gesú. – Ecco cosa facciamo. Palla di lardo,
qui... – indica Garry, – è finito. Squalificato. Stasera.
Diremo che è stata una sua idea correre fuori mentre tu
cantavi, e a quel punto che potevi farci? Niente.

– Puttanate, – dice Gesú. – L'idea è mia.

– Me ne sbatto. Lui se la piglia nel culo e torna a casina
stasera stessa mentre tu la prossima settimana vai in finale con Jennifer, con tanto di sorrisone stampato su quella
faccia di merda. O ci stai o sei finito. Nessuna etichetta
ti metterà sotto contratto, e l'unica comparsata televisiva
che farai sarà quando al telegiornale parleranno del tuo
suicidio, te lo garantisco.

Gesú scoppia a ridere. – «*Hombre*, meglio se in questo
saloon non ci metti piú piede»?

– Esatto, cazzo.

– Ma va', – dice Gesú.

– Prego?

– Ma no, dài... Garry, mi dài un sorso d'acqua per favore? Grazie... Cosí non funziona. Non c'è un piano B?

Stelfox e Trellick lo guardano, mentre Gesú si tira a sedere per terra, a gambe incrociate, e sorseggia l'Evian.

– Mettiamola cosí, allora, – dice Trellick. – Ti quereliamo per violazione del contratto, per ogni cazzo di centesimo del conto in albergo (a proposito, ormai il conto è a sei cifre), per i danni al programma se il finale ne risente in un qualsiasi modo, per la perdita di raccolta pubblicitaria...

– Stiamo parlando di dieci milioni di merdosissimi dollari, lurido alternativo dei miei coglioni, – interviene Stelfox. – E questo solo per...

– Ok, – Gesú fa spallucce. – Fate come vi pare.

Querelarlo, pensano sia Stelfox che Trellick. Per cosa? Per collezione di magliette vintage?

– Un conto in albergo stratosferico e non autorizzato, – continua Trellick. – Anzi, fraudolento. Che la rete si rifiuta di saldare. L'albergo ti denuncia e finisci in galera, amico mio.

– E allora andrò in galera, amen.

Stelfox sente venire meno le gambe. Si siede a massaggiarsi le tempie. Come negoziare con qualcuno che non ha paura di niente? A cui semplicemente non frega un cazzo?

Qualcuno bussa con forza alla porta. – Avanti! – grida Stelfox. La porta si apre – da fuori arriva un casino, con il padre della Benz che grida: «È uno scandalo!» – e Jamie, il produttore associato, entra con in mano dei fogli. – Una valanga di telefonate. Le linee telefoniche sono incandescenti.

– Che aria tira? – chiede Stelfox.

– Tira un'aria tipo: «Ma chi se l'incula Jennifer Benz»! I ragazzi se la stanno mangiando viva, SS.

CAZZO! grida Stelfox. Aveva pianificato tutto. il singolo primo in classifica, l'album in uscita per Natale, Jennifer in copertina con il berretto di Santa Claus. Effetto

flou, scollatura discreta. Per un po' nel salottino cala il silenzio, poi Stelfox si passa una mano nei capelli, respira a
pieni polmoni, guarda l'ora e dice: – E va bene. Ecco come
faremo quando torniamo in diretta...

11

Trenta minuti dopo, i tre concorrenti – Gesú Cristo, Garry e Jennifer Benz – salgono sul podio in mezzo agli urletti del pubblico in studio mentre le luci si accendono. Kevin Leary si piazza davanti a loro e si rivolge ai giudici: – Che serata! Che serata! Mai vista una roba simile, vero Steven?

– Eh no, Kevin, – risponde Stelfox. – È... – Scuote la testa per dare l'impressione di essere senza parole. Darcy e Stutz lo guardano solennemente, visto che le istruzioni dietro le quinte sono state chiare: «Voi chiudete quella fogna di bocca».

– Due di voi, – continua Stelfox con aria seriosa, gli occhi puntati su Gesú e Garry, che fanno tutto il possibile per sembrare contriti (Garry ci riesce meglio di Gesú, bisogna dire), – hanno deciso di prendere la trasmissione in mano e fare un duetto non autorizzato –. Applausi e incoraggiamenti dal pubblico, che Stelfox ignora. – Che... che a qualcuno fra il pubblico sarà anche piaciuto, ma che ha messo Jennifer in chiaro svantaggio quanto al potenziale impatto sugli spettatori a casa –. Qualche applauso dai fan di Jennifer in studio. – Ecco perché questa settimana sono costretto a prendere una decisione senza precedenti nella storia della trasmissione e cioè... – pausa, sempre piú convinto, – a dichiarare nullo il risultato del voto telefonico di questa settimana.

Grida e sospiri fra il pubblico. «Buuu» e fischi. Gente a casa che insulta il proprio televisore.

– Aspetta, Steven... – lo interrompe Leary come da copione (riscritto in fretta e furia un quarto d'ora prima) sopra le urla e gli schiamazzi, – un mucchio di spettatori a casa hanno speso dei soldi per chiamare e votare...

– Hai ragione, Kevin, adesso ci arrivo. Voglio solo rassicurare i nostri votanti che il televoto della settimana prossima sarà gratuito, e avranno la possibilità di rifare tutto da capo, perché per la prima volta nella storia di *American Popstar*... – si guarda intorno, scuote la testa come se lui per primo non credesse alle proprie orecchie, – tutti e tre i concorrenti arriveranno in finale!

Applausi a non finire: un vero pandemonio.

– E vincerà il concorrente con la piú alta percentuale di voti. Ma, ma... – alza la voce per farsi sentire sopra il pubblico, – con voi due non ho ancora finito, – continua Stelfox, rivolto a Gesú e a Garry. – Non tollereremo altre iniziative simili a quella di stasera. Questo programma va in diretta, e di conseguenza si espone a qualsiasi mossa azzardata dei partecipanti. Le regole che abbiamo stabilito nascono con l'obiettivo di garantire a tutti pari opportunità di presentarsi nella migliore luce possibile. Ci siamo capiti?

Intanto Leary si è di nuovo avvicinato ai concorrenti, si è messo tra Gesú e Garry e ha allungato il microfono in attesa del momento in cui i due, sempre secondo copione, borbotteranno delle scuse promettendo di rigare dritto.

– Certo, – dice Garry. – Scusami, Steven. Scusami, Jennifer.

Poi succede qualcosa di inaspettato.

Gesú allunga una mano e afferra il microfono di Leary, il quale oppone una leggera resistenza, finché il figlio di Dio

non riesce a strapparglielo e negli occhi di Leary serpeggia
il terrore mentre Gesú scende dal podio e dice: – C'hai ragione, Garry. Anch'io voglio scusarmi con Jennifer. Scusami, non volevamo mancarti di rispetto.

Stelfox, la Jansen, Harry in cabina di regia, tutto lo
staff, nessuno è tranquillo finché il microfono resta in mano a Gesú e quello parla in diretta a centinaia di milioni
di persone. (Piú tardi i dati riveleranno che ce n'era anche
qualcheduno in piú. Quasi il trentaquattro per cento della
popolazione americana incollata davanti al piccolo schermo). Ma il pubblico applaude mentre Jennifer Benz sbatte le palpebre dolce dolce in direzione di Gesú, e Stelfox
pensa: Ehi mica male, potrebbe anche funzionare.

Lo pensa per due secondi esatti.

Il tempo che ci vuole a Gesú per superare Leary – che
con un sorriso ha allungato una mano per riprendersi il
microfono – e dire: – Vorrei anche approfittare della situazione per scusarmi personalmente…

– Cazzo, no, – dice Samantha Jansen mentre dalle quinte comincia a correre verso la cabina di regia.

In base alla politica aziendale della Abn, due sole persone hanno il potere di interrompere una diretta: il produttore – in questo caso, Stelfox – o il dirigente che cura
il programma per conto della rete: la Jansen, che adesso
corre come una pazza lungo il corridoio dietro le quinte.
I prossimi tre minuti di televisione in diretta spingeran-
no tutta l'America, dai bassifondi alla Corte Suprema, a
porsi grandi domande sulla politica aziendale della Abn e
sulle sue modalità di applicazione.

– … per scusarmi non solo con Jennifer ma, ehm, qual è
la telecamera che mi inquadra? – Arriva fino al proscenio,
a pochi metri dal pubblico, e guarda dritto nella camera
due, con la lucina rossa accesa che resta fissa e lo spedisce

lí fuori in tutti quei salotti. – Ma per scusarmi con tutta
l'America...

– Ok, grazie. Penso che sia... – dice Stelfox.

– Fatemi dire due paroline su quest'uomo, – dice Gesú,
avvicinandosi a Stelfox, mentre le telecamere e le teste del
pubblico si girano e lo seguono.

La Jansen svolta l'angolo a tutta birra mentre la calma,
placida voce di Gesú si spande dalle casse in tutto il corridoio del backstage.

– Lo sapete cosa pensa lui di voi? Voi, il popolo sovrano
a casa che guarda la trasmissione. Pensa che siate spregé-
voli. Degli idioti. Non so... tipo dei ritardati. Buoni per
sganciare soldi ogni settimana soltanto per chiamare uno
stupido numero e comprare tutti... tutti questi prodotti,
– Gesú rifila una manata a uno dei marchi che tappezzano
il bancone della giuria, – e per comprare quei dischi fasulli
che produce a fine stagione e per...

In cabina di regia Harry è nel panico, gli altri lo guardano in attesa di istruzioni. Non sarà tutto programmato?
– Per ora... per ora restate su di lui, – dice. Mancano ancora due minuti alla prossima interruzione pubblicitaria:
un'eternità in diretta.

La Jansen svolta l'ultimo angolo e BUM! finisce dritta
contro Big Bob, sbatte il grugno contro quel torace massiccio, come un quarterback che va a incocciare contro l'armadio piú grosso della linea difensiva. Buio pesto. La Jensen
non sente nemmeno la leggera pressione delle mani di Bob
che le circondano le caviglie e la trascinano con delicatez-
za (non vuole farle male piú del necessario) in un camerino vuoto, lasciando che la porta si chiuda alle loro spalle.

– Insomma, tu sei quel tipo di persona... – continua
Gesú, sedendosi sulla scrivania a un passo da Stelfox, –
quel tipo di orribile bulletto che chissà come è finito nella

stanza dei bottoni, vero meschinello? Che rifila alla gente
secchiate di merda e dice: è quello che vogliono. Regali caramelle ai bambini e loro continuano a chiedertene anche
quando hanno i denti marci per via di tutto quello zucchero.

Alcuni cameraman, con un ghigno vendicativo, aggiusta-
no il fuoco per riprendere a dovere la reazione di Stelfox, il
quale prova a dire qualcosa ma con grande stupore... non
ci riesce. Fissa quegli occhi azzurri e scopre che gli mancano le parole. Gesú sembra avvolto in un alone luminoso:
a Stelfox ronzano le orecchie, tanto che non sente piú le
grida nell'auricolare. È come in trance, e intanto Gesú si
gira verso la telecamera e dice: – Vabbe', basta cosí, non
credo di avere molto tempo, quindi ci tenevo a dire una
cosa: dovete ripensare tutta la faccenda qui. Soprattutto
l'aspetto religioso. Ce l'avete una mezza idea di quanto fate
girare le palle a Dio? C'è gente che si ammazza a vicenda
per motivi di fede. E gli antiabortisti che accoppano i medici? Ragazzi, vi devo avvertire, Lui vi odia sul serio... E
non parliamo di quei ciarlatani in televisione che rubano
soldi alla gente in nome di Dio. Credete che a Dio inte-
ressi grattarvi anche solo un centesimo? L'inquinamento,
l'ossessione per il denaro, tutta quella merda che ingoia-
te ogni giorno per fare soldi e comprare roba che non vi
serve a niente... Voi... Voi avete lasciato che si arrivasse
a questo punto: i colletti bianchi intascano bonus per milioni di dollari mentre c'è gente che dorme sui cartoni e
mangia cibo per cani. Siete fuori di testa? C'è una buona
fetta di mondo che reputa buono e giusto coprire le donne
dalla testa ai piedi con un sacco nero e impiccare o lapidare gli omosessuali, e un'altra buona fetta che adora un
pagliaccio di Roma che – è provato – ha dato una mano a
insabbiare le violenze sui minori. Vive in Vaticano. E invece dovrebbe starsene in galera!

In platea Morgan, Kris e Becky sono bocca aperta. È la prima volta che vedono Gesú incazzato sul serio, come se per tutta la vita avesse accantonato la rabbia per questo momento. Becky guarda il resto del pubblico: sembrano rincitrulliti, quasi ipnotizzati, e adesso l'alone di luce pare irradiarsi per tutto lo studio, illuminando tutti, attirandoli a sé...

– E poi, proprio qui in America, il paese con il piú alto numero di persone che si dichiarano cristiane di tutto il cosiddetto Primo Mondo, voi lasciate che capiti tutto questo! Insomma, secondo voi Lui cosa ne pensa? Vi regalano un pianeta, e tempo cinque minuti lo trasformate in una discarica. Ci sono...

In quel sabato sera, fuori dello studio, l'America reagisce in tanti modi diversi.

Qualcuno spegne il televisore.

Qualcuno esulta.

I bambini vengono messi a nanna.

Qualcuno si attacca al telefono.

Parte un diluvio di e-mail e di post sui vari blog.

Qualcuno grida: – Tornatene in Russia, stronzo!

Qualcuno applaude e ulula e dice: – Dacci dentro, amico!

Qualcuno armeggia con il tasto «RECORD» del telecomando.

E in certe case c'è gente – come Stelfox, come il pubblico in studio – che fissa lo schermo ipnotizzata, quasi catatonica, come se quella tenue luce che pulsa a intermittenza cancellasse tutto quanto si trova intorno e alle spalle di Gesú Cristo, Gesú che ora si avvicina alla telecamera e riempie gli schermi da Denver a Detroit, dalla Florida a Seattle. Ce la fa, alla fine. Insegna, guida, ispira. Certo, fa anche arrabbiare qualcuno, ma non si può avere tutto dalla vita.

– ... cristiani che ce l'hanno con i gay, cristiani che ce l'hanno con l'aborto, cristiani contro il socialismo, cristiani a favore delle armi, cristiani a favore delle armi nucleari! Oh, mica sto inventando! Che fine ha fatto la vostra idea di comunità? Non ci arrivate? FATE I BRAVI, CAZZO! – Adesso è proprio al centro del palco e guarda dritto in camera.

– A ogni modo, ho quasi finito. Se c'è qualcuno là fuori interessato a vivere la vita in modo diverso, una vita in cui non c'è bisogno di fregare il prossimo, non c'è bisogno di alzarsi alle cinque della mattina e passare mezza giornata in treno o in macchina; una vita in cui non vedi i tuoi figli solo un paio d'ore al giorno, poi anni dopo li guardi e ti domandi com'è che non hai un rapporto con loro, una vita in cui la tua routine quotidiana non accorcia la vita al pianeta, allora venitemi a cercare. Troverete tutto sui giornali. Grazie dell'ascolto, e buonanotte.

Butta il microfono per terra – un colpo secco, un ritorno di feedback – ed esce di scena.

Il ritorno di feedback risveglia Stelfox, che alza lo sguardo come se vedesse quello studio per la prima volta: il podio vuoto dove prima c'era Gesú, Jennifer Benz e Garry impalati, stupefatti. Stutz e la DeAngelo che lo guardano, il pubblico stranamente silenzioso, quando all'improvviso l'assistente di sala grida: – ANDIAMO IN PUBBLICITÀ! STOP! – una ragazza con cuffia e blocco tira Stelfox per un gomito e si scatena l'inferno.

12

Gesú passa i quattro giorni successivi – il resto della prima settimana di dicembre – nel villino allo *Chateau*: rilascia interviste e si lascia fotografare da qualsiasi testata disposta a pagare il privilegio. E non sono poche: praticamente tutte, dall'«Enquirer» ad «Harper's» fino a «Celebrity Lifestyle». Gesú appare in copertina su tutti i giornali di lingua inglese del mondo occidentale. Nel giro di quattro giorni guadagna quasi un milione di dollari.

Al terzo giorno Steven Stelfox arriva allo *Chateau*: il suo suv nero della Cadillac con tanto di autista sgomma in modo regale sul vialetto d'entrata.

– Ehilà, – dice Gesú mentre Stelfox si accomoda in salotto dall'altro lato del tavolino, davanti a Gesú e a Morgan, e contempla disgustato il caos: vassoi sparsi per la camera, mutande appese ai termosifoni. Fuori in cortile intravede un paio di vecchi ubriaconi svenuti. – E quei barboni chi sono? – chiede Stelfox.

– Quelli? Gus e Dotty, un paio di amici miei.

– Già, dovevo immaginarmelo. Allora, veniamo al punto. Chi l'avrebbe mai detto: forse sei la star piú famosa che la trasmissione abbia mai prodotto. Che cazzo, forse al momento sei la persona piú famosa d'America. Voglio esercitare la mia opzione contrattuale per farti incidere e promuovere un disco.

– Quanto vale? – chiede Morgan.

– E tu chi cazzo sei? – risponde Stelfox.

– 'scolta... – comincia Morgan, alzandosi in piedi.

– Calma, Morgs, – dice Gesú. – Ti presento Morgan. È il batterista della mia band.

– Ah, il batterista... – dice Stelfox, portandosi una mano al petto in segno di scusa, come se avesse detto «l'imperatore». – Mi dispiace, non avevo idea. La prego, continui. Mi dica, che tipo di bacchette usa? Quale set di microfoni preferisce? Anzi, aspetta un attimo, perché non te ne vai a fare in culo?

– Pezzo di merda! – esplode Morgan, scattando di nuovo in piedi.

– Senti, Morgan, – dice Gesú, prendendolo per un braccio, – perché non vai a berti qualcosa di là? È tutto a posto, gestisco io la situazione.

– Non firmare niente, – dice Morgan mentre si allontana.

– Allora, quanto? – chiede Gesú.

– Un milione di dollari per la promozione e un altro milione per il contratto di incisione. Un terzo da pagare alla firma, un terzo alla consegna del disco e un terzo alla pubblicazione.

– Ok, va bene, – risponde Gesú.

Stelfox ci mette un po' a ricomporsi. Non è il tipo di contrattazione cui è abituato. – Registreremo il disco qui a Los Angeles, le canzoni ovviamente le scelgo io e, inutile dirlo, il tuo amico batterista e il resto di quella tua sedicente «band» si avvicineranno alla sala d'incisione solo per consegnare la pizza.

– No, – risponde Gesú.

– Comecome?

– No. I ragazzi suonano con me e il disco lo registriamo noi dove ci pare. Altrimenti niente accordo.

– Lo sai che nel contratto che hai firmato per la trasmissione c'è una clausola che ti vieta di registrare il disco per un'altra etichetta?

– Se lo dici tu.

– Allora che vuoi fare?

– Mandare tutto a monte?

Stelfox ci pensa su. Fattibile. È tutto fattibile, cazzo. Se riesci a mettere insieme un paio di singoli per vendere il disco chi cazzo se ne frega delle altre canzoni? Basta dire a Trellick di infilare una clausola in minuscolo sul fatto che l'etichetta ha il permesso di remixare alcune canzoni a suo piacimento. Il remix apre delle prospettive allettanti. Basta portare le tracce vocali in uno studio vero e proprio, con un produttore serio, e ricostruire tutta la canzone in modo che piaccia alla gente normale. Sí, può funzionare.

Stelfox sembra pensarci su a lungo prima di cominciare ad annuire lentamente. – Accetto, se tu accetti di metterci un paio di cover di mia scelta.

Gesú ci pensa su. Che diavolo. Posso registrarle cosí male che non sapranno cosa farsene.

– Va bene, affare fatto.

– Va bene, ci risentiamo presto.

Si stringono la mano e, per la prima volta da quando è arrivato allo *Chateau*, Stelfox si sfila gli occhiali da sole. Gesú vede pipistrelli che precipitano nell'abisso di quelle pupille, e anche qualche lingua di fuoco. Stelfox, a sua volta, sente la bontà. Traboccante.

Gesú riferisce a Morgan e a Kris.

– Caspita, – dice Kris. – Quindi, se ho capito bene, ci arriva subito un terzo di quei due milioni di dollari, in ogni caso?

– Già, – conferma Gesú.

– Fantastico!

– Mmm, – borbotta Morgan. – Lo sapete che cifra viene fuori?

Lo guardano.

– Seicentosessantaseimila dollari esatti.

– Wow, – dice Gesú. – 666. Da far accapponare la pelle, eh?

– Eh già, – borbotta Morgan.

Mentre Gesú continua a sorridere agli obiettivi accanto alla piscina, e a rispondere a domande tipo «Chi è il vero Gesú?», tutti fanno i bagagli e Kris compra un nuovo mezzo di trasporto: uno spazioso e sciccoso minibus, con i sedili sagomati, aria condizionata che funziona, lettore dvd e stereo da paura. Il giovedí successivo all'ultima esibizione di Gesú Cristo, il caravanserraglio salta a bordo e parte. Una bella fetta del nuovo gruzzolo finisce a saldare il conto dello *Chateau Marmont*, insieme a una sostanziosa mancia per il personale. (Che, va detto, ha trattato il caravanserraglio con i guanti, addirittura invitando ad andarsene un produttore cinematografico che si era lamentato vedendo Gus svenuto a bordo piscina. Ci sono solo due posti in cui tutti ricevono lo stesso trattamento, riflette Gesú: il paradiso e gli alberghi di lusso). – Cazzo, – dice Kris mentre le gomme stridono sul pavé del vialetto d'entrata per imboccare Sunset Strip, – ho già la nostalgia.

La serata finale di *American Popstar* va in onda quel sabato senza la vera star. In ogni caso un numero record di spettatori si sintonizzano per assistere al sorprendente risultato finale: Garry che trionfa su Jennifer Benz (piú che altro grazie allo strabiliante duetto con Gesú della settimana precedente) ma, visti gli eventi pregressi, la puntata viene descritta come «uno dei piú grandi anticlimax nella storia della televisione. Come un *Amleto* senza il principe

di Danimarca». Gesú è felice per Garry e per quello che i
soldi significano per la sua famiglia. Ridacchiando, s'immagina Stelfox che devasta il suo ufficio mentre butta al
vento i piani di marketing per l'album natalizio di Jennifer. Intanto loro si dirigono a est, Los Angeles sparisce alle loro spalle sotto quella cupola soffocante di smog, Kris
è al volante e canticchia ascoltando *On the Road Again* di
Willie Nelson su quello splendido impianto stereo, e tutti aspettano con ansia i grandi spazi aperti dell'Arizona.

– Ehi, – dice Morgan. – Qual è la cosa che non vorresti mai sentirti dire dopo che hai fatto un pompino a Willie Nelson?

– Non lo so, – dice Kris con gli occhi puntati sulla
strada.

– «Non sono Willie Nelson», – risponde Morgan.

Parte quinta
Il paradiso in Texas

Had enough of all this concrete.
Gonna get me some dirt road back street[1].

GUY CLARK

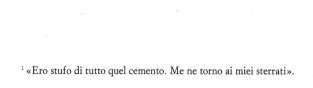

¹ «Ero stufo di tutto quel cemento. Me ne torno ai miei sterrati».

I

«Non è fantastico? Un panorama mozzafiato, eh?»
Queste erano state le parole dell'agente immobiliare, un
annetto prima, quando erano arrivati a questo promontorio
roccioso che guardava sulla valle. Perfino in quel momento, una fredda mattinata di dicembre, era stato un vero
spettacolo. Adesso, nella calura tersa di un pomeriggio ai
primi di settembre, è... be'.

– Cazzo, papà, – dice Gesú, alzando la sua birra verso la
vallata. – Questa ciambella t'è venuta proprio con il buco –.
La birra è gelida, quasi metallica in gola. Riappizza la canna – mamma mia, questo raccolto! Il loro primo raccolto,
be', di certo non regge il confronto con l'erba del paradiso,
ma è comunque «una favola», come dice Morgan – si cala il
berretto sugli occhi e si sdraia sulla roccia a pensare. Come
diceva sempre papà: se te ne stai in ufficio tutto il tempo
rimbambisci. Devi uscire con regolarità, schiarirti il cervello o magari incasinartelo un po', e lasciare fluire le idee. Il
promontorio dove se ne sta sdraiato a guardare verso ovest
è il posto dove Gesú viene a fare proprio quello.

L'acqua del Collard Creek scorre a valle sempre piú lontano, giú giú fino alle paludi che contrassegnano l'estremità occidentale della proprietà, a quasi cinque chilometri
di distanza. Gli argini del fiume sono costellati di ginepri, piccole e grandi querce, mesquite e cirmi. C'è molta
selvaggina nei boschi che digradano verso le paludi: cervi

dalla coda bianca, quaglie azzurre, uccelli acquatici, qualche cinghiale selvatico e perfino tacchini. (Claude aveva
mostrato loro come si catturavano i tacchini, e adesso ne
tenevano alcuni in un recinto vicino alla fattoria. «Sono
squisiti», aveva garantito Claude, e tutti gli avevano dato ragione quando aveva arrostito uno di quei colossi in
un forno scavato nel terreno e se l'erano pappato sotto le
stelle con qualche patata di contorno).

Sulla sinistra in fondo, a formare il confine a sud della
proprietà, c'è quello che il piccolo Miles ha sagacemente
battezzato «Grande Lago», a forma di braccio piegato,
lungo piú di tre chilometri e largo quasi mezzo chilometro nel punto piú ampio, che luccica argentato sotto il sole
pomeridiano, con i pesci persici e i grossi pescigatto che
fluttuano in quei freddi abissi. Big Bob e Morgan, pesca-
tori provetti, spesso ci vanno alla mattina presto con canne
da pesca, mulinelli ed esche. Il Grande Lago è abbastanza
grande da poterci fare lo sci nautico, anche se Gesú Cristo non ci ha ancora provato. Ma certi pomeriggi Becky
ci va con Pete o Kris, uno dei due si mette al volante del
piccolo motoscafo e lei dietro a strillare di gioia, e le risate di Becky e il ronzio della barca arrivano in lontananza
attraverso l'aria immota.

A destra, verso nord, c'è un'alta cresta di montagne costellata di pini, attraversata dalla strada che porta su fino
a Bruntsville, la cittadina piú vicina, a dieci chilometri di
distanza, oppure fino alla statale, dove puoi svoltare a sinistra e andare fino a Austin, ma ci vuole una giornata intera. Ogni tanto vedi le macchine scendere per la collina
e accostare, poi il bagliore del sole riflesso da una lente: i
teleobiettivi dei paparazzi oppure il binocolo di qualche
curiosone, locale o venuto da fuori, che cerca di sbirciare
il gruppo dei fricchettoni. Nascoste ai piedi della collina,

sotto la catena montuosa, ci sono le case che i nuovi arrivati si stanno costruendo: alcune quasi finite, altre in vari stadi di avanzamento, e il tramestio dei martelli e delle seghe elettriche al lavoro sale fin lassú. Un paio di queste nuove abitazioni dànno sull'altro specchio d'acqua, il Laghetto.

Gesú Cristo si rotola sullo stomaco, con il sole che gli scalda la schiena, la roccia piatta e calda contro gli avambracci mentre si tira su per guardare a est – oltre il tetto del grande ranch, quasi tutto occupato da loro (i «pionieri», come si sono ribattezzati scherzosamente) e poco lontano le prime due case che hanno costruito sotto la guida di Pete, non certo due prodigi di ingegneria, ma a prova di pioggia e di spifferi, con i pannelli solari che luccicano su tutta la superficie del tetto – e scruta la fattoria che si trova a mezzo chilometro di distanza. Lí fervono le attività: un andirivieni di gente, carriole, archi d'acqua cristallina che zampillano dagli idranti e dagli irrigatori. Dietro la fattoria torreggiano le due grandi pale eoliche, che la brezza leggera fa girare piano.

All'inizio Claude era impaurito, ma cavolo, aveva fatto un gran lavoro. Nei primi mesi dell'anno, nel tardo inverno e a inizio primavera, aveva lavorato anche quindici ore al giorno per pianificare e seminare i campi, e tutti avevano dato una mano con gli scavi e il concime. (Il terreno non era malaccio per la zona, aveva detto Claude, ma aveva comunque insistito perché facessero arrivare con i camion decine di migliaia di dollari di compost di alta qualità). Ed ecco qui il risultato di tutto quel lavoro, che spunta da terra in grandi macchie di colore: file verdi di taccole e verze, cavolini di Bruxelles e rape, fagioli dall'occhio e barbabietole. Le macchie gialle delle grosse zucche, i fiori delle zucchine e i peperoni succulenti. Il rosso dei pomodori e dei peperoncini.

Il loro primo raccolto.

Gesú si tira a sedere e si scola la birra, la lattina dorata che si accartoccia facilmente in mano, poi molla un rutto allegro, lí seduto proprio nel bel mezzo di tutto: mille ettari di terra, piú di sei chilometri quadri, nella contea di Texas Hill Country. È tutto loro: se lo sono comprato. Jack Berry della Berry and Franklin li aveva aiutati a chiudere quello che aveva definito «un affaruccio niente male»: seicento dollari all'ettaro, e in omaggio il vecchio ranch diroccato, tutto in legno, con cinque camere da letto.

Un lago pescoso, selvaggina nei boschi e quasi ogni verdura immaginabile che spunta dal terriccio locale. Cazzo, sí, un vero affaruccio.

Quelle fantasticherie vengono interrotte dal ringhio di un motore. Gesú raddrizza la schiena e intravede Kris salire verso di lui lungo la collina polverosa, in sella a una motocicletta verde da cross, sul cui serbatoio c'è scritto «MANGIA LA POLVERE». Scala la collina fino in cima, spegne il motore e appoggia la moto su un fianco, facendo gli ultimi metri a piedi per non riempire Gesú di polvere.

– Ciao, vecchio mio, – dice Kris, sdraiandosi sulla roccia accanto a Gesú. Santo cielo, quel ciccione stava diventando uno stecco. Nel corso dell'estate doveva aver perso quindici chili, tenendosi lontano dalle porcherie dei fast food, al lavoro nel fango con Claude o nei cantieri con Pete, con un'alimentazione corretta e una bella nuotata tutte le mattine.

– Ciao roccia, – dice Gesú, passandogli lo spino. – Come va?

– C'è qualche nuovo arrivo laggiú –. Kris fa un cenno verso il punto in cui la strada privata che scende dalla montagna arriva ai cancelli della proprietà stessa.

– Ah, sí? E di dove sono?

– Una famiglia di Detroit, credo.

– Non sono i primi, no? – C'era parecchia gente arrivata da Detroit. La città era in bancarotta. Che vergogna, pensava Gesú. Era una città cosí rock. Gli MC5, gli Stooges, i White Stripes. E pure un sacco di ottima roba techno.

– Già, se ne sta occupando Becky ma faresti meglio a scendere. Vogliono parlare con te. Il signor Detroit è un pistolero niente male.

– Oh no, di nuovo!

Era già successo qualche altra volta, gente che voleva venire lí e vivere in pace e in armonia con una cazzo di Magnum sotto il cuscino. Certi americani si sentono nudi senza un ferro.

– Ciao, Gesú!

– Ehilà bello!

– Ti va una partitina a football, dopo?

Lui sorride, fa segno di no e batte il cinque mentre segue Kris per l'aia polverosa, dove scorrazzano i bambini. Sabato mattina. Cazzarola, ogni giorno feriale sembra un sabato mattina e ogni sera un venerdí sera. Gesú sente un rullo di tamburo portato dalla brezza: è Morgan, lí sotto nello studio di registrazione che stanno costruendo: prova la batteria, ma non è contento del suono. Avevano cercato di non farsi prendere troppo dalla smania di acquistare chitarre e altri strumenti: Kris aveva scelto un basso Fender Precision nuovo di pacca e Gesú si era regalato una stupenda Les Paul Junior bianca avorio del 1960, uguale a quella di Johnny Thunders. Stanno lavorando duro al demo con le canzoni per il disco di Gesú. (Non senza pressioni e bisticci. Negli ultimi sei mesi Stelfox e il figlio di Dio non hanno fatto altro che litigare su quali dovrebbero essere le due cover imposte dal contratto. A luglio Stelfox

è piombato lí in elicottero per sentire a che punto erano e
ha solo detto di alzare le parti vocali, tagliare gli assolo di
chitarra e accelerare i ritornelli. Poi si è infilato di nuovo
in elicottero borbottando che non capiva come mai Gesú
vivesse in una sudicia comune da fricchettoni quando in
banca aveva milioni di dollari).

– Ciao Becks, – dice Gesú, soppesando la situazione
mentre si avvicina al cancello principale: Becky è di spalle,
con le braccia conserte (brutto segno) ed è uno schianto
in pantaloncini jeans sfrangiati e canottiera verde militare; sta parlando con un piccoletto bianco, con gli occhiali
e un cappellino da baseball dei Tigers. Il signor Detroit,
pensa Gesú. La moglie, ancora piú minuta di lui, e due
figli – un maschio e una femmina, sui dieci anni – gli
fanno capannello alle spalle. Appena vede arrivare Gesú, la ragazzina squittisce eccitata. – Sembra diverso che
in televisione... – bisbiglia al fratello. Vedendolo, tutta
la famiglia sembra irrigidirsi e fargli un sorriso. La celebrità è un pericolo mortale, pensa Gesú. Può giocare
dei brutti scherzi al cervello, come diceva quella canzone degli Smiths.

– Ciao ragazzi, qual è il problema?

– Il problema, – dice Becky, – è che il qui presente
Terence ha una pistola in valigia.

– Dagliela e basta, – sibila la moglie.

– Mi dispiace, amico, niente armi, – dice Gesú.

– Ma ho appena visto un tizio passare con un fucile.

– Sí, abbiamo dei fucili da caccia, – continua Gesú. – Che
puoi benissimo usare se e quando vai a caccia. Però non sono ammesse le armi personali.

– Ma... mi è costata un occhio. Dove andrà a finire?

– Quante volte devo ripeterlo? – comincia Becky, ormai al limite della pazienza.

– Tranquilla, Becks, – dice Gesú, appoggiandole una mano sulla spalla. – Ci penso io. La custodiamo noi in un posto sicuro, e se te ne vuoi andare te la restituiamo.

– Invece dovremmo buttarle tutte in fondo a quel maledetto lago, – dice Becky.

– Mi date una ricevuta? – chiede il tizio, quel Terence.

– Be', non è esattamente il modo in cui funzionano le cose qui, – ridacchia Gesú.

– Terence... – sibila la moglie.

– Ok, ok. Io... – fruga nello zaino e ne tira fuori una pistola nera dall'aria minacciosa. – Non volevo dare problemi. È solo che non sapevo cosa aspettarmi. Capite?

Kris prende la pistola mentre Gesú gli fa strada attraverso il cancello. – Non hai dato alcun problema, Terence: prego, entrate. Ciao ragazzi... Signora... Io sono Gesú Cristo, anche se qui tutti mi chiamano semplicemente Gesú.

– Lo sappiamo chi sei! – la moglie ride come una ragazzina, tutta in smania. – Io mi chiamo Teresa Brokaw. Questi sono Sean e Clare.

– Gliel'hai proprio fatta vedere, a quel maledetto Stelfox, – dice la piccola Clare.

– In realtà è un bonaccione –. (Gesú ha imparato a mentire).

La famiglia Brokaw segue Gesú e Becks dentro la zona recintata: si guardano intorno con gli occhi fuori delle orbite, si girano di qua e di là. Per l'aria aleggia l'odorino pungente della carne alla griglia, da qualche parte arriva della musica – funk tosto, George Clinton o roba del genere – e gli echi dei martelli e delle motoseghe.

– Se avete fame, – dice Gesú, indicando un barbecue lungo tre metri, – lí c'è una grigliata in corso. Se volete schiacciare un pisolino, trovate delle brande in quei capannoni lungo quel sentiero, vicino al bosco –. Gesú addita

un vialetto pavimentato con assi di legno. – È lí che siste-
miamo i nuovi arrivi. Ci sono anche le docce, i gabinetti
e tutto il resto. Oppure potete piantare una tenda dove
vi pare. E, be', per ora è tutto. Magari piú tardi vi dico il
resto. Volete bere qualcosa? Una birra? – Sono arrivati
al portico ombreggiato dell'edificio principale. Sdraiato
per terra, Bob gioca con le macchinine insieme a Miles.

– Sí, grazie, – dice Terence Brokaw. – Io... io non sapevo cosa aspettarmi. Insomma, avevo letto qualcosa, ma...
sembra di stare a un festival rock, no?

– Già, piú o meno... – dice Gesú, mentre infila le mani
in un frigo e ne tira fuori un paio di birre ghiacciate e due
bibite per i ragazzini. – Però senza i biglietti che costano
un occhio, gli hamburger a peso d'oro e la musica che fa
schifo. Alla salute –. Brindano facendo schioccare le lattine e si siedono sui gradini di legno.

– L'utopia fatta realtà, eh? – dice Terence, sfilando gli
occhiali.

Gesú fa un mugugno. – Ti prego, non chiamarla cosí.
Non è un'utopia.

– E allora come la chiameresti?

– Una... comunità, forse. Nel senso originario del termine.

Annuiscono e buttano giú un sorso di birra, mentre guardano la fattoria in alto sulla collina.

– Quante persone ci vivono qui? – chiede la ragazzina.

– Piú o meno duecento, ormai, Clare. Famiglie, single.
Di tutto.

– Cavolo, sono grandi quelle pale eoliche, eh? – esclama Terence, facendo un cenno con la lattina.

– Già –. Gesú segue lo sguardo ammirato di Terence
verso un paio di scintillanti propulsori a elica. – Abbiamo
fatto venire un tizio dal Centro Eolico di Horse Hollow,
nella contea di Taylor e Nolan. Dico «abbiamo», ma è sta-

to il vecchio Pete a occuparsene. Ehi, Pete! – Gesú grida a Pete, che sta esaminando delle cianografie stese su una panca all'aria aperta. – Ti presento la famiglia Brokaw, di Detroit.

– Ciao a tutti, – risponde Pete e si avvicina per stringere loro la mano.

– Dicevo… – continua Gesú, – Pete ha fatto venire questo tizio e lui ci ha spiegato come fare, e ci ha perfino trovato questi bestioni di seconda mano. Ci sono costati quasi mezzo milione di dollari, ma quanta energia generano, Pete?

– Quasi un milione di kilowatt annui. Con i pannelli solari per l'acqua calda e tutto il resto, siamo quasi completamente autosufficienti.

– Già, quando funzionano, – dice Becky.

– Sí, all'inizio ci hanno dato qualche rogna, – dice Pete. – Non stoccavano l'energia nel modo corretto, non giravano quando dovevano. Alla fine il tizio ha sistemato un paio di videocamere digitali in cima ai due bestioni, per monitorare la situazione ventiquattr'ore su ventiquattro e capire quando giravano. Le immagini restano memorizzate nel disco rigido alla base delle turbine.

– Ok ok, abbiamo avuto qualche problemino all'inizio, – concede Gesú. – La nostra adorata Becks tende a vedere il bicchiere mezzo vuoto…

– Ma fammi il piacere. Qualcuno qui dovrà pur badare al lato pratico, – lo rintuzza Becky.

– E quindi… – dice Terence, pulendosi il labbro superiore dalla schiuma di birra, – quand'è che c'è la messa?

– La messa? – domanda Gesú.

– Sí, la messa e le preghiere e tutto il resto.

Gesú e Becky scoppiano a ridere.

– Amico, – dice Becky, – se è questo che cercavi, poco ma sicuro sei finito nel posto sbagliato.

2.

– È solo che... Insomma, non mi piace affatto. Tu mi capisci, no, Ike?

– Mmm. Capisco che qualcosa la preoccupa, padre, – risponde Ike, cercando di non sbilanciarsi.

Lo sceriffo Ike Sturges si allunga sulla poltrona, il legno vecchio lancia uno dei suoi piagnucolii mentre Ike appoggia i piedi sulla scrivania e la tazza di caffè sulla pancia. Nella vaschetta delle pratiche in arrivo stazionano i crimini in sospeso della cittadina di Bruntsville, contea di Pell: due o tre multe, un paio di ubriachezze moleste, qualche violenza domestica. Il solito tran tran. Nel paesino del vecchio Ike non succede qualcosa di grosso da quindici anni (quello stupro lo teneva ancora sveglio la notte, santo cielo) e a lui piace cosí. E ora, ecco qui Charlie Glass, padre Charlie Glass se preferite (e Charlie preferiva, mamma mia se preferiva), che voleva mettere in moto qualcosa. Ma cosa?, si domanda Ike grattandosi la barba bianca, con una gran voglia di fumarsi una sigaretta (purtroppo sa come la pensa il pastore).

– Il punto è, Charlie, che non ho capito bene cosa vuoi che faccia.

Il pastore Glass sospira. Si sfila gli occhiali – non il tipo di occhiali che ci si aspetterebbe da un uomo di chiesa, pensa Ike: roba costosa, di design, con una specie di logo e le lenti gialle – e comincia a pulirseli con la cravatta mentre scandisce le parole, come se Ike fosse una specie di idiota. – Hai letto le dichiarazioni di quel tizio? – Inforca di nuovo gli occhiali e indica la copia del «New York Times» aperta sulla scrivania di Ike. Si vede una foto di Gesú, scattata durante il lungo sermone in trasmissione. – Si crede Nostro Signore. Il figlio di Dio. Tornato per salvarci. Insomma, è blasfemia pura e semplice! Senti, se fosse musulmano e andasse in giro a dire di essere Maometto qualcuno gli avrebbe già mozzato la testa.

– Be', grazie a Dio non siamo musulmani, no, Charlie? – Sdrammatizziamo, pensa Ike. – Ti va un caffè? Una fetta di torta? – Si alza e va a prendere il bricco del caffè dall'altro lato dell'ufficio. Attraverso la vetrata, nell'ufficio principale, vede Diane alla macchina da scrivere che parla con Chip e Burt, i due agenti. I tre se la ridono per qualche motivo.

– No, grazie, – risponde Glass di spalle. – Si potrebbe ribadire che se non altro per i musulmani la religione ha ancora una qualche importanza. Il pensiero di chissà quali atti innominabili in corso lí dentro, a pochi chilometri dalle scuole dei nostri bambini, dai negozi dove fanno la spesa le nostre mogli...

– Per quanto ne so io, Charlie, lí non succede niente. Coltivano la terra, tutto qua. Avranno un raccolto niente male, tra l'altro, e pensa che sono arrivati solo a gennaio.

– Quindi ci sei andato?

– Certo. Ci sono passato un paio di volte –. Ike si risiede con la tazza piena.

– E...?

Padre Glass lo guarda inquieto. Ike non riesce a trattenersi e scoppia a ridere. – E niente, padre. Solo un mucchio di persone che si fanno gli affari loro nella loro proprietà privata e che, stando alla nostra Costituzione, ne hanno tutto il diritto.

Per Dio, amico, pensa Ike. Vivi e lascia vivere, no? Non dovremmo comportarci da bravi cristiani?

– L'hai conosciuto? – chiede Glass.

– Quel Gesú? Sí. Amichevole, educato. Forse un po', ehm, svitato. Ma non piú della maggior parte dei ragazzi con cui hai a che fare al giorno d'oggi. I tempi cambiano, no?

– Ti viene in mente qualcosa che di recente sia cambiato in meglio, sceriffo?

– Padre, se la loro presenza nella zona la preoccupa tanto posso solo suggerirle di fare un giro lí e andare a controllare di persona. Che ne dice? – Ike si sporge in avanti e intreccia le dita delle mani, sperando che questo venga interpretato come un congedo.

– Ci penserò. Be'… – Glass fa un sorriso tirato e solleva quella lunga corporatura magra dalla sedia. – Grazie del tempo che mi hai dedicato. Volevo solo… ventilare le mie preoccupazioni. Capisci?

– Come no, padre –. Ike si alza in piedi per stringergli la mano.

– Salutami Marjorie, d'accordo? Conto di vedervi entrambi in chiesa, domenica.

– Ci saremo. Ah, non dimentichi il giornale –. Ike lo porge a Glass, che ha già la mano sulla maniglia della porta.

– Tienilo tu. Per tua edificazione.

– Oh grazie, padre. Buona giornata, allora.

Ike si stravacca in poltrona e raccoglie le ultime briciole di torta mentre guarda il pastore attraversare la piccola stazione di polizia e uscire, quindi lancia il giornale nel cestino.

Il pastore Charlie Glass… Ike si ricorda il padre, il pastore Willard Glass. Quando arrivi intorno alla sessantina in un posto cosí, si rende conto Ike, ti ricordi del padre di tutti. Chissà se Charlie sa qualcosa della fedina penale del padre, ancora conservata in un fascicolo da qualche parte nel retro. Nell'86, quando il piccolo Charlie andava ancora al liceo, il vecchio Willard era stato fermato per eccesso di velocità, vicino al confine di stato. Con lui in macchina c'era una quindicenne nera, una ragazza alla quale, parole sue, stava dando «un passaggio» e «assistenza spirituale». Era stato lasciato andare con una diffida e lo sceriffo Graham, il predecessore di Ike, aveva lasciato correre. Allora Ike faceva l'agente semplice. «Come no, – ricorda di aver sentito dire allora da Jimmy Krebb, l'agente che l'aveva arrestato, – te la raccomando l'assistenza spirituale che quello voleva dare alla negretta…»

Almeno questo era cambiato in meglio: la gente non diceva piú cose del genere. Non davanti a Ike, se avevano un po' di sale in zucca.

Qualcuno bussa alla porta e Chip entra con delle scartoffie da firmare. – E cosa preoccupava il nostro amato pastore? – domanda Chip. – Niente di che, Chip, – risponde Ike, firmando. – Niente di che. Allora, c'è rimasta una fetta della torta preparata da mia moglie, o voialtri avvoltoi ve la siete già pappata tutta?

3.

La gente non è arrivata subito, come loro invece s'aspettavano. E nemmeno a frotte. Certo, all'inizio c'è stato un momento di forte interesse, nelle settimane successive all'abbandono del programma, quando non si parlava d'altro, ma quasi tutti i primi arrivi erano... Be', Gesú non avrebbe mai usato parole come «sciroccati» o «scrocconi» (Morgan e Becky, sí), ma insomma, diciamo che non erano... seriamente convinti. E quando s'erano resi conto che avrebbero passato le gelide notti invernali in quei piccoli hangar semicilindrici pieni di spifferi (affittati da un'azienda alle porte di Austin), che da loro ci si aspettava un contributo nell'arare e dissodare quella dura terra, e che nel tempo libero avrebbero dato una mano a costruire le case dove sarebbero andati a vivere, molti di loro erano semplicemente risaliti in macchina (o in moto), o si erano rimessi lo zaino in spalla, e se l'erano svignata al di là della collina.

Senza Pete e Claude la faccenda non avrebbe mai ingranato. Mettendosi al lavoro con un architetto di Bruntsville, Pete aveva progettato delle semplici casette in legno da due o tre camere da letto. Poco piú che bungalow. Avevano coinvolto Harry Pits, l'imprenditore edile locale consigliato da Jack Berry, e lui e i suoi operai avevano costruito le prime due. A quel punto Pete ne aveva capito a sufficienza per gestire da solo il lavoro, con l'aiuto di Morgan e Kris e Gesú e qualcuno dei nuovi arrivati. Cosí le prime casette erano spuntate intorno al vecchio ranch. A quel punto – era marzo – c'erano qualcosa come trenta persone, compreso lo zoccolo duro del caravanserraglio, e i lavori procedevano a rilento. Quando non erano in cantiere, aiutavano Claude a scavare le aiuole dell'orto, a recintarle con delle vecchie traversine ferroviarie trovate vicino alla palude, a rialzarle un poco da terra per impedire ai lombrichi che strisciavano fuori al tramonto di sbafarsi le verdure. (Ma quegli stessi lombrichi erano un'ottima esca per i pesci persici. Tutto a tempo debito).

Poi, a primavera, quando il tempo si era messo al bello, qualcuno aveva cominciato ad arrivare alla spicciolata. Non molto tempo dopo c'erano un centinaio di persone.

Che tipo di individui erano? Che tipo di personaggi gettavano alle ortiche la vecchia vita – un lavoro, una casa, gli amici di sempre – per vivere in una valle nel bel mezzo del Texas con un chitarrista che si spacciava per il figlio di Dio? Be', com'era immaginabile, c'era qualche hippy che non vedeva l'ora di darsi alla macchia. Non mancava qualche sbandato: gente senza nemmeno un lavoro, una casa o una famiglia da gettare alle ortiche. Ce n'erano alcuni solo incuriositi o affascinati: spettatori della trasmissione che speravano di conoscere Gesú di persona. Poco importava. Nessuno veniva respinto, anche se a qualcuno – pochi, sorprendentemente – era stato chiesto di andarsene. (Quando si rifiutavano di dare una mano, soprattutto, oltre a un paio di episodi di molestie).

Con il procedere delle cose, ogni tanto bisognava fare qualche riunione organizzativa. Come suo padre, Gesú detestava le riunioni; toccava a Becky organizzare e gestire queste assemblee, che si tenevano nel vecchio fienile, tutti seduti sulle balle di fieno oppure per terra, mentre affrontavano gli argomenti all'ordine del giorno.

La riunione in corso stamattina segue il copione classico: Marty e Angelina Traum, una vecchia coppia hippy che vive in un'enorme tenda (loro la chiamano «iurta») piuttosto lontana dagli altri, sulle rive del Grande Lago, si lamentano di essere svegliati presto dai tuffi e dalle strilla dei ragazzini che si lanciano in acqua dal vecchio molo a un duecento metri dalla loro tenda. Si è deciso che, visto che i ragazzini sono fatti cosí, e di certo non si può spostare il lago, se a loro davvero dà tanto fastidio un gruppo di residenti aiuterà i Traum a spostare la iurta piú in là. Mary Schetterling, una seriosa trentenne vegetariana di San Francisco, ha avanzato la solita mozione – Gesú si è lasciato scappare un altro singhiozzo disperato – per proporre la coltivazione su vasta scala di un certo tipo di germoglio di soia, cosa che richiederebbe la costruzione di un'apposita serra in polietilene, e che secondo Claude non vale lo sforzo necessario. La decisione è stata ancora una volta delegata a Claude, che ha scosso la testa e fatto pollice verso. Come contentino, Claude aiuterà Mary a costruire una piccola serra sul retro della sua casetta, di modo che possa coltivarsi una riserva personale del preziosissimo legume.

Molti dei nuovi arrivati erano rimasti in un primo momento sorpresi dall'imperturbabilità di Gesú. Alle riunioni non apriva quasi bocca. Non faceva mai grandi discorsi e non si atteggiava in alcun modo a guida spirituale. Quasi tutti, nei primi giorni qui, a un certo punto gli avevano rivolto qualche domanda di argomento religioso o filosofico o roba del genere, ed erano rimasti spiazzati dall'inevitabile risposta: «Dunque, vediamo, mmm, che ti devo dire: boh!» («Cazzarola, – aveva detto Gesú agli amici. – Mi sento come Dylan negli anni Sessanta»).

– Allora... – sta dicendo Becky, per tirare le somme. – Ricordatevi, è cominciato l'autunno e presto arriverà l'inverno. Per molti di voi sarà il primo da queste parti. Di notte fa parecchio freddo, quindi se qualcuno ha il timore che il posto dove sta non sia abbastanza caldo, e parlo soprattutto a chi ha dei figli piccoli, lo dica per favore a Pete o a qualcun altro, e si provvederà. Mi rivolgo a quelli che vivono in tenda... Marty, Angelina, so che state bene in quella bellissima iurta. Ma forse nelle prossime settimane qualcuno preferirà spostarsi piú vicino al ranch, oppure traslocare in uno dei capannoni. Perché, fidatevi, a novembre farà freddo. Ok, altre domande? – Gesú si è già alzato a fatica, puntellandosi alla spalla di Morgan, quando Julia Bell alza la mano. Julia è una grossa, grassa, vecchia lesbicona di New York che è arrivata con la sua compagna Amanda all'inizio dell'estate.

– Julia? – dice Becky.

– Mi dispiace sollevare la questione, ma Guff non ha ancora pulito il retro della sua casetta. Nonostante tutte le...

– Aspetta un attimo... – dice Guff Rennet, alzandosi in piedi.

Cazzo no, pensa Gesú, risedendosi. Quei rompicoglioni dei fratelli Rennet. A pochi veniva chiesto di andarsene, vero, ma ce n'erano alcuni che erano sempre in bilico. Tipo i Rennet. Il clan comprendeva i fratelli Guff, Pat e Deek, con le mogli e una quantità di marmocchi. Originari del Midwest, erano arrivati ad agosto e sembravano sempre in cerca di rogne. Erano tipi duri e tosti, che all'arrivo si erano dovuti alleggerire di un paio di fucili (uno semiautomatico) e di una pistola: a dirla tutta, erano proprio il tipo di personaggi che preferivi non avere come vicini. Tuttavia, in una delle tante riunioni durante le quali avevano dovuto affrontare il problema dei Rennet, era stato Gesú a difenderne la presenza qui. Lavoravano sodo (Guff, Deek e Pat avevano costruito da soli le loro casette vicino al filare d'alberi davanti al Piccolo Lago, accanto a quella di Julia) e i bambini erano simpatici. «E poi, – aveva detto Gesú, – non tutti quelli che arrivano qui devono rispecchiare la nostra idea di vicino ideale. Dobbiamo insegnare al prossimo dando il buon esempio, non sbattendolo fuori a pedate». Ma i Rennet non erano certo maniaci dell'ordine, e negli ultimi mesi avevano accatastato rottami, vecchi elettrodomestici, giocattoli rotti e altre cianfrusaglie davanti e dietro alle loro casette. Julia si era lamentata in un paio d'occasioni e all'ultima riunione Guff aveva acconsentito controvoglia a dare una ripulita.

– Un momento, porca puttana... – dice Guff, guardando Julia in tralice. – Quella roba di cui parlavi l'abbiamo tolta.

– Eh no, cari miei! – risponde Julia ancora seduta. Anche Julia, secondo alcuni, a volte è una vera scassapalle. – Quel vecchio camioncino tutto arrugginito senza gomme è ancora lí...

– Lo stiamo riparando! – esclama Deek, e si volta a guardare Guff, che annuisce lentamente.

– Eravamo d'accordo, – dice Julia, – che quei rottami sarebbero stati sistemati in garage e non mollati lí in giardino come... come...

– Cara la mia Julia, come facciamo a spostarlo prima di averlo riparato? – chiede Guff.

– Non è questo il punto. Io...

– Va bene, ragazzi, – interviene Becky. – Deek, tu puoi usare la 4x4 e portare il camioncino in garage con il rimorchio. Lo ripari lí, va bene?

– Che palle, – dice Guff. – Allora dobbiamo scarpinare fin lassú ogni volta che vogliamo lavorarci? Al mio paese tutti tengono le macchine in panne dietro casa.

– Ah be', – dice Gesú, alzandosi in piedi e pulendosi i jeans all'altezza delle ginocchia, prendendo parola per la prima volta dall'inizio della riunione, – come dire: appunto, Guff, questo non è il Kansas. Abbiamo finito? – Gesú non vede l'ora di tornare in studio di registrazione con i ragazzi, a strapazzare la nuova chitarra e a riprendere in mano il pezzo su cui stavano lavorando.

La riunione finisce con i mugugni dei Rennet e l'uscita trionfante di Julia e Amanda. Gesú, Kris, Morgan, Claude e Pete stanno uscendo all'aria aperta quando Becky li richiama all'ordine: – Altolà voi, dobbiamo parlare di alcune faccende –. Altri mugugni mentre fanno dietrofront fino al grosso tavolo sui cavalletti dove Becky si è già sistemata a capotavola. Proprio mentre si stanno accomodando, Guff Rennet fa irruzione di nuovo.

– E comunque a me 'sta cosa non va giú, – dice. – Quel vecchio camioncino non dava fastidio a nessuno.

Becky non alza nemmeno gli occhi dalle carte. – Prendi quella 4x4 e spostalo. Ci siamo capiti, Guff?

– Prendere ordini da quelle lesbiche di merda.

– Ehi! – sbotta Gesú, scattando in piedi. – Piantala con 'ste stronzate.

Guff Rennet è un tipo grande e grosso: uno e novanta abbondanti, un centinaio di chili. Sovrasta Gesú di almeno dieci centimetri. – Senti amico, fai come dice Becky, eh? – gli fa Gesú. Guff la prende male, guarda Gesú in cagnesco per qualche secondo ma sente la sua presenza, lo sguardo di quegli occhi...

– La cosa non mi va giú, – balbetta di nuovo Guff, prima di girare i tacchi e andarsene.

– Cazzo, quel coglione mi dà sui nervi, – dice Morgan.

– Amen, – aggiunge Becky. – Torniamo a noi. Soldi.

– Oh, no... – Gesú picchia la testa contro il tavolo. – Eddài, Becks: non possiamo parlarne un'altra volta? Ho voglia di andare a suonare...

– La vuoi smettere di farmi sentire come la nonnina
barbosa solo perché qualcuno deve fare in modo che 'sto
posto non vada a gambe all'aria? – dice Becky, prendendo
il libro contabile. – Aprite bene le orecchie, in banca ci è
rimasto poco piú di mezzo milione di dollari.

– Bene, fantastico, – dice Morgan.

– Sí, bravo, – risponde secca Becky. – A fine mese dobbiamo pagare l'imposta fondiaria allo Stato. Piú il conto
per quel lavoraccio idraulico. Inoltre Pete ha ordinato
dell'altro legname. Per finire la scuola in tempo per l'inverno ci vorrà piú di quanto non si pensava… – Stavano
costruendo una piccola scuola per i bambini. Gli insegnanti
che venivano da Bruntsville e dai dintorni per fare lezione
lavoravano nel fienile, che da maggio in poi andava anche
bene, ma a novembre…

Becky continua, mette gli argomenti sul piatto, mentre
Gesú pensa ad altro. La verità è che odia tutte queste storie. Funzionava cosí: la gente che arrivava viveva in tenda
o nei piccoli hangar per un po', e se poi decideva di restare poteva comprarsi a prezzo di costo i materiali per co-
struirsi una casetta. La forza lavoro non era un problema,
visto che di manodopera ne avevano in abbondanza. Allo
stesso tempo, la gente che voleva restare e che non aveva
soldi a sufficienza poteva comunque ricevere in prestito
il materiale. Adesso erano quasi autosufficienti dal punto
di vista energetico e tutto il cibo veniva dalla proprietà (a
parte la carne di manzo, per la quale avevano stretto un accordo con il mercato dei contadini a Bruntsville). Ma una
proprietà cosí grande aveva bisogno di manutenzione, in
qualche caso specializzata, o di macchinari che non avevano
e dovevano prendere in affitto: tutto questo costava. Poi
dovevano comprarsi articoli da toeletta, vestiti, lenzuola,
generi alimentari che non potevano coltivare (olio, spe-

zie, riso, cose del genere) e beni di lusso come gli alcolici (secondo Claude le viti avrebbero dato un raccolto buono per la vendemmia soltanto l'anno successivo). Quanto alle entrate, c'erano i soldi che Gesú guadagnava rilasciando un'intervista ogni tanto (anche se aveva respinto milioni di dollari di potenziali ingaggi per fare pubblicità a questo o quel prodotto) e doveva arrivare la seconda rata dell'anticipo, una volta finito quel benedetto disco. (Anzi, per essere precisi, una volta approvato da Stelfox).

– Per finire... – sta dicendo Becky adesso, – tenere su la baracca ci costa quasi trentamila dollari al mese. E questo senza considerare la nostra generosa iniziativa di prestito dei materiali da costruzione a chi non se lo può permettere, e senza contare eventuali grossi guasti come la falla nella cisterna o, per esempio, i danni causati dal brutto tempo. Su queste basi possiamo affermare con una certa sicurezza che tireremo avanti per un altro annetto, almeno. Sí, avremo qualche entrata dalla fattoria grazie a Claude, quando venderemo il raccolto in eccesso, ma non sono sicura di quanto sarà...

– Va bene, – dice Gesú, – allora darò qualche intervista o roba del genere. Possiamo invitare qualche rivista idiota per fare una di quelle stronzate tipo «A casa di...». Poi...

– Mi scusi se la interrompo, signor A-Casa-Della-Celebrità... – taglia corto Pete, – ma non sarei tanto sicuro che il gettone sarà altrettanto sostanzioso quanto un anno fa.

– Eh? – chiede Gesú.

– Ha ragione, – interviene Becky. – Ormai non fai piú notizia. L'America ha dei nuovi gingilli con cui giocare. Sta per cominciare la nuova stagione.

– Cazzarola, – sbotta Gesú. – Cioè, sono finito?

– Sei bollito, piccolo, – ride Morgan.

– Ma che cazzo...

– Okay, sto solo dicendo: non possiamo spremerci le
meningi tutti quanti? – dice Becky. – Trovare un modo
per ridurre i costi e aumentare le entrate? Non ci vuole
Einstein.

– E io che ne so? – dice Gesú, ancora imbronciato. – Sono stato una meteora…

– Dài, – dice Kris. – Andiamo in studio.

– Ehi, ehi, – s'intromette Claude. – Prima tu e la meteora mi dovete un turno alla fattoria.

– Che due palle… – dice Gesú.

– L'autosufficienza costa, – dice Becky. – E adesso cominciamo a pagarla.

– Strappando la gramigna, – aggiunge Claude, dandogli
una pacca sulla spalla.

– Che due palle… – ripete Gesú.

4.

Non c'è musica nell'immacolata autovettura americana del
pastore Charlie Glass. Il frontalino verde acqua dello stereo
ha ancora la pellicola di plastica trasparente. Il reverendo
accende la radio solo qualche volta, quando – come oggi –
si trova sul passo in alta montagna dove riesce a prendere
la stazione Wklm di El Paso: è su quelle frequenze che suo
cugino il pastore William Lomax tiene la rubrica intitolata
Quant'è nuovo l'Antico Testamento! Gli piace quando Willie
polemizza con i peccatori che chiamano in studio, di solito
casalinghe inquiete preoccupate per i figli, roba del genere. Ogni tanto Willie invita Charlie come ospite e, ragazzi,
se non è uno spasso... La sensazione di potenza che provi
mentre quella grossa antenna spedisce la tua voce per tutto
lo Stato, la tua voce tonante che riduce al silenzio gli inter-
locutori: ragazze che stanno valutando se abortire, giovanotti alle prese con la loro «identità sessuale» e cosí via.

– E... e io non so nemmanco che ci fa, reverendo. A
'sto bar dove la mia figliola va sempre con quei ragazzacci... – crepita la voce di questa casalinga.

– Peccatori, – risponde semplicemente il reverendo.

– Ossignore, lo so, reverendo.

– Lei legge le Scritture a sua figlia, signora?

– Io... Lei ha diciassette anni. Mica mi ascolta...

– Apra bene le orecchie: sua figlia sarà condannata alla
perdizione, se non si pente subito! – tuona Willie. – La
Sacra Bibbia dice...

Il pastore Glass sorride mentre ascolta beato il cugino che le canta a quella donnetta. Un'ottima palestra, pensa, per il cimento cui è chiamato. Adesso svolta a destra e imbocca la stradina a due corsie, coperta di foglie, che scende verso sud-est attraverso i monti. Abbassa l'aletta parasole per non venire accecato dai raggi di metà mattina che filtrano fra gli alberi.

– Mi dispiace di essere stata debole, padre. Le ho voltato le spalle, – singhiozza la donna.

Debolezza. Ne sono circondati. Come quell'idiota dello sceriffo. Che sorride e annuisce e mangia la sua cazzo di torta della nonna e piú o meno gli dice – a lui, al pastore Charles Glass! – di andarsene affanculo. Staremo a vedere, pensa, svoltando a sinistra per imboccare una stradina ghiaiosa a una corsia. Supera il vecchio cartello che era già lí quando la proprietà apparteneva ancora agli Hausman, quello che dice: «STRADA PRIVATA». Sotto, con la vernice bianca, qualche idiota ha aggiunto: «SIETE TUTTI I BENVENUTI!» Glass rallenta mentre supera due ragazzi che camminano mano nella mano lungo il ciglio della strada, dandogli le spalle. La ragazza porta dei pantaloncini di jeans cosí corti che si intravedono le natiche al di sopra delle gambe abbronzate, la pelle bianca un po' raggrinzita appena sotto la stoffa sfilacciata.

Il pastore dà un'occhiata nel retrovisore per controllare il lato A, e... Già, proprio come sospettava: i seni dondolano liberi sotto quella canottiera attillata, la scollatura abbronzata, il ragazzo che ridacchia per qualcosa che lei ha detto, e quei due piú tardi, o prima, avvinghiati l'uno all'altra sopra un materasso sudicio, lei sopra di lui, a smorzacandela, o lui dietro che le schiaccia il viso con forza contro il materasso, il pastore che prende il posto del ragazzo e...

Glass scrolla con forza la testa, come una persona che cerca di svegliarsi da un terribile incubo, e accelera mentre la coppia rimpicciolisce nel retrovisore. Comincia a parlare da solo, coprendo il suono della radio nella macchina vuota: – Proteggimi, Padre. Guardami dai poteri di Satana... – Quelle parole sembrano funzionare, gli puliscono la testa e afflosciano quel disgustoso pulsare dell'inguine. Poco piú in là vede un cancello di legno che sbarra la strada, accosta e preme il pulsante del citofono.

– E chi lo sa dov'è andato a cacciarsi, frate? – gli dice poco dopo Pete, alla fattoria.

– Padre.

– Diavolo, scusi. Padre, certo... Penso che sia giú nei campi. Era per qualcosa di preciso? Ehi, adoro quegli occhiali da sole! Sciccosissimi.

– Solo una visita di cortesia –. Il pastore rivolge un sorriso tirato al magro, affettato giovanotto in canottiera viola.

– Senta, posso andare a cercarglielo. Perché intanto non si siede qui fuori sotto il portico? Un attimo e sono da lei! – trilla Pete mentre sparisce dietro l'angolo.

Il pastore si accomoda fuori sul portico, vicino a un enorme tizio barbuto che porta una sudicia giacca militare, seduto per terra a sbucciare piselli dentro un grosso scolapasta. Dalla cucina alle sue spalle arriva della musica rock e un odorino di cibo. – Buongiorno, – dice il pastore.

– Bang, – scatta Bob. – Bang, – e indica il sole.

Un invertito e un ritardato, pensa il pastore, mentre rivolge un sorriso a Bob e tira via un pallino di lanugine dai pantaloni.

– Allora, – grida una voce femminile dalla cucina, – come procede là fuori con i piselli? – La voce diventa sempre piú vicina, finché la donna non compare sulla porta. Sulla quarantina, azzarda il pastore, e brutta come il peccato: tarchiata, capelli a spazzola, jeans stinti e stivali da motociclista. Il mongoloide le allunga lo scolapasta. – Grazie Bob, – dice quella, accorgendosi del pastore proprio mentre sta per rientrare.

– Buongiorno, – dice il pastore.

– Oh, buongiorno frate, – risponde Julia. Lui lascia correre. – Cerca... Ha già parlato con qualcuno?

– Oh sí, certo, – risponde il pastore, con il sorriso tirato di chi trattiene il respiro mentre guada una palude nauseabonda.

– Posso offrirle qualcosa? Un caffè, una bibita?

– Oh, no. Grazie comunque.

La osserva mentre ritorna in cucina e attraversa la stanza fino ai fornelli, dove un'altra donna – piú piccola, piú magra, però vestita uguale – gira il mestolo dentro un pentolone. La cicciona le fa passare un braccio intorno alle spalle, le passa lo scolapasta e le stampa un bacio sulla guancia. Il pastore si gira disgustato verso la pura luce del sole ottobrino.

Un invertito, un ritardato e un paio di lesbicone. Tre su tre: cominciamo bene, fa appena in tempo a pensare, ed ecco che il frocio rispunta da dietro l'angolo trascinandosi dietro un biondino trasandato che il pastore riconosce dagli articoli di giornale e dalle ricerche su internet.

– Trovato! – strilla il ricchione mentre raggiungono il portico. Il pastore si alza in piedi, sempre con quel sorriso stampato in viso, mentre il biondino allunga una mano e dice: – Ciao, sono Gesú Cristo. Come butta, amico?

– C'è ancora molto da fare, pastore, ma gli inizi sono incoraggianti. Potrà accogliere qualcosa come trenta bambini. E per Natale dovrebbe essere tutto finito, se i calcoli di Pete sono giusti –. Stanno attraversando la piccola scuola in costruzione. Gesú fa da cicerone al buon pastore. Una brezza autunnale soffia attraverso i teli di polietilene opaco che coprono i buchi alle pareti dove verranno montati gli infissi. I passi echeggiano vacui nella stanza vuota. Le Converse scalcagnate di Gesú con su scritto «Modest Mouse», e i mocassini di coccodrillo da seicento dollari del pastore. Assi di legno appoggiate ai tavoli da lavoro, i cavi elettrici che spuntano dai buchi nel muro a secco. Latte di vernice e sacchi di cemento.

– Pete? – chiede il pastore.

– Il nostro capomastro. Quello che l'ha ricevuta, no? L'abbiamo raccolto in... in Kansas, se non sbaglio. È sieropositivo, e alcuni suoi... ehm, confratelli, padre, lo stavano trattando poco cristianamente –. Il pastore Glass annuisce con un brivido, mentre ripensa alla stretta di mano. Ha la sensazione che quel maledetto sorriso gli frantumerà presto la mandibola. – A ogni modo, – continua Gesú, – si esce di qui... – Il pastore lo segue fuori, lungo uno stretto corridoio tirato su alla bell'e meglio, – e attraverso questo corridoio, oh l'abbiamo aggiunto noi, si arriva all'edificio principale. Qui abbiamo un paio di uffici... – Si fermano a contemplare la stanza: una scrivania con un computer acceso che di solito usa Becky, un paio di vecchi poster laceri alla parete (Morrissey, gli Shellac) e lí in un angolo, dove il pastore ha puntato lo sguardo, l'armeria: in quercia massiccia, con i vetri coperti da una reticella metallica, attraverso la quale si intravede il metallo nero e pesante dei fucili.

– Guarda guarda... – fa il pastore, avvicinandosi, – nonostante tutto quel gran parlare di pace e amore avete un'armeria?

Che c'è di tanto strano nella pace e nell'amore?, pensa Gesú, seguendolo. – Non è esattamente un'armeria, padre.

Teniamo i fucili per andare a caccia, mentre le pistole e tutto il resto… – Gesú indica la parte inferiore, mostrando al pastore il punto dove sono accatastate alla rinfusa una dozzina di pistole. Il pastore, che di armi se ne intende, le riconosce quasi tutte: Sig Sauer, Smith & Wesson e Glock. Rivoltelle e semiautomatiche. Nove millimetri e calibro 38, pistole a buon mercato accanto a una Walther tedesca da ottocento dollari. C'è anche il fucile da assalto semiautomatico che hanno confiscato ai fratelli Rennet, insieme a diverse scatole di munizioni. – Sa, ce ne sono molti che arrivano armati fino ai denti. Noi confischiamo tutto, a nessuno è permesso circolare con un'arma addosso: se e quando decidono di andarsene, gliele restituiamo. Sono tenute sempre sotto chiave. È solo che… – Gesú lascia la frase a metà, con gli occhi su quell'orrendo cumulo di metallo nero e cromato. – Perché? Lei lo sa, perché? Perché cazzo la gente va in giro armata? Pardon, scusi il linguaggio.

– La Costituzione ci dà il diritto di difenderci, – risponde il pastore. – E, come saprà di certo, la Bibbia stessa ce lo insegna: «montare la guardia alla fortezza, sorvegliare le vie, cingerti i fianchi, rac…»

– Sí sí, «raccogliere tutte le forze», – continua Gesú, terminando la citazione. – Libro di Naum, capitolo 2, versetto 3.

– Conosci bene l'Antico Testamento, figliol…

– Sí, ma siamo ancora fermi a Naum? Eddài, pastore… Un migliaio di parole prese da un libro che ne conterrà un milione, e quei rincoglioniti della National Rifle Association le usano per giustificare la libertà di andarsene a spasso armati fino ai denti. Intanto migliaia di ragazzini crepano per ferite da arma da fuoco. Ogni cazzo di anno. Ops, di nuovo. Comunque, se mi vuole seguire…

Al pastore ci vuole un momento prima di rimettersi in

marcia: trattiene a stento la rabbia. Lancia un'altra occhiata a quell'armadio pieno zeppo d'armi.

– E rieccoci al punto di partenza –. Il pastore lo raggiunge mentre Gesú si infila di nuovo in cucina. Le due lesbiche sono ancora ai fornelli, un paio di giovanotti sudaticci lavano i piatti, qualche bambino scorrazza qui e là. Sopra le pentole aleggia un odorino dolciastro, e il pastore si accorge che uno dei giovani lavapiatti si sta fumando senza problemi uno spinello di marijuana. – IEEEEESUUUUUS! – urla allegra una bambina correndogli incontro a rotta di collo. È Matilda, la figlia di Guff Rennet, otto o nove anni. Gesú la tira su e la fa volteggiare per aria mentre lei strilla felice. Poi la scaraventa per terra e le solleva la T-shirt, piazzandole la bocca contro la pancia e facendo delle pernacchie mentre lei ride a crepapelle. Il pastore guarda la scena a disagio, le mani infilate in tasca. – Ha figli, pastore? – gli chiede Gesú sdraiato per terra.

– ANCORA! – strilla la bambina.

– Due, – risponde il pastore.

– Sono uno spasso, eh? – dice Gesú.

– Certamente, – risponde il pastore, lo sguardo fisso altrove. Ecco un uomo, capisce Gesú in quel momento, che non ha mai fatto la lotta con i propri figli. Che non li ha mai buttati per terra e che non gli ha mai fatto le pernacchie sulla pancia. Un uomo il cui padre avrebbe preferito correre nudo per la strada anziché interagire fisicamente con i propri figli. Una persona, tanto per chiamare le cose con il loro nome, emotivamente menomata. – E quella… – domanda il pastore – è sua figlia?

– Cavolo, no, – dice Gesú. – Lei è Matilda. Saluta il pastore, Matty.

– NO! – grida Matty. Bambini: la capacità istintiva di individuare subito chi non ci sa fare con loro.

– Vuole fermarsi a pranzo, pastore? Che c'è di buono oggi, ragazze?

– Curry vegetariano, – risponde Julia spignattando.

– Temo di no, – risponde il pastore.

Guff Rennet irrompe nella stanza. Non sembra di buonumore. – Ciao Guff, – dice Gesú. – Questo è il pastore Glass. Padre, le presento Guff Rennet...

– E bravi... Eccoli qua, i campeggiatori fricchettoni! – lo interrompe Guff, vedendo Julia e Amanda e Gesú insieme in cucina. – Matty, vieni. Ce ne andiamo.

– Ma stavamo giocando! – risponde Matty, nascosta dietro una gamba di Gesú.

– Andate a Bruntsville? – chiede Gesú.

– Ce ne andiamo. Per sempre, – risponde Guff.

La piccola Matty attacca a piangere.

– Eddài, vecchio mio. Abbiamo solo... – comincia Gesú.

– Matty, porta qui il culo! – grida Guff, senza dargli ascolto.

In lacrime, con il passo strascicato dei bambini tristi, Matty si avvicina riluttante al padre. Gesú trattiene l'istinto di andare ad abbracciare la bambina e dirle che andrà tutto bene. – Guff... – dice invece – possiamo sistemare tutto, no?

– Vaffanculo, pagliaccio, – risponde Guff. – I miei fratelli restano ancora un po', per vendere quel camioncino e sistemare qualche altra cosa. Ma noi ne siamo fuori –. Si piazza la figlia in lacrime sopra le spalle ed esce indignato.

Per un po' cala il silenzio. Julia mescola il curry. Il pastore si schiarisce la gola. Gesú sospira. – Vede, padre... Non è certo il paradiso in terra, eh?

– Mmm, – fa il pastore.

– Be', muoviamoci, – dice Gesú. – Prima che vada, voglio mostrarle la fattoria.

5.

Camminano lungo la cresta della collina che sovrasta la fattoria, dalla quale si vede l'edificio principale con tutti i fabbricati annessi. Gesú descrive i progetti di ampliamento previsti per la primavera successiva, parla di energia eolica, pannelli solari e tutto il resto.

– Mi sembrate bene organizzati da un punto di vista pratico, – dice il pastore. – Tuttavia è l'aspetto spirituale che ha sollecitato la mia tanto rimandata visita.

– L'aspetto spirituale, padre?

– Mi ha mostrato le pale eoliche e la fattoria, le case e i pannelli solari, le cisterne e la scuola. Ma dov'è... – si ferma e si gira verso Gesú, – dov'è la vostra chiesa?

– Suvvia, pastore, – risponde Gesú, mentre cincischia sovrappensiero con un rametto di rosmarino raccolto da terra. – Senza volerle mancare di rispetto, sono sicuro che lei, ehm, abbia a cuore, ehm, quello che fa, ma io, ma noi, quale vantaggio dovremmo trarre da una chiesa?

– La salvezza, figliolo.

Gesú scoppia a ridere. – Le chiedo scusa in anticipo per la terminologia, ma crede davvero che a Dio freghi un cazzo di niente se Lo adorate oppure no? Insomma, è un po' tipo i Rolling Stones, ha presente? Esatto, i Rolling Stones, il gruppo rock. In una tournée dei Rolling Stones ci sono centinaia di persone al seguito: camionisti, scenografi, operai, elettricisti, cuochi, turnisti, gente della produzione, assistenti personali, groupies, sindacalisti, tecnici del suono e delle luci. Crede che a Mick Jagger gliene freghi qualcosa se il tizio che dà una mano a portare una cassa sul palco a Filadelfia... Oppure lo spazzino che raccoglie l'immondizia dopo il concerto di Londra ... Crede che a Mick gliene freghi qualcosa di quello che pensano di lui?

– Io... Fare una simile affermazione significa prendersi gioco di tutto ciò in cui credo.

– Quindi se lei crede a una marea di stronzate la gente non può prendersene gioco?

– Bisogna rispettare la fede altrui.

– Perché?

– Perché?

– Già. Perché dovrei rispettare la sua marea di stronzate? Perché l'ha detto lei? Ma se lei ci crede davvero, cosa le importa di quello che penso io?

– L'ateismo... – comincia il pastore.

– Si è bevuto il cervello? – lo interrompe Gesú. – Io non sono ateo, questo è certo. Ho baciato il volto di Dio, pastore. E...

– Blasfemo!

– ... e lasci che le dica una cosa: Lui la prenderebbe a calci in culo fino in paese per metà della stronzate in cui crede.

– E quali sarebbero queste «stronzate»? – Adesso il pastore è lí lí per perdere la pazienza.

– Lo sa cosa faccio certe volte per divertirmi, padre? – Gesú si fa piú vicino, anche lui adesso fa uno sforzo per trattenersi. Il pastore fiuta l'odore dolciastro di marijuana sui vestiti di Gesú. – Accendo la radio e ascolto qualche emittente religiosa di queste parti. Ce ne sono un mucchio, sa? Pensa che io non sappia chi è lei? – Gesú si fa ancora piú vicino e il pastore si sente all'improvviso intrappolato nel campo di forza di una personalità molto piú forte della sua. – Ti ho sentito nella trasmissione di quel coglione di Lomax: tu sei quello che se la prende con i gay, che incita alla violenza contro i medici abortisti, che vorrebbe vietare l'aborto anche in caso di stupro... Tutta quella roba da ritardati mentali. Ma che ti passa per la testa, amico? Hai fuso il cervello? Non lo sai che Dio ama i froci? La devi smettere di diffondere odio e paura, perché andrai dritto all'inferno, vecchio mio. Lo sai cosa fa quel mattacchione di Satana a quelli come te, laggiú? Ai falsi profeti e ai sepolcri imbiancati? Vecchio mio, finirai a pedalare per l'eternità sopra un dildo di ghisa lungo tre metri e avvolto nel filo spinato, che ti s'infilerà dritto su per il culo.

– Tu... – sta dicendo il pastore, ma le parole gli muoiono in gola, la rabbia s'è ingolfata.

– Fidati, non è un'immagine barocca. È la verità. L'ho visto con questi occhi.

– Quello che avete costruito qui è un regno del peccato.

– Sí vabbe', allora puoi tranquillamente tenerti alla larga con quel tuo meschino, odioso, represso, vendicativo, spietato, omofobico, sessista faccino di cazzo. E scommetto che ascolti pure il rock cristiano.

Pochi secondi dopo aver lasciato il posto, il pastore si ritrova a infrangere la legge: colpevole di avere usato un telefono cellulare alla guida di un veicolo a motore. Scorre la rubrica con il pollice tremante, finché non arriva al numero di suo cugino Daniel.

Che se ne vada affanculo, lo sceriffo Ike.

6.

Al Federal Bureau of Investigation hanno già aperto un dossier su Gesú. Un vip con idee di estrema sinistra? Uno che ha sputtanato l'America in diretta televisiva e poi fondato una comunità alternativa in culo al mondo? Ovvio che un dossier andava aperto.

Nei bei giorni andati di J. Edgar Hoover il dossier avrebbe compreso diverse cartellette giallognole, piuttosto spesse, piene zeppe di intercettazioni telefoniche, fotografie 25x20 in bianco e nero su carta lucida, scattate con il teleobiettivo e piuttosto sfocate, piú varie copie carbone dei rapporti stilati dagli agenti in azione. Oggi consiste di un unico file digitale archiviato nel server centrale del quartier generale di Langley in Virginia, consultabile in qualsiasi parte del mondo da qualsiasi agente che abbia il codice d'accesso.

L'agente speciale Melanie Bruckheimer, seduta alla sua scrivania nella sede di Austin, chiude la telefonata con un Texas Ranger di nome Daniel Glass, digita la password d'accesso e apre il file sul monitor del suo computer. Ci sono diversi documenti: immagini jpeg e file word, un breve profilo biografico, alcune fotografie di Gesú sul set di *American Popstar* e a passeggio per Los Angeles. C'è un file sui «complici conosciuti», con fotografie di Kris che ride a bordo piscina nello *Chateau* e Bob che fa una smorfia in una foto segnaletica della polizia di New York. Poi ci sono diverse fotografie aeree della proprietà di Bruntsville, scattate nel corso di svariati controlli effettuati l'estate scorsa. Sono queste fotografie l'elemento piú interessante. Melanie scrive una e-mail al suo amico Gerry Cauldwell che lavora alla sede di Houston del Bureau of Alcohol, Tobacco and Firearms, e allega una delle fotografie aeree. Nel testo della e-mail scrive: «Chiamami», poi, nel campo dell'oggetto, digita le parole: «SETTA DI BRUNTSVILLE».

È la prima a chiamarla cosí.

7

Date le ideali condizioni ambientali, certe qualità di marijuana cresceranno naturalmente senza troppe cure, a Dio piacendo. È una pianta a bassa manutenzione. La piantagione si trova su un pianoro in alto verso il confine sud. Riparato dal vento grazie alle rocce intorno, affacciato a sud e baciato dal caldo sole del Texas per quasi tutto il giorno, si trova a un quarto d'ora di cammino dal cuore della comune: una splendida passeggiata, tra l'altro, che costeggia il ruscello per una parte del tragitto, poi risale la collina attraverso un bosco di querce millenarie. Ormai è la fine di ottobre e gli alberi sono quasi del tutto spogli.

– *October, and the trees are stripped bare…* – canta Gesú mentre cammina insieme a Morgan, con i sacchi di tela in spalla.

– Quanto odio gli U2, – dice Morgan. – Adesso ce li avrò in testa per tutto il resto del giorno.

– Ma va', – dice Gesú. – È una bellissima canzone.

– A proposito di Messia: quello lí c'ha il complesso peggio di te.

– Che palle, Morgs. Certe volte sei proprio uno snob, lo sai?

– Io sono snob? E chi cazzo è che ha tutti i dischi dei Field Mice?

– Una band della madonna, non c'è che dire, – risponde Gesú mentre attraversano uno spiraglio fra le rocce e arrivano alla piccola radura: la piantagione di marijuana si estende davanti ai loro occhi, piú o meno trenta metri quadri di piantine ormai ingiallite dal freddo. – Ok, io comincio da sinistra, tu da destra e ci si becca in mezzo.

– Spiegami, siamo qui per via di quello stronzo pretonzolo che è passato l'altro giorno? – La brezza porta fino a loro il ronzio pigro di un aereo leggero, il piccolo aeroplano a elica si muove lento nel cielo, proiettando la propria ombra sulle zone paludose.

– Mah, – risponde Gesú, chinandosi a strappare, selezionando solo le foglie verdognole che vale la pena di mettere a essiccare, – mettiamola cosí: ho pensato che dare una ripulita non fosse una cattiva idea…

8.

Houston, l'aria condizionata e le felci (una varietà molto simile, curiosamente, alle piante di marijuana), gli archivi e i cubicoli grigi del Batf, Bureau of Alcohol, Tobacco and Firearms. L'agente speciale Gerry Cauldwell, un ventottenne ambizioso, è in sala riunioni con il superiore, il caposezione Don Gerber, quarantatreenne scettico. Scettico ma interessato, mentre passa da una mano all'altra le fotografie aeree e le relazioni dettagliate, non mancando di ciucciare ogni tanto la stanghetta degli occhiali neri a mezzaluna.

– E da cosa è nato tutto questo? – chiede Gerber.

– Un certo predicatore ne ha parlato a suo cugino, che sta nei Texas Ranger. Il ranger ha girato la cosa a Mel Bruckheimer dell'Fbi di Austin. Mel mi ha fatto un colpo per la faccenda delle armi. Ho qui la dichiarazione del predicatore –. Scartabella nel fascicolo e gli passa tre pagine in A4 graffettate.

– E questo pastore chi è? Ha qualche conto in sospeso? C'è qualcosa di personale?

– Al di là del fatto che lui è un uomo di chiesa e un chitarrista capellone ha invaso il suo campo sostenendo di essere il figlio di Dio?

– Mmm, – borbotta Gerber, mentre legge e ciuccia la stanghetta. – E il cugino? Quel ranger?

– Un curriculum impeccabile.

Gerber lancia un fischio. – Ce n'è di roba qui... «uso di

stupefacenti... occultamento di armi semiautomatiche...
comportamento inappropriato con i minori...»

– Esatto, è quel che pensavo anch'io, se noi...

– Però non c'è granché per noi, Gerry. La faccenda delle
armi? Una dozzina di pistole semiautomatiche, un paio di
mitragliette, qualche fucile da caccia. Cristo, fai un salto
in una qualsiasi cantina del Texas e trovi anche di peggio.
Quel tizio non mi sembra Rambo, cazzo.

– Già, ma le armi non sono sue. È possesso illegale.

– Tecnicamente sí, però...

– Lo so cosa sta pensando, capo, ma mi dia retta: l'Fbi
ha chiuso un occhio troppe volte su questo tizio. Ha fatto
un sacco di dichiarazioni a favore della legalizzazione della marijuana, ha ammesso apertamente di farne uso, e se
guarda qui dalle vedute aeree... – Cauldwell si china sulla
scrivania e indica con la penna il punto in cui hanno messo
in evidenza quella che potrebbe essere una piantagione di
erba. – Certo, niente di tutto questo interessa granché ai
federali, ma potrebbero drizzare le orecchie per le accuse
di violenza sui minori. Quindi stavo pensando...

– A un'indagine congiunta?

– Esatto.

– La Dea per la roba, i federali per i bambini e noi per
le armi? – dice Gerber, allungandosi sulla poltrona.

– Piú o meno.

– E i Texas Ranger? Vorranno la loro fetta di torta.

– Ho pensato anche a quello.

– Mmm –. Gerber si stravacca e appoggia i mocassini
alla scrivania, una caviglia sopra l'altra. – Credo che l'Fbi
vorrà qualcosa di piú sostanzioso che una vaga accusa di
molestie a minori. Però...

Ci pensa su. Dall'altra parte del tavolo di noce c'è un
agente speciale di ventotto anni, molto sveglio e ambizioso,

che smania per farsi un nome. E non ti fai un nome con il solito tran tran: far rispettare la legge sul contrabbando di sigarette e blindare qualche camion che arriva da Juarez con un centinaio di casse di Camel. Certo, Don diffida della sua smania nei confronti della faccenda ma, al tempo stesso, dietro l'angolo ci sono le udienze a Washington per il budget del Batf, nelle quali i congressisti che vogliono risparmiare sulla spesa pubblica metteranno in dubbio per l'ennesima volta l'utilità dell'agenzia. Un caso eclatante che coinvolge una celebrità, armi e droga? Una celebrità dichiaratamente a favore delle droghe e dell'aborto, contro il nucleare e contro la Chiesa? Che, stando a quanto Don leggeva qui, si era fatto un punto d'onore di insultare e diffamare praticamente qualsiasi valore fondativo degli Stati Uniti d'America. La faccenda poteva incontrare il favore dell'opinione pubblica. In piú, farne un'indagine congiunta avrebbe voluto dire – come aveva previsto lo sbarbato, qui – spartirsi l'onere della responsabilità. Certo, avrebbero dovuto anche dividere i meriti ma, oh, quando sei in ballo devi ballare, come piaceva dire a suo figlio.

– Che tipo di affiliati compongono la setta?

– Donne e bambini, forse un centinaio di uomini. Vita da comune. Fanatici religiosi, con tutta probabilità.

Nel soppesare i pro e i contro, Don Gerber – da bravo appassionato di sport – dà il giusto peso anche alle statistiche. Negli ultimi tre anni il Batf ha usato le proprie teste di cuoio 578 volte, quasi sempre contro spacciatori, e nel frattempo ha sequestrato qualcosa come millecinquecento armi illegali. In tutte queste operazioni si erano verificati solo due scontri a fuoco, nei quali c'erano scappate tre vittime, ma tutte dalla parte degli spacciatori. Che cazzo, negli ultimi dieci anni avevano perso in azione un solo agente, un coglione della California che si era fatto saltare mentre disinnescava dei fuochi d'artificio. Quando la gente si vedeva arrivare addosso le forze speciali – quei tizi in tuta nera e anfibi con l'M16 imbracciato – novantanove virgola nove volte su cento si arrendeva senza combattere. Giú le armi e faccia a terra. E qui, a quanto ne sapevano, c'era soltanto un mucchio di fricchettoni con una ventina d'armi a disposizione, di cui nemmeno una del tutto automatica... Mah. Sembrava proprio una passeggiata. Dentro e fuori. Facile facile.

– Va bene, – dice alla fine Don, riappoggiando i piedi per terra. – Senti quelli della Dea e continua a parlare con l'Fbi. Come ho detto, ci vorrà un po' di sostanza in piú per questa accusa di molestie, ma... Intanto posso portare tutto da Sam, al piano di sopra.

– Sei un mito, capo, – dice Cauldwell, sbattendo il fascicolo sul tavolo.

Politica. Denaro. Ambizione. Pubbliche relazioni. Ego.
Cosí va il mondo.

9.

– Cazzo, volete chiudere il becco, ragazzi? – grida Guff, facendo capolino dalla porta fra le due camere da letto che hanno preso in quella topaia: i figli in una camera, lui e Carol nell'altra. Due cazzo di televisori accesi, i bambini che gridano e dal bagno il rumore del phon. Non si riesce nemmeno a pensare, rimugina lui mentre stappa la terza birra. Due giorni di viaggio e ancora non erano usciti dal Texas. Una cazzo d'odissea, con i piccoli che si lagnavano di continuo perché volevano tornare indietro. Sangue del suo sangue, porca puttana, piú affezionati a quel coglione che al papà... Un'odissea costosa, per di piú, tra la benzina e il resto, per quella che alla fin fine era stata una lunga vacanza. Una cazzo di vacanza lavorativa, tra l'altro. Almeno gli avevano restituito i soldi che aveva scucito per il materiale edile. Quella testa di cazzo. Gli parlava come se si credeva il Dio in terra...

– Guff! – La voce di Carol, stridula sopra il rombo dell'asciugacapelli.

– Eh?

– C'è qualcuno alla porta!

Santiddio.

Spalanca la porta con la birra in mano, sarà il direttore o qualche vicino che protesta per il volume del televisore, e invece vede completi scuri, cravatte, camicie bianche, un distintivo dentro un portafogli di plastica che gli viene

sbattuto in faccia, e il tizio dietro il distintivo che dice:
– Il signor Rennet? – Per Guff quell'appellativo di solito
è sinonimo di brutte notizie.

– Sí? – dice, puntando su una miscela di indignazione
e prudenza.

– Fbi.

10.

Le serate sono sempre piú fredde, pensa lo sceriffo Ike attraversando Main Street e abbassando la tesa del cappello per ripararsi dal vento. Prima di rincasare deve comprare due scatolette di minestra di mais, visto che ha il figlio e la nuora ospiti a cena. Saltella sul marciapiede e sta per entrare nel supermercato quando vede la macchina parcheggiata lí vicino, davanti al ferramenta: una berlina nuova di zecca, tirata a lucido, targa di Austin. Anche il tizio al volante attira la sua attenzione: un ragazzo giovane che porta gli occhiali da sole alle cinque di sera, giacca e cravatta scure. Mentre Ike tiene aperta la porta di vetro per lasciar passare Mary Flanders («Che galantuomo, grazie sceriffo», «Di niente, Mary»), vede un secondo giovanotto uscire dal ferramenta: occhiali da sole, giacca e cravatta, passo deciso. Ike finge di dare un'occhiata ai brevi annunci appesi alla vetrina del super («Cercasi lavoro come donna delle pulizie», «Regalasi gattino da cucciolata») mentre la macchina percorre lentamente Main Street e imbocca la strada che porta fuori città, verso il passo su in montagna, senza mai superare il limite di velocità.

Ike percorre la trentina di passi che lo separano dal negozio di Franklin ed entra.

– Buonasera, Rick.

– Come va, sceriffo? Hai mancato di poco alcuni colleghi.

– Ho notato. Cosa volevano quei ragazzi dell'Fbi? Se non sono indiscreto.

– Come fai a sapere che erano dell'Fbi?

– Eddài, tanto valeva che mettessero un'insegna al neon sopra la macchina.

– Comunque hanno chiesto dei fricchettoni che stanno su alla vecchia proprietà degli Hausman, dove vive quello della tv... Chiedevano notizie sul loro conto. Chissà come facevano a sapere che quelli vengono a servirsi qui da me.

– Forse perché sono dell'Fbi, Rick. E cosa volevano sapere su di loro?

– Oh, se avevano fatto acquisti strani. Ammoniaca. Chiodi. Certi tipi di detergente. Roba del genere...

– Ma va'?

– Già. Sai, pensavo che erano venuti prima da te se avevano qualcosa da fare qui. Cortesie tra colleghi o robe del genere.

– Oh, sai: hanno il loro bel da fare. Senti un po', me la dài una barra di quel croccante di arachidi che hai lí in cassa? Cosí vado –. Lo sceriffo fruga tra gli spiccioli, alla luce fioca della vecchia bottega, senza riuscire a distinguere le monete di rame da quelle d'argento.

– Offro io, Ike. Ti auguro una buona serata. E salutami Marge.

– Ti ringrazio.

– Credi che quei capelloni hanno combinato qualcosa di brutto? Un gruppo di amici è andato a caccia lassú e mi hanno detto che ne hanno visti alcuni fare il bagno nudi nel lago –. Rick fa partire una risatina rauca, come un vecchio macinino ingolfato.

– Diavolo, il lago è di loro proprietà. Non è mica contro la legge. Buona serata, Rick.

Lo sceriffo Ike non è tranquillo: sgranocchia il croccante di arachidi mentre si incammina di nuovo verso il supermercato, guarda a est lungo la strada che porta in montagna. La luna è alta nel cielo ma c'è ancora luce. Ripensa a quella macchina, all'ammoniaca e ai chiodi, e al furgoncino della compagnia telefonica che Chip racconta di aver visto l'altroieri parcheggiato tutto il giorno accanto ai pali sulla 112, la strada che corre parallela al confine meridionale della vecchia proprietà degli Hausman.

II

Riunione di coordinamento nella sede del Batf. In un angolo, caffettiere d'argento e vassoi di pasticcini; sulla scrivania, caraffe d'acqua ghiacciata e dossier. Inoltre, proiettata sulla grande lavagna bianca che prende tutta una parete, una fotografia aerea ad alta risoluzione di quello che è diventato ufficialmente il covo della Setta di Bruntsville. A fianco, piú in piccolo, c'è il particolare sgranato di una parte della proprietà, quella che sembra una scarpata rocciosa e isolata, con le figurine sfocate di due uomini visibili ai margini.

Otto persone sono sedute intorno al tavolo, sei uomini e due donne. In rappresentanza del Batf ci sono Gerry Cauldwell, Don Gerber e l'agente Bryan Brent delle forze speciali. In rappresentanza dell'Fbi ci sono Melanie Bruckheimer e il suo boss, il caposezione Stanley Tawse. Dalla Drug Enforcement Agency, la Dea, di San Antonio ci sono Connor Rifkind e Shirley Blass, e laggiú in un angolo, a ingozzarsi di tramezzini, abbastanza a disagio in mezzo a tutti quei distintivi governativi, c'è il capitano Craig Kinman dei Texas Rangers.

Le cose si sono messe in moto: merito delle ultime informazioni raccolte, nonché del parere favorevole a un eventuale blitz che il capo di Don, Sam Rodman, aveva ottenuto da Washington («Costui, – aveva detto a Rodman il procuratore generale Barbara Muller, – mi pare a dir poco profondamente antiamericano»).

– Shirley, Connor... – sta dicendo Don, che è il capoccia della situazione (al momento era tutto nelle mani del Batf), – perché uno di voi non ci, be'... ci ragguaglia sull'opinione della Dea a proposito di quello che vediamo lí, nell'immagine piú piccola?

– Certo, – fa Rifkind, avvicinandosi alla lavagna e raccogliendo una bacchetta. – Questa fotografia è stata scattata la settimana scorsa durante un volo di ricognizione. È una zona isolata all'estremità meridionale della proprietà. Abbiamo ragione di credere che questa sia una piantagione di marijuana. Un centinaio di metri quadri. Le piante sono mature. Il raccolto è interessante, qualcosa intorno ai cinquanta-sessanta chili...

– Ma è plausibile... – interrompe Tawse, – scusami Connor, ma è plausibile da un punto di vista legale che una quantità simile possa essere considerata per uso personale?

– Sessanta chili? – risponde Shirley Blass. – Non per il numero di persone che ci vivono. A meno che non sia una scorta personale per un paio d'anni.

– Quindi l'idea è quella di spacciarla? – dice Cauldwell.

– Esatto, – risponde Rifkind. – Da queste immagini non si riesce a determinare che tipo di piante stiano coltivando, ma c'è una buona possibilità che sia una varietà a coltivazione idroponica. Una di quelle nuove super-erbe di cui si sente parlare in giro, signore e signori.

– Grazie, Connor – interviene Don. – Se non sbaglio, anche l'Fbi ha qualche novità...

– Sí, – risponde Tawse, allungando la mano verso la piú vicina brocca del caffè. – Prego, Mel.

– Abbiamo contattato e interrogato una famiglia che stando alle pattuglie aveva appena lasciato il covo di Bruntsville –. Melanie Bruckheimer si alza in piedi e distribuisce le copie della trascrizione, facendole scivolare sul tavolo di noce laccato, acquistato con i soldi dei contribuenti americani. – La famiglia Rennet. Sono rimasti nel covo per quasi quattro mesi prima di decidersi ad andarsene. La nostra unità sul campo li ha intercettati in un motel quasi al confine con l'Oklahoma. Il padre, un certo Guff Rennet, sostiene che uno dei motivi per cui se ne sono andati era il comportamento, a suo dire inappropriato, che questo Gesú teneva nei confronti della figlia di otto anni.

– La figlia cosa dice? – fa Don, senza alzare gli occhi dalla trascrizione.

– Ancora non l'abbiamo interrogata, – risponde la Bruckheimer. – Li stiamo portando qui per un colloquio con un neuropsichiatra infantile.

– L'altra domanda che bisogna porsi, – dice Tawse, – è cosa ci fanno lí tutti quei bambini. Da quello che abbiamo capito ce ne saranno una sessantina. Strappati al nostro sistema scolastico e rinchiusi in un luogo al di fuori della legge...

– Esatto, – dice Gerry Cauldwell. – La nostra sensazione è che in termini di impatto sull'opinione pubblica quella sia una partita vinta in partenza. Uno sciroccato fanatico che ha rilasciato affermazioni esplicitamente antiamericane si rinchiude in una specie di covo tirato su alla bell'e meglio, con un mucchio di bambini e una santabarbara con tutti i crismi e, adesso lo sappiamo, coltiva droga...

– Sul versante armi, sappiamo qualcosa di preciso? – chiede Tawse.

– Bryan? – Don Gerber fa un cenno verso Bryan Brent delle forze speciali.

– Ho interrogato questo pastore Class che ha avanzato le prime accuse e che sostiene di aver visto «un'armeria». E di armi a quanto pare ne capisce. Da quello che sono riuscito a stabilire mostrandogli alcune fotografie, laggiú ci saranno almeno mezza decina di fucili da caccia di grosso calibro, qualcuno con mirino telescopico, forse una decina di pistole – alcune semiautomatiche, alcune sempre di grosso calibro: 9 e 45 millimetri – qualche revolver e, cosa piú preoccupante, un paio di fucili d'assalto AR-15, che come saprete sono l'equivalente civile dei nostri M16…

– È altamente probabile che quei fucili siano stati convertiti in automatici, – interviene Gerry.

– Sí, molti degli AR-15 che confischiamo in azione sono convertiti, – concede Brent. – Ma stando a quello che mi ha raccontato il pastore non posso affermarlo con certezza. Quel che è certo, però… è che lí ci saranno almeno venti armi, molte semiautomatiche… A seconda delle munizioni di cui dispongono potrebbero, sí insomma, potrebbero crearvi non poche difficoltà…

– Ho come la sensazione che il Batf propenda già per un certo tipo di intervento… – dice Tawse, con un'occhiata sorniona a Gerber.

– Be' Stan, – risponde Don Gerber, – vista l'estensione e la struttura della proprietà… insomma, qui stiamo parlando di un migliaio di ettari con diversi insediamenti sparpagliati: qui ci vivono, qui si trova la droga, qui si trovano le armi… l'idea canonica di bussare alla porta principale con un mandato di perquisizione lascerebbe ampi margini a un occultamento o a uno spostamento di qualche tipo. E come saprete, i risultati in questo tipo di blitz sono sempre stati eccellenti.

– Devo ammettere, – fa Rifkind, – che la Dea preferirebbe di gran lunga l'elemento-sorpresa.

– Cosa ne pensate da un punto di vista tattico? – domanda Tawse, soffiando sul caffè.

– Tre squadre, – risponde Brent, alzandosi e andando alla lavagna con la bacchetta. – La prima in posizione qui, al confine sud-ovest, che dovrà irrompere dal bosco qui e conquistare la piantagione di marijuana qui –. La bacchetta picchietta contro la lavagna ogni volta che pronuncia la parola «qui». – La seconda squadra entra dalla recinzione vicino all'entrata principale qui e procede dritta verso l'edificio principale per sequestrare le armi. Ci vuole una terza squadra di riserva, per calarsi dall'elicottero qui, se necessario, in mezzo alla proprietà, dietro l'edificio principale. Cinquanta o sessanta uomini in totale. La Texas National Guard ci fornirà dei Black Hawk e magari un paio di carri armati di supporto.

– Mmm. Abbastanza cazzuto come intervento, considerato il numero di donne e bambini lí dentro... – commenta Tawse.

– Secondo me, – risponde Don Gerber – alla fine non spareremo manco un colpo.

– Sí, – concede Tawse. – Non lo metto in dubbio, Don. Però tu hai in mente un'irruzione in un covo di spacciatori: gentaglia che sa di aver combinato delle brutte cose e che capisce al volo quand'è in minoranza. Puoi prevedere come si comporterà gente simile in una data situazione. Questi qua... – prende una fotografia su carta patinata, scattata da grande distanza, che mostra Gesú, Morgan e Pete ridere per qualche scemenza, – pensano solo di essere lí a farsi i cazzi loro. Non sai mai come potrebbero reagire quando vedono le teste di cuoio spuntare dal bosco.

– Mi stai dicendo che l'Fbi caldeggerebbe un approccio meno... diretto? – chiede Cauldwell.

– No, – risponde Tawse, – non necessariamente. Un blitz potrebbe essere la scelta migliore. Sto solo... dicendo la mia, ragazzi.

– Afferrato, – risponde Gerber.

– E in termini di tempistica? – chiede la Blass della Dea.

– L'agente Brent ha già una squadra in allerta a Fort Rigg, – dice Gerber.

– Siamo a soli cento chilometri da Bruntsville, – annuisce Brent. – Potremmo essere pronti a intervenire nel giro di tre o quattro settimane.

Date, strategie, tattiche. Logistica e questioni pratiche. Istanze etico-morali, non molte. Una volta che le cose si mettono in moto, domande tipo «Ma perché lo stiamo facendo?» tendono a passare in secondo piano rispetto a «Come lo faremo?»

Molto piú in là nel tempo verrà notato – durante l'inchiesta interna, durante il processo – che nel corso della riunione Stanley Tawse dell'Fbi aveva sollevato qualche «obiezione» sul modo in cui i «residenti nella proprietà» avrebbero potuto reagire all'«uso potenziale di armi letali». Verrà notato, sí, ma non basterà a salvargli il culo.

12

Il *Bar-b-q Chicken and Ribs* di Bobby Denver è una catena di quindici ristoranti con filiali disseminate per tutto il Texas centrale. Fondata alla fine degli anni Ottanta dal famoso cantante country perseguitato dal fisco, è specializzata in «cucina casereccia texana»: polletti interi e porzioni abbrustolite di costolette di maialino affogate in una vischiosa salsa barbecue; cavoli e fagioli dall'occhio per contorno, e un pane squisito fatto con la farina di mais. Luci basse, musica country a manetta e comodi divanetti in finta pelle. Ha perfino la licenza per gli alcolici. La succursale nei pressi dalla statale 122, a metà strada fra la comunità e Bruntsville, è uno dei posti preferiti da Miles e Danny, ed è qui che Gesú ha portato tutto il gruppo a cena per un banchetto del Ringraziamento degno di questo nome.

Sono seduti a uno dei lunghi tavoli di legno in fondo al locale, vicino alla toilette: Becky, Miles e Danny. Morgan, Kris e Big Bob. Gus e Dotty. Claude e Pete, Julia e Amanda. Al centro, appoggiato contro il muro, le mani raccolte dietro la testa, un sorriso stampato in viso, la terza birra che lo prende bene mentre ascolta Becky che cerca di fare un sermoncino enfatico nonostante le sistematiche interruzioni di Morgan e Kris, ecco Gesú Cristo.

Esatto, sono in tredici.

– Volete starvene zitti, teste di cazzo? – dice Becky.

– *Bonjour finesse...* E pure davanti ai figli, – commenta Morgan.

– Terribile, – dice Kris, e scuote la testa affranto. Miles e Danny ridacchiano.

– Quello che sto cercando di dire, – Becky alza di nuovo il boccale di birra, – è che, grazie all'abbondanza del raccolto, visti un paio di affari che sono andati in porto vendendo alcune cose e grazie soprattutto a Claude...

Claude fa un sorriso timido.

– ... insomma, dal punto di vista finanziario, pare che siamo messi molto meglio di quanto non pensassi all'inizio. Quindi, cari ragazzi, i miei complimenti.

Fischi e grida e brindisi, intanto arriva il cibo – «Per chi era il pollo alla diavola?» – e tutti cominciano a darci dentro con quelle patate arrosto fumanti, i mucchi luccicanti di insalata di cavoli e fagioli, parlando uno sull'altro, felici e su di giri mentre si passano i piatti.

Gesú si ferma con una forchettata di cavoli verde smeraldo a metà strada verso la bocca e si guarda intorno: il ragazzo sieropositivo che ride con il campagnolo povero in canna, le lesbiche e il veterano suonato dal Vietnam, i vecchi beoni ripuliti e tirati a lucido per l'occasione, la ragazza madre ex prostituta, ex tossica che passa i piatti ai figli, l'ex ciccione e il batterista nero. Tutta una marmaglia povera, trattata a pesci in faccia, messa all'angolo, che non pagava le tasse. Al di là di quella stucchevole, springsteeniana fiducia nella potenza e nella forza primordiale del rock, Gesú non è un tipo sentimentale, ma in questo momento, mentre li guarda in viso uno dopo l'altro, come in un filmaccio di serie B la luce sembra affievolirsi ed è come se la pellicola rallentasse, un pianoforte risuonasse leggero in sottofondo... La sua gente qui e ora insieme a lui.

Portare speranza a chi dispera.

Proprio mentre si concede un sorriso, guarda verso l'altro lato del ristorante e vede una coppia di mezza età. L'uomo li stava guardando ma adesso che Gesú si è girato ha ficcato il muso nel cibo: la bocca continua a biascicare, borbotta qualcosa, scuote la testa mentre taglia la bistecca. A un paio di tavoli di distanza dalla coppia c'è un gruppo di quattro ragazzi piú giovani, uno di loro bisbiglia qualcosa all'amico e l'amico sogghigna mentre guarda verso di loro. Gesú ne segue lo sguardo e si rende conto che è puntato su Julia che pulisce teneramente le labbra ad Amanda, le due donne in stivaloni e jeans grezzi e capelli corti, e quell'occhiata che dice tutte le cose che ti aspetti da una combriccola di ragazzotti con i capelli piú lunghi sul collo, le magliette da metallaro e i giubbotti jeans, Gesú che purtroppo intuisce la qualità del commento, Gesú che pensa tutto questo in un paio di secondi, un pensiero che segue a ruota quel «portare speranza a chi dispera» e innesca un secondo pensiero collaterale in fondo alla testa, un pensiero piú cupo e spaventoso, che segue l'altro con passo furtivo: Tutto questo finirà. Vivere in pace e amore con i tuoi amici? Lavorare il giusto e fumare un po' d'erba e trincare birra e cazzeggiare ed essere felici? Nessuno ti permetterà di continuare per questa strada.

Una voce stridula accanto a lui e un piccolo cazzotto contro la coscia lo riportano alla realtà. – Ahi, Miles! Che c'è?

– Ho detto: noi sappiamo una cosa che tu non sai!

– Ah, sí?

– Sí, – dice Danny, appoggiandosi al fratello. – Lo sappiamo!

– Fra poco è il tuo compleanno... – bisbiglia il piccolo Miles, sorridendo per attirare l'attenzione.

– Miles... – lo avverte Becky dall'altra parte del tavolo, l'udito da supermamma sempre all'erta.

Gesú ride e la guarda. – Niente sorprese, va bene Becks? – dice. Niente sorprese. E fa sul serio. Questo 25 dicembre compie trentatre anni. L'altra volta il trentatreesimo compleanno non è stato dei piú allegri.

Adesso Danny e Miles stanno ridendo a crepapelle. – Lo trovate tanto divertente, eh? – dice Gesú, mentre afferra Miles per una coscia e gli affonda il pollice nel muscolo. Il bambino ride come un matto, grida per la gioia, cerca di fermarlo: – No! Ti prego! – Il riso spontaneo e genuino dei piccoli, naturale come uno starnuto: questa è davvero la musica di Dio. E Gesú suona quella musica a tutto spiano, torturando il ragazzo a furia di solletico, bloccandolo con una presa alla testa per poi strofinargli la barba ispida contro il collo. Danny tira cazzotti al braccio di Gesú, cercando di entrare nella mischia, vuole la sua razione di divertimento, allora Gesú allunga un braccio verso di lui, superando la sua guardia con una mano per torturarlo con i grattini, le grida del ragazzino che fanno da controcanto alla musica di Kenny Rogers, calamitando gli sguardi dagli altri avventori.

– Ehm, senti, Gesú… – Alza lo sguardo, mentre Miles che ormai ulula come un ossesso gli si è in pratica sdraiato in grembo, e per prima cosa vede il cane della pistola nella fondina di cuoio nero, poi il distintivo dorato appuntato al petto, quindi la barba sale e pepe. – Scusa se ti interrompo mentre ceni, ma posso avere un minuto del tuo tempo?

– Certo, sceriffo.

Si porta il boccale al bancone, le occhiate furtive dei commensali che si trasformano in veri e propri sguardi indagatori mentre Gesú, in jeans stinti, Converse e T-shirt tarmata dei Melvins segue lo sceriffo dall'altra parte della sala.

– E adesso che succede? – dice Pete a Becky mentre Gesú e lo sceriffo si accomodano al bancone, birre alla mano (Gesú con un boccale riempito da una caraffa al tavolo, Ike con una bottiglia di Bud), e si appoggiano al piano di mogano.

– E chi lo sa? – sospira Becky, rassicurando con una pacca sull'avambraccio Bob, che s'è subito irrigidito vedendo qualcosa d'insolito intorno al capo.

– Sí, di tanto in tanto abbiamo bisogno di chiodi, – sta dicendo Gesú dall'altra parte della sala, mentre alza una mano verso Bob per fargli capire che va tutto bene. – Ammoniaca? Ma cosa credono che combiniamo lassú?

– Secondo me pensano che voi facciate delle bombe –. Lo sceriffo tiene la voce bassa e gli occhi fissi su Gesú.

– Bombe? – Gesú la pronuncia come se fosse la parola piú strana che abbia mai sentito. La lascia lí in sospeso.
– Cioè, dài, *bombe*? Ma perché dovrebbero credere una cosa simile?

– Be'… – Ike scola una bella sorsata di birra – sai come sono quelli dell'Fbi. Dopo gli attentati di New York di qualche anno fa, quel maledetto *Patriot Act* e tutto il resto, certe volte ho la sensazione che se non hai la bandiera americana che sventola davanti a casa e la famiglia che recita il giuramento di fedeltà prima di cena tutte le sere, quelli siano convinti che nascondi per forza qualcosa –. Ike scuote la testa e rincorre con l'unghia una goccia di birra che scivola lungo il collo della bottiglia. – E non dimenticartelo, figliolo: c'è gente che proprio non riesce a capire il motivo per cui fai quello che fai. Sai, anch'io sono un buon cristiano. Mia moglie e io andiamo a messa ogni domenica, che sia bello o brutto il tempo. A proposito, che resti fra noi… – Ike si china in avanti con aria da cospiratore. – Se tu sei il figlio di Dio, io sono Cristoforo Colombo. Ma il punto è… Insomma, quasi tutti i giovanotti che fanno una barcata di soldi grazie a una trasmissione televisiva e finiscono sui giornali, scelgono la bella vita. Non vedono l'ora di trasferirsi a Los Angeles, comprarsi una villona e andare tutte le sere in discoteca o quel che è. A quanto ho capito, tu invece te ne sei andato da Los Angeles, hai comprato un vecchio ranch fatiscente nel buco del culo del nulla e hai accolto a braccia aperte qualsiasi balordo che si presentasse alla tua porta. Non mi pare tanto la bella vita. Quindi immagino che tu abbia una buona ragione per scegliere una strada cosí difficile.

– Vede, sceriffo, – sorride Gesú, – a volte la strada piú difficile è difficile per un valido motivo.

Ike annuisce e appoggia il gomito al bancone, avvicinandosi a Gesú. – Ma dimmi, figliolo, visto che siamo qui a fare quattro chiacchiere in confidenza, hai fatto arrabbiare qualcuno negli ultimi tempi? Insomma, piú del solito…

– Be', una famiglia se n'è andata, ma è passato un po' di tempo. Mmm… Ah, sí! Ho avuto un piccolo… ehm, diverbio, con il pastore, qualche settimana fa.

– Il pastore Glass? Charlie Glass?

– Sí, lui. Proprio. È suo amico, sceriffo?

– No. Ma è meglio non avercelo come nemico.

– Dai nemici mi guardi Iddio che dagli amici… – Entrambi scoppiano a ridere. Gesú sospira e guarda la sua birra. – Lei dice di essere un buon cristiano, sceriffo, ma non è come il pastore.

– Sai, un mucchio di gente tende a complicare le cose. Non ti pare? Io non sono una cima, perciò cerco di stare coi piedi per terra: non fare al prossimo tuo quello che non vorresti fosse fatto a te. Roba del genere.

– Sceriffo, sa una cosa? Lei andrebbe d'amore e d'accordo col mio babbo.

Ike ride e si gira verso il loro tavolo, dove Miles e Danny si rincorrono. – Vi state divertendo?

– Sempre, – risponde Gesú. – Buon Ringraziamento, sceriffo.

– A te, figliolo, – risponde Ike mentre brindano. Il collo della Bud schiocca contro il vetro ghiacciato del boccale di Gesú.

In quel momento esatto, proprio quando le birre si toccano, l'ordine parte da Washington, dall'ufficio del procuratore generale, e raggiunge Sam Hawkes, direttore del Batf, poi dall'ufficio di Sam scende giú giú fino all'ufficio di Don Gerber. E anche a Don l'ordine piace. Cosí come a Gerry Cauldwell, che fa una telefonata all'agente speciale Bryan Brent a Fort Rigg, e anche a lui l'ordine sconfinfera.

Fra due settimane: sabato 8 dicembre.

Brent esce fuori sul portico davanti alla mensa ufficiali, nella fredda notte del Texas, e guarda il percorso di guerra. Tende l'orecchio verso le grida e le urla dei suoi uomini che si preparano all'azione: fanno prove di irruzione, scavalcano barriere di filo spinato, si allenano a trovare riparo anche allo scoperto. Nel crepuscolo arriva fino a lui il piacevole scricchiolio degli anfibi pesanti sul letto di aghi di pino.

13

È incredibile che un giorno simile abbia avuto il coraggio di cominciare, che il sole abbia trovato l'ardire di sorgere sopra le unità che si stanno schierando lí sotto, unità che di lí a poco uno degli avvocati difensori definirà «la tempesta perfetta».

Strano ma vero, quella mattina di dicembre Gesú si è svegliato presto. Morgan e Bob l'hanno finalmente convinto ad andare con loro a cercare di far abboccare qualcuno degli enormi pescigatto che vivono nella pozza in fondo al Grande Lago. Partono in jeep appena prima dell'alba, quando l'unica luce dall'edificio principale è il bagliore delle lampadine rosse, gialle e blu che viene dal grande albero di Natale nell'atrio (sí, Gesú Cristo odia festeggiare in pompa magna il suo compleanno, ma bisogna pur accontentare i bambini). Gesú si stropiccia gli occhi sul sedile posteriore della jeep e armeggia con il coperchio del thermos di caffè che ha portato Morgan. Gesú ha dormito da cani, un dormiveglia da cui si svegliava in continuazione: un brontolio lontano lo strappava al sonno leggero, come se in fondo al bosco ci fosse qualcosa in agguato.

Alle 7:22 della mattina, nel momento esatto in cui l'agente speciale Rodriguez delle teste di cuoio apre un varco nell'arrugginito filo spinato lungo il perimetro meridionale (ha ventiquattro anni, il cuore a mille ma si costringe a non sorridere, emozionatissimo al pensiero che dopo quasi due anni di servizio non solo partecipa a un blitz, ma è perfino nella squadra di testa), Gesú, Morgs e Bob lanciano l'amo nelle fredde acque limacciose del lago, a circa due chilometri di distanza dall'edificio principale.

Becky e i bambini dormono fino a tardi, e la porta della camera da letto di Miles e Danny è socchiusa, perché Miles ha paura del buio e gli piace vedere proiettata sul letto la luce soffusa del grande albero natalizio nell'atrio: gli ricorda che Babbo Natale è dietro l'angolo.

Anche i fratelli Rennet quel giorno si sono svegliati presto, e sono già scesi nel garage che serve da officina improvvisata, dove hanno finalmente rimorchiato quel camioncino. Deek ha comprato una nuova trasmissione, e se riescono a montarla per la tarda mattinata allora Deek potrà guidare il camioncino fino a Austin con dietro Pat sulla Dodge. Dovrebbero riuscire a venderlo per un bel gruzzolo, e tornare a sera con qualche soldo in piú per il Natale. Pat si è infilato la tuta da meccanico alla luce dei fanali, con un brivido e uno sbadiglio, mentre Deek smanaccia in cerca della chiave inglese sul pavimento del camioncino, dopo aver buttato il vecchio Remington calibro 306 sul sedile posteriore. Quando vengono quaggiú a lavorare si portano sempre dietro il fucile da caccia: non sai mai quale selvaggina commestibile puoi trovare sulla via del ritorno.

I piú saggi sono lontani.

Giovanotti adrenalinici in divisa da combattimento pronti a tutto.

Bambini addormentati in una casetta di legno.

Un paio di bifolchi con la birra del giorno prima ancora in circolo e un fucile micidiale a portata di mano.

Davvero una «tempesta perfetta».

Rodriguez avanza piano dietro il sergente Anthony Berkowitz che guida il gruppo attraverso il bosco: sono in quindici, sparsi qui e là, in mimetica nera, gli M16 armati e spianati e pronti a fare fuoco. Le pistole da 9 millimetri nella fondina, le granate appese alla cintura, tutto comprato e pagato dai contribuenti americani, contribuenti come quelli su cui stanno per piombare, schiacciando con passo felpato il fogliame e i ramoscelli. Rodriguez e gli altri arrestano la marcia appena prima del limitare del bosco e si acquattano non appena il sergente alza in silenzio il pugno chiuso. C'è qualcosa più avanti, delle luci e dei suoni a qualche centinaio di metri in lontananza, sul terreno aperto. Rodriguez controlla l'orologio: ci hanno messo poco più di dieci minuti a percorrere un chilometro attraverso il bosco. Puntualissimi. La squadra B dovrebbe già essere in posizione accanto al filo spinato vicino al cancello principale.

– Porca troia, – esclama Pat Rennet sotto il camioncino, mentre con un ultimo grugnito riesce a svitare il bullone dal carter e a tirare fuori la vecchia trasmissione. La passa a Deek, che si china a esaminarla alla luce del fanale. – Eh sí, – dice Deek, – era bella che andata.

– Mi passi quello straccio? – risponde il fratello. – Cazzo, c'è olio dappertutto –. Deek gira intorno al muso del camioncino per prendere uno straccio dalla tasca accanto alla ruota anteriore dal lato del passeggero e si blocca con lo sguardo fisso verso la boscaglia.

– Cazzo, – bisbiglia Deek Rennet.

A pochi chilometri di distanza, Morgan dice ridendo: – E ti ricordi di quella volta, nel camerino a Denver... Dove qualche testa di cazzo aveva cagato nel piatto della doccia!

– Mamma mia, – risponde Gesú, ghignandosela. – E il promoter dava la colpa a noi...

– Con chi suonavamo quella sera? Gli Scud Mountain Boys?

– Naaa. Forse gli Slint...

– Eh già, gli Slint.

– Bang, – mormora Bob, portandosi l'indice alle labbra e facendo un cenno con il mento verso l'acqua.

– Scusa, Bob, – bisbiglia Gesú.

– Cazzo, – dice Morgan, abbassando la voce. – Non ti mancano le tournée?

– Ci torneremo, in tournée, – dice Gesú. – Dài, passami il caffè, Morgs...

Becky sbadiglia e si rigira nel sonno, dormicchia pur sapendo che fra non molto i ragazzi si sveglieranno, una parte del suo istinto materno già sintonizzato su di loro. Adora questo momento della mattina, perché sa che non sempre è stato cosí. Qualche anno fa, prima di conoscere Gesú e gli altri, quando ancora beveva e si faceva di crack, a volte si svegliava sul pavimento della cucina con Danny che la schiaffeggiava per svegliarla e Miles lí a guardare, spaventato e nervoso, come se la credesse già morta. Li aveva quasi persi, i suoi figli. Il pensiero che finissero nelle grinfie dello Stato basta ancora a farle venire i sudori freddi e a ricordarle il valore di tutto questo: svegliarsi fresca e riposata e sobria e al loro servizio. Sbircia la sveglia accanto al letto: 7:33. Stamattina deve fare un salto in banca a Bruntsville, poi andrà a comprare i regali di Natale insieme a Pete e Claude. Fuori fa freddo. Altri dieci minuti di nanna. Il piede trova un punto ancora calduccio.

– Dove? – Pat striscia fuori da sotto il camioncino, la testa e le spalle spuntano accanto alla ruota. Deek si è accovacciato fuori del raggio di luce e indica il bosco.

– Laggiú, – risponde.

Nella penombra i due fratelli si sforzano di scrutare la fila degli alberi. – Sarà un cervo, coglione, – bisbiglia Pat.
– Non è un cervo.

– Ma chi cazzo ci può essere lí fuo… – Pat lascia la frase a metà quando vede una sagoma nera muoversi rapida, nello spazio tra due alberi. In mano ha qualcosa che luccica. – Cazzo, – sibila. – Cazzo. Prendi il…

– Già fatto, fratellino, – risponde Deek, che riappare al fianco di Pat imbracciando il grosso Remington. L'otturatore scatta indietro con un rumore secco mentre Deek mette un colpo in canna e si avvicina alla porta.

– Attento… – dice Pat. – Cazzo, sono un esercito! – Un'altra sagoma si muove nel buio.

– C'è un fucile da caccia, – bisbiglia il sergente.

– Ce l'ho nel mirino, – risponde Rodriguez al sergente mentre inquadra la testa di Deek Rennet nel reticolo del telescopio a raggi infrarossi.

– Non sparate per primi, – bisbiglia il sergente. – Robertson, vedi se riesci a salire lassú e prenderli alle sp…

– EHI! – strepita la voce di Deek. – Chiunque voi siate, pezzi di merda, venite subito fuori da quegli alberi!

– Cazzo, – bisbiglia il sergente. Bisogna decidere in una frazione di secondo: farli uscire ma rinunciare all'effetto sorpresa, visto che mancano parecchie centinaia di metri all'edificio principale? Oppure ritirarsi nel bosco e dire alla squadra B di fare irruzione per primi? Rimandare tutto?

– Spara un colpo di avvertimento, – bisbiglia Pat a Deek.

Deek punta il fucile verso la cima degli alberi e BUM! l'arma di grosso calibro squarcia il silenzio dell'alba e si scatena l'inferno.

Dal bosco parte un fuoco di sbarramento che sforacchia il garage di calcestruzzo. Deek si precipita dietro il camioncino e Pat rotola fuori da sotto mentre il piombo fischia appena sopra la loro testa, bucherellando il mezzo che hanno appena finito di riparare.

– CRISTO SANTO! – grida Pat.

– Che cazzo succede? – esclama Gesú, mentre lui e Morgan si alzano di colpo. Bob è già scattato oltre, corre a perdifiato attraverso gli alberi, verso la jeep: conosce bene il suono di una decina di M16 che sparano insieme.

Becky salta fuori dal letto e si precipita in camera dei ragazzi.

Claude alza lo sguardo dalla fila di zucche dolci che coltiva nell'orto.

La gente si sveglia dappertutto, nelle baracche, nei piccoli hangar e nelle tende.

– Vieni, dài! – grida Deek, strattonando il fratello per il gomito. I fratelli Rennet si fiondano fuori dalla porta sul retro e giú per una collinetta; si mettono al riparo e scattano verso l'edificio principale mentre, alle loro spalle, i proiettili sventrano il garage.

– Cazzo, corri all'armeria! – grida Deek a Pat, che ha qualche anno di meno e lo precede di pochi metri, prima di girarsi, acquattarsi e sparacchiare alla cieca verso il bosco.

– Corvo, qui è Falco! – sta gridando Berkowitz nella radiolina, il frastuono nelle orecchie, la cordite nelle narici. – Ci sparano addosso! Ripeto: ci sparano addosso! Entrate! Entrate!

A quel punto un carro armato Bradley – un cazzo di carro armato! – sfonda la recinzione qualche centinaio di metri a nord dell'edificio principale, aprendo un varco alle teste di cuoio che irrompono e si gettano pancia a terra mentre Claude, stranito, osserva la scena dalla fattoria.

Gesú e Morgan si reggono forte mentre Bob imbocca il sentiero fangoso pieno di buche a cento all'ora, e adesso i colpi d'arma da fuoco sono attutiti dal rombo del motore, ma si sentono ancora nel breve intervallo di silenzio in cui Bob scala di marcia. Un cervo scatta di lato. La casa ancora non si vede, è coperta dalla collina.

La squadra A di Berkowitz risale il sentiero da sud correndo a perdifiato per aprire un secondo fronte sulla casa. Un ragazzo sonnacchioso appena uscito da un hangar li incrocia e si becca il calcio di un fucile nello stomaco, finisce a faccia in giú nel fango: non muoverti.

Deek e Pat arrivano all'armeria. Deek rompe il vetro della finestra con il calcio del fucile e prende di mira una delle sagome nere che si avvicinano strisciando lungo l'argine fangoso, vicino al cancello principale. Pat, alle sue spalle, infila un piede di porco dentro le ante di metallo dell'armeria.

– Sbrigati, cazzo! – grida Deek. – Sono un fottio!

– Signore, uomo armato a ore due! – dice un soldato dietro al Bradley, vedendo la lunga canna del Remington proprio nel momento in cui il dito di Deek tira il grilletto. Deek fa partire un colpo che manca il bersaglio, e mezzo secondo dopo una decina di M16 svuotano i caricatori verso l'armeria, pallottole da 5,56 mm che trapassano le pareti di legno e si conficcano nei grandi blocchi di calcestruzzo.

Becky comincia a gridare, Miles a piangere, mentre lei mette al riparo i figli sotto il letto. – Fermi qui! – ordina, e inizia a strisciare verso la sparatoria.

– Mamma! Mamma!

Claude si lancia a rotta di collo giú dal sentiero verso i soldati, con il forcone ancora in mano, e grida: – Ehi, ehi! Che cazzo fate? – sopra il frastuono degli spari e il ruggito del Bradley. Si trova a meno di cento metri dai soldati quando uno di loro vede il forcone, vede un tizio che corre verso di lui con in mano «un oggetto lungo a forma di fucile» (cosí testimonierà al processo), alza l'M16 e scarica una raffica in pieno petto a Claude, che muore ancora prima di toccare terra, con tre buchi grossi come una casa nei polmoni.

Berkowitz alla radiolina di nuovo: – È pieno di cecchini! Mandate le Aquile! Ripeto: mandate le Aquile!

La jeep imbocca slittando l'ultima curva: Gesú e Morgan rimangono a bocca aperta nel vedere il campo di battaglia davanti a loro: il carro armato che manovra a fatica davanti alla casa, volute di fumo bluastro che aleggiano nella luce fioca del mattino, il crepitio delle mitragliette, il rumore sordo dei proiettili che colpiscono il legno.

– Ma cosa cazzo…? – sta dicendo Gesú mentre Bob schiaccia a tavoletta l'acceleratore, toccando i centoventi all'ora in discesa giú per la collina.

Becky striscia sul pavimento mentre Pat Rennet scardina l'anta dell'armeria. Alle sue spalle Deek continua a sparacchiare con il Remington, premendo il grilletto a piú non posso e reggendo il fucile appena sopra la testa.

– CHE CAZZO STATE FACENDO? – grida Becky.

Pat la ignora e tira fuori l'AR-15 che gli era stato confiscato, lo posiziona su «semi-automatico» con le mani che gli tremano. Becky sente qualcosa infrangersi alle sue spalle e ha appena il tempo di realizzare che un proiettile ha attraversato la porta a vetri dell'ufficio mezzo metro sulla sua destra, dopodiché si lancia verso Pat per afferrare l'arma. – Mettila giú! Ci farai ammazzare tutti, cazzo!

– Cocca, ci stanno attaccando! – grida Rennet mentre si accapigliano per il fucile.

– Dammelo, cazzo! – urla Becky.

Pat dà uno strattone e colpisce Becky in faccia con il calcio. Le rompe il naso e la spedisce lunga distesa sui vetri rotti e i bossoli. Poi si lancia contro il muro accanto alla finestra, grida: – IAAAUU! BECCATEVI QUESTO! – e scatena l'inferno, mentre l'aria si riempie di un fragore sinistro.

Gesú, Morgan e Bob smontano dalla jeep, si gettano pancia a terra e in quel preciso momento vedono Becky uscire barcollando dalla porta sul retro con il viso imbrattato di sangue. Intanto due elicotteri militari da combattimento sorvolano con un baccano infernale il tetto della casa, ognuno carico di soldati.

Assurdo, pensa Gesú. Tutto questo è assurdo e basta.

Afferra Becky. – Becks! Cosa cazz... – grida al di sopra dell'elicottero, della sparatoria, del rombo del carro armato.

– I fratelli Rennet... – dice lei, stringendosi il setto nasale. – L'armeria. Hanno...

In quel momento un tizio che nemmeno conoscono, uno che Gesú rammenta vagamente di aver visto arrivare un paio di settimane prima, esce di corsa dalla casa con un fucile in mano e prende di mira gli elicotteri, mettendosi allo scoperto. Viene abbattuto da una raffica sparata dall'elicottero piú vicino mentre i due orrendi bestioni neri abbassano il muso verso terra e si lanciano attraverso i campi. Lo spostamento d'aria li sbatte quasi per terra. Una testa di cuoio spunta dietro l'angolo e fa appena in tempo a puntare l'arma, quando una raffica esplode improvvisa alle spalle di Gesú e il soldato finisce a terra. Si girano, e vedono Pat Rennet sparire nel vano di una finestra al piano di sopra.

– Oh no, cazzo cazzo cazzo, – sta dicendo Gesú, e adesso si sente un rombo devastante, una vampata di calore, un clangore metallico, e il Bradley spunta da dietro l'angolo, dalla torretta parte una fiammata che lambisce una parete, e la casa di legno prende fuoco come fosse un cerino.

– I bambini! – grida Becky. Morgan è accovacciato contro la base di cemento della cisterna, e piange con la testa fra le mani.

– MA COSA FATE! – grida Gesú avvicinandosi al carro armato con le braccia spalancate, mentre i proiettili fischiano tutto intorno. Per tutta risposta, la mitragliatrice montata sulla destra del lanciafiamme comincia a ruotare verso di loro.

No, pensa Big Bob. Non è proprio il momento.

Conosce bene la saggezza del suo amico, la sua quasi inesauribile volontà di reagire all'odio e alla cattiveria con l'amore e la comprensione. Ma sa anche cosa succede negli scontri a fuoco, in quei momenti infernali in cui l'uomo rinuncia alla ragione e alla comprensione e cede il controllo al cervello rettiliano. È chiaro come il sole: questa gente vuole ucciderli. Nel momento in cui la mitragliatrice del carro armato – Bob la riconosce, è una 7,62 mm – apre il fuoco, lasciando dei buchi grandi come mele nel muro di cemento dello studio di registrazione alle loro spalle, Bob si lancia verso Gesú e Becky e li scaraventa a terra accanto a Morgan, nel canale di scolo che corre lungo il muro della casa. Gesú sbatte la testa contro il muro di calcestruzzo, perde i sensi, e intanto Bob trascina Becky sopra di lui, ammassa i suoi amici al riparo sotto la cisterna.

Ora tocca a Bob.

Per certi versi tutta la sua vita è stata un preludio a questo momento.

Il pulsare delle eliche, l'odore pungente della cordite, il crepitio degli M16, il puzzo di bruciato, le grida degli sgomenti e dei feriti.

Rieccomi a casa.

Bob si muove come un folletto malgrado i sessant'anni, si lancia di corsa a testa bassa, entra subito nel raggio del carro armato, cosicché la mitragliatrice coassiale non possa seguirlo. Il cervello di Bob ritorna subito ai vecchi schemi, cerca un riparo, individua i campi di tiro e le vie di fuga, d'istinto rasenta l'edificio in fiamme, mentre un fucile automatico apre il fuoco da qualche parte lí vicino e lui si butta a capofitto nel canale di scolo, trascinandosi dietro il corpo del soldato ucciso da Pat Rennet. Gli strappa l'M16, toglie i caricatori di riserva dalla cintura. Getta un'occhiata verso la collina e vede due teste di cuoio correre verso di lui, una che ricarica l'arma, l'altra che lo sta già prendendo di mira. Bob spara due brevi scariche e tutt'e due vanno giú. Non li guarda nemmeno cadere: sta già tornando al punto di partenza.

Si lancia attraverso il telaio slabbrato della finestra, tagliuzzandosi tutto, e atterra di culo nel corridoio sul retro che collega l'edificio principale alla scuola. Qui fa un caldo d'inferno e si sentono delle grida, passi pesanti che si avvicinano attraverso il fumo e le fiamme: Pat Rennet che corre verso di lui con in mano un fucile a pompa, grida: – sí! sí! – gli occhi scintillanti, fuori di sé, stravolti dall'adrenalina, uno sguardo che Bob ha visto l'ultima volta in riva a un fiume vicino al confine cambogiano quasi quarant'anni prima. Bob s'acquatta e gli spara dritto in faccia da una quindicina di metri, uno schizzo di sangue e Pat non c'è piú.

Di nuovo via di corsa a testa bassa, i proiettili che trapassano il legno poco sopra di lui, di corsa verso il salone dove l'albero di Natale è una vampa alta dieci metri che gli strina le sopracciglia e la barba perfino a questa distanza, e c'è un cadavere sul pavimento davanti a lui. Con un conato di vomito Bob riconosce Pete, gli occhi sbarrati, il collo squarciato. – Bang, – dice teneramente, chiudendogli gli occhi, poi gli strappa la maglietta bianca e la squarcia in due. Rotolando di lato verso il bagno, Bob vede Kris: in un angolo, scosso, tremante, la mano sinistra premuta contro la spalla destra, piagnucola per il dolore, mentre il sangue gli scorre fra le dita. Bob controlla la ferita al volo e dice: – Bang, – per dire «resta qui», poi immerge la maglietta nella tazza del cesso, la inzuppa d'acqua e se la lega intorno alla testa. Guarda a sinistra e vede dei pallini rossi saettare in silenzio attraverso la finestra, fa appena in tempo a pensare: traccianti, sparano dei traccianti contro una casa di legno piena di donne e bambini, poi rotola di lato, di nuovo pancia a terra in corridoio. L'uniforme di una testa di cuoio spunta davanti a lui e Bob gli spara due volte in pieno petto, due colpi in rapida successione, poi striscia sopra il cadavere – il tizio borbotta, cerca di dire qualcosa a Bob con la bocca inondata di sangue – e si dirige verso l'entrata del salone in fiamme.

Gesú riprende conoscenza al suono di un fucile che spara vicino al suo orecchio destro, diversi colpi in rapida successione, il rimbombo è assordante. Alla sua sinistra vede Morgan e Becky, lui la stringe forte mentre lei piange e si divincola, vorrebbe correre fuori tra le raffiche di proiettili: ripete qualcosa come una litania che Gesú non sente, ma sa che è «i bambini, i bambini». Si gira verso destra e vede la lunga canna del fucile spuntare da una finestra a pochi centimetri dalla sua spalla, dietro c'è Deek Rennet che spara come un dannato, un ghigno orrendo sul viso. Avrei dovuto ascoltare i ragazzi e sbatterli fuori, pensa. Peccato. C'è una pausa nella sparatoria e Deek alza il fucile per infilare un altro caricatore, Gesú balza in avanti e afferra la canna, cercando di strappare il fucile a Deek attraverso la finestra rotta. Gesú solleva il fucile e lo lancia lontano. Poi si butta di nuovo nel fosso appena in tempo per vedere Deek che gli grida qualcosa dalla finestra mentre allunga una mano dietro la schiena per prendere una pistola. Becky, pensa Gesú. Avrei dovuto dare retta

a Becky e buttare tutte le armi in fondo al lago. Peccato.
Deek tira indietro il carrello della pistola e la punta contro Gesú, poi da qualche parte lí dietro e sopra di loro si
sente una raffica di colpi e il corpo di Deek Rennet sembra semplicemente vaporizzarsi in una nebbiolina rosa
mentre l'elicottero da combattimento ruggisce sopra le
loro teste, con la piccola mitragliatrice che continua a
sparare, l'arcobaleno di un tracciante infuocato che sven-
tra l'edificio, descrive un arco sopra il tetto e si spegne
nel cielo del Texas, mentre al di sopra di tutto le enormi
turbine eoliche girano impassibili.

Bob raggiunge l'ingresso del salone principale. Dentro
è un vero inferno: le travi incendiate crollano, l'albero di
Natale è rovesciato su un fianco e le fiamme salgono fino
al soffitto. Che cazzo. In questo inferno non c'è tempo per
strisciare o trovare riparo, solo una corsa a rotta di collo,
premendosi la maglietta bagnata sulla faccia. Sente la carne
sul dorso delle mani che si ustiona e corre all'impazzata,
lanciando un grido quando sente una, due, tre pallottole
colpirlo al fianco sinistro – coscia, ventre, bicipite – e spera
di avere la forza necessaria per sfangarla. Sfonda di slancio la porta e si getta a terra, il fumo è cosí denso che non
si vede a un palmo di naso. Bob avanza strisciando, non
sente piú la gamba sinistra, il sangue gli riempie lo stiva-
le, e finalmente li vede: Miles e Danny ancora sotto il letto, bravi bambini che fanno quel che ha detto la mamma.
Danny piange, coccola il fratellino che dondola svenuto
contro la sua spalla, le labbra livide sul viso bianco come
uno straccio mentre Bob se li stringe accanto, e adesso anche le coperte del letto sono incandescenti.

Il tempo stringe. Da tanti punti di vista, il tempo stringe.

Il muro, la finestra... Ma la finestra brucia, si scioglie
come una fornace. Meglio di no.

Impossibile riattraversare il salone, è riuscito a malapena a farcela la prima volta.

La parete in fondo alla camera da letto è di legno e dà sull'aia.

Bob punta l'M16 e svuota il caricatore contro la parete, sperando vagamente che dall'altra parte non ci sia nessuno dei suoi cari. Infila un altro caricatore e svuota anche quello, poi un altro ancora: un centinaio di colpi attraverso la parete di legno, fuoco concentrato ad alzo zero. Un dolore lancinante lungo il fianco sinistro, il sangue gli inzuppa i polmoni mentre prende in braccio i bambini e si alza in piedi, appoggiandosi sulla gamba destra perché la sinistra è quasi andata. Corre verso la parete e salta, piroettando a mezz'aria, mentre Danny grida: – Mamma! – e anche Bob grida mentre urta con la schiena e la spalla destra il legno fumante a brandelli, due metri di altezza e un quintale di uomo che vanno a sbatterci con tutto il suo peso.

Fuori, Morgan e Becky rimangono di stucco nel vedere il muro posteriore della casa che sembra esplodere e Bob che arriva al volo stringendosi al petto i bambini.

È surreale la sensazione di passare in una frazione di secondo da una stanza infernale alla luce del sole. Bob stringe ancora i piccoli mentre vola per due metri nella fredda aria invernale, fratturandosi l'anca quando atterrano sul cemento. Miles si fa uno squarcio alla fronte ma riprende conoscenza, comincia a tossire e a vomitare. I bambini cercano di alzarsi e correre via, ma Bob li stringe forte forte, sapendo che la sparatoria impazza ancora. Quando sente Becky gridare e strisciare verso di loro, li lascia andare.

La faccia di Gesú Cristo appare luminosa sopra di lui, mentre un elicottero nero solca il cielo azzurro alle sue spalle. Bob prova a parlare ma sente in gola il sapore denso e metallico del sangue. Gesú gli accarezza teneramente il vi-

so, scostandogli i capelli dagli occhi. Sorride. Anche il viso
di Becky compare nel quadro, piange e borbotta qualcosa
mentre si china a baciarlo, ma Bob non riesce piú a sentire niente, nelle orecchie ha solo una specie di soffio, come
quando da bambino si portava una conchiglia all'orecchio
perché gli dicevano che si sentiva il mare. L'elicottero ri-
passa sopra di loro, questa volta piú basso, e oscura il sole
alle spalle di Gesú Cristo, le pale che sembrano girare al
rallentatore. Bob ha freddo, come aveva sentito dire da
tanti altri ragazzi in Vietnam. Bob deve parlare, c'è una
cosa che vuole dire a Gesú, una parola che deve tirare
fuori attraverso il sangue, il piombo e il dolore che ha nel
petto. Muove la bocca, unisce il labbro superiore a quello
inferiore, cerca la consonante. Gesú si piega su di lui: gli
occhi azzurri calmi e chiari in mezzo all'inferno.

– B… – mormora Bob con uno sforzo tremendo. Gesú
gli prende la mano.

– B… – Gesú lo bacia dolcemente sulle labbra, sporcan-
dosi il viso di sangue.

– Bye bye, amico, – dice Bob, per la prima volta in
trentotto anni.

E anche per l'ultima.

Mentre la luce si spegne, mentre il freddo che sentiva
comincia a sciogliersi e lascia spazio a un tepore di cui
non ha mai sentito parlare, mentre sente disfarsi ogni
atomo del proprio corpo, Bob vede una lacrima rigare
la guancia destra di Gesú Cristo e la canna di un fucile
accanto alla sua tempia sinistra, e le sagome nere delle
teste di cuoio si profilano alle sue spalle. L'ultima cosa
che Bob vede in punto di morte è Gesú che alza le mani
in segno di resa.

Parte sesta
Dopo Cristo

Io sono a favore della pena di morte. Chiunque commetta un crimine orrendo deve ricevere una punizione adeguata. Cosí la volta dopo impara.

BRITNEY SPEARS

I.

Stava cercando di scrivere una canzone in testa, un pezzo cui lavorava da mesi. Aveva un buon attacco – «Lo so che non tornerai piú dal passato / a disegnare una faccina sul vetro appannato» – e sentiva come avrebbe dovuto essere il primo giro di accordi: un la, poi do diesis minore quindi fa diesis, un po' tipo *Outdoor Miner* dei Wire. Ma non capiva come avrebbe dovuto continuare. Su di un tono in si e ricominciare? O passare al mi per una specie di ritornello? Difficile senza una chitarra in mano, eppure aveva sentito di cantautori che scrivevano tutto a mente e buttavano giú la musica solo quando avevano sotto mano uno strumento.

Si tira a sedere sulla branda e guarda attraverso la finestrella con le sbarre: la primavera era ufficialmente arrivata ma ancora non volgeva al bello, un grigiore totale di nuvole grigiastre, il sole non pervenuto, mentre il vento sferzava la contea di Polk, fischiava attraverso la recinzione con il filo spinato in lontananza, investiva le sentinelle nelle garitte, sbatteva contro la grande insegna di metallo sopra il cancello d'ingresso, un'insegna della quale Gesú vedeva solo la parte posteriore, pur sapendo che davanti c'era scritto: «UNITÀ ALLAN B. POLUNSKY» («Giurisdizione del Dipartimento di Giustizia del Texas»).

Era la penultima fermata del sistema: una ventina di edifici sporchi e grigi disposti su un'area di duecento ettari sotto massima sorveglianza.

Sbadiglia e rotola giú dalla brandina al pavimento di cemento. Ha la cella tutta per sé. Come tutti quelli del suo blocco. Peccato, gradirebbe un po' di compagnia. Infatti, come gli ha detto un secondino con un sorriso cattivo, in questo braccio sono in molti a perdere la testa. Gesú li sente di notte che piangono o parlano da soli, e quasi tutti si rivolgono a Dio o alla mamma.

Con la punta dell'alluce (qui hanno solo pantofole di plastica e lui odia la sensazione che ti dànno sulla pelle) sposta qui e là qualche giornale, i fogli sparsi che coprono il pavimento della cella. Cazzo, le pagine dei giornali negli ultimi mesi. Non riusciva a crederci, soprattutto nelle prime settimane: «Una strage di soldati!», «Leader di una setta coinvolto in una sparatoria!», «14 morti nell'assedio a una setta!», «Messia o assassino?», «Finalista di *American Popstar* coinvolto in un massacro!», «Accuse di pedofilia!», «Contrabbandiere di armi»!», «Spacciatore!» E cosí via. Di rado andava oltre il primo paragrafo. Grossomodo dicevano tutti la stessa cosa:

> Il musicista e sedicente «Figlio di Dio», 32 anni, era diventato celebre lo scorso anno grazie al talent show della Abn *American Popstar*. Con i proventi della trasmissione, valutati a piú di due milioni di dollari, aveva fondato una comune utopistica nel Texas centrale. Il 10 dicembre, in seguito a crescenti sospetti su varie attività illecite (coltivazione di droga, occultamento di armi automatiche) e, in ultimo, per il timore di ripetuti abusi su minori, gli agenti di una task force congiunta formata dal Batf, dall'Fbi e dalla Dea hanno assalito il covo della setta nei dintorni di Bruntsville, Texas. Sono stati accolti da una reazione violentissima: in seguito alla sparatoria hanno perso la vita sei agenti e otto membri della setta, mentre altri diciotto residenti, fra cui diversi bambini, sono rimasti feriti.

Poi c'era la fotografia – sempre la stessa – una foto sfocata e pixellata di Gesú che teneva in mano il fucile strap-

pato a Deek Rennet, scattata in una frazione di secondo
da una macchina fotografica montata sull'elicottero. Purtroppo al processo nessuno aveva creduto che lui stesse
cercando solo di scagliarlo lontano. Gli esperti di balistica
nominati dalla pubblica accusa avevano collegato a quel
fucile i proiettili trovati nel corpo di due soldati morti, e
avevano dedotto con grande sagacia che i colpi erano arrivati esattamente dal punto in cui si trovava Gesú.

– La pistola fumante, alla lettera, – aveva detto il pubblico ministero.

– Ma dài, – aveva risposto Gesú.

Anche se neppure un bambino residente all'interno
della proprietà aveva confermato le accuse di molestie e
abusi, ormai la frittata era fatta: pedofilia, spaccio di droga (Gesú aveva ammesso senza problemi di avere coltiva-
to marijuana, ma unicamente per uso personale: il giudice s'era rifiutato di credere che simili quantità potessero
venire consumate da quel pugno di persone, e aveva lasciato in piedi l'accusa di spaccio) e omicidio di sei agenti federali. Alla giuria texana ci erano volute solo quattro ore per giudicarlo colpevole dell'accusa di spaccio e
omicidio. Idem per l'uccisione dei sei agenti. «Omicidio
volontario di un difensore della legge nell'adempimento
del proprio dovere».

Il motivo per cui Gesú tiene tutti questi giornali nella
cella non è per ripassare i particolari del processo nella speranza di ricorrere in appello o roba del genere. (Anche se
molti giornali piú «seri» – come il «Washington Post» e
il «New York Times» negli Stati Uniti, il «Guardian»
e l'«Independent» in Inghilterra – hanno cominciato a
pubblicare articoli che mettono in dubbio gli obiettivi e
la strategia delle forze governative, e addirittura qualche
giornalista sta cominciando a insinuare che siano queste

ultime le vere responsabili dei tragici eventi dell'8 dicembre). No, è perché ci sono le foto di tutti i suoi amici: Becky trascinata via in manette; una bella foto di Morgan sul palco qualche anno prima, che sorride e pesta i piatti della batteria. («Ma dov'eravamo quella volta?» si chiede Gesú). Una fotografia di Kris che parla con Gesú a bordo piscina, a Los Angeles. Una di Bob da ragazzo in divisa da combattimento, a braccia conserte davanti a un elicottero chissà dove. Persino una foto dei vecchi Gus e Dotty, che erano morti nel sonno: il fumo filtrato sotto la porta non li aveva nemmeno svegliati prima di portarseli via. Una foto di Steven Stelfox correda un paio di articoli: interviste rilasciate da Stelfox in cui bolla Gesú come «un visionario perverso» e promette al pubblico che, «per rispetto verso chi ha perso la vita», la musica che Gesú e il suo gruppo hanno registrato «non verrà mai pubblicata». Un aspetto positivo: nel corso del processo era riuscito a convincere tutti di essere l'unico responsabile di quanto era accaduto, Becky e Kris e Morgan erano stati soggiogati dal suo «irresistibile carisma», come l'avevano messa gli avvocati, e di conseguenza non erano responsabili delle proprie azioni. Certo, c'erano voluti un notevole sforzo e un mucchio di pressioni attraverso gli avvocati, per convincere Becky, Kris e Morgan a stare al gioco. Kris si era comunque beccato sei mesi per oltraggio alla corte dopo aver definito il giudice «merda umana di un coglione nazista». È chiuso in un'altra galera, da qualche parte piú a nord. Gesú spera che stia bene e che sia guarito. Quel proiettile nella spalla... Speriamo che possa riprendere a suonare. Strano ma vero, Morgan ha venduto la storia della sua militanza nella «setta» a un giornale scandalistico, sparando balle su come è stato «manipolato», sul lavaggio del cervello e stronzate simili. Cazzo, quello sí che era buffo. Gesú spera che il vecchio Morgs si sia messo in tasca un bel gruzzolo e che, dovunque si trovi, sia anche felice. Forse salire verso un sì sarebbe meglio che scendere verso un mi...

– Ehilà...

Gesú alza lo sguardo dal giornale. È Tommy, il secondino cattivo che gli aveva raccontato, con un sorriso malvagio sulle labbra, della gente che dopo un po' andava fuori di testa. Non che gli altri fossero diversi: credevano tutti a quel che c'era scritto sui giornali. Invece adesso Tommy è molto gentile. Quasi tutti lo sono. Quando passi un po' di tempo con quel tizio...

– Come va?

– Bene, Tommy. Che mi racconti? È passata la varicella alla piccola?

– Mi pare che stia guarendo, sí. Senti, hai visite...

– Visite? Ma non erano vietate?

– È stata una cosa decisa all'ultimo. Non era regolare, ma il governatore ha deciso di lasciar correre, sai com'è... Ci siamo capiti.

– Fantastico. E chi è? Aspetta, non dirmelo: preferisco una sorpresa.

Ammanettato, viene scortato lungo il gelido corridoio fino alla sala colloqui. La porta si apre e un istante dopo Gesú sorride, vedendola corrergli incontro a braccia aperte.

– Becky...

2.

– Mi hanno trattata come una delinquente. Mi hanno torchiata in ogni modo. E anche i ragazzi: psicologi, psichiatri, e Dio solo sa cos'altro. Le hanno provate tutte per costringerli a dire che gli avevano fatto qualcosa di brutto. Che pezzi di merda. Tre mesi lontani, me li hanno tenuti, prima in un istituto e poi affidati a una famiglia. Danny dice che l'istituto era orrendo, ma almeno la famiglia era gentile. Insomma... ho passato anni e anni a bere e a bucarmi, e sono riuscita a non perderli e invece adesso che sono pulita e disintossicata, lavoro duro e rigo dritto, arrivano quelli e... questo sarebbe il governo, capito?

– Già, capisco –. Gesú sorride. Anche Becky ci prova mentre lo guarda con le lacrime agli occhi, vestito con quella tuta arancione. Si soffia di nuovo il naso nel fazzolettino di carta.

– La settimana prossima vado a trovare Kris.

– Ah, sí? Salutami quel balordo. Cavolo, è stato grande a perdere tutti quei chili. Spero che non li stia rimettendo su.

– Sarei andata anche prima, ma è lontano e non avevo i soldi per la benzina. Lo sai che tutti i nostri conti sono ancora bloccati?

– Sí. Becky, ma lo sai che Morgan ha venduto la sua storia a un...

– Quel pezzo di merda. Se lo...

– Perché non lo fai anche tu?

– Sei pazzo? Quello schifo...

– No, sul serio. Vedi un po' quanto sganciano. Se hai bisogno di soldi, almeno riesci a tirare su qualcosa.

– Cosa? E poi loro distorcono tutto, e tu ne vieni fuori come un mentecatto e...

– Becky... Chi se ne frega. Sono solo stronzate scritte su un giornale. Non prendertela con Morgan. Forse aveva bisogno di soldi. Ascolta... Davvero, Becky, ascoltami. Voglio che tu provi a contattarlo in qualche modo e...

– Io con quello non ci...

– Contattalo, e digli che ho detto questo: è tutto a posto e gli voglio bene. Promettimelo, Becks.

– Cazzo, io... Ok, lo prometto.

– Brava.

Una pausa, Becky sta disfacendo quel fazzolettino, poi ricomincia a parlare ma non riesce a guardarlo. – Dimmi una cosa, Gesú. Com'è che io e te non ci siamo mai messi insieme?

– Eh?

– Non ci hai mai provato.

– Be', siamo amici, io e te.

– Hai capito benissimo. Anche all'inizio, quando ci eravamo appena conosciuti, non ti sei mai fatto avanti.

– Allora non eri in grande forma, eh, Becks! Ma il punto è che mi piacevi troppo... Capisci? – Le sorride. – E sapevo che sarebbe finita cosí. Non sarebbe stato giusto coinvolgerti. E poi c'erano i bambini, bisognava proteggerli. Sarebbe stata ancora piú dura per loro due, se noi fossimo stati...

– Non pensi che sarà dura comunque?

– Cosa gli hai raccontato?

– A Miles non ho detto granché. Pensa che uscirai, prima o poi. Ma Danny... Danny è abbastanza grande da leggere i giornali. Lui sa. Non ne parla mai. Ma lo sa. Sono qui fuori.

– Qui fuori? Perché non li hai fatti entrare?

– Da quando ti conosco, non credo di aver mai passato piú di cinque minuti da sola con te. Non ti sembra che mi meriti un po' del tuo tempo?

Si prendono per mano e restano seduti in silenzio l'uno accanto all'altra sulla panca. Tommy il secondino si tiene discretamente a distanza dall'altra parte della sala colloqui, legge il giornale sotto il grande orologio nella griglia metallica. I minuti passano ticchettando, il tempo sta per scadere. Gesú si accorge che Becky ha il fiato corto, sta cercando di farsi forza, gli stringe un po' di piú la mano, si prepara. È finito il tempo dei ricordi e delle chiacchiere. Adesso è il momento. Il momento della grande domanda.

– Hai paura? – gli chiede infine Becky, con un filo di voce.

– No, Becks.

– Ma... E se, e se... Io... – Comincia a piangere.

– Sssh, non fare cosí.

– Oddio, non posso sopportare l'idea che ti facciano del male! – Adesso piange a dirotto, crolla in grembo a Gesú, le spalle squassate dai singhiozzi. Lui si china ad abbracciarla, le accarezza il viso rigato dalle lacrime, la copre con una cascata di capelli biondi. Becky si abbevera al suo odore, cerca di portarselo fin dentro al cuore, di tenere un pezzetto di lui per sempre. Gesú aspetta finché lei non riprende un briciolo di controllo, poi le solleva il viso, lei ha gli occhi stravolti e le guance bagnate ed è cosí bella, perfino sotto quei gelidi tubi al neon.

– Ascolta Becky, nell'attimo esatto in cui succede, tutto ciò che sono attraverserà in un lampo l'universo e sarò a casa.

– Oddio, vorrei tanto che fosse vero.

– Cazzarola, – sbotta Gesú con una risata. – Per fortuna che a mio padre non frega un cazzo se uno crede o non crede in Lui.

– Altri cinque minuti, ragazzi – mormora Tommy.

– Ok, ok, ok –. Becky si asciuga gli occhi e si soffia il naso ancora una volta. – Vado a prenderli. Senti, cerchiamo di...

– Sí, cerchiamo di stare allegri...

3

Piú tardi quella sera passano a trovarlo in cella Tommy e il secondino piú giovane (Phil, se non sbaglio, pensa Gesú). Phil ha un blocco e una penna. – Che succede, ragazzi? – chiede Gesú.

– Ehm… – fa Tommy. – Dobbiamo prendere l'ordinazione. Per il tuo, ehm, ultimo pasto.

– Ah, certo –. Gesú sa che non è facile per loro, e cerca di semplificare le cose. – Sapete che vi dico? Io non ho bisogno di niente. Non sarebbe possibile ordinare tutto il cibo che mi è concesso, pizza o pollo o altro, farlo portare fuori e regalarlo al primo barbone che incontrate?

Tommy e Phil lo guardano allibiti. – Veramente? – dice Tommy. – Be', non credo che sia ammesso.

– E va bene –. Ci pensa a lungo, grattandosi il mento. – Nel qual caso… potrei avere del baba ganoush?

– Prego? – domanda Phil.

Gesú ripete. Phil si gira verso Tommy, ma nemmeno lui ha capito.

– Vi faccio lo spelling, – dice Gesú. – B-a-b-a-g-a…

– «Babaganoush»? – ripete Phil, scrivendo una lettera per volta.

– Quello. È una roba che fanno in Medio Oriente. Con del pane arabo e magari qualche oliva. Sarebbe il massimo.

– Cazzo, non l'ho mai sentito, – dice Phil. – Qui di solito, boh, ordinano pollo fritto o un hamburger o roba del genere.

– Ah, sí? Ma a quel punto ce la fanno, sí insomma, a mangiare? – chiede Gesú, sinceramente interessato, appoggiato con aria disinvolta contro le sbarre, mentre chiacchiera con loro come se tutto questo non lo riguardasse. Un argomento come un altro. Cazzo, pensa Tommy. O questo è il tipo piú freddo che io abbia mai visto in tutta la mia cazzo di vita, oppure sta mentendo a se stesso e quando si renderà conto di quello che deve passare andrà completamente fuori di testa. Tommy spera di no. Spera che Gesú possa arrivare sino in fondo con la stessa dignità che ha dimostrato finora.

– Cazzo, ci provano, – dice Phil. – Una volta c'è stato un tizio, un pezzo di merda che aveva ammazzato non so quanti bambini, che si è ordinato...

Tommy gli scocca un'occhiataccia e il ragazzo chiude il becco. Ma Gesú, che stava ascoltando e sorridendo, dice: – No, continua, dài. Voglio sentire. Va tutto bene, Tommy.

Tommy fa un cenno e Phil ricomincia. – Ok, allora questo tizio, insomma, ordina una bistecca al sangue con la senape, pollo fritto, costolette alla griglia, patatine fritte, cipollotti, pancetta, patate al forno, pomodorini, insalata mista, *due* cavolo di hamburger, crostata di pesche, latte, caffè e del tè freddo –. Phil sta ridendo, e anche Tommy scuote la testa e sorride.

– Ammappate! – dice Gesú, e se la ghigna pure lui.

– Be', è arrivato a metà di tutta 'sta roba e poi... *Uuush!* È uscito tutto come una specie d'idrante...

– Ehm, – dice Tommy, cercando di cambiare argomento, – questo piatto mediorientale che hai chiesto... Non mi sembra una gran quantità di cibo. Sicuro che non vuoi qualcos'altro, figliolo?

– A dire il vero, Tommy, ci sarebbe un'altra cosa che vorrei tanto...

4.

Il pomeriggio seguente c'è il sole. La prima settimana di aprile, il primo vero giorno di primavera che il Texas abbia visto quell'anno. Ci sono solo Gesú Cristo e altri due secondini – Alan ed Herman – seduti in un'altra cella di un'altra prigione, la terza in cui ha messo piede negli ultimi quattro mesi. Quella mattina, appena sveglio, Gesú si è fatto un viaggetto di sessanta chilometri per arrivare fino a qui: nell'ora e mezza di tragitto è rimasto ammanettato nel cellulare blindato, a guardare fuori dell'ennesima finestrella con le sbarre un riquadro di cielo sporco che rischiarava poco alla volta. Adesso capisce perché lo hanno fatto: ci voleva gente nuova. Gente che non aveva fatto in tempo a conoscerti e ad affezionarsi.

Questa è Huntsville.

La piú vecchia prigione del Texas, costruita nel 1849.

L'ultima fermata del sistema giudiziario locale.

Un grosso riquadro di luce si proietta sull'impiantito di cemento tra Gesú e i secondini. In qualche modo il vecchio Tommy è riuscito ad accontentarlo. Doveva avere qualche aggancio da queste parti o roba del genere. Gesú tiene i piedi nudi appoggiati sul tavolo e strimpella una vecchia chitarra acustica da due soldi. Aveva chiesto di essere lasciato solo con la chitarra per un po', giusto il tempo di finire quella benedetta canzone, ma gli avevano risposto di no per via delle corde. – Il ragazzo potrebbe

farne un uso improprio, se gli salta il ticchio. E fregare
al contribuente qualcosa che gli spetta di diritto, – aveva detto Herman.

Il baba ganoush si era dimostrato piú problematico
della chitarra. I cuochi di Huntsville non ne avevano mai
sentito parlare, e nel raggio di trenta chilometri non s'era
trovato nessuno che lo facesse. Cosí Gesú aveva chiesto
ai secondini cosa gli sarebbe piaciuto mangiare. Loro ovviamente avevano declinato l'offerta ma Gesú aveva pensato che, essendo texani doc, non avrebbero disprezzato
una bella grigliata, cosí aveva chiesto un bel vassoio di
pollo e costolette di maiale con tutti i contorni del caso.

– Sicuro che non ne vuoi neanche un po'? – gli chiede
uno di loro, mentre stacca un altro pezzo di pollo. Gesú fa segno di no con un sorriso e dice: – Ehi ragazzi, la
conoscete questa? – Parte con un la potente e staccato,
tutto pennate verso il basso, e attacca *Johnny 99* di Bruce
Springsteen: i due secondini ascoltano con i tovaglioli
infilati nel colletto della divisa, mentre si abbuffano e si
godono il concertino privato tutto per loro. Che bellezza poter suonare dopo tutto questo tempo! Uno schifo
di chitarra, certo, con le corde troppo alte sulla tastiera
(«Roba da casalinghe, – direbbe Kris. – Ci puoi stendere
il bucato, su quelle corde!» Gesú non ha mai recuperato
la Martin da quel banco dei pegni a Democracy. Spera
che sia servita a qualcuno) ma in fondo è accettabile se
ti butti su qualcosa di semplice, e qui dentro l'eco fra le
pareti di mattoni non è niente male. Buffo, suonare la
chitarra: se non lo fai per un po' finisce che l'esperienza ti manca proprio sul piano fisico. Gesú canta l'ultimo verso, quello in cui Johnny dice che possono rader-
gli il cranio e prepararlo all'esecuzione, lascia risuonare
un po' l'ultimo accordo prima di stopparlo con il palmo

della mano. Alan ed Herman lo guardano attoniti, con le labbra lucide di salsa.

– Cazzo… – dice Alan dopo un attimo.

Un leggero colpo di tosse alle spalle di Gesú, il suono di una chiave che entra nella serratura: Gesú si gira e vede il direttore lí in piedi, affiancato da altri due secondini e da un terzo uomo con in mano una borsa che, immagina, dev'essere il medico. C'è anche il cappellano.

– È ora, – dice il direttore.

5

Le sei in punto.

L'ultima tappa.

La Camera della Morte.

È piú piccola e affollata di quanto non credesse, pensa Gesú mentre segue il direttore. Forse tre metri per quattro, piú angusta della cella dov'erano prima, e proprio lí in mezzo, a occupare l'intera stanza, c'è pronto il lettino. È grande, di metallo argentato, con i cuscinetti bianchi imbottiti e le spesse cinghie di cuoio con fibbie d'argento. Ci sono cinque uomini disposti intorno al lettino, un paio guardano Gesú, qualcuno distoglie lo sguardo e tiene gli occhi bassi o armeggia con le fibbie. Gesú si rende conto che ognuno controlla la zona del lettino corrispondente a una certa parte del suo corpo: le gambe, le braccia, la testa. Tutti nutrono la solita speranza che accompagna questi momenti: che il tizio non opponga resistenza e che tutto fili liscio.

Il direttore prende posizione in testa al gruppo e l'uomo accanto a lui, un tizio grande e grosso che va per i sessanta e ha i capelli grigi, dice a Gesú: – Figliolo, ho bisogno che ti sdrai qui con la testa da questo lato e i piedi lí.

– Come no, – risponde Gesú.

La maggior parte dei presenti ha partecipato a piú di cento esecuzioni. Hanno visto uomini in lacrime. Uomini che farfugliavano o canticchiavano qualcosa. Hanno visto

uomini in preda a un tremito incontrollabile. Uomini con
il cuore che batteva talmente forte che lo vedevi pulsare
attraverso la camicia. Ma uno cosí serafico, non l'hanno
mai visto. Ci vogliono solo trenta secondi per legarlo, le
braccia aperte e ben tese: ricorda di essersi messo in una
postura analoga, lassú sulla collina, un paio di vite fa. Be',
pensa Gesú, almeno stavolta sono sdraiato bello comodo.
Chiamalo progresso, anche se la natura del delitto non è
molto cambiata. Una cosa atavica, pensa. – Grazie, – dice
all'ultimo uomo quando finisce di legargli la gamba sinistra.
Il secondino abbozza una parvenza di sorriso, un inchino
impercettibile mentre segue i colleghi fuori dalla stanza.
Per il resto della vita quel tizio si ricorderà che Gesú l'ha
ringraziato per averlo legato al lettino dell'esecuzione.

Appena gli uomini che l'hanno legato sono usciti ne
entrano altri due, e ognuno gli massaggia il polso con un
batuffolo intriso d'alcol. Medici. Come un paio di tossici
hanno avuto occasione di fargli presente, Gesú ha delle
«splendide vene» e bastano un paio di minuti a infilare le
flebo, una per braccio: i tubicini di plastica corrono intorno al lettino, proseguono lungo il pavimento e spariscono
nella parete alla sua destra. C'è un vetro a specchio alla
parete, sopra il punto in cui spariscono i tubicini, e Gesú
s'immagina il poveretto seduto lí, che flette le dita e si prepara a schiacciare i pistoni delle siringhe. Gli tremeranno
le mani?, si domanda Gesú. O è solo un giorno come un
altro di duro lavoro? Gli risulta difficile muovere la testa,
ma si gira appena verso il vetro a specchio e fa un sorriso
dolce, sperando di comunicare a chiunque si trovi là dietro che non prova alcun rancore nei suoi confronti. Come
ha detto Bob Dylan: è solo una pedina del gioco. Come le
teste di cuoio, che hanno ucciso e sono morte nel gelido
fango del Texas.

Adesso si gira e guarda dritto davanti a sé, appena oltre i suoi piedi, la spessa vetrata di Perspex dietro la quale il pubblico sta entrando alla spicciolata nell'apposita stanza. – Direttore, – dice Gesú. Ora nella stanza ci sono solo il figlio di Dio, il direttore e il cappellano. – Posso sapere chi c'è lí?

– Le mogli e i genitori di tre soldati morti, alcuni giornalisti e un paio di agenti dell'Fbi e del Batf, – mormora il direttore.

Gesú li guarda prendere posto: qualcuno trascina la sedia a pochi passi dal vetro. I giornalisti hanno il taccuino in mano. Una delle donne – una biondina molto carina – lo guarda fisso, i lineamenti stravolti in una smorfia d'odio. Una coppia di vecchietti piangono abbracciati. Sul fondo, in giacca e cravatta blu, compunti, Gesú intravede Stan Tawse e Don Gerber e ne ricorda le testimonianze al processo. Frasi come «avevamo ragione di credere», «probabile causa» e «necessaria violenza». Ora è il direttore a parlare; con voce piú alta e solenne di prima gli chiede: – Ci sono delle ultime parole che vuole dire?

Gesú vede calare dal soffitto un microfono. Guarda l'orologio a muro: le 6:11. Da quando sono entrati saranno passati piú o meno dieci minuti. Ci pensa a lungo: pensa all'ingiustizia, alla crudeltà e all'onnipotenza del dollaro. All'ipocrisia e alle ballate lente dei gruppi heavy metal. All'egocentrismo, all'ambizione e alla politica. Cosí va il mondo. Gesú guarda il vetro, le facce cariche di disprezzo e di dolore, e parla con dolcezza verso il microfono. – Quando la verità su tutto questo verrà a galla, non siate troppo severi con voi stessi. Voi... Insomma, la Bibbia è quasi tutta una scemenza, ma non c'è altro modo per dirlo, ragazzi... Voi non sapete quello che fate. Però cercate di ricordarvi questo... – Sorride. – Fate i bravi –. Guarda il direttore e annuisce.

Il direttore si gira verso il vetro a specchio e si toglie gli occhiali.

Il segnale.

Dietro lo specchio il primo pistone va giú, il Pentothal scorre nel tubicino che porta al polso sinistro di Gesú. Appena il sedativo comincia a fare effetto gli tornano in mente le poche volte che ha provato l'eroina. Una volta in una camera d'albergo... dove... a San Francisco? Sí, in quell'albergo dove andavano tutti i musicisti. Il *Phoenix*? Lui e un bassista stravaccati nella doccia, e il bassista diceva che se Dio aveva creato qualcosa di migliore dell'eroina allora se l'era tenuto per sé e Gesú aveva pensato che sí, forse non aveva tutti i torti, ma alla fine era assurdo perché l'eroina era piú o meno morfina e perciò di base era un antidolorifico e in un posto dove il dolore non esiste che bisogno ci sarebbe stato di un antidolorifico? Ma poi: il solo fatto di non avere bisogno di qualcosa non vuol dire che non si possa aver voglia di alterare la propria coscienza e chi era stato a dire che forse Dio aveva lasciato alcune droghe sul pianeta per accelerare la nostra evoluzione e forse un giorno potremo andare a vivere sulla luna e scampoli di milioni di altre conversazioni che aveva avuto nel corso della vita sulla terra fluttuano nel suo cervello mentre il corpo si prepara a chiudere bottega. Adesso altri pistoni vengono premuti e sparano verso il suo polso destro le altre due miscele del cocktail a tre veleni: prima il bromuro di cromo, un rilassante muscolare che farà collassare polmoni e diaframma, poi finalmente il cloruro di potassio, il veleno che gli fermerà il cuore. Ed eccolo che arriva, ma non è il solito luogo comune della luce in fondo al tunnel e neanche la sensazione di fluttuare sopra il proprio corpo e vedere dall'alto tutti i presenti. Solo una sensazione di... Oh, fermi tutti. Oh cazzo, fermi tutti, *fa male*.

Porca zozza, fa male. Perfino nel torpore indotto dai sedativi sente il bromuro che gli corrode i polmoni, il cuore, la milza. Tutto si sfascia, si squaglia dall'interno, come se dentro il corpo non ci fosse altro che bile. Acido. Ecco, è come se ti pompassero dell'acido rovente in ogni anfratto delle viscere. Prova a gridare ma non ci riesce, è ancora abbastanza sveglio da sentire questa tortura ma troppo sprofondato nel sedativo per reagire: è come essere lucidi e avere il peggiore incubo del mondo, vedere tutto quel che c'è intorno senza riuscire a svegliarsi. Qualcosa gli si allenta nello stomaco, pareti che cedono, che si ripiegano su se stesse. E all'improvviso, pur sapendo quel che sa, gli viene una voglia matta di vivere, di aggrapparsi a un brandello di vita. La luce accecante delle lampade, la testa piegata del direttore, il microfono nero come un orribile insetto, prova a gridare di nuovo ma ha la trachea intasata di sangue e tessuti liquefatti, inspira i suoi stessi polmoni disfatti, un dolore terribile, davvero terribile, poi all'improvviso si dissolve in un miliardo di atomi, ogni singolo atomo un minuscolo Gesú e...

6.

... i miliardi di minuscole particelle attraversano vorticando il tempo e lo spazio, poi, come qualcosa che si coagula, come limatura di ferro attirata da un magnete, tutto ridiventa una cosa sola, come tornare in sé dopo un breve svenimento, ed eccolo che grida e precipita fra le braccia di suo padre, che dice: – Calma, figliolo, ti ho acchiappato al volo! – alzando leggermente la voce sopra gli applausi e le grida e gli evviva.

– Cazzo! – dice Gesú. – Porca puttana!

– Bentornato a casa, ragazzo, – gli dice suo padre in un orecchio, abbracciandolo forte mentre alle Sue spalle continuano gli applausi e le grida e gli evviva. Sono nella sala riunioni, quella grande. È tutto pronto per una festa. Gesú – con il fiatone, tutto sudato, come se si fosse appena svegliato da un terribile incubo – vede Jeannie e Fabiano e Jimi e Pietro e Andrea e tutti i santi e un mucchio d'altra gente, e lí, in mezzo a tutti gli altri, ci sono anche Pete e Claude e Big Bob, e di tutte le cose possibili hanno addosso delle merdosissime toghe.

– Ostia, – sbuffa Gesú, accarezzandosi il petto. – Che male, ragazzi.

– E piantala di lamentarti, dài, – gli dice Dio, dandogli uno schiaffetto affettuoso sulla guancia. – L'iniezione letale è un gioco da ragazzi. Cazzo, ti è andata bene che non eri in Virginia o in Alabama. Lí usano ancora la sedia elettrica. Te lo dico: quella sí che ti frigge i santissimi. Senti come frigna per una piccola iniezione. E allora il tuo compare qui? Quel ragazzone si è beccato tre cazzo di pallottole nel culo eppure si è comportato da uomo...

– Ma sí, dàgli un attimo di tregua, – dice Big Bob, avvicinandosi.

Piú o meno nello stesso momento, meno di trenta secondi dopo il suo arrivo in paradiso, il becchino in seconda del carcere di Huntsville entra in obitorio con un foglio di carta in mano, il certificato di morte di Gesú Cristo. Sul certificato, alla voce «CAUSA DEL DECESSO», c'è scritto «Esecuzione legale certificata dallo Stato». Il becchino in seconda Jim Baker – un uomo che passerà gran parte delle prossime settimane a colloquio con la polizia e i giornalisti – appoggia una mano sul cassettone di metallo e lo fa scorrere in fuori, ma dove si aspettava di vedere il cadavere vecchio di tre giorni di Gesú Cristo, ancora una volta trentatreenne al momento della morte, non vede niente.

– Bob! – dice Gesú, abbracciandolo. – Che è 'sta pagliacciata della toga, amico?

– Ma sentilo: Mister Gattabuia 2000! – ulula Fabiano, pizzicando con aria disgustata la divisa carceraria di Gesú.

– Abbiamo pensato di accoglierti con un bel toga-party, – risponde Dio, passandogli un lenzuolo. Gesú si sfila la tuta e s'infila la toga, tra i fischi dei presenti.

– Non mi dispiace per niente, ti dirò... – dice Bob, accarezzando la sua toga. – Dopo tutti quegli anni in divisa da combattimento...

È cosí strano, cosí bello sentire Bob parlare normalmente, soggetto verbo predicato.

– E va bene, ragazzuoli, diamo il via alle danze, – dice Andrea, stappando una bottiglia di champagne d'anteguerra. Ce ne sono tante altre, nota Gesú, infilate dentro enormi catini d'argento pieni di ghiaccio sul lungo tavolo all'entrata della sala riunioni. E c'è pure un buffet niente male: affettati, un enorme salmone con fettine di cetriolo disposte come fossero scaglie, e un mucchio di frutta. Meloni e mango e ananas e pesche. Proprio in mezzo al tavolo c'è una grande vasca di rame colma di quello che sembra tanto un punch alla fragola. Cazzo, i frutti del paradiso. Oh mamma.

– Allora... che si fa? – chiede Gesú.

– Be', per prima cosa... – risponde Dio, facendo qualche anello di fumo e passando a Suo figlio lo spinello gigante che ha appena acceso, mentre Andrea gli allunga un bicchiere ghiacciato di ottimo champagne, – ci sbronziamo di brutto.

– Ah sí? – esclama Gesú mentre la musica parte. C'è Pietro alla console che fa partire un pezzo hip-hop.

La festa comincia a decollare, la musica diventa sempre piú forte, la gente si butta in pista mentre Pete s'avvicina e lo abbraccia. – Stavo quasi impazzendo mentre assistevo al processo da quassú, – gli dice.

– Pazzesco, no? Che ingiustizia... – replica Gesú.

– No, intendevo... – fa Pete. – Mi sembrava incredibile che a nessuno di voi idioti venisse in mente...

– Venisse in mente che cosa?

Pete glielo dice. Gesú si molla una pacca sulla fronte, poi si fa strada nel pogo dei festaioli fino a Dio. – Papà, senti: fai tu gli onori di casa. Ho un'ultima faccenda da sbrigare laggiú. Torno in... Diciamo cinque secondi del nostro tempo –. Gesú si guarda il polso in cerca dell'orologio ma non l'ha mai portato. – Ehi, quanto tempo è passato laggiú da quando sono arrivato?

Dio s'infila la canna in bocca e una bottiglia di champagne sotto il braccio destro, poi controlla il Timex che porta al polso. – Be', sei tornato da un paio di minuti... Che ne so. Qualche settimana?

– Cazzo. Ok, torno subito.

– Non restare coi piedi per Terra, – dice Dio.

Tutti gli dànno pacche sulla spalla mentre sgomita nella folla. Qualche ragazza gli pizzica il culo. Vede due paia di piedi che spuntano da sotto un tavolo del buffet e passando alza la tovaglia: quei nonnini di Gus e Dotty, belli che svenuti, circondati da una marea di bottiglie di champagne vuote. Dovevano aver cominciato sul presto.

7

Una cittadina dell'Ohio all'alba, la strada è deserta, a parte due ragazzini in bicicletta con le canne da pesca sottobraccio. Restano senza parole quando vedono lo sconosciuto che si avvicina con quel buffo lenzuolo addosso.

– Ciao ragazzi, – dice Gesú. – È questa la via dove vivono gli Anderson?

– Chi? – chiede uno dei ragazzini.

– La famiglia Anderson. Una coppia di vecchietti, ma adesso con loro ci vivono due bambini –. Uno dei ragazzini lo guarda male, rimugina qualcosa. – Miles e Danny... – dice Gesú. – Danny avrà piú o meno la vostra età.

– Come no, Danny... – risponde uno dei due. – Sí, è la terza casa a sinistra laggiú. Quella con il camioncino rosso davanti.

– Grazie, vecchio mio, – dice Gesú. – A piú tardi.

– Ehi! – gli dice quello taciturno. Gesú si gira a guardarlo. – Non ti ho mica già visto in televisione?

– Giusto un paio di comparsate, – sorride Gesú.

Anche i due ragazzi nelle prossime settimane passeranno un mucchio di tempo a farsi intervistare dai media.

Danny si stropiccia gli occhi appena sveglio e d'istinto dice: – Mamma? – poi comincia a mettere a fuoco e vede Gesú ai piedi del letto. La bocca di Danny forma una piccola «O».

– Ciao nipotino, – bisbiglia Gesú. Ha già visto i giornali sul tavolo della cucina al piano di sotto: c'è la sua faccia dappertutto.

Danny non riesce a spiccicare parola.

– Va tutto bene, Danny, non c'è niente da temere.

– Non ho paura, – risponde Danny.

Gesú gli lascia un attimo di tregua e resta seduto lí in
silenzio, sorride, poi chiede: – Come stai?

– Tutto ok, piú o meno.

– Ah, sí? E la scuola?

– Abbiamo una maestra severa, la signora Douglas.

– Ti spacca le palle, eh?

Adesso qualcuno si muove nel letto dall'altra parte della cameretta, poi qualcosa di piccolo e tiepido e sonnacchioso si aggrappa all'improvviso al gomito di Gesú Cristo. – Zio Gesú? – dice il piccolo Miles. Gesú prende il
ragazzino in grembo. – Ti sei messo un vestito da femmina! – dice Miles.

– Piú o meno. Si chiama toga. Ero a una festicciola e...
Sono passato a salutarvi.

– Ma tu sei morto, – dice Miles senza giri di parole.

– Miles! – lo rimprovera Danny.

– Scusami, – dice Miles, temendo di averlo offeso. – Insomma tu... non sei piú vivo.

Gesú ride per l'eufemismo. – Esatto. Be', diciamo che
non vivo piú qui. Sono tornato in paradiso. Come voi
che adesso vivete qui con la mamma, a casa dei nonni.
Come vi trovate?

– Il nonno ci porta al bowling! – dice Miles.

– E ci compra dolci a tutto spiano, – aggiunge Danny.
– Troppi, secondo la mamma.

– Come sta la mamma?

I ragazzini si guardano. – Piange tanto, – dice Danny.

– Tutto il tempo, – aggiunge Miles, e annuisce.

– Sul serio? – chiede Gesú. – Be', vedremo cosa si può fare.

I bambini accettano le stranezze molto piú facilmente degli adulti, invece ovviamente il primo impulso di Becky è quello di mettersi a gridare. Lui le preme delicatamente una mano sulla bocca. – Sssh, Becks, va tutto bene. Sono io –. Lei ha il respiro affannoso, e gli occhi prima chiusi nel sonno adesso sono sbarrati mentre si rannicchia in un angolo del letto a una piazza in quella che probabilmente è la camera di quand'era bambina. Alle pareti si vedono i riquadri di tappezzeria stinta con i buchi ai quattro angoli, dove c'erano appesi i poster. Una pila di poster, appunto, per terra: quello in cima celebra il primo disco delle Hole. Accanto, un mucchio di vecchie fotografie e dei cd. I Lemonheads, gli Smashing Pumpkins, i Mudhoney. Si è messa a rovistare nella roba vecchia. Sintomo di depressione, pensa Gesú.

– Becks, – bisbiglia. – Adesso tolgo la mano, va bene? Non c'è niente da temere, ok? Fidati, piccola –. Toglie lentamente la mano.

– Sto sognando, – dice lei.

Gesú scuote la testa. – Sono io. Senti… – Le prende una mano e se la porta al petto. Lei sente la pelle tiepida sotto il cotone, la leggera pulsazione del battito cardiaco.

– Com'è possibile?

– Tecnicamente? Be', è complicato. Nemmeno io ci capisco granché. Ma tu come stai, Becks? – Le sorride e le fa una carezza sul viso.

– Non… benissimo –. Riesce ad abbozzare un sorriso. – Ero lí lí per riattaccarmi alla bottiglia –. Adesso è sull'orlo del pianto. Gesú annuisce. – Non l'ho fatto ma… è che, per quel paio d'anni lí, quando stavamo tutti insieme a lavorare, non soltanto dopo la trasmissione e tutto il resto, ma anche prima, anche a New York, no? Mi sentivo, era come se io...

– Come se la vita avesse un senso?

Lei annuisce, e adesso le scende una lacrima.

– Ce l'ha ancora, un senso –. Gesú si avvicina, le prende il viso tra le mani. – Ho qualcosa per te. Un lavoretto.

– Un lavoretto? – dice lei, sfregando via la lacrima.

– Sí, ho visto Pete e...

– Pete?

– A casa, no? Sai, lassú... – Indica il cielo. – A ogni modo, Becks, te lo ricordi quando abbiamo messo le pale eoliche al ranch? Ti ricordi che avevano qualche problema e il tizio della compagnia voleva monitorare con esattezza quando le pale giravano, quando immagazzinavano energia? Te lo ricordi? Se n'era occupato Pete.

– Sí –. Becky pensa, e le rotelline nella sua mente cominciano a girare pian piano, come uno di quegli aggeggi in un giorno di bonaccia estiva: si ricorda di quella mattinata, lei e Pete e quel tizio in piedi vicino alla base di quell'affare enorme. Il tipo aveva installato una...

– Esatto, – dice Gesú mentre il viso di Becky si apre in un sorriso.

– Cazzo, che idiota sono stata! – esclama lei. – Come ho potuto non...

– Eddài, non prendertela cosí, – dice Gesú. – Sono stati dei mesi incasinati. Prima o poi ti sarebbe venuto in mente. Senti, non è che di recente hai visto Morgs?

– No, io...

– Cazzo, dài. Me l'avevi promesso. Lui lo sa di aver sbagliato a raccontare quell'idiozia ma, come ti ho detto, probabilmente aveva le idee confuse. Aveva bisogno di soldi, che ne so.

– Già, perché a me non facevano comodo, – risponde
Becks, indicando la cameretta di quand'era adolescente.

– Mettici una pietra sopra, Becks. Perdonalo. Io l'ho
fatto. Cazzarola, non c'è niente da perdonare. Mettiti in
contatto con Morgan, digli che mi hai visto…

– Non ci crederà mai.

– Potevo farmi vedere da uno solo di voi. E tu ne avevi
piú bisogno degli altri. Digli che mi hai visto e cazzarola
fate irruzione lí dentro, se è necessario. Ma non mollate.
Potreste fare un pacco di soldi…

– Sto sognando, – ripete Becky.

– Senti, – dice Gesú, – comincia ad alzare le tue belle
chiappe, poi ne riparliamo…

8.

Di nuovo in paradiso. La festa è davvero al settimo cielo ed è andata avanti fino all'alba. E, che ci crediate o no,
nessuno organizza feste divertenti come quelle di Dio. Quel
grande traboccante catino pieno di punch alla fragola? Dentro c'avevano buttato una specie di ecstasy ultranaturale
e supernutriente presa dalla riserva personale del Capo.
Cazzo, ti faceva decollare fino alla luna nel giro di trenta
minuti netti, restavi in orbita per sei ore tonde tonde e
dopo neanche l'ombra di un down. Era cosí buona che in
effetti Dio se l'era tenuta per Sé. E cosí ballano in piedi
sui tavoli, si scolano tutto il bar (che ovviamente si riempie di nuovo come per magia: in paradiso non c'è bisogno
di correre all'alba in certe equivoche rivendite di alcolici), cantano fino a sgolarsi – a un certo punto Gesú viene
portato in trionfo per la sala al suono di *I Am the Resur-
rection* degli Stone Roses – e tutti si infilano a turno negli
angoli o sui divani a raccontarsi quanto si vogliono bene.
A un certo punto, verso l'alba, Gesú si ritrova stravaccato su una poltrona a sacco a parlare del senso della vita
con un gruppo assurdo, che definire male assortito è poco:
Big Bob, John Belushi, Gandhi, un tassista di nome Max,
l'ex Primo Ministro inglese Neville Chamberlain, Abra-
mo Lincoln, due delle tre sorelle Brontë (scatenate? No,
di piú...) e Dean Martin. Dean Martin sta raccontando
un aneddoto su una certa orgetta in cui si è trovato una

volta, e Chamberlain, che non regge benissimo il punch alla fragola, biascica: – Mi sento piuttosto, mmm, alticcio al momento, nevvero? – quando Dio arriva e prende Suo figlio per un gomito.

– Hai un minuto?

Barcollano lungo il corridoio fino all'ufficio di Dio, mentre la luce del sole filtra attraverso gli spiragli nelle persiane. Passano accanto a una coppia che si rotola avvinghiata per terra.

– Ragazzi, – dice Dio, – almeno cercatevi una camera.

Gesú si accascia su una delle poltrone davanti alla scrivania di Dio e sbadiglia, esausto ma felice, mentre Dio si avvicina al piccolo mobile bar dietro la Sua poltrona e tira fuori lo scotch delle grandi occasioni. Delle grandissime occasioni, nota Gesú. Imbottigliato nel 1889.

– Che succede, papà?

– Ho pensato che potevamo fare il punto sugli ultimi sviluppi con il bicchiere della staffa, – risponde Dio, passando a Gesú un tumbler di cristallo con dentro malto invecchiato secoli. Dio prende un enorme sigaro Cohiba, si siede davanti a Suo figlio e preme un tasto del telecomando. La parete di schermi si accende, e loro due si accomodano a guardare qualche spezzone dai notiziari della Terra dove, ovviamente, sono passati una trentina d'anni dall'inizio della festicciola.

Con la sparizione del cadavere dall'obitorio di Huntsville la leggenda aveva davvero preso piede. Ipotesi di complotto come se piovessero. Bufale in rete. Le solite stronzate.

E poi erano arrivati i ragazzi.

Becks e Morgan si erano introdotti nel ranch di Bruntsville, ormai raso al suolo e abbandonato, e avevano recuperato la registrazione nel disco rigido alla base di una delle pale eoliche. Disco rigido che era collegato alla telecamera digitale in cima alla turbina. Telecamera che, come sospettava Pete, era puntata nella direzione giusta, verso il retro della casa, e restituiva una panoramica efficace su tutto quel casino. Le riprese erano chiare, definite e incontrovertibili: l'elicottero da combattimento che scendeva a bassa quota sparando ad alzo zero, i colpi di mitragliatrice che distruggevano la casa. Si vedeva benissimo Gesú che disarmava Rennet e gettava via il fucile, il carro armato che sparava con il lanciafiamme su un edificio di legno dove si trovavano donne e bambini. Quello era stato il pezzo che ogni telegiornale del mondo aveva mandato in onda a ripetizione, di solito seguito dal filmato con le interviste agli alti papaveri del Batf e dell'Fbi. Stanley Tawse dell'Fbi che diceva: «Nego categoricamente di avere esagerato con l'uso della forza». Don Gerber del Batf che affermava: «Non siamo stati noi a radere al suolo quell'edificio».

Il primo a dimettersi era stato Gerber.

Poi, a ruota, Tawse. Che subito dopo s'era suicidato.

Il procuratore generale era stata prima licenziata, poi indagata per il ruolo avuto nel dare il via libera al disastro.

Seguivano i filmati con Becky, Morgs e Kris ospiti di talk show, notiziari, programmi del mattino. Il bestseller che Becky aveva scritto sulla sua vita con Gesú Cristo.

Gente con addosso le T-shirt con su scritto: «FATE I BRAVI!» Adesivi sui paraurti delle macchine con lo stesso motto.

L'inversione di marcia operata da Steven Stelfox aveva lasciato tutti senza fiato, tanto era stata audace: aveva pubblicato postumi i demo registrati in Texas, e definito Gesú «un moderno eroe popolare americano», sostenendo che in cuor suo era sempre stato convinto della sua innocenza e della sua grandezza. Il disco, intitolato *La rivincita*, era rimasto trentadue settimane al primo posto della classifica, vendendo quindici milioni di copie negli Stati Uniti e altri milioni in tutto il mondo, fino a diventare uno dei dischi piú venduti della storia, facendo guadagnare a Stelfox una fortuna da aggiungere a quella che aveva già.

A un certo punto Dio esclama: – Cazzo, guarda qua! – poi ferma l'immagine e zooma sulla panoramica di Times Square piena di gente, fino a inquadrare una signora sovrappeso che sgomita nella folla della pausa pranzo. Ormai la faccia della signora è in primo piano, ma Gesú non ha ancora capito cosa ci sia di tanto interessante, finché non vede il ciondolo appeso alla collanina che la donna porta al collo.

Una siringa d'argento.

– Oh cazzo, no, ma scherziamo? – dice Gesú.

Poi tutt'e due cominciano a sganasciarsi, a darsi pacche sulle gambe, a rotolarsi per terra senza fiato, fin quando la porta alle loro spalle non si apre e Fabiano entra con un fascio di fogli. – Oh cazzarola, – dice Dio, asciugandosi le lacrime. – Questo è troppo. Peccato che non ti abbiano fritto sulla sedia elettrica… Quella rincoglionita si sarebbe appesa al collo una sedia elettrica!

– Oh, tante grazie, paparino.

– Ma di cosa diavolo state blaterando?

– Roba da terrestri. A quelli piace proprio genufletter-si, eh? Grazie, Fabiano, – dice Dio, prendendo i fogli.

– Sono gli ultimi dati, – spiega Fabiano, mentre Dio già esamina con sguardo esperto le cifre. – Ti piaceranno. Il ragazzo se l'è cavata alla grande. Okay, miei cari, io vado a nanna. Solo soletto, purtroppo.

– A piú tardi, bello – dice Gesú, mentre Fabiano si chiude le doppie porte alle spalle.

Dio è davvero felice. È un maniaco degli sport, e quindi ama le statistiche. – Allora, allora… – dice, – gli ingressi in paradiso sono aumentati del ventidue virgola otto per cento nell'ultima mezza giornata –. La mezza giornata equivale piú o meno a ventotto anni terrestri, ovviamente. – Secondo le stime di Pietro, cresceranno di un altro sette o otto per cento nelle prossime ventiquattr'ore. A quanto pare quei figli di buona donna hanno davvero cominciato a fare i bravi...

– Be', è bello sapere che non è stato tutto uno spreco di tempo.

– Cavolo, per niente, figliolo –. Dio guarda l'orologio. – È troppo presto per... Ma sí, chi cazzo se ne frega, chiamiamo quello stronzetto.

Jeannie si è presa una giornata di ferie per ripigliarsi dalla sbornia, come tutti quelli dell'ufficio, cosí Dio in persona digita le tre cifre, e l'enorme schermo per le videoconferenze si accende non appena preme l'ultimo 6. Qualche squillo poi un Satana con gli occhi pesti risponde. È in kimono, seduto sul bordo del letto. – Buongiorno, pezzo di merda! – gli dice allegro Dio. – Non ti avrò mica svegliato, eh?

– Vaffanculo, – risponde Satana. C'è qualcosa nel letto, un cavallo o una roba del genere. – Che cazzo vuoi a quest'ora?

– Il diavolo fa le pentole, ma... Come vanno le cose laggiú?

– Ma vai a fare in culo, – risponde Satana con uno sbadiglio.

– Perché da quello che vedo qui dovresti essere molto, molto, molto abbacchiato, caro mio...

– Bravo, bravo. Divertiti, coglione. Non è certo finita qui. Hai vinto una battaglia, ma non la guerra. Io me ne torno a letto. Perché voialtri non ve ne andate affanculo insieme, e ci rivediamo all'inferno?

– Eddài, non fare cosí, cippa lippa, – gli dice Dio. – Vieni a cena da noi stasera?

– Forse, – risponde Satana. – Ti chiamo dopo. Adesso vai a fare in culo.

Lo schermo si spegne. – Ah! Ah! – esclama Dio strofinandosi allegro le mani. – I piccoli piaceri della vita...

– Ok papà, io vado a nanna.

– Sí, riposati un po'. Fra non molto arriveranno i tuoi amici.

Cazzo, è vero: Becky, Morgs, Kris. Tutti sulla sessantina, ormai. Quando si sveglierà, saranno già qui.

– Buonanotte, papà. Forse è meglio se vai a letto anche tu.

– Ancora un attimo e vado. Buonanotte, figliolo.

Dio sorride mentre osserva il Suo ragazzo allontanarsi strascicando i piedi, poi prende il whisky e il sigaro e si avvicina al finestrone dietro la scrivania che si affaccia sul frutteto di smeraldo in cui giocano le anime dei neonati e dei bambini. Li guarda gorgogliare e sgambettare nella luce del mattino, ridere di gioia in mezzo ai fiori. Molti di loro sono morti di morte violenta: bruciati vivi in un incendio, picchiati finché non gli si è rotto l'osso del collo o non si sono fratturate le costole, affogati in canali melmosi o in fiumi dalle acque plumbee, strangolati da dita tatuate. Qualcuno è stato gasato nei forni, altri sono stati fatti a pezzi con un machete o assassinati a bruciapelo con armi automatiche. Ora ovviamente sono intatti, senza cicatrici. I neonati sono i piú fortunati, in realtà: sono quelli a cui è toccato in sorte di crescere in paradiso, senza conoscere altra realtà. Perché i bambini sulla Terra piangono? Dio ripensa ai versi di una poesia di John Updike, i cui libri ha letto di recente, e con grande piacere. (Brava persona, questo John. E pure un discreto golfista. Il tipo d'uomo che non vorrà mai farsi regalare una buca se pensa di avere una possibilità di sbagliarla). Dio pensa e ripensa a quei versi, contempla l'alba e si gode le ultime gocce di quell'ottimo scotch e gli ultimi tiri del sigaro cubano:

> Come piangono forse le anime, svegliandosi
> in corpi neonati, lontane dal cielo.

Letteratura. Quella sí era roba buona.
Bello che l'avessero inventata.

Indice

Stampato per conto della Casa editrice Einaudi
presso ELCOGRAF S.p.A. - Stabilimento di Cles (Tn)

C.L. 22580

Edizione   Anno

6   7   8   9   10   11   2015   2016   2017   2018